I0681651

ENRIQUE ANICO TAVERAS

El MEGÁFONO

LIBRO

PRIMERO

ENRIQUE ANICO TAVERAS

ENRIQUE ANICO TAVERAS

Notas Legales

Autor, Editor, Diagramación, Gráfico y Diseño de portada y Dirección editorial:

Enrique Anico Taveras

Título: «El MEGÁFONO»

Colección: Novela

Primera Edición: Marzo, 06, 2024

Novela en dos tomos (Libro 1 y Libro 2)

ISBN: 978-1-7347633-6-2

Email: anicotav@yahoo.com, anicotav9@gmail.com

Teléfono: 1(917) 922- 7382

ENRIQUE ANICO TAVERAS

PRÓLOGO

Mucho, mucho tiempo atrás, por allá, alrededor de una primavera, cuando vivía mí plena juventud, soñé con escribir un libro, el cual, reuniera la infinidad, en forma de expresión, y todos los sentimientos que acumulaba un joven en su corazón. En especial aquel que se expresa limpiamente sin segunda intensión, doble sentido y con la inocencia que lleva consigo el sentimiento puro, aunque se exprese a través de algún medio comunicativo.

Yo soñaba hablar, comunicarme por medio de computadoras, teléfono, televisión, radio, cine, teatro, instrumentos musicales, micrófonos, periódicos, revistas, libros, pero más que eso, soñé con hacerlo a través de un Megáfono, o simple y llanamente con mí voz. No porque me permitía hablar directamente desde mi alma y corazón con los sonidos directos desde mis cuerdas bucales y amplificadas hacia el público, sino porque estaba a mí alcance y lo podía hacer yo mismo en mí propia casa. Y en eso veía una pureza extraordinaria. Creía en el valor de la pureza del lenguaje y de igual forma, esto lo veía como una condición fundamental, para la convivencia mutua del ser humano, de pueblos y países.

Un día muy temprano en la mañana, del cual, ahora no recuerdo la fecha y no muy lejos de esa primavera, me desperté de un sueño en el que, según lo que vi, había escrito ese libro. Pero tanto papel y tinta fue lo que usé que, entre bazofia, revoltijos de papeles estrujados y bolitas que hacía, para lanzarlo al cántaro donde los iba desechando, mientras en la escritura iba errando, ya más alto que el nivel de mí cuello, sentía que me los tragaba y en cierto momento creí que me asfixié. Religioso como era, di gracias a dios por no haber sido la realidad, porque desperté.

Esa misma mañana impulsado por la tropelía que, al abrir mis ojos de ese sueño yo sentí, como por inercia, me senté a la mesa que en forma de escritorio había en mí habitación. No quise dejar pasar ese rayo de inspiración y aún sin desayunarme, escribí hasta que esa fuerza me alcanzó. No me detuve y al ver que ya había usado cuatro resmas de cien hojas de papel, miré al cántaro, ahí donde iba echando aquellos trozos que, por algún error en la escritura desechaba. Los tomé y vacié todo el contenido que, revueltos en bolitas, yacían dentro o al rededor y uno por uno, los desenredé hasta ponerlos todos, sin orden, uno sobre el otro.

Al día siguiente, después que había dormido unas doce horas y perdido dos comidas, fui y lo busqué. Los había dejado, debajo de la colección completa de las obras ejemplares de Miguel Cervantes Saavedra que en tres tomos; además, conteniendo «El Quijote», no sé desde cuándo, teníamos en nuestra casa.

ENRIQUE ANICO TAVERAS

Ya casi planchaditos, pero notándose, como un calcado que imitaba cubos pequeños de hielo, lleno de puntos, líneas y marcas puramente geométricas, se mostraban en el estrujado papel. Y por debajo de estos, fortuitos, entre líneas y desdoblados rayones, sobresalía entre minúsculos flecos, lo que había escrito ya oscurecido por los borrones que le había trazado a los errores. Los que eran tantos, que me resultó curioso tratar de leerlos y obtener de ellos algunas ideas.

Entonces, como un Champollión, me dispuse a leerlos tratando de descifrar aquello que tuve intensión de escribir bien. Y esa lectura curiosa, forzada y trabajosa despertó en mí una eutropelia; tan inmensa, que ni el mismo Santo Tomas de Aquino hubo una vez descrito, en eso que el llamó virtud del entretenimiento.

Animado seguí tratando y lo leí todo. Esa corta práctica me llevó a seguir en la buscada de desarrollar, comprender, aprender y poner, como un canon en mi, algunas virtudes necesarias, para persistir a través de los desafíos y cambios que es sometido todo aquel que desea lograr hacer realidad un sueño. Aprendí a tener paciencia, tolerancia y ser estoico. Y entre otras cosas, a caminar entre piedras, peñas y otras rocas, sin tropezarme entre ellas.

Así, en el transcurso de un largo tiempo, desde entonces, tratando hacerlo de forma perfecta, he ido erigiendo un armazón de reglas y procedimientos; emulando aquellos hombres, los cuales, creo haber comprendido. Los que, como dioses, se han convertido en

----

pilares de la existencia humana y escribieron de forma perfecta y pura en la lengua que conocieron.

Claro, por encima de todas las cosas, inalterable, firme en lo moral, ha sido el amor con que he soportado esa dedicación, sin olvidarme de las cosas bellas y sublimes, que yo creo son parte fundamental de la vida.

Así compuse frases, oraciones, versos, estrofas y hablando del humor y de forma humorada, sentía que sobre el papel me expresaba. Tomaba otros temas, para variar y escribía sobre las estaciones, los cambios, los días y las noches. También, de la luz y oscuridad, de los elementos y los órganos que los contenían; también, de sus cualidades y las ideas tangenciales. Ese algo objetivo que siempre nos presenta la realidad, para verlos, para tactarlos, para percibirlos.

Con mí pluma, sobre el papel jugaba al presente, al pasado y dejaba el futuro a un lado porque me asustaba. Y de la silla me levantaba y veía por la ventana hacia los campos, que detrás ella, parecía que aguardaban y en ellos no veía límites. El horizonte se cruzaba con el cielo y no sabía en que punto del tiempo en la distancia los dos se bisecaban. Se lucía ante mí el campo con todo su esplendor y con unas características que se asemejaban al tiempo y a su paso sin perder el carácter abstracto con que lo percibimos.

Así descubrí, que le temía a la distancia porque ante mis ojos se presentaba plena, llena de impureza; letanía, hasta la cual, con mis ojos claros no veía. Como aquel que desconoce lo hay en el medio y al final de algo, que

ENRIQUE ANICO TAVERAS

claramente, no se puede ver, yo le temía al futuro. Optimista, pesimista, depresivo, calmado, indiferente o motivado, era siempre, para mí lo mismo, me enfermaba pensar sobre el futuro y eso, en mí subconsciente, parecía que aceleraba el paso del tiempo.

Y era sobre eso que escribía por que, con todos mis errores, pensaba que ralentizaba su paso eventual y como sí detuviera las agujas del reloj, me sentía que me anclaba en un lugar y eso me hacía sentir seguro. Pero, ¿seguro de qué? ¿De qué no me caería?, ¿de qué podía ver el suelo a mí al redor y que este era sólido? ¿Qué no se hundiría o que no me resbalaría por alguna inclinación hacia el abismo, o hacia más allá del horizonte, cuando hasta el llegara?

Más luego, dolido, porque tarde comprendí, que a todos nos espera un mismo fin y solo hay que encontrar la sustancia, que contiene un objetivo, para saber que se vivió antes de morir, aprendí sobre las cosas puras e impuras, las enfermizas, y las sanas y busqué la vida más allá de las cosas vanas.

Soñaba con ese medio que me hablara de las cosas puras. Que me anunciara eso que necesitaba saber sin una segunda intensión, sin un doble sentido, sin un repertorio de casas enmarañadas que, como estropajo de cobre, al querer limpiarme no me arañaran la cara.

Soñaba con algo, que bien en mí, al estar despierto no se aclaraba. Era algo así como algún trombón gigante, dorado, con el brillo ejemplar de una luna llena. Como aquellos, que los domingos por las tardes, durante los

----

conciertos militares en el parque llenaban de resonantes, dulces y espesas notas, mis oídos. No había en ellos dolor, ni pena, insalubridad, ni promesas falsas; tampoco, había muerte, ni deseo de trastocar mí alma, para causarle un dolor a cambio de avasallarme. Solo la elocuencia de un sonido que habitaba mis oídos con sublimes y bellas notas llenándolo de primor.

Así soñaba que debían de ser las cosas. Hasta que un día vi, por primera vez un megáfono azul, con tintes blancos y muy vistoso en mano de un hombre hablándole a una multitud de obreros y estudiantes que se aglutinaban, para protestar en contra de flagelos que azotaban su comunidad fruto de la corrupción, el abuso de los gastos públicos y el robo de vienes a través de impuestos que se desaparecían. Y el hombre, a través del megáfono les decía: "Calma pueblo, mantengan la calma, ecuanimidad es lo que se necesita, ecuanimidad para vivir un día". Este hombre, más luego supe, que fue apresado por corrupción, robo, malversación de fondos y el desplomamiento de una nación, cuyos cimientos fueron arruinados por él.

Aprendí cosas sobre el agua, la sangre, la bilis amarilla y negra, la flema, pituitaria y eso que, al fin, por el tedio, desde mis narices me chorreaba, cuando de escribir ya cansado estaba. Más luego, penetré en mí, en esa parte física, esa que duele cuando nos herimos o algún elemento dentro se altera y desarmoniza con las demás partes, con los demás órganos y solo encontré, nervios, carne, huesos, sangre y epitelio vivo, muriendo o ya muerto; a veces, con sus intimísimas partes que me

ENRIQUE ANICO TAVERAS

hablaban de su composición. Convencido de que era un cuerpo vivo, que sentía, que cambiaba y que vivía, pleno, he insatisfecho por las cosas que no hacía, me motivaba hacerlas, para encontrarle sentido a la vida.

Entonces miré hacia la tierra; las silvestres flores, que me enseñaron a tener cuidado hacia eso que con mí zuela yo pisaba, y sembré semillas y germinaron. Aprendí de ellas, de los colores y de la luz, como se hace fuego, y como la paz se altera. De que forma el aire nos eleva y así, en mí corazón sentí, una vez más, el susto, la euforia y la agonía de lo desconocido porque anduve en mis pulmones, entre mis vasos sanguíneos; venas y arterias, en mis músculos, huesos y tejidos, y en mí cerebro dejé una marca que hoy me veda. Sentí más miedo que la vergüenza que hoy me queda, cuando vi que el hipotálamo, era menos tolerante que una vela.

Pero sin importar seguí escribiendo, cometiendo más errores, estrujando papales y en forma de pequeñas esferas, desechándolas. Sin contarlas o medir el tiempo, las continue lanzando hacia el zafacón, hacia el recipiente de la basura y ya no me importaba que se llenara.

Sentí, más luego, que el aire que respiraba me enseñaba, que razonaba y en ciertos momentos en artesano me transformaba. Y fui un guardián racional del raciocinio y usé la razón para todo, hasta que esta misma me enseñó, mientras escribía, a volar. Así, mientras ventilaba mis frustraciones acumuladas en los recovecos de apartados rincones de mi alma, me limpié.

Entonces, fui yo esperanzado en la pureza, lleno de luz, valiente, amoroso y melancólico; por momentos, purificado y lejos de cualquier enojo. También, dócil y sin abatimiento, apartado de cualquier temperamento negativo. Rebelde, soñoliento, susceptible y enfocado, me di cuenta que empecé a razonar más allá de las cosas minúsculas, habituales que vemos, pero que, a partir de ellas, muchas veces, permiten que nos crezcan alas para volar.

Y aquí estoy treinta años después confesando la experiencia de mí imaginación en un libro que les presenta la aventura de un joven, que se marchó de su casa y país en busca de un sueño. En cuyo camino, le cuentan una historia que queda inconclusa. Y por allá, termina conociendo un mundo paralelo que, diferente a lo que vivió previo a su partida, es el espejo de lo que se imaginaba para su vida. Y un viejo megáfono, el objeto, puro de su visión, así, como se lo imaginó, termina, a través de él, sin darse cuenta, discurseando una impureza. Que del mismo modo permite conocer, de forma tácita, las incógnitas y el final de la historia, a través de un personaje que, debido a la complejidad de su existencia y cosas que hace para mantener su amor, se mantiene anónimo; concluyendo con la parte de la historia que se desconocía, cuando antes de irse de su país al joven se la contaron.

A ustedes gracias:

Enrique Anico Taveras

ENRIQUE ANICO TAVERAS

CAPÍTULO

I

El verano ya estaba en pleno apogeo y una ola de calor de esos que absorben las últimas goteras de agua, que se esconden bajo las frías piedras, ya amenazaba con agrietar los suelos donde siempre abundaba el agua. La luminosidad ardiente del resplandor, la humedad, el cansancio lo sofocaba, pero el deseo de lograr lo que deseaba, lo hacían más reservado y reticente. Pensaba, leía y escribía apartado de todo. Así prevenía su propio ser de cualquier alevosía o perturbación que le impidiera su desenvolvimiento en busca de su objetivo. Por más de un año, Delito venía pensando y madurando su plan. Lo desarrollaba con una pasión desorbitante, en puro silencio y al margen de todas las cosas y responsabilidades que hasta ese momento tenía.

Quería marcharse de su país en busca de nuevos horizontes, aprender otras lenguas, cultivar su alma y espíritu por encima de lo que le permitían las posibilidades en ese lugar donde vivía. Soñaba con

ENRIQUE ANICO TAVERAS

convertirse en un gran humanista y las ideas, esas que a veces, como ráfagas de torbellino, les daban vueltas en su cabeza, buscando madurar y organizarlas, las fijaba en su mente, como sí fueran panfletos, de esos que se imprimen muchas veces y desde cierta perspectiva, como figuras que se miran entre dos grandes espejos en su imaginación, las multiplicaba. Cuando ya estaba seguro de lo que había pensado, que nada contradecía el fin último de su objetivo, se decía, "¡esto es lo que voy a hacer!".

Había días que sus ideas se convertían en un revoltijo enmarañado de abstractas hilachas, que adelgazaban al final de sus hebras, confundiéndose al escogerlas, justo en frente de sus ojos. El asombro de no poder ahilarlas de acuerdo con su procedimiento lógico, no lo dejaba tranquilo. Sentía que, como hiedras preñadas de mariposas, les subían desde su estómago, por el pecho y su cuello, para antes de llegar al tuétano de su cabeza, asfixiarlo.

Se acongojaba, se perdía, no sabía cómo hacerlo, pero en el curso de la búsqueda, escribía infinitas notas, como prórroga perfecta que le ayudaban aminorar la intensidad de su ansiedad y encontrar sosiego. Lo hacía ahí, en sus cuadernos de papel marrón. Los que él mismo hacía y donde siempre dejaba guardado el contenido de sus ideas y las informaciones de su interés. La que iba encontrando en los libros y diversos lugares, como bibliotecas que, para el fin, visitaba. Cada día que pasaba, abrazándose a la ilusión de su felicidad, sentía que se acercaba a la fecha, en que él pensaba, era el momento propicio, para tomar

----

una decisión, sobre aquello que verdaderamente haría después que termine la escuela secundaria.

Producto de sus lecturas, le intrigaban las informaciones relacionadas a las experiencias y los aportes de ciertos hombres, que según lo que había estado leyendo en sus biografías, también se habían marchado temporalmente de sus tierras a estudiar, o en búsqueda de nuevos horizontes, como simples viajeros o inmigrantes. Pero la idea de pensar en esta condición lo llenaba de estupor. No quería convertirse en proscrito involuntario, pero en cierto grado, cuando consumaba la imagen de él, representado como un despatriado, le hacía sentir temor.

Solo miraba hacia esos ejemplos, como un espejismo idílico, y cual sí fueran amores pastoriles, se los imaginaba curioseando entre las maravillas arquitectónicas de algún país europeo, de una gran ciudad americana; o bien, dentro de sus museos, galerías, bibliotecas, cátedras universitarias o en librerías en busca de libros, libros, muchos libros que soñaba con leer y de ellos aprender.

En sus últimos dos años de estudios en la escuela secundaria, a través de la lectura, Delito había recibido la influencia de poetas, novelistas, políticos y filósofos norteamericanos, de su propio país, latinoamericanos, españoles, franceses, italianos, rusos, checos, alemanes, y hasta chinos. También, por esos tiempos, les llegaron a sus manos escritos de algunos hombres de la antigüedad, que desde que leyó sus primeras letras, de ellos nunca les apartó sus ojos. Estos eran para él hombres a los que juzgaba, como la crema nata de la esencia humana, filósofos y padres de la política del viejo y nuevo mundo.

A su edad, este puñado de libros, que ya había leído, le permitió relacionarse con poetas, prosistas, políticos y filósofos de su comunidad, que aún vivían y le ayudaron a elevar su joven y corto pensamiento a alturas que estaban por encima de la imaginación de otros jóvenes de su época. Sentía una inmensa curiosidad por la vida de todos esos grandes hombres que hicieron aportes en todos los ámbitos del saber. Quería seguir la fina huella que ellos habían dejado, como sí les estuvieran revelando ciertos signos de esos que llevan a cualquier persona a la abstracción total. Se había extasiado con la idea de saber y estampar la marca de la experiencia, que esos hombres habían logrado, en su propio ser. Quería fijarla profundamente en él.

Para eso aprovechaba cualquier momento en que se encontraba a solas, sin el estorbo de las demás personas, para pensar en su plan y "¡Consumía horas cavilando sobre el asunto y sin importarle que lo llamaran!". Como un día dijo, unos años después; mientras contaba su historia a un viejo muy mayor, que terminó aclarándole el camino hacia la razón de las sagradas virtudes, al conocer su historia, sin el proponérselo y producto de un extraño, viejo y hermoso megáfono que le compró.

En su casa, les llamaban la atención y les decían que se estaba comportando como un antisocial, desapegado a su familia y antipático. A veces, no le bastaba que sus amigos, familiares, hermanos, y hasta sus padres lo dejaran solo. Estando así, se iba a lugares más recónditos a meditar sus ideas y tomar apuntes de sus pensamientos y decisiones, a veces, hasta altas horas de la madrugada.

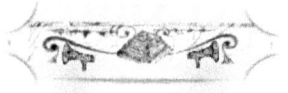

CAPÍTULO

II

Delito aún estaba cursando su último año en el liceo, pero la preocupación de no tener la posibilidad de encontrar los recursos necesarios, para continuar sus estudios universitarios, lo mantenía, en su tiempo de ocio, enfocado en encontrar una vía segura, para alcanzar su sueño. Buscaba trabajo, pero no encontraba. Por momentos, pensaba que solo se convertiría en un competidor más, ahí dentro del limitado y traumático mercado de trabajo de su país. Parecía que flotaba, mientras metido muy dentro en su pensamiento, pensaba con llegar a ser ese gran humanista, ese hombre de letras, ese gran filósofo, economista y político, que quería poner muy dentro entre las simientes de los recovecos de su ser.

Un hombre diferente que tenga la sensatez de saber cuándo es primavera o un buen otoño, para saber sí se puede perder en las letras de un jardín francés, en una alameda rusa o un café italiano, a través de los libros; o por lo mismo, saber cuándo disfrutar de una playa en el caribe y su arena en un verano. Un hombre que, de igual modo, no le tema al dinero, ni se pierda en su desnudes. Tampoco palidezca, cuando asustado, ofrecer no pueda su candidez. Y todo hacerlo desde su pensamiento.

Que no le huya al malestar que causa el limo en el mar del alma, o a los surcos que va abriendo la miseria en el sentir de muchos hombres, sino que le de motivos para ayudarlos. Que no le aborrezcan las procesiones de desamparados que, después de las misas de los domingos, se dan cita frente a las iglesias o bien, en una estación de tren, ofreciendo sus cantos como un presagio. Que, al revés, tenga compasión con ellos y aprovechando cualquier tipo de subterfugios los pueda enseñar a salir de su miserable vida, ayudándoles a convertirse en hombres útiles, para la sociedad y no una carga para el bien común.

Un hombre que se sepa contener con absoluta razón y confronte con hombría los blasones que se enlistan, para aumentar la amargura de los niños. De aquellos que en su lecho lloran porque, sin saberlo, a la madre se le secaron los senos. Las que después de tres meses de duro trabajo en una fábrica, en horarios nocturnos, se ven casi obligadas a abandonarlos, o dejarlos solos en un catre, sin ellas y quizás muertos de hambre. Que de pena un día, para siempre cierran sus ojos por que no hubo quien le diera o que darle de comer, cuando, con el estómago vacío, lloraban a la media noche.

Esto, Delito lo pensaba y poco a poco, mientras, lo iba digiriendo en su mente; también, leía algún libro o noticias. Además, hacía algunas actividades de carácter social ayudando a la comunidad, o dándole apoyo a los necesitados. Como los alcohólicos anónimos, cuyo centro el visitaba una o dos veces por semana, para leerles poesía o enseñarles algún juego a los pacientes internos, para su entretenimiento.

Así, él asentaba en su mente, cada día más, sus ideas y objetivos. Sin embargo, lo que más le definió su deseo de alcanzar mayores logros en la obtención de conocimientos, fueron las visitas que daba con otros jóvenes de la pastoral juvenil, al único hospital de niños que había en su ciudad. Aquel lugar con su cantidad de niños enfermos, desnudos y desnutridos; con sus estómagos hinchados y piel descolorida. Almas agrietadas como ángeles que se tuestan en las injusticias que a diario adornaban las calles y mercados de su ciudad. Hambrientos que se acurrucaban tras la piel marchita y arrugada de su propio cuerpo, todos llenos de miedo, implorando ayuda, para que no los dejen morir. Fue una experiencia que por siempre se le grabó en su mente y llevó con él, colgada de su alma como cruz de calvario.

El observaba las pancartas políticas, las informaciones que se anunciaban en ellas, en las protestas, en las paredes y muros de la ciudad o cualquier pendón, cruza calle, o bandera que desplegada contuviera algún tipo de rótulo. También, todo lo que era de carácter comercial que, enmascarando alguna parte de las altas tapias enladrilladas de la ciudad, con alguna mujer pintada semidesnuda, con una simple hoja sobre su pubis o una cascada de agua limpia, semejando la frescura de la naturaleza, anunciaban el mensaje de algún producto o discurso público gubernamental. Incluyendo, las etiquetas, e instrucciones que traían algunos de los productos que él, o alguien en su familia, compraba para el consumo.

Toda esta gama de informaciones él las fue rápidamente moldeando en su mente, para concluir que para poder hacer algo que mejore ese entorno debía de estudiar arduamente. Se había encerrado tanto en su idea, en lo abstracto de todo esto que, sí alguien se detenía a mirarlo, a veces, más bien parecía un estuco de alabastro torciendo su cabeza desde su pescuezo hacia el cielo o mirando el horizonte.

ENRIQUE ANICO TAVERAS

CAPÍTULO

III

Agosto corría y había transcurrido casi dos semanas desde su inicio. Se aproximaban las fiestas de la restauración y aunque las algarabías y celebraciones poco se notaban en las calles, el momento, debido al abrazante calor, se prestaba para que la gente se socializara mucho más que lo normal. Además, en esos días, casi todo el que trabajaba o estudiaba, sí le permitían, se tomaba más de un día libre.

El jueves antes de ese fin de semana, Delito, para evitar cualquier reunión o salida que, le quitaran el tiempo, tomó todo tipo de precaución. El hizo lo necesario, para que en caso de que sus amigos lo buscaran, no lo encontraran. También, estaba evadiendo toda posibilidad de levantar sospechas en su propia casa, para que no lo vallan acusar de que otra vez se estaba comportando como un antisocial, desapegado a su familia y antipático.

Pero aferrado al casi loco y ardiente desvarío de un mozo que parecía, apenas sabes lo que quiere, preparó

----

todo tipo de manualidades, para que su propia familia lo vieran ocupado; además, con el poco dinero que se ahorraba fue a una pequeña librería de esas donde se usaba intercambiar libros y compró a muy bajo precio un ejemplar usado de cuentos. Era de Leo Tolstoi. Una Edición que contenía tres cortas historias: «Por lo que Vive El Hombre», «¿Cuanta Tierra Necesita un Hombre?» y «El Padre Sergio». Y, entre el tiempo que hacía manualidades, o leía algunas páginas, preparaba su plan y en su cuaderno de papel marrón escribía notas, para no olvidarse de la meta y el fin que se había propuesto.

Luego se ponía de pie y emocionado, volvía y leía todas las notas que había tomado referentes a los programas de becas de diferentes naciones cuyas aplicaciones él, junto a tres compañeros de escuela, ya había llenado y mandado con las referencias personales de lugar, incluyendo, los cargos de procesamiento y respectivos sellos. También, con una muy formal y bella carta que el mismo había escrito, editado y copiado a mano, varias veces, para ponerle una copia adaptada a cada programa.

Ahora solo le quedaba esperar y mientras tanto, al margen, preparaba un programa general que idealmente llenara todas sus expectativas. Esto lo hacía en caso de que, por lo menos, una de las embajadas le contestara y de antemano, saber que iba hacer en caso de que le ofrecieran la oportunidad de ir becado, como estudiante universitario a otro país. De igual modo, tener un plan preparado o por lo menos alternativo, para no perderse entre las emociones y sus buenas intenciones. O aferrarse a lo otro, que era mejorar su condición académica en la universidad donde, ya en ese septiembre, casi comenzaría su primer semestre.

A pesar de su corta edad, centró su mente en el área de las humanidades, y la economía. Y para sí, en momentos de ocio, o cuando en algún lugar se detenía a meditar; él, tratando de convencerse, tras la lógica de su verdad, se decía, "en base a la aplicación de los conocimientos que obtenga y el trabajo arduo, un día podré mejorar ciertas cosas, en especial alguna de aquellas que no se pueden mejorar sin prescindir de los conocimientos".

Presentía que las almas de los hombres de alguna manera habían perdido la naturaleza virgen de su inocente sentir y que la habían intercambiado por un árido, reseco y fingido sentimiento que solo se vende en los mercados, al igual, que cualquier fragancia, de cuyo derivado ya se sabe, ha sido maltratado, para que entregue su esencia. Que el alma de los hombres ya no es más que el éter, sutil y mutilado pasado por los cedazos de la gran pena humana, sin que estos se den cuenta de que aún hay virutas que se quedan intactas en los contornos y que se acumulan para revivir, con el tiempo, la pureza de su naturaleza y él deseaba, quería ser; también, parte de esta última.

Así, Delito se fue trazando metas, y encontró apoyo en algunos de sus compañeros de estudios y profesores con los que conversaba sobre su proyecto. Tres de sus compañeros de estudios se habían decidido caminar con él, para intentar cambiar el rumbo de sus vidas. Ellos eran Baltazar Beller, Emilio Tomé, y Pablo Fortuna. Ellos por su parte llenaron todas las aplicaciones, escribieron las cartas y descripciones que les exigían; También, buscaron los documentos legales necesarios que se pedían, para el procesamiento de todas las informaciones. Una vez mandadas todas los cartas, aplicaciones y documentos, no hubo sueños sobre el mismo objetivo que no los invadiera y que ellos no quisieran poner en marcha, para hacerlo realidad. Se reunían y leían juntos pasajes literarios y filosóficos, como si fueran una sociedad que se reunía en el interior de un sagrario, llenándose de fe, motivaciones y optimismo.

En la última reunión que los cuatros muchachos realizaron, cuando llegaron al lugar no hicieron más que saludarse y comunicarse lo que hasta ese momento cada uno había hecho. Sin embargo, ninguno dijo nada nuevo ya que todos aguardaban recibir las mismas respuestas. Y claro, a pesar de que se veían cada día en la misma clase, estudiando en el liceo, cautelosos mantenían el sigilo de la espera. Las respuestas de las instituciones hacia donde mandaron sus aplicaciones aún no llegaban y todos, se comprometieron informar a los demás, sí alguien recibía información.

Luego leyeron una corta lectura, fue una tímida meditación del libro, La Cueva de los Bitongos, sobre la presunción insustancial de algunos jóvenes que, a corta edad alcanzan cierto renombre y luego pierden su dirección sin lograr su verdadero objetivo. Así, como un barco ha perdido su norte por haberse extasiado demasiado su capitán, detrás de muchas copas de vino, en el vacío pendular de la imaginación, mirando a las estrellas en el medio del mar. Mientras que, por largo tiempo, se olvidaba de la brújula y la necesidad de razonar, para con ella y seguir... Seguir el rumbo hacia el verdadero fin del sendero que, estropeado por el mismo barco, de espumas blancas sobre las aguas quietas, iba dejando, mientras los conducía al lugar donde tocaría puerto y su campana, como buenas nuevas, al sonarla anunciara su pacífica llegada.

Baltazar, a quien, además de Delito, se le notaba tener la mayor fuerza e ímpetu, para con el proyecto de irse a estudiar a otro país y que era un lector muy ávido y poseedor de una voz muy sofisticada, espectacular, he inmaculada, había escogido el escrito para leerlo. Pero al sacarlo, cambió de idea y para darle participación y alentar la integridad del grupo, sin perder más tiempo, le pasó el panfleto de tres páginas, a Pablo Fortuna, animándolo a que leyera. Pero él, que era el más callado y reservado de todos, se negó y Baltazar con cierto desacuerdo, al instante decidió: "bien, yo mismo lo leeré, ¡no importa!".

Se lo puso frente a sus ojos y con su voz de bronce agudo, como un ángel que hablaba desde una cornisa sedentaria de una iglesia que no se ha abierto por decenas de años, como sí su voz ahora estuviera pasando, entrechocando, por entre el cedazo de los hilares finos de cientos de telas de arañas, casi gagueando, pero con bella voz, empezó a leer la pieza que había traído del tema de lectura, para los «Cuatros del Tabernáculo», como ellos se auto llamaron.

Y Baltazar dijo: "¡Saludos!". Y remiso, continuó: "Yo debo de ser fuerte. ¿Para qué? ¿Para buscar mí felicidad, mí verdad, o la verdad común? ¿Para reportar y meditar sobre los más elementales principios de la vida y las máximas que menos discordaran con ella, pero que están más cerca de las más importantes y grandes virtudes? ¡Nunca te canses de pensar! ¡Muere Pensando! Razona, ante todo, lo que por el frente de tus ojos se asoma. Medita, ante todo lo que se te ofrezca y sí tienes tiempo, para hacerlo practícalo, como una disciplina necesaria, para tratar de encontrar el camino hacia la alta felicidad.

Considera tu alma, tu espíritu como parte de un ser incorruptible, indoblegable, irreductible y cargado de dicha y principios. Sin embargo, no hagas de esta última el motor que mueve el fervor que mantiene el espíritu de la felicidad dentro de ti. Deja huellas en el orden de lo moral y reproduce las imágenes que, como marcas, desde tu interior, levantan señales. Aquellas marcas que, en materia dúctil acomodan las formas, dejándolas invariables, aunque se sometan a condiciones extremas, fuera de ellas.

Piensa en todas las propiedades que tienen las cosas, las cuales tu podrías hacer tuyas. Así, conforme a tu naturaleza, puedas reforzar la coherencia y de manera sistemática, en tu diario vivir, te fortalezca siempre más. Recuerda que, durante el momento de meditación, las

---

analogías podrían ser más que elementos sublimes y hasta bellos poemas. Sin embargo, lo importante es que las lecciones aprendidas a partir de ellas, de forma evidente, te enseñen el meollo de la mecánica y el funcionamiento intrínseco de las cosas, pero sobre todo te ayuden a caminar por el camino correcto en la vida, sin olvidarte de las leyes que las rigen.

Que hay que creer, creer en algo, en alguien, en nosotros mismos y no es necesario minimizar el valor de estas creencias, pero sí evitar, hacer de las creencias vanas prescripciones. Sobre todo, evadirlas, cuando estas surjan del seno de la gente, como áridos, he infértiles atributos discordantes que solo pueden soportarse sobre pilares de un fanatismo enfermo o estarciendo mentiras sobre lujos insaciables. Busca la verdad, investígala, sí es posible, pásala por el cedazo de la discusión y el experimento. Y sí es necesario, aunque no te sea posible, no dejes de ir a la fuente de donde emana la esencia de sus principios y descubre el axioma cuya claridad, frente a tus ojos, ya sin esforzar tu mente, te dejará ver, como un claro cristal, donde está y diáfana radica la verdad, mostrando la esencia de su origen".

Delito lo detuvo y le dijo: "Ya es suficiente Baltazar, yo me tengo que ir. Hablemos más sobre esto en la escuela, o en la próxima reunión, creo que durante la clase de filosofía el profesor no se pondrá en contra, para contestarnos, sí le hacemos alguna pregunta al respecto". Entonces, hablaron de otros pormenores, tomaron sus notas y se despidieron. De camino a la casa, Delito se mantuvo meditando y pensando, en las posibles cartas que pronto comenzarían a llegarles.

ENRIQUE ANICO TAVERAS

CAPÍTULO

IV

En el liceo habían entrado en su último año escolar y no fue hasta el final del segundo semestre, ya después de perder las expectativas y haberse registrado en la universidad católica de su ciudad, que recibió noticias. La primera y última carta, ya cuando nada esperaba, le llegó. Esta con fecha de primero de mayo, de 1985 le informaba de la aceptación y registro de sus documentos, para competir juntamente con más de tres mil estudiantes que habían, al igual que él, aplicado a una de 27 becas disponibles en los países llamados socialistas o del este europeo.

Cuando terminó de leer la carta, le cambió todo y hasta el rostro, de repente, se le renovó. Delito se sonrojó, su estado emocional estaba tan caldeado, que quería estallar de felicidad, pero en vista del plan que se había trazado, sabía que debía mantenerse callado y tratar de suprimir parte de sus emociones. Sin embargo, al otro día, cuando regresó al liceo, les comunicó a los demás

----

compañeros de las buenas nuevas y encontró que a dos más de ellos una carta parecida les había llegado.

A Pablo no le contestaron, así que, recibió la noticia de parte de Delito con un lánguido escepticismo que le dejó caer un par de lágrimas por sus mejillas, pero a los tres, con un abrazo increíblemente fraternal les felicitó. Además, les comunicó: "Espero los tres pasen los exámenes y cuando vuelvan, ya graduados, podamos ser los mismos amigos que hoy somos".

Delito sabía que no dispondría de dinero, para nada y que solo disponía del tesón y la educación que había recibido hasta ese momento en la escuela y de sus padres. Según la carta, los exámenes, para la beca se extenderían desde el 25 septiembre, hasta el 11 abril del próximo año, Sin embargo, tan pronto él terminó los exámenes de fin de año escolar, comenzó a prepararse para lo de la beca, dejando pasar por alto hasta su propia graduación.

El día que se iniciaron las clases en la universidad de su ciudad y en la que ya había sido aceptado, el dos de septiembre, empezó estudiar con una motivación extraordinaria, pero sin quitar de su mira el punto que él consideraba su objetivo mayor. Sabía que debía de asegurarse lo que ya tenía y cumplir con los requisitos. O sea, mantener un alto nivel académico y de estudio, para asegurarse su crédito educativo. Pero; también, quería ser uno de los ganadores de las becas. Por tanto, debía prepararse para los exámenes que lo llevarían, según él, aquel punto, ese que estaba en la cúspide de sus sueños.

Cuando el día 24 de septiembre llegó, se fue a sus clases, como sí todo estuviera normal. Era martes y transcurrido el día, regresó a su casa ya entrado la noche. Cenó y luego descansó un poco. Se quedó sentado sobre el sofá, que en la sala de su casa había. Poco después, Delito dio muestra de que quería irse a dormir. Su madre que lo miraba, lo veía cansado y aunque, también, lograba ver cierto regocijo en su rostro, cuando él se dispuso a caminar hacia la habitación, ella le siguió.

Al entrar al aposento, él se sentó en una de las dos sillas que había al lado de la cama. Y antes de acomodarse oyó que su madre desde afuera de la habitación le preguntó: "¿Por qué estás tan callado Delio?". Él esperó que ella entrara y en voz baja y cansada le respondió: "Mamá es que mañana temprano debo ir a tomar un examen a la universidad estatal y no tengo dinero, para el transporte". Ella se acercó a él, Delito se movió hacia el pie de su cama, se quitó la ropa, se puso pijamas y al instante, se acostó. Aún no pasaban de las 21 horas. Ella le dio un beso en la frente y diciendo, "¡dios te bendiga!"- se marchó.

Él estaba lleno de emociones, he imaginándose la materialización de las cosas que había planeado. Miraba hacia el techo, mientras con su dedo índice, apuntando desde su brazo derecho, el cual, lo tenía descansado en el mismo lado de la cama, señalaba en diferentes direcciones hacia el techo y como mostrando estrellas en una noche enladrillada, iba marcando puntos imaginarios en su mente, creando y fijando un mapa del plan que tenía en su cabeza.

ENRIQUE ANICO TAVERAS

Doña Hortensia volvió y pasó por la habitación, lo vio en su pijama de listas azules, blanco y algodón y con la sábana hasta lo alto de sus piernas. Se detuvo a su lado y le hizo notar que, para ella, era extraño, él se había acostado tan temprano. Entonces mostrándole su pequeño reloj de pulsera «Valgine». El que siempre brillante vestía, como pulsera en su muñeca hasta el final del día, le recalcó: "Delio, mi hijo, aún no son ni las nueve treinta, mira el reloj. Es raro que te acuestes tan temprano. Debiera de ponerte de pie un rato más, hasta que digiera la cena". Él, con deseos marcados en su mirada de que ella lo entendiera, le respondió, "¡estoy cansado mamá!".

Ella no dijo más, pero cuando ya salía de la habitación, para dejarlo solo, Delito la llamó y le dijo, "ven mamá que te quiero decir algo". Ella se volvió hacia él, lo miró con atención, entendimiento y toda su ternura de madre. Él le comunicó, que tenía la posibilidad de que el año que viene, sí un poco de suerte le acompaña, se marchará a estudiar a Europa y le enseñó la carta. Ella que lo miraba desde la parte de la cama que estaba del lado del hombro derecho de Delito, se acercó más hacia él y luego descansando la parte izquierda de su cuerpo y la misma pierna sobre la cama, a su lado, sin emociones se sentó y con toda su sensibilidad, comprensión y cariño, Doña Hortensia, le descansó su mano sobre el centro del pecho, como bendiciéndolo.

Y mirándolo, trayendo a su memoria, desde el pasado, el recuerdo del primer dolor que sintió cuando aparecieron las contracciones el día en que Delito nació, le expresó: "Eso sería para mí, como sí tu volvieras a nacer, pero dentro de los sueños que yo estuve hasta antes de casarme con tu padre. ¡Eso sería algo extraordinario! Siempre soñé con salir lejos y ver sí existen otros pueblos que comparten las mismas verdades y virtudes que nosotros compartimos o algo mejor que lo nuestro. Descubrir sí hay otros pueblos que aman, más o menos lo mismo que nosotros y ver, conocer y escudriñar las cosas desconocidas del mundo. Desde antes que tu nacieras, y hasta hoy, sigo soñando con que mis hijos salgan a ver el mundo y se traten con otras culturas. Pero tú, Delio debes comprender las limitaciones que tenemos como familia".

"Tú sabes que, aunque trabajamos hasta cuando debiéramos estar durmiendo, el poco dinero que producimos solo nos basta para costearnos, muy limitadamente, los gastos de la casa y de ustedes aquí. Y tú eres consciente, que tus cinco hermanos mayores y ahora tú, están comprometidos con estudios universitarios. ¡Recuérdate Delio! Ya lo hemos conversado con ustedes, tu padre al igual que yo, no hemos podido mejorar nuestras entradas económicas. Todo lo que producimos lo gastamos en ustedes y hasta la pequeña herencia mía, la que con tanto amor y sacrificio construyó mí padre, ya casi la hemos consumido. Ya no tenemos tierra, ya no tenemos casa, ya no tenemos nada. Solo nos queda la salud y este techo el que aún, gracias a dios, de a poco seguimos pagando. ¡Espero que un día sea nuestro!".

Delito la interrumpió, y con el mismo amor contestó: "Mamá yo no necesito dinero. Aunque no te he dicho, ya he aplicado, para tomar los exámenes y participar en la lotería de esas becas que se ofrecen en ciertos países de Europa y sí me premian, tendré todo lo necesario para vivir y solo me dedicaría a estudiar por los próximos seis años, de mi vida. Esa es la carta, mírala, me han contestado. Tu sabes, ese es mi sueño, aprender, conocer, encumbrarme mucho más alto que los cimientos de la vida y sin dejar de pisar el suelo, desde ahí mejorarla. Esa es la razón por la que hoy me he acostado más temprano".

"Me despertaré, he iré caminando a la carretera de la salida de la ciudad y como muchas personas, que no tienen dinero lo hacen, le pediré a cualquier conductor de camión, o automóvil que se detenga en el puesto de Café de aquel lugar, que voy a la capital y que, sí pueden, me lleven gratis. Solo debo llegar a la universidad Autónoma y ahí me quedaré cerca, en los predios de la Universidad. Con el poco de dinero que he ahorrado, comeré algo, una empanada, un yaniqueque, un plátano asado, un guanimo, ¡cualquier cosa que me llene el estómago y sano, me mitigue el hambre!"

"¡Ah, mamá!, se me olvidaba decirte que, quizás, me quede por allá por unos días, pues no me han explicado en la carta todo el procedimiento. Solo me han dicho que esté en el lugar a partir de las 9:00AM de mañana, día 25 de septiembre.'

Doña Hortensia se puso un poco nerviosa y no supo que decirle, calló y luego añadió, "por lo menos tu necesita un poco de dinero para comer". Delito le contestó que había abierto su alcancía y contó que había reunido 26.39 pesos, que eso le bastaría sí no gastaba ningún dinero en transporte o pensión. "Pienso reunirme mañana con dos excompañeros de la escuela, que también aplicaron y llevaremos una casa de campaña para dormir en los predios de la universidad. Comer con 1.50 pesos y al final del día ir al mar y darnos un baño. La caminata desde la universidad a la playa es de unos veinticinco minutos. ¡No es muy lejos!".

A Doña Hortensia, al escuchar tantas cosas ideales, le entró un sentimiento de melancolía y se le brotaron las lágrimas de nostalgia. Delito la miró, y la consoló, "no llores mamá, el día que vuelva, sí me voy, sé que tus lágrimas se transformarán en alegría. Recuerda, tú misma lo dice: '! Qué no hay hiel que con el trabajo, las buenas intenciones, el razonamiento y la contante vigilancia, no la transformemos en miel!'. Pero, ella se compuso y le contestó, es de emoción que lloro, no es por nada malo mí hijo'". Y con el mismo ánimo salió de la habitación y se dirigió hacia la de ella.

Ya ahí, fue al armario, lo abrió y buscó un vestido muy antiguo y verde seda que preservaba en la esquina del lateral derecho del escaparate. Lo sacó con todo y percha, lo tendió sobre la cama y con mucha cautela, para no dañar una capa de papel de celofán que, para protegerlo lo cubría, poco a poco lo levantó, doblándolo hacia la parte más arriba de la cintura y dejó al descubierto unos bordados que estaban alrededor de la parte más angosta del vestido y que eran la cubierta de unos pequeños bolsillos que estaban cosidos, como encajes tachonados y volteándolos, de cuatro de ellos ella extrajo cuatro billetes de 5.00 pesos. De los cuales tomó

----

dos, los dos restantes lo puso de vuelta muy dobladitos en los mismos mini bolsillos. Luego compuso el vestido, con su papel de celofán, como cubierta, lo acotejó sobre la percha y lo devolvió al mismo lugar donde estaba en el armario.

Doña Hortensia retornó hacia a la habitación donde ya Delito casi dormía. Tomó una de las sillas y se sentó de nuevo a su lado, le dio los dos billetes que del vestido extrajo, lo abrazó y le dijo: "mi hijo ese dinero lo guardé en caso de alguna emergencia. Sí te lo puedes ahorrar hazlo. Por favor, no le digas a nadie que llevas 36.00 pesos contigo y cuando vallas a gastar, asegúrate de no sacar dinero delante de nadie. Eres, aún muy joven y desconoces, como actuar ante las malicias de las personas. Ahora duerme, y temprano cuando yo me despierte, antes de irme al trabajo, te prepararé un desayuno con una taza de café y te lo dejaré sobre la mesa. Y tengas feliz viaje, y buena suerte en tu plan". Delito le dio un beso a su madre y los dos se abrazaron.

Ella se separó, fue al escritorio que había en la habitación y tomó un pedazo de papel y un bolígrafo, anotó la dirección de una prima que residía no muy lejos de la universidad donde ella comprendió quedaba el lugar donde celebrarían la reunión donde iría Delito. Y por último pasándole el papel con la dirección, le advirtió: "Delito, mi hijo, en caso de emergencia ve donde ella, se llama Mariana. Se que te ayudará, ella era como mí hermana antes de que se casara y se fuera a vivir a ese lugar". Doña Hortensia besó a su hijo una vez más en su frente y él con fuertes y marcados sentimientos le dio las gracias.

Luego, Delito fijó su mente para despertarse a las 4:00 AM y se durmió pensando en lo que eran sesenta minutos siete veces y empezó a contarlos. Cuando había ya contado hasta 417 comenzó a sentir un terrible deseo de dormir, pero quiso continuar contando y se propuso hacerlo hasta mil. Contó unos números más y su mente quedó en blanco. Luego comenzó a ver números que caían desde el techo de la habitación hasta que su cama se le llenó de ellos. Como si fueran una inmensidad de royitos de algodón y así, mientras caían, soñó que estaba dormido, totalmente dormido sobre un hielo blando, del cual, al cabo de un rato, aunque no sentía frío, quería escaparse.

ENRIQUE ANICO TAVERAS

CAPITULO

V

Ya a las 3:33 AM, su madre que todos los días salía, hacia su trabajo, no más tarde de esa hora, acababa de cerrar la puerta del frente de la casa. Y Delito que seguía soñando, empezó a oírse que roncaba, como sí diera prolongados y ahogados crics, crics parecidos a los de un grillo grande que ha quedado atrapado en la boca de un sapo. Pero, atontado despertó y se dio cuenta que el ronquido no era más que el sonido del motor Diesel de la camioneta que, todos los días, más o menos a esa hora recogía a su mamá, para llevarla a su trabajo.

Ella trabajaba en un dispensario de alimentos para familias de muy escasos recursos. Ahí ella se desempeñaba como Distribuidora Social y también, llevaba la contabilidad del lugar. Delito abrió sus ojos totalmente en la oscuridad y sin encender bombillas, como había dejado todo en su lugar la noche anterior, le fue muy fácil ir al baño, hacer su higiene bucal y vestirse.

Luego recogió su bulto y en él, entró dos cuadernos de papel marrón, eran los dos cartapacios que nunca dejaba. Se fue a la cocina, abrió la nevera, tomó un vaso de agua, y luego retornó a la mesa del comedor donde la madre le había dejado un pequeño desayuno. Cuatro rebanadas de patatas dulce, dos huevos fritos con cebolla blanca y una taza de café que, al igual que el desayuno, aún estaba tibia y despedía un aroma extraordinario y exquisito. Mientras comía, pensaba. Y en el abismal silencio de la madrugada, solo lo interrumpía el sonido que provocaba el triturado de los alimentos dentro de su boca y el causado por el metal del tenedor, cuando mansamente sobre la loza del plato, sin querer, mientras cortaba los alimentos lo golpeaba antes de entrárselos en su boca.

Delito pensaba y trataba de imaginarse las preguntas que saldrían en los exámenes o se preguntaba, ¿cuáles serían las exigencias, y el tiempo que cada examen duraría? Tan pronto terminó el temprano desayuno, recogió el plato y la taza y tratando de no provocar ruido, fue a la cocina y los lavó. Luego recogió su bulto y salió apurado ya que quería aprovechar la masa de camiones que pasaban más temprano rumbo a la ciudad capital.

Según sus amigos, no era difícil encontrar a un conductor, para irse en uno de esos camiones, ya que muchos de sus operadores temían manejar solos por la carretera por temor a quedarse dormidos. Caminó por largos espacios, y con bastante apuro; también corrió. Sin perder un segundo, solo miraba en dirección a la salida de la carretera principal de la ciudad, y en unos veinte minutos ya había llegado.

Entonces, entre las tenues luces las que, aún permanecían encendidas a esa hora de la madrugada, miró a ver si veía a Baltazar Beller y Emilio Tomé, sus dos compañeros con los que el sábado anterior, en su reunión de los cuatro del tabernáculo, se habían puesto de acuerdo en encontrarse a esa hora y en ese lugar. No los encontró y entonces, se asomó al único puesto de café que, a distancia, más parecía un gran tarantín improvisado en zona de construcción, que lugar para una cafetería.

Pero cuando había llegado al borde de la acera, a unos pasos del mismo frente del café, ya era algo diferente. El olor, el aroma, no solamente a café fresco y acabado de colar, sino a vainilla acabada de cosechar, con toda la fragancia de su vaina entera, lo atraían. Y mientras más se acercaba, percibía esa otra combinación de aromas y olores a canela, clavo dulce, limoncillo y hasta a meloncillo de india que, atrayéndolo, con algo parecido a un suspiro delirante, por su boca y nariz, al respirar, en la medida que se acercaba a la entrada del cachivache, indulgente, a su alma sentía le llegaba. Dándole la sensación de que en ese lugar se expendía un producto de buen nombre y alta fama.

Mientras caminaba, acercándose a la entrada del lugar, entre sus labios por último murmuraba: "Este olor creo, transforma hasta el más vago sentir de los que aquí, sin intención de entrar, se acercan o dentro, disfrutando y relajados ya se encuentran". Se detuvo al lado de un poste del tendido eléctrico, que justamente quedaba en la parte frontal media del establecimiento. De este se agarraba una lona oscura que se extendía unos seis o siete metros hacia atrás, alejándose de la orilla del camino y sostenida por gruesas cuerdas que se agarraban a otros cuatros postes de unos tres metros de alto y en cuya base le habían adherido una masa de concreto, que por su peso los mantenía bien parado y agarrado al suelo.

Debajo, algunas mesas viejas, pero brillosas y muy limpias, seis en total y de las cuales cuatro estaban acompañadas con sillas de madera rústica con asiento de guano. Las otras dos, que eran las que más cerca estaban de la orilla del camino, eran altas y les llegaban por encima de la cintura al que al lado de ellas se paraba, pero estas no tenían sillas. Delito después de mirar, percibir los buenos olores, y sentir que se había dado un baño del agradable y humeante vapor, ese que se exhalaba, de los buenos aromas y fragancias, no pudo soportar la tentación de entrar al lugar y ver de cerca lo que se vendía.

Eran tantos y tan agradables los olores y aromas que expedían las bebidas, comidas frescas y tibias que se preparaban, que se sentía, como si fuera un lugar donde más que eso, se recogían virtudes y todas aquellas cosas necesarias, para sentirse satisfecho y halagado, como un gran ser en la vida.

Él se recogió, se arregló el pequeño macuto de tela gruesa en el que llevaba sus pertenencias y fue caminando hacia dentro del café de forma moderada y entre una docena de personas que dentro bebían café, té, o engullían algún bocado. Él se dirigió directo, hacia el fondo del lugar hasta que llegó a la parte que parecía era el mostrador. Una mesa cubierta con un mantel muy blanco de la misma altura que las del frente. Pero esta era el doble de ancha y se extendía a todo lo ancho, de lado a lado del lugar.

Encima de la larga mesa había siete amplios platos de porcelana y estaban cubiertos por tapas claras del mismo tamaño, conteniendo cada uno un tipo de golosina, galletitas de avena, pegotes de harina con trocitos de frutas y coco, tarta fresca de maíz, guanimos; coco rallado, cocido con azúcar, crema de leche y cortados en forma de rombos, empanadas de yuca y huevos cocidos en su cáscara.

Detrás, a más de un metro de distancia, totalmente paralelos a la gran mesa, cuatro anafes rústicos y hechos de aros de neumáticos de automóviles y en medio una mesa de tablas encajadas y redonda de un metro de ancho repleta de cafeteras de metal de varias medidas, para ser puestas al fuego y colar el café con el cual ya se habían cargado. Y un hombre de tes joven y masudo del que apenas, con la oscuridad detrás y el humo de los anafes, se le notaba la silueta encarnecida sobre el brillo del sudor que le bañaba su cara, su gran cuello, sus hombros y sus brazos. Un paño blanco le colgaba en su hombro izquierdo.

Él se movía con gran desenvolvimiento poniendo cafeteras y quitando otras del fuego, calentando algunas golosinas o hirviendo agua para té. Y respondiendo a los

----

llamados de una señora robusta, de tes clara, cuerpo macizo, alta y vestida con un vestido todo azul claro y un delantal de percalina gruesa y color blanco hueso que le bajaba hasta sus rodillas.

Ella traía y llevaba las golosinas, tazas, platillos y cafeteras a los clientes que estaban alrededor de las pocas mesas. Y con voz cálida, gruesa y metálica, como si hablara a través de un megáfono, reproducía, con un ronquido estruendoso y con voz que se imponía desde el centro del lugar, extendiendo su sonido grave hacia la parte donde se encontraba el joven hombre, todo aquello que le pedían los clientes. "Una taza de café; para el señor de los bigotes retorcidos, una cafetera de cuatro tazas; para el alemán, un guanimo rebanado; llegó el hombre de las escobas, y apúrate que, el que lleva las cargas de tabaco, ya está tarde y hoy vino con cuatro ayudantes. Dice que quiere una cafetera de doce tazas y me lo acaba de decir". Y así, ella se desenvolvía y atendía rápidamente a los clientes que entraban.

Casi a todos, al parecer, los conocía pues, aunque no los llamaba por sus nombres propios, a todos les tenía un nombre de pila. Esto fue algo que a Delito inmediatamente le llamó la atención y lo hizo sentir, como sí antes, hubiese estado en el lugar. Como sí él fuera parte de ese ambiente familiar y de confianza que ahí se respiraba. Y por ser la primera vez que él estaba en ese ambiente, se sentía bien y como sí a todo el que ahí estaba él lo conociera.

Hubo otra cosa que a Delito le llamó la atención, mientras la señora llevaba las cafeteras con los servicios de café a las mesas. Fue la razón por lo que él no les quitaba la vista de sus manos. Eran las cubiertas que ella les ponía a las cafeteras calientes antes de servirlas. Las tomaba de una pila que había en uno de los lados extremos de la mesa del fondo. Eran una especie de mini camisas gruesas y encorchadas, que cubrían las cafeteras. Todas de diferente tamaño y forma. Las usaba para vestirlas, cuando aún humeantes, calientes, desnudas en su metal, las ponía el joven muchacho, que hacía las labores en la parte de la cocina, sobre la misma mesa y ella antes de llevarlas a los clientes, con ellas las vestía.

Delito supuso que lo hacían para que nadie pueda sufrir alguna quemadura con el metal caliente, o el café casi hirviendo, que contenían las cafeteras, sí se derramaba el café o alguien, accidentalmente, la agarrara por la parte metálica.

La mujer de voz punzante ya observaba a Delito y en un momento de los que se dirigía hacia el fondo a recoger un artículo, para un cliente, le preguntó: "y a ti, muchachón, ¿qué te servimos?". Delito se puso nervioso y no supo que decir, ella continuó caminando y le dio tiempo a que él se compusiera. Entonces, segundos después, cuando se volvieron a encontrar, él le respondió: "Una empanada y dos guanimos". Ella siguió caminando hacia fondo del establecimiento y cuando se le quitó del frente, Delito extendió su mirada y vio que dos personas entraban al lugar. Se alegró y entre sus labios dijo: ¡Al fin están aquí!, eran Baltazar y Emilio.

Delito caminó hacia ellos y los saludó. Entonces, se quedaron de pie al lado de un extremo de una de las mesas altas que estaban más cerca de la carretera. La señora volvió donde Delito y le preguntó: "¿cómo quieres los guanimos, fríos o calientes, en rebanadas o enteros o dentro de su envoltura?". Delito le respondió: "Sra. Démelos enteros, me los llevaré, para el almuerzo. La empanada me la comeré a medio camino". Y la señora afirmando con su cabeza, miró a los dos amigos de Delito y les preguntó sí algo les apetecía.

Ellos solo dijeron que desearían una taza de café con leche caliente, más leche que café, para bebérselas inmediatamente y un guanimo en rebanadas, para cada uno. Cuando la señora acabó de gritar la orden de los dos nuevos clientes, Delito aprovechó y como pidiéndole que le deje pagar lo que le debía en ese momento, ella al mirarle, de inmediato le respondió: "Lo tuyo son .35 centavos".

Delito ya estaba sacando un billete de un peso de entre sus dedos y se lo entregó. Y mientras ella buscaba en uno de los bolsillos de su delantal cambio, para la devuelta, Delito, otra vez aprovechó y le dijo: "Nosotros somos estudiantes y vamos a la capital a tomar un examen muy importante. Tenemos muy poco dinero para el pasaje. ¿Usted no sabe sí algunos de sus clientes son los conductores de esos camiones y camionetas que hay estacionados en la orilla del camino?". Ella sin esperar más le contestó: "Mi hijo, todos esos son choferes, y les gustaría tener compañía en el camino. Pues andan solos y se sienten más seguros si llevan a alguien".

Y señalando a uno de los clientes, dijo, "miren ese que está ahí, el del bigote blanco y retorcido, es un hombre de muy buen corazón. Transporta jícaras de agüero y hace un momento me preguntó sí yo tenía algún cliente que querría viajar gratis hacia a la capital. Él llegará hacia la zona industrial de Herrera". Delito aprovechó, de una vez fue hacia el hombre y dándole los buenos días, le comunicó, que él y sus amigos estaban buscando un transporte gratis, para ir a la capital y que ellos eran estudiantes e iban a la universidad estatal a tomar un examen. El cliente retorciéndose un lado de los bigotes que le caían como dos goteras grandes de leche condensada, resbalándose por los laterales extremos de su boca, le respondió: "Me gustaría llevarlos, pero solo tengo espacio para dos, al menos que, uno se quiera sentar en una esquina que ha quedado vacía de la cama de la camioneta, junto a una carga de jícaras de agüero que llevo. Delito no escatimó y le dijo que sí, que se montarían con él.

Luego llamó los muchachos y al cabo de unos minutos ya estaban sobre la camioneta y de camino hacia la capital. Baltazar y Emilio se sentaron en la parte de atrás y Delito dentro de la cabina acompañando el señor de los bigotes. Entre cortas y amenas conversaciones que a veces eran iniciadas por el conductor o por el mismo Delito, minutos después de las 8:00AM ya habían llegado a la Capital. El conductor que le había dicho a Delito que llegaba hasta la zona de Herrera, con ellos, fue más que bondadoso, pues entró a la zona universitaria y los dejó a

----

tres cuadras del lugar exacto, que debían de ir y que era el lugar donde se celebraría la reunión.

Cuando los tres muchachos caminaron las pocas cuadras y en efecto llegaron, solo encontraron parte de la seguridad y unos cuantos vendedores ambulantes merodeando al rededor del lugar. El edificio era un suntuoso auditorio de puro mármol en su frente y recubierto de ladrillos blancos y azul grisáceos en sus laterales. Se extendía unos cuarentaicinco metros sobre una plaza hecha en mosaicos rústicos y del mismo material, que las paredes del edificio. A su pie y antes de la entrada, a flor de suelo, un inmenso símbolo ovalado, azul y gris; con unos cuantos mosaicos en su centro, formando una semilla germinada con tres hojas, y algunas siluetas de sombras.

Alrededor de esto, parecido a un sello gomígrafo, o ramas de laureles, puestas en circulo ovalado de forma vertical, varias inscripciones en latín. De un lado -In Apostolatum Culmine- y del otro -Quaerens Veritatem- Más allá, donde terminaba el símbolo, a unos diez metros, de la acera, estaba el suntuoso y erguido edificio, soportado por seis pilares pulidos de mármol, que se levantaban desde el suelo de forma vertical y decorando su frente.

Sobre sus cornisas, a la altura de unos siete metros, descansaban columnas transversales, que muy cortas, subían como soporte, en forma escalonada hasta el techo. Alrededor, y como una gran placa, descansando sobre las molduras de los siete y altos pilares del frente, una faja horizontal, que se extendía hacia los extremos, donde se unía con otras dos más angostas. Estas bajaban oblicuas desde el tope de la cumbrera del techo del edificio, formando un triángulo en forma piramidal. Y en el mismo medio de la franja, por debajo de los labrados de las cornisas, sobre la franja, había otra inscripción en latín y pintada en oro que decía: «Alma Mater». Y más abajo «Prima Lux Novi Orbis Terrarum Scientia». Seguida, no muy distante, por el siguiente número «MDXXXVIII»

El encuentro según la carta comenzaría a las 10:00 AM, pero ya alrededor de las 9:00 había una cantidad de jóvenes de todos los sectores del país que, casi, imposibilitaban caminar por el área. Sin embargo, mientras esperaban la hora de la tan esperada reunión, Delito y sus dos compañeros hablaron de la simbología del lugar y para relajarse un poco, caminaron despacio por el recinto universitario.

De regreso, se sentaron en un banco de un pequeño parque que había a media cuadra del auditorio. Ahí, Delito sacó la carta donde se le anunció que debía llegar a esa reunión. Se preguntó, un poco escéptico, sí se impartirían los exámenes a tiempo y Baltazar y Emilio, los dos, como sí estuvieran haciendo una coreografía, señalaron a la multitud de jóvenes, que además de ellos, también esperaban. Emilio dijo: "Delito, por lo menos no hemos venido solos. Esto parece que es real, ten más confianza, ¡se menos paranoico y más estoico!".

Cuando una hora y media más tarde ya la gran multitud de jóvenes se había apretujado en el auditorio,

----

unos sentados en las sillas, otros parados en los pasillos o sentados en el suelo, todo lo que recibieron fue una serie de instrucciones y panfletos informativos, que les anunciaban el procedimiento de como escogerían los 27 estudiantes, a partir de los tres mil, que tomarían los exámenes para las becas.

Les habían anunciado en el panfleto principal, que la primera prueba era haber llegado a la reunión y que todo aquel que no había venido perdía todo el derecho de seguir siendo candidato para la obtención de las becas. Que habían recibido más de cuatro mil aplicaciones y solo habían escogido tres mil, pero solo habían llegado a la reunión 1,287 estudiantes.

En ese momento hubo un bullicio extraordinario, pero Delito, Baltazar y Emilio solo se miraron a la cara y continuaron poniendo atención a los panelistas que anunciaban el procedimiento. Al final, se dieron cuenta que ese día no había necesidad de quedarse por más tiempo en ese lugar y tomaron un taxi de ruta, para llegar al lugar donde estaba la salida de la misma carretera por donde llegarían de vuelta a su ciudad.

Delito encontró que los exámenes académicos, para los cuales ya había estudiado tanto, no comenzarían, sino hasta el doce de febrero del año entrante. Y que los primeros exámenes a los que debía someterse eran exámenes médicos, en conjunción con pruebas físicas y algunos exámenes psicológicos.

También les comunicaron que, para facilitar la participación de todos los aplicantes, a esos que habían llegado a la reunión, los exámenes se les impartirían por grupos, de acuerdo con el orden alfabéticos de los apellidos y serían dos días por semanas. A Delito le tocó en el segundo grupo que comenzaría dos meses después. O sea, la última semana de noviembre. La fecha específica que le habían dado fue el sábado, 26 de noviembre.

Esto; sin embargo, fue ventajoso para él y a partir de esa fecha, incrementó sus horas de estudios. Casi no se dejaba ver, más que en las clases de la universidad y para ir a comer a la mesa cuando estaba en su casa. Hasta previo a los días que debía irse otra vez al lugar, donde debía de tomar las primeras pruebas, con los únicos que mantenía contacto era con los otros dos estudiantes de la clase del Liceo Baltazar y Emilio, siguiendo los principios al estilo de los «Cuatro del tabernáculo», pero sin la presencia de Pablo Fortuna.

Los tres ahora se seguían viendo solo los domingos. Y en esas reuniones revisaban y repasaban lo que habían estudiado. Sin embargo, a ellos les habían dado diferentes fechas, para los exámenes y fue aquella la primera y última vez que viajaron juntos.

Delito estudiaba sin cesar y además asistía a las clases de la universidad, lo que para él era una ventaja que, le ayudaba a pulirse en el espíritu competitivo, tanto físico como académico, de los exámenes. Y cuando llegó la fecha de las primeras pruebas, no tuvo ningún inconveniente ya que eran de carácter psicológicos y físicos. Probaban el coeficiente de inteligencia y la capacidad de soportar, tanto las dificultades y el stress, como también, la resistencia física y mental.

Aunque debía presentarse el día 26 de noviembre Delito decidió irse dos días antes y así, evitar ser víctima de algún imprevisto. Su madre, ya sabía totalmente de su plan y sin que él se dé cuenta, le facilitaba todo los que de ella estaba a su alcance. El día 23 de noviembre, más temprano que lo común, Doña Hortensia le sirvió la cena. Lo que preparó no era algo suntuoso, pero a Delito le sacó una buena parte, para que se lo comiera antes de salir en la mañana o llevárselo, como una comida fría, para que el almuerzo.

En la madrugada del 24 se despertó más temprano que la primera vez, se vistió y a las 3:35 AM, se marchó hacia la salida de la carretera. Esta vez estaba solo, pero más que otras veces, deseaba que Baltazar y Emilio, sus dos amigos y compañeros estuvieran con él. Los echaba de menos, los necesitaba, para preservar ese poquito de seguridad que le quitaba la opresión de sentirse solo y no ser abatido por la angustia que provoca la carencia de alguien en quien fiarse. Angustia en la que él vagamente se afirmaba mientras de su casa se alejaba. Por dos veces tuvo que hacer un esfuerzo para superar eso que, para él, más que una carencia, era casi una debilidad por afecto a los amigos, le dolía estar o hacer cosas solo.

Él miraba hacia el oscuro cielo y al redescubrir la infinita cantidad de estrellas que, suspendidas, de ellas se desprendían sus destellos, se hacía la idea de que en el firmamento alguien las colgaba, para desde ahí, iluminarle el momento. Y así, no permitía que de alguna manera se le anularan sus facultades de raciocinio y determinación, para seguir con el impulso que lo llevaba hacia el punto más alto del éxtasi de su inspiración.

Luego fue una jauría de machos vagabundos y biralatas. Los que aparecieron desde la oscura vegetación siguiendo a una perra en calor. Que, en cierto momento de estupor, mientras Delito caminaba acercándose al lugar donde ellos estaban, se atestaron al borde del camino celosamente protegiendo a la perra, como sí no quisieran que nadie mirara el dulce pavor de su suerte. Aquellos perros provocaron que Delito se detuviera un poco en su andar.

Los ladridos, maullares y chirridos que emitían los caninos, desesperados por la perra en celos y por cuyo proestro, en medio de la noche oscura, hacía que la jauría la persiguiera muy de cerca y de forma desordenada.

Esto acompañado de enfrentamientos, mordidas y empujones entre los bravucones perros, que se disputaban a la hembra, convertían la escena, aún lejos, pero entre las tenues luces de las bombillas de la calle a la vista de los ojos de Delito, en un caos del que, en cierto momento, él sintió bastante miedo. Era aquella angustia que se siente cuando hay indicios de desprotección y alarmante incertidumbre.

Delito no alcanzó a ver la cantidad total de perros, pues él, no lograba divisarlos todos a la distancia en que estaba de ellos y notaba que había algunos que se escondían y confundían tras las penumbras. En la medida

----

que a ellos se acercaba, empezó a sentir, que más le ladraban, y su incertidumbre, de un estado pasajero de excitación nerviosa, pasó a ser súbita inseguridad.

Se detuvo unos segundos y pensando que hacer, ya que no quería devolverse, miró hacia el cielo, respiró profundo y dio, de angustia, un suspiro. Entonces, puso su mirada hacia el suelo, hacia su entorno más cercano, buscando alguna piedra que le sirviera de arma en caso de que los perros los atacaran.

Encontró varias del tamaño de sus puños, luego compuso su bolso poniéndolo hacia su espalda y recogió tres de las piedras. Aseguró dos en su mano izquierda y la otra en la derecha. Las levantó a la altura de su cintura, y cruzó corriendo hacia el mismo medio de la avenida en que caminaba sin acercarse a los perros. Pero estos, que ya se habían dado cuenta del movimiento que Delito hizo, cuando se bajó a recoger las piedras, casi todos huyeron en un confuso y escandaloso tropel, despavoridos, llenos de miedo entre berrinches, ladridos y maullidos.

Solo dos perros, de los que apenas se divisaba sus siluetas, bajo la penumbra espesa de los árboles, al borde de la carretera, quedaron abandonados y atados, como si estuvieran amarrados por sus rabos, queriendo separarse. Ellos pujaban en silencio, en sentido opuesto, buscando separarse. Pero tan pronto Delito pasó la escena, corrió a paso doble y pronto sin proponérselo se olvidó de los perros y siguió avanzando.

En unos cuantos minutos, después del suceso, muy calmado y cargado de inspiración, llegó a los predios del puesto de café y al escuchar la voz gruesa y metálica, de ronquido estruendoso, que desde el centro del café se expandía hacia sus alrededores, como sí saliera cargada de aromas, perfumes y olores deliciosos a exquisitas especias que, como si suspendidas estaban en el ambiente, Delito no esperó y fue directamente hacia las mesas del frente.

Descansó su bulto, y al levantar su cabeza, para mirar a su alrededor, inmediatamente oyó la señora que, con voz estrepitosa, pero muy dulce exclamó: "Hoy llegó el muchachón de los guanimos y la empanada. Ojalá que le haya ido bien en el examen que tomó. ¡Cuándo vuelven es que aún están vivos, caminando entre los rieles de sus sueños!". Se le acercó, luego un poco más y con intensión de informarse, le preguntó: "Dime, mi hijo, ¿pasaste el examen?". "¿Por qué no venías por aquí?"

A Delito le cayó cierto nerviosismo, pues no esperaba que alguien que se desempeñara en un trabajo como ese tuviera una memoria tan detallista. Pero después de titubear un poco, y amoldando su lengua, para asegurarse de que, lo que decía, lo comunicaba de la forma correcta, afirmando con su cabeza, gesticuló, "Sí". Y añadió, "pero cuando llegamos al lugar nos informaron que el examen consistía en llegar a tiempo y luego nos dieron instrucciones de otras cosas que debíamos de hacer por separado y es por eso que hoy, usted, otra vez, me tiene aquí".

Delito ya en ese momento, muy seguro de sí mismo, añadió, "hoy solo me gustaría comerme un guanimo rebanado con una taza de chocolate". Y la señora, como un alto parlante, en su voz metálica, pero melodiosa; dejo salir de sus labios un suave y extendido sonido: "¡Un guaaaaanimo rebanaaado y un chocolaaate, para el muchachón!". Y volteando su cabeza hacia lado opuesto donde se había parado Delito, miró que llegaba otro cliente y de inmediato ella gritó: "¡Y una cafetera de cuatro tazas para él Alemán que acaba de llegar solo!".

Yo levanté mí cara, extendí mis ojos y vi un hombre alto, pecho macizo, manos grandes, de piel clara y quemada por el sol, cabello rizo, a medio recortar y mechones blancos como luz solar. Un cuello robusto, nariz puntiaguda y la boca casi cubierta por un bigote que parecía dos filos de cuchillas que les bajaban en forma opuesta desde la punta de su nariz hasta los extremos de sus labios y cuyos bordes, como cinta de plata, estaban llenos; también, de siluetas blancas.

Tan pronto entró se paró al lado de una de las mesas del frente, y ahí se quedó. Dio los buenos días y mirando a la señora, que todo lo servía, dijo: "Nereida, por favor, añádele a mí orden tres guanimos; dos rebanados, y uno para llevar". "También, dos huevos y, sí hoy tienes disponible, una lonja de «queso geo», ¡por favor!".

No habían pasado cinco minutos, cuando él Alemán, separándose de la mesa, caminó hacia el fondo del establecimiento y quiso tomar en sus manos una cafetera de un metal plateado y aún brillante, como si estuviera nueva. De cuyo interior, aún salía un hilo grueso de vapor de café acabado de colar, como sí fuera una mini locomotora. Y Nereida, apurada, caminando hacia él, le advirtió: "Espere no se me valla a quemar, que esa cafetera está muy caliente y sus manos son necesarias, para que maneje seguro en el camino".

Entonces, Ella tomó la cafetera, la introdujo dentro de una de las cubiertas que ahí, a su lado, había disponible. Le subió, hasta más abajo del borde de la tapa, una pequeña cremallera que tenía para asegurarla de que no se saliera y para cubrir todo el metal ardiente que brillaba de la cafetera. Entonces, ya segura de que el metal o el líquido caliente, sí se derramara, ya no lo quemaría, se la entregó y caminó con él hacia el frente.

Él se quedó de pie en la parte frontal de la mesa que estaba justo al lado de la que Delito estaba. Ahí, Doña Nereida le dejó un platillo y una taza de porcelana blanca; primero el platillo y sobre este, la taza. La señora antes de separarse del Alemán, le dijo, señalándome a Delito: "Ese joven que está ahí va para la capital." Delito se sorprendió, le levantó la mano en señar de aprobación, pero nada dijo. Mientras tanto, disfrutaba su tibio y cremoso chocolate, junto al guanimo rebanado que tanto le gustaba.

En ese momento una pareja que, parecían esposos, entró a la carpa. Doña Nereida volteó su cara y al verlos, con dulce voz casi ruborizada de alegría exclamó: "¡Hay fiestas hoy por estos caminos!". Y llena de júbilo, otra vez expresó: "¡Vendito sean ustedes!". "¡Ya los echaba de menos!". Luego, acercándose a ellos, les comentaba que casi habían pasado más de seis meses desde la última vez que la visitaron y ella se empezaba a preocupar de su prolongada ausencia. "¿Se van a sentar o se quedarán parados?" les preguntó.

Acto seguido, les dijo que la marranita que les vendieron ya había tenido su primer parto, y que le estaban buscando espacio a los cochinillos por que fueron once los que parió. Por último, casi inclinándose y mirándole a las caras, dijo: "Les agradezco mucho me la hayan vendido." La pareja se sonrió y la esposa animada le replicó: "¡qué dios te los bendiga y grande sea la piara!".

El esposo que según lo que oí, ella lo llamó por el nombre de Porfirio, le pidió una cafetera de seis tazas, cuatro huevos, dos empanadas, una patata dulce azada de mediano tamaño y en rodajas. Además, cuatro trocitos de coco dulce. Cuando doña Nereida les trajo la orden, al oído les anunció: "El café va por la casa, y sí desean más, pues le traeré otra cafetera." Y entonces, fue atender otros clientes que habían entrado al lugar.

La pareja se quedó sentada en la mesa que estaba directamente frente al Alemán, y perpendicular al punto donde estaba sorbiendo su café. Él miraba al centro de la mesa de los nuevos clientes donde aún yacía, humeante la cafetera dentro de su cubierta de lana y color anaranjado. Y se preguntaba, ¿de dónde habrá sacado esta gente esta idea tan fenomenal? ¿Quién la habrá pensado y confeccionado? Además de que sirve para prevenir una quemadura; también, preserva el calor y el aroma del café dentro de la cafetera por más tiempo. También, pensó que

ENRIQUE ANICO TAVERAS

acentuaba el colorido y carácter artístico al lugar. "¡Me recuerda la cocina, sobre la cual tanto me hablaba mí mamá, tenía mí abuela!". Eso se lo dijo, más luego a Delito, ya cuando iban de viaje en su camión.

Entonces, desde el lugar donde estaba parado, les dijo, en voz un poco alta para que la pareja lo oyera. "¿Verdad que es delicioso y agradable tener una cafetera bien decorada, llena de café, fresco, caliente y humeante, emitiendo, a través de su vapor mate, todo su aroma desde el mismo medio de la mesa donde se están sentados?". Y la señora le respondió, "¡sí, es exquisito! "¡Es como beberlo después de tostarlo en el cafetal!". Él Alemán con su voz dulce y juvenil, sin enmascarar su emoción, solo añadió, "¡es el más sabroso y aromático de toda el área! Además, este es el único que me despierta al instante".

Delito que ya en ese momento esperaba a la Sra. Nereida para pagarle; también, escuchaba la conversación. Claramente oyó cuando él Alemán le preguntó a la pareja sí los dos eran pasajeros o conductores de algún camión. El hombre que acompañaba a la mujer, le respondió que, los dos, eran conductores. Y luego añadió, nosotros solo hacemos dos viajes cada año, para llevar nuestra producción porcina al mercado y para eso alquilamos el camión.

En ese momento él Alemán se interesó más en la conversación y se acercó a la mesa donde estaba la pareja. Luego les preguntó, que cuantas cabezas de cerdos llevaban y que edad tenían. Ellos les dijeron que llevaban veintiuna cabezas, dieciocho de nueve a diez meses todos, más dos marranas y un macho sin castrar, cada uno de cinco meses de edad.

Él Alemán siguió con sus preguntas y quiso saber sí ya los tenían vendidos o lo llevaban, para ponerlos de venta al mercado. Y la Sra. se adelantó y le dijo, "vamos a entregar dieciocho de ellos que ya están vendidos, los tres restantes, los llevaremos al mercado". "¿Y cuál es el precio de esos tres?". Con mucho interés les preguntó él Alemán y recalcó, "¿los venden por kilos, por libra o por cabezas?". La Sra. dijo, "ya a todos, de acuerdo con su peso bruto, le tenemos precio".

El esposo que había permanecido sin decir nada; mientras, degustaba unos trozos de patata dulce azada y sorbía su café, oía la conversación sin mucho interés, pero en ese momento interrumpió y con mucha cordialidad preguntó: "¿Caballero, díganos, está usted interesado en comprar?". Y él Alemán le contestó que sí, que sí ellos estaban dispuestos a vender le compraría una hembra y el macho sin castrar. "¡Claro!" exclamó entusiasmado él Alemán, "sí el precio me conviene y me lo acomodan". La Sra. en ese instante, se puso de pie, extendió su mano y ofreciéndosela, se presentó frente a él: "Mi nombre es Clara Beltré de Portillo y él, es mi esposo Porfirio Portillo, somos los dos de la frontera, por los lados de Manzanillo".

Por último, lo convidó: "Venga con nosotros cuando terminemos y le mostraremos la belleza y salud de esos tres bellos lechones. Las hembras tienen casi el mismo peso 137 libras y el macho 155. El precio de las hembras es de 500 y el del macho 650. Pero le aseguro que les descontaremos el precio del transporte y un porciento por la facilidad de venta". La mujer sacó de su bolso una calculadora y rápidamente introdujo algunos números y luego le comunicó: "Si puede pagar 1,080.00 por los dos se los podrá llevar". En ese momento el esposo, ya había terminado su café y tan pronto pagó la cuenta, los tres caminaron hacia fuera de la carpa y se dirigieron hacia la parte izquierda al salir del puesto de café.

Delito se quedó en la mesa, y un momento más tarde, cuando él Alemán se convenció de que realmente iba a comprar los dos ejemplares que la señora le había propuesto, volvió y entró al puesto de café. Le pagó la cuenta a la Sra. Nereida, se despidió y de regreso, deteniéndose un poco a su lado, convidó a Delito a que le ayude, sí estaba dispuesto.

Delito con la esperanza de que lo llevaría, sacó un billete de un peso de su bolsillo, lo levantó y mirando a doña Nereida, como llamándola le informó: "Aquí le dejo el pago, guarde la devuelta y mil gracias Doña Nereida". Ella se apresuró, corrió hacia él y le dijo, "no, buen joven no, no, tú necesitas el cambio, no puedo deshacerte del sustento de hoy que, quizás, hará el bien mío en el mañana", y entregándole sesenta y dos centavos de vuelta, lo despidió. "¡Qué te valla bien y vuelvas pronto!".

Ya de camino hacia el camión donde estaban los puercos, Delito para sentir un poco de seguridad le preguntó, "¿Y usted, va hacia la capital?". Él Alemán le

----

respondió, "sí, tan pronto pongamos dos cerdos, que voy a comprar, en la parte trasera de mí camión, y de inmediato nos iremos.

El par de esposos que ya lo esperaban en la parte trasera del camión, ahí, donde llevaban los cerdos, y con una linterna encendida, le dieron una mano, para que él Aleman se suba al camión y viera con sus propios ojos los cerdos. Cuando los vio, se sorprendió y sin mediar palabras, con una alegría inusitada les dijo: Ahora mismo me los llevo, se ven espectacularmente saludables. Solo que hay que bajarlos y transferirlo a mí camión. Y en eso, para que el par de esposos vea su seriedad en el asunto, sacó un billete de mil y otro de cien de un royo de billetes que llevaba consigo en su bolsillo y se los dio. La señora abrió su cartera, sacó dinero menudo y le devolvió lo justo.

Mientras tanto, el esposo, que había quedado arriba con los cerdos, los ató con una cuerda doble al cuello y a cada uno le puso un lazo amarrado a la pata trasera de la derecha de los dos cerdos y luego, para maniatarlos, se las amarró a la que ya le había puesto al cuello. Una última cuerda más larga ató a las patas traseras que quedaron sueltas y otra en medio del cuello de los dos animales, para guiarlos. Luego bajó y desde el lado del camión sacó una rampa de madera, cubierta de una alfombra sucia y destartalada y la colocó justo detrás de la compuerta corrediza del camión.

Se volvió a subir por la misma rampa, entró a la parte del remolque donde estaban los puercos. Y los dos que había ya maniatados los azotó con una pequeña vara de guayaba, que aún olía al dulce frescor de la fruta. Y los dos cerdos llenos de calma, reposados mientras viajaban esa mañana, rendidos, comenzaron a salir del camión y sin ofrecer resistencia bajaron.

Al sentirse sobre el frio piso, no dieron ninguna oposición y sin emitir ningún chillido más que el repetido semi ronquido de su gruñir nasal, "oinrrque, oinrrque, oinrrque." Tranquilos permitieron que lo conduzcan hacia el otro camión. Todo fue más fácil de lo que pensaron los trocadores. Los dos animales caminaron, como sí se condujeran hacia alguna fiesta.

Tan pronto llegaron al camión del Alemán, el que aguardaba con el motor encendido, ataron los cerdos a un poste de la carretera que estaba del lado del camión y el Sr. Porfirio, diciéndole a Delito que lo acompañara, fueron de vuelta a su camión y desde allá, trajeron la rampa y la colocaron, para que subieran los puercos. En un dos por tres, azotándolos con la vara de guayaba, los dos cerdos subieron y se convirtieron en parte de la carga que llevaba el Alemán.

Luego, él Aleman y los esposos intercambiaron algunas palabras, se despidieron y por último, les comunicaron que estarían otra vez en el lugar, después de la segunda semana de abril, al finalizar la cuaresma el próximo año. El alemán y Delito se subieron a la cabina del camión y alrededor de las 5:30 AM salieron rumbo a la capital.

Cuando ya iban de camino y se habían alejado bastante del tráfico que se formaba en el tramo de los primeros diez kilómetros de carretera, él Alemán, comentando, le dijo a Delito que él lo había visto hacía ya un par de meses en el mismo sitio. Delito consintió y le habló del propósito de sus visitas y de lo que planeaba hacer en el futuro. Entonces, él Alemán, en la medida que conversaban empezó a dar indicios de ser un hombre con una madurez semejante a la de un profesor y un fluido y muy bien entonado hablar.

Delito le tomó confianza. Y le dijo: "En lo que llevo de vida, yo nunca he salido para quedarme solo en algún lugar fuera de mi casa, excepto, para ir donde familiares por una semana o dos, como máximo. Ahora tengo la necesidad de quedarme, solo por primera vez, en esa gran ciudad. Y no sé, sí donde estaré, que es el campo universitario, es una zona segura".

Luego le preguntó directamente, "¿Usted sabe si las cosas son seguras por esos lados?". Él Alemán le respondió, "Yo en realidad desconozco. Pues nunca cursé estudios universitarios y tampoco, he entrado al recinto. Solo te puedo hablar de lo que veo en las noticias y lo que presentan, es bastante patético". "Tú sabes, los estudiantes enfrentándose a las pedradas con la policía, bombas lacrimógenas y demás". Sí, consintió Delito. "¿Y es usted casado, tiene hijos?". Él Alemán, muy sereno, le contestó a Delito, "Yo, aunque parezca un hombre de cincuenta años, me casé hace solo tres años y vivo con mi esposa, en la parte alta de la ciudad. Ahí ocupamos un piso en una tercera planta".

ENRIQUE ANICO TAVERAS

"Ella trabaja para el instituto nacional del comercio y, además, es artista. Es la única y más bella mujer que he podido tener en toda mi vida. Nunca tuve una novia y muy joven, me quise ir al seminario de los Jesuitas, quería ser padre. Pero al segundo año, tuve que dejar de estudiar a causa de que contraje malaria. Y una de las fiebres que sufrí, me causó una parálisis temporal. No podía tornar mis ojos hacia los lados y no podía leer".

"Después que me sané, decidí volver de nuevo a estudiar, lo hice poco a poco, pero ya no era lo mismo. Me agotaba de inmediato y los ojos no me servían. Luego, me pusieron bajo un prolongado tratamiento que solo, once años más tarde, dio sus resultados. Recobré la vista, pero ya me sentía demasiado mayor para continuar estudiando. Fue cuando decidí aprender a manejar camiones".

"Tomé unos cuantos cursos y al cabo de cinco meses encontré este trabajo. Es de noche, pero solo curro cuatro días a la semana. A veces, sí cubro una emergencia y trabajo cinco o seis días, que es muy raro, me pagan el día doble. Eso no es tan bueno, pues me canso mucho y desilusiona a mí mujer".

Delito quiso intervenir, pero él Alemán que miraba hacia el frente, hacia el camino, prosiguió, "En fin, luego de ese largo padecimiento, yo me quise quedar soltero, para el resto de mi vida, pero la divinidad, con su primor, me premió y me dio, después que cumplí treinta y nueve años, la más hermosa de todas las mujeres. Duramos tres

---

años de novios, hasta que, para celebrar el cuarto año de amores, nos casamos".

"Ya hace tres años que vivimos juntos. Ella se llama Lucía y la mayor parte de su tiempo, cuando no está trabajando, me lo dedica a mí y la otra a su arte. Ella es artista plástica, y pinta tan bien, como pinta la naturaleza los paisajes que, claros, en días soleados, nos muestran los más bellos matices a través de nuestros ojos y a mí, temprano en las mañanas, cuando estoy manejando". Él hizo una pausa, luego suspiró y dijo: "¡Ay, estos paisajes de cuya fuga, con el sol saliente, brotando de su horizonte, la veo a ella abrir sus ojos todas las mañanas, para alumbrarme!".

"Yo nunca soñé con tener hijos, pero ya estando casado con ella, ha salido en cinta dos veces. Sin embargo, por razones médicas y complicaciones con su útero los ha perdido. A mí, las dos veces que eso ha pasado, me han tenido que llevar al hospital, con ataque de pánico. Hace nueve meses, después de la última crisis, le hicieron una operación para evitar que saliera en cinta, pero entonces a partir del quinto mes, ella empezó a cambiar y a ponerse, como si estuviera más joven y bonita".

"Yo con más frecuencia, como las velas, empecé a derretirme sobre ella y hubo que volver donde la obstetra. Ella encontró que, a pesar de la operación que le habían practicado, salió embarazada, pero seis semanas después, hubo que parar el embarazo. Al lado de la criatura que bajo nuestro júbilo en su vientre se desarrollaba; también, le estaba creciendo, a más velocidad, un quiste canceroso".

"Y ahora, cada día, antes de yo salir a trabajar, a mí me dan unos deseos de estar con ella que no puedo controlar. Por esa razón estoy llegando tarde al trabajo, a recoger las mercancías y a veces, me siento que me estoy quedando dormido mientras manejo. Esa es la razón por la que busco a alguien con quien ir cuando estoy en la carretera. Y sé, que cuando en la compañía se den cuenta, me van a llamar la atención o me van a correr, pues recoger gente extraña en el camino, según los estatutos, está prohibido."

Delito se mantenía oyendo y tranquilo. Él solo interrumpía cuando sentía que las palabras del Alemán solo hacían eco en su propio oído. Y para que sintiera su compañía, le hacía preguntas o lo incentivaba a hablar. En cierto momento, Delito le Preguntó, ¿Por qué la Sra. del café te dice, «Él Alemán»? Y él, exhalando un suspiro de orgullo, cuando quiso contestarle la pregunta a Delito, con todos los detalles, miró a lo lejos del camino y seguro de sí mismo, advirtió a Delito, "¡mira hacia allá, con lo que nos hemos encontrado en la carretera!". Y justo cuando comenzó a hablar, los dos se dieron cuenta, que, en la vía, no muy distante del punto desde donde miraron, se había formado un embotellamiento, que se veía a todo lo largo de la recta del camino y la hondonada, hasta perderse en la altura de las montañas, donde, más allá del verdor, se borraba en el horizonte en lontananza.

Él Alemán bajó la velocidad del camión de forma paulatina y luego continúo moviéndose a unos quince quilómetros por hora. Luego disminuyeron más la velocidad por otro corto periodo, hasta que se detuvieron y el tráfico se empezó acumular detrás de ellos. Algunos conductores tocaban su bocina sin comprender lo que pasaba.

También, se escuchaba el chillido de algún muelle oxidado, de alguna banda de frenos cristalizada; o en el carril adyacente, el de las zapatillas gastadas o frizadas de los frenos de un deteriorado minibús. Luego era el chirrido, chinnchirriante de alguna correa serpentina que patinaba entre las poleas que eran movidas por el engranaje de algún motor, que internamente seguía circulando. Y en el paseo, dos motociclistas gritando con todas las fuerzas de sus pulmones, "¡por favor, por favor dennos paso, quítense del medio!", y empujando con sus pies, extendidos desde los estribos de sus motocicletas, un destartalado auto, sin cabina, y con el motor visible y apagado, llevando una carga de cangrejos, les pasaba por el lado donde estaba sentado Delito, el los miró y se sonrió.

Él Alemán, a pesar del aire fresco de la mañana y el sol, que aún no acababa de levantarse, le ordenó a Delito que suba su ventana y encendió el aire acondicionado del camión. Luego se movieron, muy lentos, unos doscientos metros más, hasta que se vieron obligados a detenerse totalmente. Y aplicó el freno de emergencia, deteniendo los engranajes de la transmisión, pero dejó el motor en movimiento. Luego, arreglando su espaldar, le dijo a Delito: "¡Relájate muchacho!". Y los dos se acomodaron.

Más luego quiso calmarlo, "No te desesperes que, de a poco, llegaremos. Aquí duraremos por lo menos dos horas, lo sé, porque anoche, cuando iba a buscar la carga, me di cuenta de eso. A unos quince kilómetros de aquí habían cerrado este lado de la carretera", le dijo. Eso era cierto. Mientras el Alemán estuvo pasando por el lugar, en la vía contraria, estaban instalando algo en el camino, pero no se dio cuenta lo que era; a pesar de eso le dijo a Delio que, probablemente, lo han cerrado hasta que terminen o instalen otra parte.

Luego tomó un termo que había puesto a su lado y donde había echado más de la mitad del café que le había ordenado a Doña Nereida. Lo abrió, le pasó la tapa a Delito y en ella, mientras murmuraba, lo mucho que le gustaba el agradable aroma que el café despedía, le sirvió parte del contenido. Luego abrió un pequeño compartimiento que había debajo del radio del camión y sacó una taza muy colorida, parecida a una pieza con un arte desconocido y algo surrealista.

En ella, él se sirvió el resto del café, la levantó, y mirando a Delito, le dijo, "¡prost!", Luego con mucho orgullo volvió a decir, "mira esta taza, la hizo mí esposa, y el arte es de ella". Mostrándole a Delito una pintura plasmada sobre la taza de porcelana con base azul, tiznada sobre su superficie con brochazos que la manchaban con la pureza brillante de una colorida pintura. La que, ya frente a sus ojos, claro se notaba, era una pintura surrealista y algo abstracta; cuya figura, era la silueta de una mujer arrodillada, tocando, como sí fuera un arpa, las tensadas y resecas venas y arterias que había alrededor del frágil corazón de un hombre enamorado. Y su cabellera se convertía en pequeñas hebras y jirones sobresaltados hacia el borde de la taza, hasta entrar dentro, como si fuera el color marrón oscuro del café.

"No sé por qué", - y subiendo la taza a la altura de sus ojos, dijo el alemán, "siempre que bebo café con esta taza, yo siento que me aprovecha más y claro, me sabe mejor. Creo que es porque siento que cada trago de café o agua que de esta taza bebo, es el beso profundo de esa mujer que, a cada día, después que salgo, me espera en la casa. Esa para la cual vivo y sueño y a la cual siempre, cuando llego de este trabajo, con amor me entrego. Ella es como la llave que abre el cofre del alma, donde guardo su amor, mientras que, cuando estoy ausente lo cierra, para que no se me valla a perder mientras estoy en la calle".

Delito atento, oía lo que decía él Alemán, se ensimismó y mientras le ponía atención, para su adentro murmuraba, "este hombre habla como los poetas". Y en ese corto soliloquio de su interior, ya detenidos sobre las ruedas del camino, se relajaban tomando café. Delito a cortos sorbos, le preguntó al Alemán, "¿qué significa prost?". Nada, nada, contestó él, creo que significa salud. Era lo que mi padre, después que se servía una taza de café, o un trago de cerveza, o alcohol decía. Luego hubo un corto silencio y él Alemán le contó a Delito que su padre, hacía justo ese día, 27 años atrás, había muerto y que esperaba llegar temprano a su casa para ir con su

----

esposa al cementerio a ponerle flores a la tumba. Delito lo miró de reojo, luego como alguien que murmura, casi entre sus dientes, expresándoles condolencias, habló: "¡Que descanse en paz su padre!". Él Alemán no cambio el tono de su voz y continuó sin detenerse en su siguiente oración. "Ha pasado mucho tiempo, pero aún siento la pena de haberlo perdido a destiempo, ¡lo asesinaron!'.

Delito se sorprendió, lo miró con asombro, y soco como un toro, que ha quedado ensartado en la punza del primer estoque de un torero, le siguió el hilo, y en la siguiente oración oyó que, en voz muy baja, como guardando un respeto idolátrico, como con temor a ofender con su voz alta, pausado y medido dijo, "mi padre era un ser humano muy especial". Delito echó su cuerpo un poco hacia atrás, aguzó el oído y lo oyó con detención. "Él era un hombre tranquilo honorable, judío alemán, inteligente, increíblemente juicioso y guapo. Su nombre según el pasaporte era Henn Mann, pero los nazis les cambiaron el nombre por el de Hernesto Balkën".

"Durante la segunda guerra mundial, por desgracia, y obligado peleó del lado del ejército nazi, para luego venir a morir aquí y casi veinte años después de esta haber terminado. En la guerra de abril de 1965 cuatro meses después de esta haber comenzado. Murió aquí, sí en esta isla y en otra guerra que, aunque más justa, pudo haberse evitado. Cuando murió, aunque no fue en pleno combate, pertenecía al sector de los Constitucionalistas". Y así..., sin detenerse, con muy pocas pausas, continuo Él Aleman su narración.

… "Él Pensaba que jamás tomaría de nuevo un arma, pero no le dejaron alternativa. Tenía trabajo de secretario Fiscalizador del Ejército y un general de los del triunvirato, dos años antes de la guerra, lo quiso matar porque él presentó acusaciones en contra del general, con pruebas fehacientes de haber estado envuelto en actividades de corrupción relacionada a la compra de aviones P-51 para el ejército dominicano. Por eso lo apresaron y lo pusieron en una cerda, la cual también, le servía de oficina en la Fortaleza Ozama, que era donde trabajaba. Esta era una forma de protegerlo, castigarlo y esconder la verdad.

Al estallar la guerra, la fortaleza fue asaltada por soldados, coroneles, hombres honestos y el pueblo. A él lo liberaron, pero en vez de volver a nuestra casa, volvió a ser soldado, esta vez al servicio de la causa constitucionalista. Pronto, aunque mucho más mayor, volvió a ser lo que era, un soldado inteligente que peleaba como una fiera, y que, con su astucia, alcanzó el grado de mayor de las fuerzas rebeldes.

Combatiendo en el norte de la isla, al final de agosto del mismo año, en los límites del centro de la ciudad de San Francisco de Macoriz, en una iglesia, defendiendo un grupo de campesinos, a los cuales, no lo dejaban volver a sus tierras a recoger las cosechas, y en contra de una unidad del batallón norte del ejército, de treinta idos guardias, que habían desplegado en la zona, para aniquilar a todos los que se sabían, o de los cuales se tenía sospecha, apoyaban al ejército constitucional, peleó, como un león enfurecido, repeliendo esas fuerzas.

Los guardias se atrincheraron detrás de varios jeeps blindados en los que habían llegado y otra parte se colocaron al frente de los muros de un pequeño cementerio que había frente a la iglesia, desde donde comenzaron a rodearla; mientras, ametrallaban todo lo que dentro se movía. Mi padre estuvo combatiendo, solo con la ayuda del cura, ya que ninguno de los desalentados campesinos tenía armas, ni sabían manejarlas. Él y él cura defendiendo la posición con un fusil, dos pistolas y una Thompson, con nueve cartucheras y varias balas sueltas, disponibles, logró que todos evadieran el cerco y sobrevivieran, pero también, permitió, que un sacristán y tres monjas emprendieran su huida, para salvarse, junto al cura de la iglesia. Al final, también él, se escapó.

Más tarde buscando identificar un compañero, que según la noticia había sido fusilado por las mismas fuerzas del régimen, sin razón y a quema ropa, y que, según la información que le dieron, lo habían tirado junto a otros fusilados en el cementerio. Saliendo de la casa donde se refugiaba fue, por petición de los familiares de aquel hombre, a tratar de encontrar el cadáver. Él sabía que los sicarios del régimen del triunvirato lo estaban buscando para matarlo, pues él constituía una amenaza, no solo para ellos sino, para la justificación de las fuerzas extranjeras, los cuales, ya habían desembarcado un largo contingente de marinos en la isla.

Era la tarde del 26 de agosto y mientras buscaba el cuerpo del amigo, entre pilas de cadáveres, ya en descomposición, empezó a caer una tormenta de granizos con lluvias, relámpagos y fuertes truenos. Entonces, abandonó la búsqueda y se fue corriendo a buscar refugio. Y mientras iba a toda prisa, saliendo por una de las puertas laterales del cementerio, al cruzar la calle, frente a un puesto de flores, al que ya sin perder tiempo se dirigía, en busca de la amplia cobija que tenía el lugar, para cubrirse de la torrencial tormenta de hielo, la que parecía un cielo vomitando pedazos de plomo golpeándole su cabeza, a unos pocos metros de distancia del lugar, y cubriéndose su cabeza con un ejemplar del Periódico de ese día, desde dentro del cementerio, le dispararon una bala de alto calibre, que le perforó el cráneo.

La bala le penetró por la parte alta de la nuca y le salió por debajo de su ojo izquierdo. A unos metros más delante de donde él, por el impacto fulminante de la bala y la inercia de su cuerpo, al suelo caía, ya dentro de la floristería; la misma bala, que había continuado su trayecto, después de atravesarle el pecho por el ventrículo derecho de su corazón, a otra joven mujer que se desenvolvía expendiendo flores en la floristería, la bala fue a parar, al mismo centro de las vértebras de la madre de la misma muchacha que en ese instante barría el agua, que de tanto que era, le inundaba el negocio, matándolo a los tres al instante".

El cadáver de mí padre, lo recogieron los matones del ejército que le servían al exdictador y más tarde al triunvirato, pero dejaron abandonado el de las dos mujeres. Al otro día se lo llevaron a mí madre, todo bañado en sangre y lodo y el cráneo despedazado, acompañado por una carta mal escrita, la cual, decía que se había suicidado tirándose de cabeza desde un puente en la capital. A las dos mujeres, dada la cercanía al cementerio y circunstancia del asesinato, la comunidad y la iglesia solo pudieron recogerlas dos semanas más tarde, ya putrefactas. Así, como estaban, les dieron cristiana sepultura. Esas dos tumbas, hoy, ahí aún permanecen, en el mismo lugar que murieron las dos damas. Una convertida en amapola de sombra y la otra es una seiba en cuyos ramos crecen orquídeas epifitas, silvestres de prolongadas raíces aéreas, cubriendo sus troncos, como largas cabelleras.

Cuando eso sucedió, yo tenía catorce años, y debido a la separación mía y de mí padre, producto de la guerra y su previa, he injusta encarcelación, no supe de su muerte hasta que pasaron casi dos años. A mí, durante ese tiempo, temiendo a que me quieran hacer daño por haber sido el único descendiente de él, me escondieron en casa de un amigo íntimo de la familia, allá en un lugar en las montañas del noroeste de la isla. Y ahí permanecí hasta los dieciséis años, sin escuela, ni amigos, pero tratándome con las personas miembros de aquella familia y sus animales. Leyendo un montón de libros religiosos, que era lo que había y trabajando en una finca de café y cacao que ellos poseían.

Para mí madre, la impresión de ver a mi padre en aquellas condiciones fue tan grande, que le causó una parálisis cerebral de la que solo se repuso por unos días antes de morirse en la silla que siempre la sentaban en su propia casa. Siete años pasó ahí, sentada en su mecedora, hasta, que solo días después de haber despertado de su inconciencia, volvió a sentarse en ella por su propia cuenta. Y con el mismo ritual de los siete años pasados, esta vez pidiéndolo, le abrieron la puerta del frente. La luz del temprano sol, le iluminó su cara y tras ella, poquito después, se empezó a oír, que en silencio cantaba. Tarareaba notas de un viejo tango, "...era para mí la vida entera/ como un sol de primavera, / mí esperanza y mi pasión.../ Sabía...". Varias veces repitió las notas, como un estribillo y luego no se oyó más. Los que por ella velaban pensaron que se había dormido. A las seis de la tarde, ya cuando aparecían las primeras nieblas crepusculares del atardecer, se dieron cuenta que había sufrido un aneurisma agudo, que la había matado al instante, hacia siete horas.

Y ahí en la galería de su casa, murió en paz. Donde a ella, todos los días la sentaban, mientras sufría su parálisis y donde, por lo menos, disipaba su sufrimiento extendiendo sus ojos, mirando hacia afuera, hacia el jardín de un parque, que a su frente le quedaba. Ella solo lloraba y a duras penas movía sus dedos. De tiempo en tiempo, tenía momentos de lucides y obligaba a quienes la atendían, a que le colocaran pinceles en la boca, y su lado, papel y pintura. Entonces pintaba siluetas con degradaciones muy coloridas, como sí fueran atardeceres que morían en un mar de penas. Según las personas que la cuidaban, nunca pudieron quitarle ni una de esas piezas, las cuales, agarrando el pincel con su boca, ella, a trazos lentos, con todo su dolor componía. Pues cuando se la quitaban estallaba en llantos y berrinches que a cualquiera lo mataban de pena.

ENRIQUE ANICO TAVERAS

Y al final de la tarde aparecían total mente manchadas con lágrimas de angustia, que no se sabe cómo, sobre lo pintado, desde sus ojos, bajándole por sus mejillas, ella sin querer vertía. De estas pinturas nunca se logró preservar ninguna. Pues quienes la cuidaban nunca le hallaron ningún valor debido a la decoloración que sobre lo pintado le causaban sus lágrimas. Solo se preserva un poema que llegó a escribir haciendo trazos con un crucifijo, que llevaba de rosario, colgado en su cuello. Ella lloraba y obligaba a que le pusieran el crucifijo de oro en su boca, lo mordía y entonces dejaba caer su cuello. Mientras lo agarraba fuerte con sus dientes, movía su cabeza rayando el barniz del brazo de la mecedora en que la sentaban. Un día escribió una línea que se leía claramente, como un verso y luego, varios días después, le añadió otros y así, hasta que todo lo que escribió tomó forma y se leía, como un poema completo. Y ese poema, sobre el barniz de uno de los brazos de la mecedora en que la sentaban, fue lo único que dejó.

Me lo aprendí de memoria y nunca se me ha olvidado. Los vecinos lo titularon de la misma manera,

«El Poema del Brazo de la Mecedora».

Dos veces me mataron.
Dos veces me levanté.
Los esbirros solo asaltaron

----

la suerte pura y sana,
aquella que me hizo dama,
aquella que no encontré.
La fama ufana,
presuntuosa, de nada gana.
Se queda pobre, sin nada
y sigue vana.
El cuerpo deja en la desventura
vacío, drenado, árido y con dolor.
Ella, sino hay amor, queda.
En el alma deja, una invariable tortura.
Y no es el cuchillo, ni el sable
o la fuerza con que se entierra,
que en el corazón causa el dolor,
sino el por qué, aquel, sin temor,
el que agarra la empuñadura
que, con rabia y razón,
se levantó en aras de su dolor".
                        "A mí esposo".

Le escribió, después del último verso.

Delito callaba, atento lo oía, no decía nada, pero se había emocionado a tal punto que comenzó a oír sus propios latidos; entonces, para disipar, le quitó la atención y miró hacia el frente, hacia la carretera. Él vio la hilera de carros y autobuses que estaban detenidos delante de ellos. Sorprendido, extendiéndose, tratando de repuntar su mirada, se dio cuenta de la enorme magnitud del embotellamiento y cerro sus ojos. Cuando volvió a mirar, vio muchos de los conductores y pajeros fuera de sus autos, conversando, al borde del camino. Luego se dijo, para su adentro, "de aquí no nos moveremos por la próxima dos o tres horas". Y expresando un, "¡Oh dios!". Se agarró la frente con la palma de su mano y volvió la vista hacia él Alemán que se había quedado callado.

Delito se quedó pensativo y por un par de segundos, le volvieron a su mente las lecturas de las que había aprendido sobre la historia de su país; también, la de algunos autores y filósofos alemanes; así como, lo relativo a la segunda guerra mundial. Respiró profundo y se sintió calmado y le preguntó: "¿Y cómo se escapó tu padre de las manos del más siniestro ejercito que alguna vez haya existido en el mundo? Él Alemán simplemente continuó avanzando en su historia, hizo una pausa y unos segundos después volvió hablar.

ENRIQUE ANICO TAVERAS

CAPÍTULO
VI

"Mi padre me contó que llegó a esta isla a principio de junio del año 1943, a la edad de 23 años, bajo las condiciones más adversas que ser humano, alguna vez, haya podido sufrir. Mientras prestaba servicio militar durante la guerra, él trabajaba en un submarino de los que le llamaban "U2-bote" en las zonas de la parte oeste del océano atlántico haciendo guardias submarinas. Y estando en esa nave, mientras se dirigían hacia el sur de Florida a depositar minas cerca de sus puertos, sufrieron un ataque desde tierra y aire. Las bombas les averiaron parte del sistema de dirección al submarino, que era de los más modernos.

Poco antes de ese momento el bote y su tripulación pasaban no muy lejos del norte de las Islas Bermudas y al parecer, y tan pronto entraron a coordenadas que, según lo que él recordaba, eran +32.504, latitud -64.603 longitud, fueron detectados por los nuevos radales de alta frecuencia, que reciente, se habían inventado. En el

----

submarino se dio la alarma de que estaban siendo perseguidos y quisieron descender, pero las aguas en esa parte del mar eran superficiales y no se podían devolver. Así que, continuaron buscando aguas más profundas.

El ataque llegó, como si fueran vientos huracanados, sacudiendo el submarino desde su parte lateral a la izquierda de la quilla, mientras navegaba de noreste a suroeste. Tres violentos empujones se sintieron dentro. Estábamos siendo fustigados cerca de la costa norte de esa isla por bombarderos y por aviones caza submarinos que dejaban caer sus torpedos desde el aire, a flor de agua y como íbamos cerca de esas costas, en aguas poco profundas, el submarino fue golpeado en los hidroplanos medios y perdió la habilidad de ser dirigido y sumergido.

A uno de los tanques de flotabilidad se le averió el motor que bombeaba el aire para ser llenado o vaciado. Pero tuvieron la suerte de proseguir, aunque sin dirección, moviéndose muy cerca de la superficie y con todos los demás instrumentos funcionando, hasta que todo se calmó y el capitán dio la orden de no detenerse. De lo contrario, no se sabe lo que hubiese sucedido, pero de todas maneras estaban todos perdidos, fue todo cuestión de tiempo.

Según el teniente, de quien mí padre recibía ordenes, la decisión de seguir fue tomada debido a que los altos mandos, conociendo la posición, la cual, según él, después de escapar, se fueron metiendo en el Triángulo de las Bermudas y sabiendo que todas esas áreas eran demasiado profundas, se vieron obligados a seguir a flor de agua en la posición que se dirigían, impulsados por las corrientes marinas, temiendo a que, sí se sumergían, no iban a poder retornar a la superficie y debían de alcanzar una posición fuera de cualquier posibilidad de recibir otros ataques.

Y así continuaron, navegando a la deriva, por tres largos días, hasta que chocaron con unos arrecifes, muy cerca de las playas del noreste de esta isla y el bote quedó semihundido, he inservible. Un cuarto de hora después del impacto, entre el caos y la incertidumbre, un poco más de la mitad de la tripulación, que era de 57 marineros y gracias a que la escotilla no se había averiado, lograron salir con vida. Pero la otra parte de los marineros encontró su tumba en el mismo submarino, que también, minutos después, liberó sus almas. Ellos quedaron todos atrapados bajo un fuego que emergió desde el fondo del bote y cuyas llamas empezaron a salir por la escotilla, momentos antes de que ya hubiera 32 marineros fuera.

Seguido, mientras continuaban oyéndose gritos de muerte y desesperación por sobrevivir, como sí vinieran desde la parte baja del submarino, se oyeron pequeñas explosiones. Estas eran acompañadas de negras burbujas que se veían subir y se deshacían al hacer contacto con la superficie, liberando, alrededor de la parte de donde se amontonaban los desesperados marineros, un humo negro, muy caliente y hediondo como el carburo. El cual, luego se expandía en el aire, como fantasma infernal, convirtiéndose en estelas y girones de fuego. Los marineros que ya estaban fuera trataban de ayudar a los que, desesperados por salvarse, ya casi salían. De repente, hubo una explosión gigante que levantó los ribetes de acero, con todo y los grandes remaches que agarraban las placas de metal del rededor de la escotilla del submarino y eso convenció a los que ya estaban fuera del bote que, inmediatamente, debían alejarse de la agonizante nave. Y todos saltaron al agua buscando salvarse.

Mi padre me contó, que él comenzó a nadar lo más rápido que pudo tratando de alejarse rápidamente del bote y así lo hicieron otros. Mientras nadaba, cuando por momentos volteaba la cabeza, en su avance, sobre la cresta de una ola y en el impulso de su nado, a la altura de su hombro, en cierto momento, vio a otro marinero que nadaba cerca de él. Pero, en la hondonada de la misma ola y no antes de haber terminado de dar dos brazadas, cuando tratando de redescubrir, donde estaba ya el otro marinero, azorado, vio que justo frente a sus ojos y a poco menos de cinco metros de él, le cayó un pedazo de metal en llamas y humeante al marinero directo en su cabeza y lo desapareció.

Según mi padre me contaba, aquello era horrorizante, como una sangrienta batalla entre tres titanes, el aire, el agua y el fuego, disputándose el mayor número de vidas para su satisfacción. Y en medio ellos, nosotros, decía, '¡mortales tratando de sobrevivir!'. Él nadaba, tomaba la mayor cantidad de aire, para seguir con el mismo impulso. Abría sus ojos y ya a distancia veía, como la parte donde estaba la escotilla del vote, le crecían las

----

llamas y la humareda negra y oscura que, como un infierno se expandía.

A su alrededor no veía a nadie, pero se movía con todas sus ansias hacia la parte que claramente se veía estaba la playa, tratando de alejarse del punto que, como un volcán, desde el lugar donde quedo la escotilla del submarino vomitaba fuego, fuego como un volcán rabioso.

Se concentró en su nado y no puso más caso a los gritos de auxilio que se perdían entre el sonar de las repiqueteantes virutas de juego, cuando encadenadas por las llamas, se iban apagando en el levante, o en la hondonada de las olas y sus espumas al caer.

Escuchó una segunda detonación y en su desesperación por salvarse, cierto miedo lo amedrentó. Entonces, pensó, que algún pedazo de metal encendido y de los que con esta explosión habían volado, les podían aún caer encima, matarlo o herirlo. Mientras, él desesperado nadaba, buscando salvarse y a todo brazo, resistiéndose al cansancio. En ese momento, siguiendo la detonación, encogió su estómago y tomando impulso, para sumergirse profundo debajo del agua, antes que el pudiera reaccionar, llegó a él, como si fuera el estruendo de dos bofetadas que le dieran en su oído, incrementada por un empuje fuerte del agua en la dirección que nadaba, un golpe doble de sonido, impactándole como un eco ya débilmente después de la descarga, en sus dos oídos.

Aunque el impacto lo detuvo y no dejó que se sumergiera, en el trance, oyó otra explosión enorme, la que él, por su experiencia supuso, fue la de uno de los más grandes de los torpedos, que el submarino transportaba. Al instante abrió su boca y tomó una bocanada de aire y rápidamente se sumergió lo más profundo que pudo en la dirección que nadaba. Cuando volvió la superficie, ya estaba tan cansado que, aunque oyó gritos de auxilios, de dolor desesperante y exasperación de alguien que llamaba herido, le hizo caso omiso y siguió nadando, sin parar.

Unos minutos después, cuando ya estaba bastante distanciado, volvió a oír otra descarga, esta fue la última. Y al sentirse lejos, con el susto, tornó su cabeza, para mirar y lo único que vio fueron algunas virutas de fuego de poco tamaño que la explosión había lanzado al aire y caían ya a gran distancia de él, como meteoritos envueltos en fuego deshaciéndose, mientras descendiendo entraban en contacto con el aire.

Segundos después, altas olas que se movían desde el punto de la explosión y como parte de la onda expansiva, lo elevaron a unos metros sobre las altas crestas de las olas que se formaban. Y mientras nadaba, pudo presenciar que no estaba solo, que en ellas flotaban partes de los cuerpos cercenados. Los que, cubiertos bajo los jirones de telas y piel humana desgarrada se guardaban, dejando ver rabos de sangre coagulada, torsos mutilados, piernas arrancadas, cabezas despedazadas y chorros de sangre fresca que, por los impactos de las explosiones, tintaban largas betas, sobre el imperturbable azul del agua, de un rojo ceniciento de carbón petrificado y que olía a bala de cañón antiguo, espada oxidada y… Pero él no se detenía y fijó sus ojos hacia el horizonte verde de las playas que ya a menos de dos kilómetros de la orilla le esperaba.

ENRIQUE ANICO TAVERAS

CAPÍTULO
VII

"Fueron varias veces las que, antes de morir, me narró su historia. Me refería, que él y su familia de apellido Mann, eran muy dedicada al deporte y al estudio. Con gran orgullo me decía, que cuando cumplió dieciséis años, se había convertido en un nadador profesional. Con una disciplina deportiva en la que se había formado desde niño y que, debido a esto, también desarrolló varios e importantes dotes intelectuales, facilitándole obtener menciones y ser aceptado, para estudios de alto rendimiento académico. Tan pronto entró a la universidad, pasó a formar parte del equipo de natación de la Universidad Ludwig Maximilian de Múnich en la que fue matriculado en el año 1940.

Cuando la guerra arreciaba, por obligación y miedo de no ser asesinado, y después que su padre fue mandado a un campo de concentración en Polonia y donde, más tarde, supo que murió. A él, luego que fueron a recogerlo, junto a otros estudiantes, al mismo centro universitario,

----

lo obligaron a enfilarse al servicio militar y aceptar otro apellido. Y como él era un nadador excelente, se aprendía las cosas con facilidad y era muy bueno, para las cosas técnicas, lo mandaron a servir en la Marina Alemana bajo el nombre de Hernesto Balkën.

Ahí rápidamente lo entrenaron para trabajar en los sistemas de navegación por inercia de los U2-botes. En específico, él fue parte del equipo de navegación del «U2-bote-469», que hacía patrullajes individuales en el Mar Caribe y en el este del océano atlántico, alrededor de las zonas de Florida, las Bermudas, las Bahamas, Cuba, esta isla, y las Antillas menores.

Él, cada vez que contaba la historia, y llegaba a este punto, parecía como sí se le desencajara el cuello, se retorcía la nuca, se empujaba la cabeza, y agarrándosela con la palma de sus manos, como para que no se le callera; entonces, mirando hacia delante, la curvaba hacia el suelo y lloraba. Desde sus parpados dejaba caer una o dos lágrimas hacia el suelo y luego, lleno de emociones y amargos recuerdos; tembloroso, como evitando que no le estallara el esternón, se agarraba el pecho y sacudía su cabeza.

Mientras, como escapándose de una amargura con aflicción aguda, lleno de angustia, como el que quiere liberarse de algún remordimiento de culpabilidad, se daba unas palmadas en su frente y hundiendo su cuello entre sus clavículas, decía: 'Yo no soy un héroe, pero sin escapatoria y en contra de mí voluntad, una vez dentro de

---

las filas del maldito Ejército Nazi, luché por mí vida con el único deseo de sobrevivir, para luego ayudar a liberal Alemania de los que me hicieron prisionero, víctima y guardia de la guerra, sin olvidarme de volver a encontrar a mí padre, por lo menos, en los escombros de mis recuerdos'. 'Y no tuve suerte, pero sé que, en mí alma, nunca defendí las injusticias Nazis de antes, ni durante la guerra'. 'Yo solo fui un sobreviviente', decía siempre al final, con el mismo angustioso pesar.

Él, al verse más cerca de la orilla, nadando constantemente sin parar y ya por más de veinte minutos de no haber oído otro estallido, comenzó a nadar más pausadamente y tomando ciertos descansos, relajándose y flotando sobre las aguas. Su único temor ahora era el que algún pez de gran tamaño lo confundiera con su presa. Pero sabía que las explosiones habían ahuyentado los animales y para los que no se habían ahuyentado, comida había más que suficiente, sin necesidad de confrontarlo a él, como una presa viva.

Al fin cuando llegó a la playa, se movió como pudo hasta el último confín donde se esparcían suavemente para devolverse las olas. 'Llegué hasta ahí, hasta donde las sombras de las plantas quitaban la limpidez de la arena blanca, donde solo la humedad tocaba la planta de mis pies' y suspiraba. '¡Oh ahí!', decía él, '¡por fin encontré, al menos, una parte agridulce en aquel mar de amarga hiel!'.

Todas las veces que me contó la historia, en ese punto se detenía, lloraba y no se sabía, sí era de pena o de alegría. De igual forma lo narraba, y volvía al mismo punto una o dos veces. 'Yo, casi sin conocimiento, me desplomé, quedando boca abajo sobre la arena, hasta el otro día'. Solo recordaba que cuando llegó a la playa, el sol aún estaba radiante y se notaba una fuerte luz que sobre las espumas del agua resplandecía.

Alrededor de unas diez y seis horas después, lo despertó el único marinero que al igual que él, nadando, sobrevivió a la tragedia. Al primer momento que abrió uno de sus ojos se dio cuenta que era temprano en la mañana, el sol lo golpeaba mansamente sobre la parte izquierda de su cuerpo. Y alguien lo llamaba '¡Sargento, Sargento, Sargento!'. Él no se daba cuenta de dónde venía la voz, sí era una pesadilla, sí soñaba o era que dormía. Abrió un ojo, pero el otro, se le había llenado de arena y no lo sentía.

Luego el marinero, que tenía el rango de teniente, se le acercó a mí papá, y le habló al oído. Según él, oyó una voz que, intermitente, con voz de mando, decía, '¡Levántate, qué tú y yo somos los únicos que hemos sobrevivido!' '¡Levántate!'.

Él se sentía atontado, cansado y aún después de ese segundo llamado, solo levantó su cara, pero no respondió, de nuevo se dejó caer y volvió a la pesadilla. Esta vez sintió que un pedazo de hierro pesado le había caído sobre su pelvis, pero fue el teniente, que se había puesto de rodilla a su lado y le dio una trompada por culo; entonces, sintiéndolo en la parte posterior de sus testículos, mi padre reaccionó. Al poco rato, terminó por incorporarse y se abrazaron. Luego lo llevó de vuelta al agua, le sumergió la cabeza y le limpio el ojo. Poco a poco se despertó y recuperó sus energías.

Pero él y el teniente no intercambiaron palabras, tampoco informaciones o experiencias. Simplemente se sentaron, un poco separados uno del otro. Estaban sobre la arena, como si estuvieran meditando bajo el sol y mirando hacia el horizonte. A rededor de una media hora después, el teniente se puso de pie y dijo, 'hay que encontrar agua fresca, me muero de la sed', y caminó paralelo a la playa hasta que dejó de verse. Se perdió bajo la luz solar, que debido al corto espejismo y el contraste de la niebla de vapor que se levantaba en la orilla, como nube claramente se formaba.

Mi padre tornó sus ojos hacia la dirección que el teniente había tomado, pero solo vio, decía, 'el brillo sobre la perspectiva del sendero'. Aquella que a distancia formaban las espumas de las olas cuando se deshacían sobre la arena húmeda y brillante.

Luego se levantó y caminó hacia donde se encontraba la espesa y oscura vegetación. Penetró unos cincuenta metros y todo lo que encontró fue jungla, jungla espesa, muchas aves, que, entre la enmarañada vegetación, volando por doquier, eran los únicos animales que se veían. Luego volvió a la playa, encontró al teniente con

----

un cuchillo en su mano. Y cuando se le acercó le dijo: "Es mi cerbatana de servicio, nadé con ella sin darme cuenta de que la tenía atada a mí pierna". Luego el teniente le preguntó, sí él no había visto agua para beber. Él respondió que no que, en vez, había frutas, pero todas eran desconocidas para él.

Según mi padre, el teniente estaba desesperado por beber agua y se metió al mar para disipar un poco la sed. Luego salió del agua y con su propio cuchillo, empezó a escarbar en cualquier hoyo que encontraba. Le preguntó, para que el hacia eso y le respondió que ahí dentro vivían los cangrejos y que su carne, aunque estuviera cruda, era dulce. Él teniente terminó comiéndose una pila de más de quince cangrejos de todos los tamaños, mi padre le hizo compañía y según él se comió unos diez más que él.

Ya el sol se le había puesto a sus espaldas y sus rayos dejaban una corta sombra que venía desde la parte donde estaban las primeras hileras de árboles altos. El medio día había pasado, se sentían cansados y se recostaron directamente debajo de las sombras de unos frondosos uvales playeros, sobre la arena. Mi padre casi se dormía y el cielo de repente comenzó a nublarse. Luego una lluvia repentina con tormenta y fuerte vientos empezó a caer y corrieron a refugiarse hacia la parte donde había más vegetación.

Estando ahí, tras el tronco inmenso de un pino playero, no muy lejos de ellos, se desprendió un coco y al caer, el teniente vio, como la gran masa naranjo violáceo y pardo chocó sobre una exuberante raíz que largamente se extendía unos tres metros desde el tronco del árbol donde ellos se habían refugiado, hasta perderse bajo los escombros, las hierbas, los musgos y los colchones de hojas secas desiguales. El coco se agrietó y al instante, empezó desde su interior a emanar el agua. El teniente que había observado el rápido incidente, al ver el agua desde el coco chorrear, sediento como él estaba, a la velocidad de una bala fue y lo recogió. El gran fruto goteaba, él lo levantó con sus dos manos, se lo puso sobre su boca abierta y con ansias bebió.

Luego, comunicándole a mi padre, dijo que eso era agua dulce, bebió un más y luego le pasó el coco a mí padre. Según él, se bebió el último trago de agua que al coco le quedó. Luego el teniente, tomó el coco entre sus manos y se detuvo a observarlo. Tomó la cerbatana, he intentó abrirlo introduciéndole el cuchillo por la misma abertura que bebieron. Pero solo logró mirar que la hoja brillante y metálica del cuchillo salió manchada y con pequeñas virutas blancas de la leche y nuez del coco.

Luego de un tirón lo estrelló contra la misma raíz sobre la cual había caído, cuando se desprendió y el coco, quedó partido en dos mitades. De par en par, la nuez se vio desnuda y blanca, como dos lunas gemelas en pleno día entre sus jícaras rodeadas de gredas peludas y enmarañadas de su fibroso mesocarpio. Lo recogieron, le introdujeron sus dedos, como cucharas en la masa; con sus uñas, lo arañaron, se lo llevaron con desconfianza hacia la boca, y ambos mirándose a la cara, aunque le supo a casi a lo mismo que el agua, simplemente afirmaron que era una comida deliciosa.

Al pasar la lluvia caminaron de nuevo hacia la playa y el teniente comenzó a sonreír, se le había calmado la sed un poco. Mi padre le preguntó, '¿qué era eso que le estaba haciendo gracia?'. Y él, con cierta picardía, le contestó que toda la playa era como un solo bosque de esa fruta, que eran palmas y que él solo las había oído mencionar, pero que nunca había probado su fruto antes. Le expresó, 'Creo que se llaman Kokosnuss'. Luego miró hacia la vegetación y le dijo: 'Ese fruto del que bebimos agua es nuestra salvación'. Se volvió a sonreír y con un copioso instinto estimativo, abundante en probabilidades, todavía sonriendo, caminó de vuelta hacia la parte donde estaba la espesa vegetación.

Fue hacia el primer cocotero que encontró. Este estaba doblado y extendido con su tallo, como una gruesa columna que salía desde la vegetación unos seis metros extendiéndose en dirección vertical entre el cielo y el horizonte. Cuando estuvo a su lado, vio de cerca su tronco y la parte donde se embotellaba. Observó, como este se unía a sus espesas y multitudinarias raíces, que, como una greña pegoteada de finas serpientes, se incrustaban directo en la tierra arenosa, entre otros troncos de árboles y arbustos que a su lado le crecían.

Luego extendió su mirada hacia el tope y se imaginó una gruesa hipotenusa navegando sobre dos catetos imaginarios y arriba, en el ápice, agarrando su gran

ENRIQUE ANICO TAVERAS

follaje, al pie de las largas hojas de tiras, nervios y peciolos esmeraldas, las flores y frutas con su nuez, su azúcar y su agua.

Al cabo de unos minutos, lleno de encantos, corrió de vuelta hacia la playa, volvió, pero luego, después de excitado decir, 'ahora vengo', se encaminó hacia la vegetación y se desapareció. Mi padre se quedó en la playa hasta que escuchó la voz del teniente llamándolo. Se puso de pie y fue donde él estaba. Lo encontró con una pila de cocos a su lado. El teniente se había trepado a través de la rama de un esbelto framboyán que llegaba justo al punto donde le cruzaba el eje del inicio de las largas hojas de un cocotero, que estaba cargado de varios racimos de cocos.

Con sus propias manos desprendió todos los que pudo y de dos en dos, ambos los llevaron al punto donde se habían encontrado la primera vez y ahí detrás de una sombra, poco a poco, con la ayuda de la cerbatana y una piedra, lograron abrir el primero. De este solo pudieron probar la parte de la nuez del coco y comieron, pues el agua se le desparramó. Luego abrieron otros hasta que perfeccionaron la técnica y a menos de media hora pudieron, sin desperdicios, aprovecharlo todo.

Mi padre mientras comía, algo inspirado, bebiendo y saboreando la nuez del coco, expresó que esa playa era totalmente solitaria, que sus orillas y arenas eran tan hermosas, los montes eran tan bellos, su virginidad tan única, que parecía como si dios, por unos días, antes de dejarlos pasar al purgatorio, les había permitido a ellos entrar y disfrutar momentáneamente del paraíso. Él siempre cuando contaba esta parte, lleno de regocijo y melancolía, se le endulzaba el rostro.

El teniente, al oír a mí padre hablar, se sorprendió y compartió el punto de vista, comunicándole que, así, nunca había visto arenas tan limpias y brillantes en su vida. Que parecían como si nadie hubiese, alguna vez, caminado sobre ellas. Ya que los cristalillos de silicio eran como espejos, tan finos y limpios que, cuando uno miraba tornando sus ojos hacia el suelo, se podía sobre ellos observar las pupilas de los ojos pintados, como si fueran múltiples lunares transparentes, y eran tantos que hacían ver los ojos que miraban, cuales inmensos cristales, con una claridad y pureza de diamantes.

La vegetación espesa y tropical que había detrás de las arenas, además de los cocoteros, estaba formada por todo tipo de árboles que eran, para él desconocidos. Algunos muy altos, como los cocos y otros de copa anchas, troncos gruesos, hojas grandes y muy verdes; como el almendro tropical, el framboyán; con sus flores relumbrantes de fuego intenso y un tipo de pino, muy raro, con acículas parecidas a cuerdas delgadas y sueltas, como los fideos después de ser cocidos en agua de albahacas. Otras palmas más verdes y más brácteas con nueces pequeñísimos como el maní; también, había.

Y los había frutales de aromas agradable y de los cuales comían miles de aves de diferentes tamaños y plumajes, que trinaban su canto a ritmo de la fresca brisa y del vaivén de las olas. Las que parecían como sí; también, llegaban a la orilla a descansar".

ENRIQUE ANICO TAVERAS

ENRIQUE ANICO TAVERAS

CAPÍTULO
VIII

"Sin embargo, al cabo del sexto día, comiendo frutas, pequeños moluscos y cangrejos; también, bebiendo agua de coco. Ese paraíso se fue convirtiendo en infierno y en cementerio de los cadáveres, que hinchados enteros y mutilados de los compañeros tripulantes, aquellos que no sobrevivieron, poco a poco, sacados por las olas y las corrientes marinas hacia la orilla; también, comenzaron a llegar.

Mi padre contaba esto y era raro porque él, aunque nunca lloraba, lo hacía con gran desaliento, asco y pesadez. Sin embargo, decía, que, entre los cadáveres, flotaban cabezas, toras, extremidades enteras y mutiladas, torsos, o solo cuerpos sin sus cabezas y algunos, mientras se los comían, acompañados de pequeños y coloridos peces, alimentándose de sus tripas reventadas. Él y el otro sobreviviente, lograron rescatar once cuerpos, todos enteros, pero irreconocibles de la hinchazón y en

----

condiciones de total descomposición. Los que, empujados por las olas, llegaron a diferentes puntos de la playa. Decía que los cuerpos estaban tan podridos, que cuando lo agarraban por las partes que no estaban cubiertos por las telas de las ropas del uniforme militar, que aún vestían, los pedazos de carnes descompuestos y con hedor a carburo rancio y gelatinosos se le quedaban adheridos en sus manos.

La quinta noche, desde el día que empezaron aparecer cadáveres y después que los habían apilados en el extremo este, en la dirección hacia donde soplaba el viento, en un punto dentro del monte, separado de la playa, para que no les hedieran y luego enterrarlos. Los dos sintieron que se incrementó la temperatura, y para calmar el cansancio, los nervios, el asco y el calor, tuvieron que meterse al agua para refrescarse. Ahí pasaron el final de la tarde, haciendo planes sobre la arena, analizando su posición y buscando saber dónde se encontraban.

Al anochecer la brisa del mar cesó, y luego llegó una tormenta de mosquitos que casi los mataban con sus picadas. Para salvarse, tuvieron que meterse al agua, hasta las nucas y quedarse ahí, hasta muy tarde en la noche. Y dentro del agua, a nivel de sus cuellos, mientras conversaban, sintieron que, al moverse las olas, algo suave y pesado los empujaba. Fue así como se dieron cuenta que el último cadáver había llegado hasta la orilla, sin una pierna y sin cabeza. Cuando lo sacaron, los

ENRIQUE ANICO TAVERAS

----

mosquitos los atacaron de nuevo, y ahí sobre la arena dejaron el pedazo de cuerpo mutilado.

Por lo que al otro día y ya tarde en la mañana, se vieron obligados a decidir enterrar los muertos y pedazos de cuerpos. A todos, antes de enterrarlos, los desvistieron y las ropas las tomaron todas, para ellos protegerse. Al final, ayudándose con ciertos cuchillos y armamentos, los cuales, muchos cuerpos o pedazos de piernas mutiladas, aún llevaban adheridos a ellos, atados por correas o cananas, al igual que otros enseres que, se encontraban dentro de los bolsillos de los uniformes de los marineros muertos; también, con pedazos de palos secos, que con los cuchillos que encontraron, ellos cortaron y afilaron, lograron hacer coas y con ellas excavaron una fosa grande.

Entonces, los dos sintieron una depresión de casi inverosímil magnitud, pues cuando lograron reunir todos los cadáveres, para enterrarlos sin ropas, ya no eran cuerpos, sino espectros de desechos, residuos y jirones de piltrafas mal olientes que, tan pronto los depositaron juntos, en esa gran fosa que hicieron, en el extremo este y bien retirado de la playa, sintieron que se empezaron a parecer a ellos y se imaginaron, que los dos eran los muertos y las podridas piltrafas de cuerpos mal olientes, los que asistían al cementerio, para su entierro.

Como por fuerza de una inercia que desconocían, casi todos los días, hasta pasado la primera semana, los dos sobrevivientes iban a visitar el improvisado cementerio y les depositaban flores silvestres a los desconocidos

----

muertos y compañeros de nave, hasta que la pestilencia desapareció, los pedazos de cuerpo se descompusieron y en poco tiempo, los huesos levantados por cangrejos, el agua lluvia y el salitre totalmente emblanquecieron la superficie del pedazo de tierra donde lo enterraron y entonces sí, el lugar se vio, como un cementerio.

Según él contaba, el hambre nunca fue un problema para ellos, ya que atrapaban cangrejos y peces pequeños y lo comían crudos; también, comían frutas y almendras secas, pero más que todo cocos que, era lo que más había. Pero después del entierro, ninguno de los dos pudo ingerir más que agua de coco por los próximos siete u ocho días.

En los bolsillos de los marineros muertos encontraron cartas ilegibles; con sus letras ya disueltas y blanqueadas; por el efecto del agua y el salitre. Diarios, mapas, cartapacios, libros de bolsillos, tinteros, peines, lápices, plaquitas de metal conteniendo el nombre y apellido del soldado, crucifijos y cadenas, anillos, carteras, dos rifles que estaban atados a las espaldas de dos de los cuerpos que enteros llegaron, siete pistolas y balas. Una bella brújula en su bolso de cuero y dos relojes de alta calidad, hechos en puro oro y varios rubies que a través del cristal se le notaban. También, todo tipo de dineros; dólares, marcos, francos, pesetas, libras y hasta pesos argentinos.

Ellos reunieron un total de alrededor de 13,000 en diferentes monedas y aunque no sabían sí alguna vez lo usarían, con todo cuidado lo secaron. Luego lo pusieron dentro de varios calcetines de los que les habían quitado a los marineros muertos, para que no se descompusieran con el salitre y la humedad.

Con las ropas, también, hicieron hamacas y en ese lugar se quedaron por más de tres meses. Poco a poco fueron conociendo el lugar y abriéndose camino entre la espesa vegetación y la más de las veces, caminando hacia el oeste, en la misma posición en que solía en ese lugar ponerse el sol. Se iban por la playa y luego, cruzando por un área muy extensa de rocas muy porosas y puntiagudas, supieron que a unas 7 horas de camino quedaba una aldea de pecadores.

Ellos, con bastante cuidado y cautela, vigilantes se acercaron al lugar varias veces hasta que se dieron cuenta que en el lugar hablaban español con cierto acento dialectal. Lo que fue de muy buena suerte y gratitud para ellos, ya que, el otro marinero, que era un oficial de embarcaciones y fragatas, antes de la guerra y había vivido en Italia, Argentina y España. Allá aprendió el idioma español de forma tan sofisticada que lo hablaba, como un académico de la lengua española. Además, sabía muy buen inglés y aunque con un acento fuerte y muy característico de un alemán del sur, era casi perfecto. Más luego al pasar del tiempo, mi padre supo que él, también hablaba el idioma italiano perfectamente.

Su nombre era Friedrich Heisnberg. Un verdadero militar de carrera, según mi padre. Nunca quiso dispararle a nadie, ni a nada, todo lo quería resolver con la razón y el entendimiento, sin el uso de la fuerza. Tampoco, quiso

----

tomar ninguna de las armas que encontramos y mientras estuvieron viviendo en esa playa perdida, oriunda de la nada, para lo único que uso las balas, las pistolas y los dos rifles fue para dispararles a los ramilletes de coco que estaban, a veces, muy altos en sus matas.

Un día se decidieron entrar a la aldea y no se llevó más que dos de los cuchillos, un par de botas extras, las ropas con las que vestían, los relojes, la brújula y junto a otras pequeñas cosas, las hamacas con sus cobijas que hicieron con la ropa de los marineros muertos. Las armas de fuego con todos los cartuchos que les quedaban, junto a los demás utensilios, los enterró cerca de la fosa que cavaron, para los muertos.

Él Alemán, hizo una especie de paréntesis, y mientras, tomó la taza de café, bebió otro sorbo y le dijo a Delito, "este tráfico no se moverá por todo este rato". Delito le prestaba total atención, se quedó callado y él Alemán se bebió otro sorbo de café y continuó con la historia.

Mi padre no sabía ningún otro idioma más que la lengua alemana; entonces, así fue como entre los dos convidaron, que él se haría pasar por mudo y el oficial conduciría todas las conversaciones de lugar.

Cuando llegaron a la aldea, se aseguraron de que nadie los vea antes de que ellos vean a alguien. Y seguros de que podían tener ventajas en caso de conflicto, simplemente se acercaron lo más que pudieron al lugar donde se oían voces y luego, tranquilamente, sin causar

ENRIQUE ANICO TAVERAS

estorbos salieron del monte hacia la playa del lugar. Caminaron, como si anduvieran despabilados unos cincuenta metros y se detuvieron hablar con los únicos seres humanos que encontraron y que habían visto desde hacía un poco más de cuatro meses.

Eran dos pescadores uno muy joven y otro de media edad que estaban junto a tres pequeñas embarcaciones sobre la arena, desmontando unos paquetes que parecían trampas para peces, hechas de fibras de cogotes de cocos.

Al acercarse y hacer contactos con sus ojos, el oficial les comunicó que ellos eran turistas y que se habían perdido después que su embarcación había naufragado. El mayor de los pescadores era un hombre de tes quemada, y piel canela, ojos grandes y saltones, nariz, cuyo vértice tenía una obtusidad que contrastaba con lo sobresaltado del color amarillento de sus pupilas y un pelo gris, rayado y lacio todo alborotado.

No vestía camisa más que unos pantalones de un tejido de algodón rústico. Era corpulento, macizo, y con un brillo intenso sobre la piel que, cuando se movía, entre sombra y luz, parecía como un dibujo cubista, adquiriendo vida, y estaba modelándose antes los ojos de quien lo veía. El hombre tenía unos pectorales y trapecios que parecía como sí su cabeza fuera la de un pez mirando hacia el cielo. Con ademanes lentos, pero preciso en sus movimientos. Miró a los dos extranjeros, no dijo nada y con su mano, como si estuviera un objeto pesado en ella, levantándola, de forma lenta, les hizo seña, indicándole que vinieran con él.

El muchacho más joven se quedó en el lugar y mi padre, junto al oficial se fueron tras el pescador. Los tres caminaron alejándose de la orilla de la playa y a solo unos cien metros de distancia, desde donde estaban los tres votes, ya dentro de la tupida vegetación, entraron a un lugar bastante amplio, piso duro, rustico, calizo y techo alto. Era una terraza semi abierta que estaba medio escondida entre la vegetación, no muy lejos, pero justo al frente de la playa, desde donde se veía el horizonte por debajo del follaje y los palos de la alta vegetación, como sí se mirara a través de un alto y amplio túnel".

ENRIQUE ANICO TAVERAS

CAPÍTULO
IX

El lugar, como un casón de esos parecidos a los grandes almacenes, que común se encuentran en los puertos. Era alto de techo y en el lado opuesto a la entrada, en el fondo, tenía solo dos paredes, que le llegaban hasta el techo, acoplándose más arriba del cobertizo y formando una esquina en forma de L al revés, de unos 10 metros de ancho por unos 4 de alto. La otra mitad era parte de la misma cobija y estaba totalmente abierto y mirando hacia el mar. Como techo tenía una cobija de pencas de cana y palma, sostenido, además, de las dos paredes, por ocho pilares de troncos de coco, cortados a nivel y de la misma altura que la pared.

Cuando entraron, el lugar era tan espacioso y fresco como una iglesia. Había unas diez y ocho personas sentadas sobre sillas de guano, alrededor de mesones hechos de los mismos tablones que las paredes. Unos tejían, no sé qué cosa, otros comían y otros solo conversaban. Cuatro de ellos jugaban al dominó. Frente a las dos paredes había una barbacoa, de siete hornillas y utensilios de cocina que le colgaban. Estaban todos organizados y agarrados sobre estantes que estaban cruzados de lado a lado y anclados en dos postes que subían desde los mismos bordes de la barbacoa.

En el lateral, a mano izquierda desde donde entraron; también, había tres tinajos alineados. Esos estaban hechos de barro y arcilla quemada y eran, de por lo menos, un metro cincuenta de alto por uno de ancho cada uno y parecidos a tres grandes cebollas rojas.

Del otro lado, una pila de leña y cenizas, ¡mucha ceniza a su alrededor! Y llenando el mismo fondo de la esquina había utensilios de pesca, atarrayas, anzuelos, varas, trampas, etc. Frente a la otra pared, muy curioso y bien decorado, a una altura de medio metro, como gravitando desde el suelo, sostenido desde el techo por lasos que le colgaban, un bote colorido con estantes en su superficie, colgando, como si fuera una hamaca, agarrado con fuertes lazos y adherido a dos de los potes centrales de la pared y el techo. Estaba repleto, desde la quilla hasta la proa, de losas de barro cocido y algunas tazas de porcelana, platillos, jarros brillantes de aluminio, cucharas, cucharones, cuchillos, tenedores de madera y de metal, parrillas. También, botellas marrones, claras y verdes gruesas y delgadas, vacías, medias y llenas de alguna sustancia. Parecían prendas de todos los colores, formas y tamaños.

Delante, sentada en una silla, la más decorativa y grande que había, era una mujer, aún en la flor de su juventud con cara de poetiza enamorada y sonriente. Cuerpo delgado, pelo negro agarrado en una clineja bastante robusta, que le caía mansamente sobre un camisón de seda azul, con la que estaba vestida y le llegaba casi al fondo de su espalda. Al entrar el pescador con los dos extranjeros que le seguían, casi todos se levantaron y la dama desde su asiento los miró, y al ver que no eran del lugar; entonces, se puso de pie y caminó hacia ellos.

Ella, muy formal, se acercó y les dijo, ¡buenas tardes! Luego se dirigió al pescador. "Plotino", le preguntó: ¿quiénes son ellos? Lucía se quedó un poco perpleja, pues él no le habían informado que su esposo había retornado. Entonces, se encaminó hacia la parte del zaguán desde donde se veía hacia la playa, extendió su mirada y desde ahí expresó, "Yo no veo mástiles, ni velas, ¿dónde varó Cirilo la embarcación, Plotino?". Ya un poco nerviosa preguntó. No Sra. le contestó Plotino, "estos dos señores, no vinieron con Cirilo, solo los vi cuando hacia mí y Cesario se acercaban, como sí vinieran desde de la nada, por la misma orilla, como sí la playa lo trajera". "¡Oh! "Entonces es la playa que los ha traído, ¡esta es la primera vez que veo que la playa haya traído a alguien a pernoctar en la aldea!".

El oficial al oír la mujer hacer las preguntas y manifestar su presunción, no esperó y les informó, que ellos eran dos turistas que habían tomado un bote de pesca

----

y que la embarcación había naufragado. Luego le dio detalles del naufragio, pero sin referirse al U2-bote.

Dijo que ellos dos fueron los únicos sobrevivientes y que su compañero perdió la voz en el accidente. La joven y esbelta Sra. los mandó a sentar y le pidió al pescador que le busque agua en los tinajos y se las traiga. Bebieron agua, se calmaron y luego, cuando se sintieron en confianza, conversaron muy a tono con la mujer y todos los aldeanos, que estaban muy interesados en la conversación, se fueron acercando y sentando a su alrededor.

El oficial contestó todas las preguntas que los del lugar, muy sorprendidos y atónitos, les hicieron. Luego les dijeron que ellos dos eran los únicos visitantes extranjeros que a la aldea habían venido en muchos años. En ese momento, debido a los comentarios que uno de los presentes hizo sobre otras personas que habían llegado al lugar, fue que supieron que ellos estaban en República Dominicana y a más de trescientos kilómetros de su capital.

Les dijeron que el camino era tan malo, húmedo y enlodado que, para llegar en mulo o a caballo se tomaba hasta dos semanas y, sí había muchas lluvias, aún más tiempo. Dijo que hasta un Ford de palito que logró comprar Doña Eduvirgen tuvo que ser remolcado con ocho caballos, para llevarlo de vuelta al lugar donde se lo vendieron en la capital. Después que, tratando de llegar aquí, con varios días en el camino, se le oxidaron las

----

piezas y no rodó más. Y aunque le quedaba gasolina y lo trataron con grasa fresca de coco, en la última aldea donde se apagó, nunca pudieron volver a encenderlo.

Cuentan que, según le sucedieron las cosas, cuando La Agencia vio como estaba el carro todo lleno de oxidado y ella le contó sobre las condiciones del camino, solo quisieron devolverle la mitad del dinero. Ellos alegaron que ella nunca debió de irse en el carro hacia esta parte del país. Porque esta zona no estaba condicionada para que la gente viviera por estos remotos lugares, sino para la siembra de caña de azúcar y que debía de saber que los pantanos, cerca de las playas, aunque bellas, no permitían el desarrollo.

¡Pobre Doña Eduvirgen! Aquí ella nunca engañó a nadie y según los que la conocieron, solo le trajo bienestar a la gente. ¡Cómo puede haber hombres tan malos! Ya conocerán a Doña Carmen Sirena Báez del Mar, ella es igual de buena. Ella misma ha sabido devolver todo el dinero, cuando algún producto se le daña a destiempo, o el pescado salado le ha salido malo a algún cliente de la aldea.

Otros de los aldeanos, mientras tomaban confianza y se emocionaban oyendo la conversación, le propusieron albergarlos en sus casas. Luego la Sra. Lucia les dijo que su esposo, también, era pescador; pero que era quien poseía la embarcación más grande que había en el lugar y llevaba pasajeros y mercancía a un puerto, no muy lejano que había. Era un velero rústico de unos nueve metros y

----

medio de largo con proa plana y dos rompeolas. Con tres velas agarradas del mástil central y dos postes secundarios. Con capacidad para veinte pasajeros, y algunos equipajes.

Les dijo que solo navegaba en los días más claros, soleados y tranquilos de la semana, y siempre llevaba los pasajeros y transportaba las mercancías con bastante seguridad. Porque nunca permitía transportar más que la mitad de la capacidad del barco. Al momento haciendo hincapié, les propuso que se queden hasta que él llegara, pues esa vez, como muchas otras, no había llegado del viaje del día anterior. Les dijo que ya seguro venía de camino y que, posiblemente, estaba no muy lejos de la costa.

Les explicó que desde ese lugar nadie iba a la capital, por la razón que le había dicho el aldeano, sino a esa ciudad, hacia donde navegaba su esposo, ya que casi no había inconvenientes para llegar. Y aunque lloviera siempre era posible navegar con seguridad. Además, era el mejor lugar para desde ahí conducirse hacia cualquier punto del país. Porque allá, les informó, había una línea de tren, con dos trenes con su respectiva locomotora y cinco vagones cada uno. Además, un autobús que se llamaba «La Sigua», el cual, al igual que los trenes se desplazaba por los rieles, pero solo después de que estos, pasaban, desde una comunidad a otra haciendo paradas locales.

Que la ciudad se llamaba Samaná y que estaba a unas horas de la aldea, navegando hacia el noroeste. Cuando el viento era bueno y la marea estaba tranquila, dijo, se podría tomar hasta un mínimo de siete horas y media para llegar. Les comentó que el tren del que le hablaba salía de esa ciudad, dos y tres veces por día y que los podría llevar a cualquiera de las dos ciudades más grandes que había en el norte de la isla, en un tiempo récor de no más de medio día, aunque lloviera o hiciera mucho viento. Que esas ciudades estaban una en la parte norte y la otra en la parte central de la isla y que ahí encontrarían los mejores lugares para hospedarse. También, les dijo, que allá, hay todo tipo restaurantes, cafés, tiendas, bares y lugares de entretenimientos y de oficinas gubernamentales, donde les ayudarían a resolver sus problemas.

El cauteloso teniente con su acento académico, interrumpiendo le preguntó a la joven, "perdone Sra., ¿le podría preguntar su nombre?" Ella dijo que se llamaba Lucía. Luego con una amabilidad que sobresaltaba de todo lo que ella había conocido antes, otra vez le preguntó: ¿Y cuál fue el nombre de la ciudad a la que dijo se llega navegando? Ella repitió, se llama Samaná. Pero usted, le recalcó ella al teniente, "¿por qué, del mismo modo, no nos dice su nombre?". "¡Oh!, ¡oh, mi nombre es Friedrich Heisnberg! y mi amigo, como le dije, perdió la voz en el naufragio, se llama, Henn".

El teniente, después que dijo el nombre de mi padre, calló, cerró momentáneamente sus ojos y pensó. En ese

ENRIQUE ANICO TAVERAS

lapso, se recordó que había oído mencionar ese lugar. Él había visto ese nombre, «Samaná», más de una docena de veces en los mapas del submarino y en los centros de estudio de navegación en Hamburgo y también, mientras navegaba en los mares de Italia y Francia. Luego, de forma pausada, como queriendo saber su remota ubicación, sin levantar ninguna sospecha, preguntó de nuevo, "¿y este lugar, ¿cómo ustedes lo llaman?" La señora respondió, "les decimos Las Lagunas, pero todo el mundo fuera de aquí lo conoce como La Altagracia, es un territorio muy grande, he intransitable, ¡Es la punta de la isla!".

El teniente dejó salir una pequeña sonrisa de satisfacción porque en ese momento logró unir todos los puntos. El conocía todos los nombres de la geografía del lugar, pues el perteneció al equipo de navegación del hundido submarino y su entera carrera la había dedicado al mar. Llegando a ser su almirante, de flota en la Marina Italiana. En unos segundos, en su mente, hizo un mapa específico del lugar en que se encontraban, hacia donde navegarían y hacia donde irían una vez que se monten en el tren.

Y aunque hambrientos, pero lleno de satisfacción, el teniente le tocó los hombros a mí padre que, según él, se estaba haciendo el que no oía. Le hizo una seña, que en el lenguaje militar alemán Nazi, significaba que todo estaba comprendido y que había que esperar.

Luego el teniente les explicó a la Sra. y a los azorados pescadores que, desde el día que sucedió el naufragio y llegaron nadando vivos a la playa, solo habían ingerido, frutos, cocos y alguno que otro pez o cangrejo que habían pescado en la orilla de la playa, pero que se los habían comido crudos por que no tenían con que hacer fuego.

Entonces, se quedó callado y Lucia les dijo que ese lugar era la fonda de los pescadores y también, el lugar donde llegaban los pasajeros, cuando desembarcaban o iban a subir a la embarcación de su marido. Pero que solo se prepara desayuno y almuerzo y ya todo, excepto el pescado último que desembarcaron, los dos que estaban en la orilla de la playa, cuando ellos llegaron, se acabó.

Ella les ofreció sazonarles dos pargos rojos de más de una libra que, poco antes de que ellos aparecieran, había traído el pescador que los llevó a la posada. Ella les preguntó, qué si tenían dinero y él le contestó, ¿cuántos? Ella dijo, que se los iba a preparar gratis, pero había que pagárselo al pescador.

Plotino, que era su nombre, estaba atento, oyendo la conversación y ya muy interesado, queriendo decir algo, ya que se la pasó sin haber hablado desde que los vio llegar, le dijo a La Sra. Lucia que le cobrara .50 por cada pescado. El teniente les dijo que no tenía moneda nacional, pero sí llevaba algunos dólares y solo en billetes de diez y veinte. Todos se miraron a la cara, pero la única que sabía lo que eran los dólares era la Sra. Lucía. Entonces ella le preguntó qué sí tenían un dólar y sí no, cualquier menudo. El alemán le respondió, que había que buscar cambio, para un billete de 10. Pero les dijeron que no, que no tenían.

Sin importarle de sí llevaban o no dinero, la joven Sra. se puso de pie y caminó hacia el lado donde estaba la barbacoa y sacando parte de las últimas boronas de brazas que escondidas yacían encendidas, debajo de las cenizas de uno de los fogones, las removió. Luego, tomando varias estillas de leñas que las puso sobre las brasas volvió a atizar el fogón.

Entonces, con una habilidad y maestría extraordinaria, tomó una batea pulida y limpia. Sobre ella descamó los dos pargos, los lavó con agua y los condimentó con orégano, algo de pimienta, y una pasta hecha a base de grasa de coco y ajo, cebolla dulce y sal que conservaba en un recipiente de vidrio de boca ancha y tapón de bagá, que estaba sobre la barbacoa.

Desde un compartimiento que estaba en la parte baja de la barbacoa, ella sacó una parrilla gruesa de arcilla quemada y la puso sobre el fogón. Esperó unos minutos, que se calentara en el fuego, les tiró ceniza tibia y seca sobre ella y luego, con un escobillón de charamicos y ramitas secas de orégano, la limpió. Entonces se volvió hacia el bote que colgaba del otro lado del fogón y fue hacia uno de sus extremos. Tomó un frasco de tamaño mediano, cuadrado, claro y aplastado, que estaba a medio llenar con manteca de coco semi líquida. Sacó varias cucharadas y las vertió sobre la parrilla de arcilla. Y con

---

un paño muy limpio, que tomó de unos que muy blancos colgaban junto a otros en un pedestal, al lado de la barbacoa, esparció la grasa sobre la superficie de la parrilla. Y esta quedó brillante y clara. Por último, dejó caer pequeñísimos trocitos de ajo, otras cucharadas más de grasa de coco, y sobre ella los dos pargos rojos. Los cubrió con una tapa hecha de pencas de pecíolos de coco tejidas. A los pocos minutos, todo comenzó a despedir aromas de especias enigmáticas, para los alemanes.

El agradable y apetitoso olor que se movía ya como una nube invisible, circulando en todos los puntos y contornos del lugar, comenzó a calarle, como una corriente apetitosa hacia lo profundo del olfato y gusto de los dos hambrientos hombres extranjeros. Ellos que estaban sentados unos al lado del otro, como sí fueran dos niños, dándose protección mutua, tornaron sus caras, se miraron a los ojos y sonrientes se abrazaron enlazando sus cuerpos con toda la fuerza hasta unir sus hombros.

A los pocos segundos los asombrados aldeanos, tornaron sus miradas hacia otros puntos, pensando que, sí continuaban mirándolos, podían interrumpir el sagrado pudor masculino de los dos hombres. El que al momento ellos, manifestaron con varias lágrimas, brillantes de alegría. Las que claramente se vieron brotaron de sus ojos, como derretidas bombillas escurriéndose en su fondo, cuando les descendían por sus mejillas.

Mientras esto sucedía, solo una parte de las personas que estaban presentes en el lugar, con azoro, a sus caras se veían. Y ellos sin poderlo esconder, cuando empezaron a separarse, lo hicieron sintiendo una satisfacción de tanta profundidad existencial que solo, en su intimidad comprendían y alejando sus caras de nuevo se sonrieron mutuamente. Esta sonrisa los llevó a un estado melancólico que le recordó el momento cuando uno despertó al otro, el día después de la tragedia del submarino.

Pasaron varios minutos y la Sra. volteó los dos pescados, tomó un cuchillo y abriéndolo con cuidado, le hizo un corte horizontal desde las agallas hasta la cola y desde el mismo centro, les extrajo el espinazo y ahí en su lugar le aplicó un poco más del condimento de la botella. Los volvió a cerrar y les dejó caer dos cucharadas más de manteca de coco sobre la parrilla; luego, los cubrió por unos minutos más y se los sirvió sobre hojas de uvas de playa, en un plato plano de barro rústico, como la parrilla y dándole un tenedor de madera a cada uno, para que se lo comieran, les expresó, "¡buen provecho!", y luego caminó hacia los tinajos.

Lucía volvió con dos tazones hechas de jícaras de coco, llenas de agua. Se las puso al lado de los platos y les anunció: "¡bienvenidos a Las Lagunas!". Por último, con toda la elegancia y estilo con la que por la barbacoa se paseaba, ella volvió y se sentó de nuevo en su silla, frente a ellos al otro lado de la mesa.

Más luego les contó, que había estado varias veces en la ciudad de Samaná y que le encantaba ir al lugar. Que

----

vendían muchas cosas buenas, pero que desconocía la distancia específica en que se encontraban las ciudades hacia donde llegaban los trenes. Luego les dijo que ella había llegado a Las Lagunas, desde Samaná, pero que había nacido y crecido en la última ciudad a la que llegaba uno de los trenes. Y que esa ciudad se llamaba Puerto Alto. Que había llegado a las Lagunas traída por su mentora, con cuya madre, comenzó a trabajar cuando apenas tenía 14 años de edad.

Y se quedó, porque desde el momento que había entrado al barco sintió que se enamoró de Cirilo, del que luego supo, solo trabajaba para el dueño del barco, que era el abuelo de su mentora. Cirilo, les comentó ella, es ahora el dueño del barco y el amor de su vida. Pues desde el mismo momento cuando bajaron del bote, aquel día que trajeron a Doña Carmen Sirena Báez del Mar, hacia estos predios, frente a esas hermosas playas que; ustedes ven ahí, él me declaró que se había enamorado de mí. Que lo sintió desde que me vio entrar a la calle que da al pequeño muelle de troncos de coco en Samaná. Allá donde siempre ha descantado la milagrosa barca, para la que trabajaba y hoy es dueño. Ahí yacía atada por barloas esperando a que nosotros, yo y mi mentora, con algunos trabajadores, por primera vez entráramos a ella.

Al llegar aquí, con la timidez efervescente de una inocencia que le centelleaba, por último, diciéndome que algo se me había caído, me llamó hacia la proa del barco. Y ahí mirándome a los ojos, muy serio y seguro de sí mismo, me dijo, que él se había enamorado de mí. Yo estaba toda nerviosa y no sabía que decirle, porque yo, también, ya lo estaba de él. Mis pies me temblaban y tuve que sostenerme adhiriéndome a las barandas de la proa.

El desenvolvió un macuto pequeñito de una tela de pana color verde oscura y de él extrajo este collar de perlas, que había hecho en espera del momento oportuno y poniéndolo alrededor de mí cuello, me dijo que yo era la mujer de sus sueños, que lo supo desde el primer momento que le pasé por el frente de sus ojos, allá en Samaná. Luego me contó que lo hizo de las perlas que extraía de conchas, que él mismo había recogido en el fondo del mar, para la que él pensaba, un día, se convertiría en el amor de su vida. Me lo puso alrededor de mí cuello y con pasión, seguro de sí mismo, me pidió que aceptara su amor, que él me lo entregaba, para toda la vida.

No fue hasta seis meses después que, ya cansada de tantas picadas de mosquitos, el mucho trabajo, la monotonía de la misma comida y falta de mí familia, que decidí marcharme de Las Lagunas. Y ya montada en la barca, tempranito en la mañana y navegando, viento en popa, con la quilla apuntando hacia el mar abierto, hacia lo opuesto del crepúsculo, que ya mostraba sus primeras luces, casi a nuestra espalda, sentada, yo miraba hacia lo opuesto del horizonte, allá, hacia las playas que habíamos dejado.

Luego levanté mí vista hacia un pequeño montículo de estrellas, que reciente se notaban, como tratando de

----

descargar sus últimas luces en las lágrimas de mí pena, antes de que el sol al fin saliera. Aquella agonía que llevaba por haber dejado a mí mentora y maestra, o no saber que hacer con aquella declaración de amor de Cirilo, con aquel collar de perlas preciosas, que llevaba aún pendiente de mí alma y de mí cuello.

Sin esperarlo, Cirilo vino a mí, yo giré y miré hacia el horizonte que ya se aclaraba y oí que me dijo, muy cerquita de mí oído, "no te vallas, aún estamos a tiempo. Yo he vivido enamorado de ti por los últimos seis meses y desde entonces, has sido tú la última luz que miro cuando hay tormentas. Siento que siempre augurio la paz tras la sinceridad de tu mirada, la que adivino, hasta en la distancia. Después que te conocí, he vuelto a la aldea no porque haya algún motivo de llevar o traer algún pasajero o mercancía, sino porque tú estabas ahí. Sé que Doña Carmen es una gran mujer, pero tú, tú te has convertido en la ilusión de mi vida".

Y un lirio muy rojo y silvestre que esa mañana antes de salir había cortado, para ella, lo sacó del bolsillo de su camisa de lino blanco gastado por el salitre y sin que ella se dé cuenta, se lo puso a su lado, descansado sobre el banco, que justo al lado del mástil estaba. Ahí, no distante, desde donde sentada estaba ella y su lado yacía erguido y columpiándose, al compás de las olas, el majestuoso mástil de cuyo eje se tensaba la vela central de la barca.

Entonces, el hizo silencio y yo por orgullo, no queriéndolo mirar, con mí vista perdida hacia el horizonte, oía las olas que se estrellaban en la quilla del barco que manso, empujado por el viento, se desplazaba. Luego me di cuenta, que allá, en el horizonte, ante mí miraba, se aparecía un rayo de sol y todo se aclaraba. El viento nos empujaba y sobre una pequeña y tenue nube, una beta de brillantes colores sanguinas se había formado. Y más de sus palabras, como consuelo para mi alma, esperaba.

Cuando ya no lo sentí, torné mí cabeza y al mirar hacia mí lado, encontré el lirio, lo tomé y con deseo de extraerle el sentimiento con que Cirilo, para mí lo recogió, contra mí pecho lo estreché. Entonces, fui hacia la proa, ahí donde él estaba. Él me dijo que me amaba y yo le di mí primer beso. Luego dejó de pilotear, soltó el timón y mientras el barco se iba la deriva, cambiando de a poquito la dirección en la que el lo había dejado, nos abrazamos y nos amamos como dos locos peleándose por una prenda que al encontrarla se metió, como en la arena, perdida, más profunda en nuestros corazones.

Al cabo de diez minutos me di cuenta de que él había cambiado la dirección del barco, poniéndolo de vuelta hacia las playas de Las Lagunas. Cuando de vuelta llegamos y varamos cerca de la arena, me tomó a mí como una mariposa que llevaba sobre sus brazos. Y dejó los demás pasajeros en la barca. Al bajar me prestó su brazo, salimos del barco y yo mirándolo de lado, con todo mi amor, orgullosa, le crucé el mío y junto a él caminé sobre la arena, la cual a su lado no sentía pisar. Así, abrazados, llegamos hasta la vivienda en construcción donde estaba mí mentora, Carmen Sirena Báez del Mar.

Cuando llegamos donde ella estaba, él me tomó, muy tierno de mí mano izquierda y sin dejar de mirarme, se hincó frente de mí, al momento que a ella le anunciaba, "aquí le traigo su amiga Doña Carmen. Pero; también, vengo a pedirle permiso formal, para que ella pueda casarse conmigo". Doña Carmen dio una sonrisa de amplia satisfacción y dijo que sí, pero que había que poner fecha para el matrimonio, no antes de los próximos seis meses, porque ella tenía que terminar de construir la casa y traer un cura desde la ciudad.

Ese mismo día el volvió a salir y se llevó los pasajeros. Yo me quedé. El volvió mucho más temprano de lo esperado, lo hizo el próximo día y cargado de cosas buenas, condimentos, licores y golosinas. Pero dos días después, la próxima madrugada cuando volvió a salir, mí impaciencia no me dejó dormir. Doña Carmen tubo que prepararme té de tilo y manzanilla y hablarme varias veces, para calmarme. Ese fue el vieje, que yo recuerde, él, con más prisa haya dado. Cuando me desperté fue porque me fueron a tocar, buscándome a la puerta, para una fiesta que habían preparado justo al frente del mar, poco después que él había llegado temprano en la mañana.

Luego casi siete meses transcurrieron y al fin terminaron la reconstrucción de la casa. Doña Carmen fue

ENRIQUE ANICO TAVERAS

a Samaná y trajeron el cura de la ciudad y una cama nueva, muy bella. Nos casamos en la casa nueva de Doña Carmen y la que era la pequeña vivienda de Cirilo, que estaba justo al lado, la reconstruyeron con la ayuda de las grandes ideas de Doña Carmen, le añadieron una habitación y con la bella cama que habían traído, amueblaron el dormitorio y la casita se convirtió en nuestro hogar.

La casa es pequeña pero siempre está muy limpia, ordenada, florecido todo su jardín y una bella hortaliza que tiene siempre, nos suple de todo tipo de ensaladas. Pasado unos meses, entre todos construimos este lugar y le dimos forma, precio y horario a los viajes de Cirilo. La mayor parte de la pesca, que gran parte la salamos, al igual que alguna miel y muchos huevos que producimos; también, vasos y tazas de jícara de coco que hacemos y algunas otras artesanías que se hacen en el taller de doña Carmen es para la venta en Samaná.

Aquí se consume una parte de todo. Sí alguien no tiene dinero para pagar, como casi todos son pescadores, pueden pagar las deudas con pescados. Y sí no, porque hay varias personas que no quieren entrar al mar, entonces pagan con maíz, gallinas o algún producto de los que producen en sus patios, huevos principalmente o víveres. Por último, dijo: 'Esta comunidad es de gente buena, saludables y con muy buenas intenciones'.

Lucía de repente se dio cuenta que se había entretenido demasiado y olvidado de que ya iba oscurecer. Se puso de pie y se asomó, al tiempo que tornó su cabeza, para mirar hacia el mar a través del túnel que, desde el casón, sobre el camino formaba la espesa vegetación. Luego pensó que ya les había dicho a los extranjeros que, con buen tiempo, se podía llegar hasta en siete horas y media navegando hacia Samaná. Quiso volver al asiento y titubeó.

Luego, al ver que le ponían toda su atención, tratando de crearle confianza, dijo que su esposo hace ese viaje desde hace ya más de diez años, máximo tres veces por semana y que nunca, nunca se ha retrasado, más que cuando hay tormentas, ya que ha tenido que regresar a puerto, a veces remando con la ayuda de los mismos pasajeros, para proteger la embarcación, y así evitar un naufragio.

El oficial le miró la cara a su compañero y él, sin decir nada, flexionó sus labios, atascó sus ojos y hundió su cabeza en su cuello. Luego, como en forma de pregunta, le dijo a Lucia, que sí ellos hacían el viaje con su esposo, ya que no tenían moneda nacional, tendrían que llegar a la ciudad, para cambiar dinero y pagarle allá, pero que; también, le pagarían por el almuerzo que les sirvió y muy agradecido; por último, les dio de forma muy acentuada, las gracias.

Plotino, que desde que le contestó las dos preguntas a la Sra. Lucia, aún permanecía callado, en ese momento habló y le preguntó qué porque tenían, prisa para pagar. El teniente, miró disimuladamente a su compañero, le

----

hizo un gesto y como restando importancia a lo que quería decir, en vez comentó, "Es que ustedes han sido muy condescendientes y hospitalarios con nosotros, eso tiene un gran valor, ¡un valor incalculable!".

Pero Plotino, solo dijo hay que esperar a Cirilo, para que se los lleve y parándose de su silla, continuó diciendo, voy a mirar sí ya en el horizonte se divisan las velas. Por la siguiente hora, nada sucedió. Solo conversaban sobre cosas triviales, narraban algunas anécdotas, dándole oportunidad a las demás personas que se hallaban en el lugar, para que preguntaran o dijeran sus propias experiencias.

ENRIQUE ANICO TAVERAS

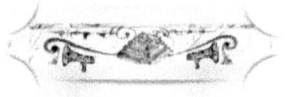

CAPÍTULO
X

Los que se atrevían a contar alguna vivencia, lo hacían con cierto temor de ser reprochados por sus compañeros en frente de los extranjeros, pero el oficial, aunque se daba cuenta del miedo, timidez y enflaquecimiento con que contaban las historias, se llenaba de júbilo al oírlas, no solo porque le ayudaba a conocer más sobre la aldea, sino porque las narraban con un tono tan infantil, he inocente que despertaban el más tierno interés de ser oídas.

Uno de ellos que era un tanto educado, con cierto dominio del lenguaje, ya que según, aquella tarde comentaron los demás, era un súbdito del abuelo de la señora. Ese les contó que, una vez, estaba a unas tres leguas de distancia de la playa pescando y a plena luz del atardecer empezó a tronar, pero él, atendiendo a los anzuelos, no veía la parte gris del cielo desde donde provenían los truenos. Más bien, solo percibía el amarillo fuego del sol poniente en dirección opuesta a la proa de

----

su vote. Y sucedió, que los truenos empezaron a oírse, como si estuvieran cayendo cada vez más cerca. Se asustó y subió la vela de su pequeña embarcación y sus anzuelos. Luego sacó los remos para ayudarse y llegar más pronto a la orilla. Ya remando, viento en popa, el mar comenzó a alborotarse y se le dificultó llegar. Así estando todavía en el mar, tratando de salir, oscureció.

Al llegar cerca de la orilla, ya todo estaba totalmente oscuro, no dejaba de tronar y se había dado cuenta que los rayos caían casi frente a sus ojos, con ráfagas de viento y lluvia sobre su cabeza. Se echó a la suerte y siguió avanzando hasta que la parte baja de la quilla, de su pequeña embarcación, tocó la arena. Y entre los relámpagos, que parecían mezclarse con los truenos, como ronquidos de dioses desesperados. Como sí fueran inmensas luciérnagas con luces vivas, he intermitentes, que se acercaban desde la tierra firme hacia él. Al llegar a la playa, en lo oscuro, no se fijó, pero sintió una cantidad de pequeños estallidos debajo de sus pies descalzos, como de algo que chocaba el piso del bote mientras este se anclaba con la fuerza de las olas sobre la arena.

Cuando salió del bote y quiso poner sus pies sobre el suelo, sintió que, en vez de arena, pisaba sobre piedras y cuchillas que le blandían sus dedos y talones. Eran garras, uñas duras y pelos, como si estuvieran electrizados, metérseles entre el puente de los pies y los dedos que se los arañaban.

Volvió rápidamente al bote, pero siguió oyendo, aunque poco menos, el ruido debajo de la madera del fondo de la embarcación; entonces, con todo y el dolor que le habían causado, se acercó con sus ojos y en la fracción del segundo que iluminó un relámpago, observó que había en el lugar miles y miles de cangrejos, todos tratando de meterse al mar por el mismo espacio que él mismo había zarpado hacia la playa.

Ese día en el que él, solo había atrapado algunos jureles y después que en unos segundos los cangrejos con sus cachos, le habían hecho barias heridas en las plantas y alrededor de los pies, mordiéndole, para defenderse de sus pisadas y que dijo recordarse, "duré casi dos semanas, para que se le curen las heridas", fue el día de su suerte y la mejor pesca desde que salió al mar con su propia barca y por primera vez hacía ya tres años.

Pues desde la barca y con ayuda de la camisa que él tenía puesta, la cual, dijo que se la quitó, para ponérsela alrededor de la mano y cubrirse, para no sentir las mordidas, logró llenar la barca de cangrejos, que eran muy azules y grandes. Los cubrió con la vela, para que no se salieran y fue aguantando el dolor de sus heridas, casi corriendo a la aldea, a buscar ayuda. Varios moradores despertaron y vinieron a ayudarle.

Y ya, después de la media noche, los cangrejos que él había atrapado, junto a otros que, con la ayuda de los que vinieron; también, cogieron, los habían puesto y acomodado todos en sacos de esos de cabuya que en la aldea tejían, antes de que Doña Carmen Sirena Báez del Mar llegara aquel lugar y el barco grande, aún no pertenecía a Cirilo. Esa noche durmieron pocas horas y tempranito y aún ha oscura zarparon hacia Samaná a venderlos.

La marea estaba buena y llegaron, según dijo el pescador, un poco después del mediodía. Luego se emocionó tanto, que parecía, él contaba su propia novela. 'Mientras descantábamos y descargábamos el barco'- decía, 'le dimos unas monedas a un buscón, para que gritara fuera del muelle, anunciando el producto. Solamente habíamos estado unos cinco minutos desde que los desembarcamos, cuando el capitán de uno de los restaurantes que servía en uno de los dos trenes y que, en ese momento, se veían desde el mercado del puerto, estaba detenido en la estación, vino hacia nosotros y después que se identificó, nos dijo que la gobernación de Santiago había ordenado la compra de cualquier marisco, para la cena anual de gobernadores y nos los compró todos.

Eran siete sacos inmensos de cangrejos azules, grandes y masudos, vivos y saludables todos, unos 100 por sacos. El capitán nos pagó veinte pesos por cada saco. Al otro día hubo fiesta en la aldea, al regresar llenamos el bote de todo tipo de cosas, en especial de esas que aquí no se producen y fue así que, a partir de ese vieje, las cosas empezaron a mejorar en este bello lugar de gente bendecidas.

También, fue ese día que trajimos la mujer, que a casi a todos los que viven aquí, nos hizo rico. Ella, Lucía y sus dos ayudantes fueron los únicos pasajeros que ese día se montaron en el bote con nosotros.

Pues traían una cantidad de valijas que no dejaron espacio, para sentar otros pasajeros. Sin embargo, esa fue nuestra grandísima bendición. Nosotros no sabíamos, para que parte de la aldea ellos venían, ni donde se iban a quedar, pues aquí no existía ni una posada, ni hotel, ni pensión en la cual quedarse y en las pequeñas chozas de los pocos que vivíamos aquí, no había, ni siquiera, un zaguán donde ponerlas. Yo y Cirilo, mientras poníamos las velas en sotavento y en dirección a estas playas, tan pronto se formó el seno en las velas y la embarcación se desplazó, manteniendo más estabilidad cuando chocaba con las olas, empezamos a sentir una pesadez y desazón que nos oprimía el pecho y nuestras conciencias.

Era un nerviosismo que no nos dejaba tranquilos. Hablamos sobre el asunto, prestándole casi toda nuestra atención. Ya cuando dirigimos el barco hacia acá, ese día, yo me había encargado de atender las velas en caso de que algún lazo se suelte y me senté debajo de la botavara, al extremo de la vela mayor y aún, agarrando el lazo del mastelero de gavia que lo había extendido, miraba a Cirilo que no dejaba de mirar a la Señorita Lucía.

La Sra. Carmen Sirena Báez del Mar de talla alta, de joven edad, con una seriedad de monja sabia en monasterio, pelo marrón, semi suelto y un poco rizado,

----

cara con un cutis entero y suave como la canela, ojos escondidos detrás de unos espejuelos claros, redondos y avanzados sobre su casi perfecta nariz. Se había sentado a mí izquierda, al otro lado del mástil.

Poco después, se levantó dos veces del asiento, para arreglarse su vestido azul de jeem casual, de cuello en V, manga larga y talle alto que vestía. Luego mirando al mar de lado, hacia donde soplaba el viento, golpeado por la brisa, su pelo se abanderaba, se ondulaba en el aire, como banderín de mástil de un barco pirata, espeso de oxido, y marrón brillante por la luz que reflejaba. Ella sacó un lazo, se agarró el pelo, se sentó de nuevo y un tarrito de manteca de cacao, que extrajo de su bolsillo, con sus dedos, lo abrió. Se untó sobre los labios que, al ser golpeados por los rayos del sol le brillaron tanto, que parecían como dos pequeñas tilapias rojas apareándose en la superficie del agua.

Luego, entró el tarrito dentro de uno de los bolsillos del vestido y de su cartera extrajo un libro, se acomodó, cruzó sus piernas y comenzó a leer. Yo quise mirarla y fue cuando me saltó, con nerviosismo y desde el mismo medio de mí pecho, otra vez, la preocupación de no saber con certeza, dónde era, que, a alguien de ese talle, nosotros les íbamos a encontrar un lugar apropiado para alojarle.

Que no tendríamos nada que ofrecerle en la aldea, más que pescados, cangrejos, moluscos y mucho, muchos mosquitos. Entonces, mi deseo de hablarle se transformó en una mirada de mariapalito, y ella adivinó aquella mirada mía de osadía. Levantó su cara y sus ojos, que ya desde sus espejuelos, los tenía puestos sobre el libro. Los vi cuando avanzaron hacia el lado derecho de la rabiza de sus ojos. Yo me quedé sin pestañear, fijo, mirando de su sombra, su silueta, y absorto en su belleza.

Cuando ella, totalmente hacia mí, tornó su cara, yo quedé anonadado, era como una diosa. Se quitó los lentes, y sobresaltado vi, como sí ella hubiese lanzado en forma acusatoria sus dos pupilas hacia las mías. Se detuvo, me miró y yo adiviné su intención de hablarme, y antes de que ella pronunciara su primer fonema, yo dije: 'Seño…, señorieee, eh…, eh, uh, y se me atragantaron las palabras'.

Pero ella con voz más dulce que la misma miel me confortó, 'No se ponga nervioso, parece que usted es un joven muy prudente, creo, que sí me quiere decir algo, debe decírmelo sin miedo, sin nerviosismo y con decisión'. 'Quiero sentir que los marineros que me acogieron en esta barca, aunque sean simples pescadores aventureros del mar, sean hombres seguros y decididos a enfrentar cualquier percance'. 'Yiie.., oh, y, y.siii., loou, sí, sí lo puede sentir se, se señora'. Fue todo lo que alcancé a decirle. Por último, ella dijo, 'le aseguro que le entenderé'.

Yo no encontré otra alternativa y decidí callar. Me fui a la proa, junto a Cirilo y lleno de nerviosismo, como reprochándome, oí que me ordenó, ¡ve y pregúntale, sí

----

ella piensa quedarse en Las Lagunas! Yo me volvía y vi como cirilo de una vez, después de hablarme, tornó sus ojos, para mirar, con más interés que a la misma brújula, a la otra señorita.

Di unos pasos y otra vez, agarrándome del mastelero, me vi frente al mástil y al lado de la elegante y para mí, en ese momento, misteriosa mujer que aún leía. Pensé lo que le diría y sin detenerme a razonarlo, sin ella prestarme atención, fui hasta su lado, y como una carretilla sin freno, le hice la pregunta: '¿Se dirige usted con nosotros directamente a Las Lagunas, o usted habló con el Capitán, para llevarla a otro lugar?'. Ella con la misma dulzura y parsimonia, que la primera vez, pausada, me respondió que no sabía hacia donde iba, que quería ir a un lugar recóndito y remoto de los tantos que había en la isla, para tratar de olvidarse hasta del tiempo.

Yo me quedé boquiabierto y no supe que decirle, pero luego, creo, me surgió el razonamiento correcto. Más sorprendido de mí mismo, que de lo que le decía, como si fueran buenas nuevas le informé: '¡Ah pues, a tomado usted el barco correcto!'. 'Las Lagunas es el lugar donde los dioses, según nos contaron, perdieron la noción del tiempo y no lo supieron hasta que decidieron navegar por todo un día y la mitad de una noche, para volver a encontrarlo. Y luego supieron, que estaba ahí, encima de ellos, en su imaginación, opuesto al sol, las estrellas y las constelaciones'.

Y así fue como todo comenzó. Pasó un poco de tiempo y luego hicimos este gran zaguán, esta fonda, la barbacoa y poco a poco trayendo instrumentos y otros haciéndolos aquí, hemos llegado a tener lo que ustedes ven. Pero la heroína de todo esto es La Señora Carmen Sirena Báez del Mar.

CAPITULO

XI

En la medida que entrando la tarde se acercaba el crepúsculo, los alemanes veían que, poco a poco, las gentes que le rodeaban se fueron desapareciendo. Que solo quedaron tres de los pescadores y la Sra. Lucía. Entonces, ella se paró por última vez de la silla y anunció, 'yo me voy, sí desean venir a la villa, está a unos cuantos pasos caminando', y señalando, les hizo mirar. 'Ese que está ahí, al inicio del claro, es el trillo que deben de tomar, para llegar al camino. Sí se quedan aquí, los podrían matar los mosquitos, tienen que acercarse lo más que puedan a la playa, para evitar sus picadas o irse con nosotros al caserío'. Luego señalando al pescador que hizo el cuento de los cangrejos, les comunicó, que él es el único que se quedará, para ayudar a su esposo en caso de que llegue en la noche. El anclará el bote que quedó sobre el agua, moviéndolo, un poco más hacia dentro del mar, para poder dormir. Pero el bote solo tiene espacio para una persona.

El teniente, miró a mí padre y al mirarse, se dispusieron, junto a uno de los pescadores, a seguir a la mujer que ya había tomado una cartera llena de ajuares y a grandes pasos, se había encaminado por el trillo que les había indicado. Y así, como Lucia había dicho, en menos de quinientos pasos ya los cuatro estaban entrando al área de un caserío donde se oían ladridos, maullares de perros y el cascareo de gallos y gallinas exaltados por la presencia de los visitantes.

Pasaron por el mismo medio de varias casitas, simples y muy bien entabladas y luego por un jardín con un árbol grande de copa ancha y lleno de verdor, que más bien, se veía eran penumbras de la tarde, mientras sin sus rayos tocarle, se acostaba el sol. En las periferias de los límites de sus ramas, una enorme cantidad de florecillas rojas que parecía como si desde sus orillas se estuvieran derritiendo pedazos de velas tintadas de rojo bermellón.

Avanzaron unos cincuenta pasos más y llegaron a una casa con un jardín de rosas, claveles, azucenas, miosotis, gardenias y un olor a jazmín que se imponía, despertando el deseo de curar la agonía del manto turbio del pasado y rehacerlo entre las fragancias que despedían las flores de ese lugar.

Él Alemán se detuvo en su narración, se dio otro sorbo de café, miró por el espejo retrovisor y hacia el lado de la ventanilla y vio que la mayoría de personas se habían desmontado de sus carros y conversaban entre ellos. Otros estaban parados o sentados en la orilla del camino y Delito, al ver que se detuvo, lo miró con un poco de

----

impaciencia, queriendo saber más de la historia que le contaba. Él Alemán le dijo, "no te impacientes, que aún, hay mucho todavía que cotar. Mi padre era un hombre que narraba las cosas con tantos detalles que, a veces, también impacientaba. Y así como tú te sientes ahora, así me ponía yo, cuando en tardes de reuniones familiares le oía sus largos soliloquios.

Luego continuo la narración, mi padre con sus veinte y tantos años se hacía el mudo, pero quizás con más de nueve meses que no veía una mujer, no sé cómo se contenía manteniendo todo el tiempo el respeto. ¡Era un hombre muy racional, tremendamente humano y civilizado! Así era él, todo integridad, respeto y lleno de virtudes.

Esa elegante mujer que nos encaminaba, me decía él, con sus aromas a especias, a cenizas invertebradas de fogón muerto, grata, apacible y complaciente, mientras caminábamos por entre las flores, el perfil de las hojas, al captar los olores, era como la imaginación diluyéndose en el gozo refrescante que se percibía, mientras pasaban por ese jardín lleno de aromas y oscurecía.

Al final Lucía, muy sosegada y cariñosa, les dijo, 'ustedes ya son como de la familia. Váyanse por este lado, y al final encontrarán una ducha de agua fresca, lávense bien los pies y cuando se hayan refrescado, vuelvan y toquen a esta puerta, pero háganlo con cuidado, para que el perro no se valla asustar'. Uno de los pescadores que, hace ya un rato había salido, para acá, vino a informarle a Doña Carmen de su presencia, él les abrirá. Ya se que ella quiere conocerlos y quizás aquí haya algo para cenar. Cuando ya casi se separaban, Lucía los llamó y les habló de nuevo, 'me olvidé, permitan que les dé un musú y un poco de legía'.

Ellos esperaron y cuando ella regresó, le entregó un pedazo de jabón que olía un poquito a lejía, a grasa de coco cocida y sus flores. También, les dio un musú fresco que parecía, como sí lo hubieran destripado ese mismo día. Cuando el oficial lo tomó en su mano, se detuvo a mirarlo, y lleno de sorpresa, y nostalgia en alemán comentó, 'Das ist ein luffa'. Y poniéndolo en frente de los ojos de mí padre, en su español académico recalcó: '¡Esto es una lufa!'.

De inmediato sacó la cerbatana de su bolsillo, le hizo un gesto, para que mi padre sostenga una parte del extremo del musú y lo cortó por el mismo medio y cada uno tomó el pedazo que le quedó en la mano. Cuando Lucía se fue, casi en secreto, se dijeron en alemán. 'Verdammter krieg! Welcher der beiden wird schmutziger sein?'. '¡Maldita Guerra! ¡Cuál de los dos de nosotros estará más sucio!' Por último, sonriendo, con duda sospechosa y escondiendo el labio superior dijo: 'Riecht new'. '¡Huele a nuevo, como si estuviera cosido!'.

Mi padre que ya quería estallar con una de sus curiosidades, después que se pasó parte del día sin decir una palabra, y tratando de añadir un poco de sazón a la final espera de no haberse bañado en agua dulce por los últimos seis o siete meses, dijo: 'Nach der Dusche werden wir zwei kínder'. 'Después de la ducha nos convertiremos en dos niños', los dos se sonrieron, y el teniente, añadió: 'Wir brauchen nur den Rasierer'. "Solo nos falta la rasuradora".

Se lavaron como pudieron y volvieron al rato, pero nadie les abrió la puerta, sino que la misma Lucia los estaba esperando ya que, sin decírselo, Doña Carmen les había organizado una cena pequeña, pero formal. De mantel en mesa y hasta la última de las 7 botellas de vino que, para su viaje, hacía 9 años su padre le había comprado, decidió abrirla.

Cuando los dos alemanes regresaron, olían ya más a flores y coco fresco que, al sudor viejo que, en parte, habían dejado en la ducha. Uno vestía camisa de franela y pantalones militares alemanes con sus botas puesta y el otro con el camisón sin insignias y pantalones. Al volver hacia la parte que era el frente de la casa, notaron el contraste de los olores en su olfato. Era la fragancia a coco que le había dejado el jabón, exaltado por la acción del poco de lejía y el musú fresco.

Ya frente a la entrada, casi llegando a la galería, como anonadados, se detuvieron a observar desde afuera unas llamativas tapias, de bejucos tejidos entre ladrillos rústicos que decoraban el espacio de la entrada, que a media luz se veía, le colgaban unas flores bellísimas y muy coloridas, con un jazmín limonero, muy verde, que de unos dos metros le crecía a un lado. Eran vivas orquídeas de raíces colgantes y más adentro, ya bajo el techo de la galería y entre sus paredes, pequeños óleos en

ENRIQUE ANICO TAVERAS

----

planchas de madera encrestados entre ladrillos cocidos y pulidos sobre las mismas paredes.

El oficial decía, para sí, entre sus dientes y su idioma; también, para que mi padre lo entendiera, "se siente deseo de quedarse aquí, para siempre. Quien será esta señora que tiene un gusto tan especial y refinado."

Al pasar hacia la antesala de la reluciente vivienda les dio la sensación de que habían entrado al zaguán vacío del paraíso. Nada había ahí, más que cuatro paredes pintadas de un azul claro y cielo con sombras blancas. Sobre la cubierta del techo, los mismos colores, pero con algunas degradaciones oscuras y muchos puntos dorados. Algunos expresando jirones de luces que cambiaban de tono mientras te movía a través del piso mirándolos.

Cuatro pequeños taburetes en forma de ángulo sin patas, atascados a dos pies de altura, en las esquinas. El suelo era verde, empedrado con pequeñas piedras planas y oscuras, como las penumbras de un bosque espeso, con dos puertas, totalmente sólidas y pintadas de amarillo brillante, una a la entrada y otra de salida.

Pero más intrigados se quedaron los alemanes, cuándo detenidamente observaron, que el techo completo era un mural, en forma de cúpula, iluminado por cuatro candelabros que, en cada esquina, por un garfio que salía desde el vértice de los ángulos, los sostenían y cuyas ardientes llamas daban la sensación de que estaban apuntando hacia el cielo estrellado. Parecía, como sí el que mirara estuviera extendiendo su vista a través de una redonda ventana hacia cielo abierto marcado por la tenue luz de los candelabros.

Entonces los dos alemanes se miraron a la cara y sin decirse nada, se empezaron, con más ahínco, a sentir casi embelesados y a cuestionar, ¿quién era la Sra. Carmen? Cuando ya terminaban de pasar, mirando hacia arriba, desde la otra puerta, sin dejar de observar, hacia la llamativa cúpula, pasaron la otra puerta y en ese instante se oyó una voz muy sola y modesta. "¡Buenas tardes!, por favor, desvístanse las botas, y colóquenlas con sus calcetines debajo del árbol de Jazmín, que está hacia su izquierda al entrar a la sala". Ahí, bajo el aroma de las flores y de las hojas no se dejarán sentir y tomarán mejor aliento".

Ninguno de los dos se había dado cuenta, que en la parte baja del centro de la pared lateral, a la derecha de la entrada, había un hueco, a través del cual, se veía sembrado el tronco robusto de un arbusto, cuyo verde follaje, muy oscurecido por las sombras de la noche, como pequeñas luces tiernas, se le notaban, relucientes, las fragantes y blancas florecitas a través de una ventana que el hueco tenía más arriba. Era un corto traspatio cuyo techo era el follaje del arbusto. La voz era la de Sra. Carmen Sirena Báez del Mar que, dándole los últimos toques a su mesa, aún no se dejaba ver. En ese momento apareció Lucía y los orientó, indicándole donde estaba el bajo, pero frondoso árbol, el cual, era el más alto de varios que había, y parecían estar dentro de la modesta, pero altamente acomodada casa.

Y mientras iban a colocar las botas al lugar, ella se quedó esperándolos. Cuando regresaron con sus pies totalmente desnudos y blancos como el descolorido pellejo de una gallina muerta, les dio dos pares de sandalias hechas de pelusas de coco seco comprimido y cubiertas por dos capas de tela de percalina blanca que sujetaban y cerraban las pelusas de coco con firmeza. Y sobre la parte del empeine, para que se sujetaran en los pies; tenían bordados de rubia cabuya que les cubrían todo el pie, hasta bajar otra vez a la base, más adelante de los talones.

Se vistieron con las sandalias y caminaron hacia el lugar donde estaba la mesa. Todo se encontraba a media luz, alumbrado por tres candelabros de cuatro velones finos, de cera en su color natural. Cada uno, dentro de una cubierta de vidrio transparente. De estos, dos colgaban en el medio de las paredes del fondo y opuestas a la puerta por la que habían entrado. El tercero estaba sobre la mesa, que era redonda y tenía cinco sillas hechas en caoba rustica y con asiento de guano.

A su alrededor, no había nada más que tres plantones de orquídeas que colgaban cerca de un ventanal, el cual, era parte de la pared lateral derecha de la sala. Las esquinas todas estaban decoradas con conchas de algún molusco blanco, colgadas y puestas en forma de campanillas de viento, como en cascadas.

La decoración de la mesa, en el lado derecho de la mediana sala, daba la impresión de que era el restaurante predilecto de alguna, o famoso diseñador. Mantel azul cielo claro, de lino bien planchado y almidonado. Servilletas del mismo tejido y color, dobladas en forma de palomas sobre dos platos de cerámica, uno de tamaño medio y el otro mayor, ambos de bordes cuadrados con incrustaciones de caracolas de diferentes colores y formas, en varios puntos de su derredor y un esmaltado que indicaban que fueron hechos y pintados a mano, pero como parte de una sola colección. Eran de color azul, rosado, naranja, morado y verde limón. Un set de cubiertos, para cada uno, y dos copas, una de tamaño mediano y la otra un poco más pequeña. En el centro de la mesa había otro candelabro pequeño con tres pequeñas velas.

ENRIQUE ANICO TAVERAS

CAPÍTULO

XII

Cuando llegaron a la mesa, Lucia se quedó de pie y ellos; también, lo hicieron. Sin embargo, no habían pasado tres segundos, cuando una mujer alta, cuello erguido, vistiendo un vestido multicolor cuyas betas contrastaban con las luces tenues de las velas y los gruesos mechones de color rosado esfumándose entre el color y tejido azul del mantel de la mesa. Su cara, pelo y cuerpo asemejaba la misma mujer que horas antes había descrito el pescador del cuento de los cangrejos, con la diferencia de que ahora tenía su pelo ornamentado con pétalos y botones de gardenias incrustados y entretejidos en un moño a partir de una clineja envuelta en la parte de atrás, central de su cabeza, mostrando su desnudo, blanco y esbelto cuello.

Ya frente a la mesa se detuvo con solemnidad, se presentó, '¡buenas noches, bienvenidos a mí casa y bienvenidos a Las Lagunas!'. Abrió sus ojos al máximo y miró a los dos invitados, con ánimo y satisfacción. 'Yo soy la Sra. Carmen Sirena Báez Del Mar. Me pueden llamar como todos me llaman, la vecina de todos los pescadores de la aldea. Doña Carmen. Ya esta tarde me vinieron hablar de ustedes y también, me contaron de su tragedia'. Asíllense, les ordenó y los dos alemanes dieron una vuelta y sacaron cada uno una silla y empujándola, muy levemente hacia afuera, convidaron a las Damas a sentarse primero que ellos.

Cuando ellas se sentaron, los dos se movieron hacia al otro lado de la mesa y tranquilamente, después de las damas, se asillaron. Ya cuando todos estaban sentados, las dos jóvenes señoras en un lado y los dos alemanes en frente, separados a un lado, por medio espacio y en el otro, por una silla. El oficial en su perfecto español habló, 'gracias por la invitación y excusen nuestra facha, y a mí compañero, creo que ya lo sabrá, perdió la voz, como resultado de la tragedia'. Doña Carmen, luego añadió, 'lo importante es que están vivos y él se sienta bien y no como un extraño. Pronto la recuperará, estoy segura'. Entonces, comentó que ellos eran los únicos visitantes que habían tenido en su casa desde que ella llegó a la aldea; porque, consideraba que los habitantes de la aldea residían, casi, de igual forma en ella, pues entraban y salían a su voluntad.

Sin embargo, aclaró, que como todo tiene su regla, quién entra en esta casa, dijo, 'debe de quitarse los zapatos o pasar solo con los pies descalzos y limpios. Sin lodo, sin sangre de pescado, o alguna mancha fresca en la ropa u otro contaminante. Y sí con algún animal, deben de traerlo en la mano y sí está herido, sí sangra, está enfermo o es algún animal marino deben de dejarlo fuera y llamarme. Pues, como ustedes se habrán podido dar cuenta, este lugar fuera de la casa es como la pura selva. Yo creo que hay que motivar a los residentes a que se cuiden y como no tengo otro lugar donde pasar el día, debo de velar por la limpieza y salubridad, para del mismo modo, no enfermarme'.

Ella añadió que, hasta cuando se le presentan situaciones difíciles en los negocios, no invita a los clientes a la aldea, sino que toma la barca de Cirilo y los visita. Les comentó, que desde que llegó a la aldea nunca más ha vuelto a ir de vuelta a su pueblo natal. Nunca, a pesar de que el tren es bastante eficiente, les dijo, ha pasado más allá de la pequeña cuidad de Samaná. Que tiene, ciertas razones, bien justificables, personales y familiares, para no hacerlo. Además, les aterrorizan las enfermedades y no quisiera ser la receptora de alguna, o sin querer, traerla a la aldea.

Luego les explicó que ella llegó al lugar después de que un prolijo momento de su vida, se convirtió en una larga pesadilla. Y que sí no hubiese sido por su abuelo, hubiese perdido la vida. En fin, ella tomó la única botella de vino que había puesto en la mesa. Era un vino español, Corona Rioja de la cosecha de 1931 y embotellado en Córdoba. Miró hacia el techo y pronuncio sus palabras, 'este es el último de siete botellas que traje entre mis valijas, los compró mí abuelo en una tienda de lujo en la ciudad de Santiago. Pero solo dos de ellas tenían su verdadero contenido'.

'La primera la abrimos cuando reinauguramos esta casa y esta es la segunda. Hoy decidí abrirla porque creo que alguna fuerza mayor, relacionada a la casualidad, los ha puesto a ustedes frente a mí presencia. Pues, el día nueve de septiembre, a un año, después que llegamos a este lugar, supe que, solo nueve días después de yo salir hacia acá, asesinaron a ese abuelo que era el único que me quedaba vivo. Y este vino que hoy con tanto gusto abro, era una de las botellas, de un conjunto de nueve botellas que el compró, para mi viaje hacia acá antes de que mi madre se expatriara y yo la viera por última vez.

Una esas botellas, él la compartió él con mi madre, a solas en su lagar clandestino; y la otra, con mi padre en la última conversación que tuvieron. Era el padre de mí padre y fue su muerte la que previno al hijo, para que tenga el tiempo necesario, para hacer lo que hizo, dar tiempo a mí madre para expatriarse y salvar mí vida". Debo de decirlo, ahora no sé dónde está, pero sé que está viva'.

ENRIQUE ANICO TAVERAS

CAPITULO

XIII

'Creo que no es casual que ustedes estén aquí hoy. Cada momento de los años que han pasado, desde que volví a este lugar, todos han sido momentos memorables, llenos de recuerdos y prácticas, a partir de las enseñanzas de mí grandiosa familia. En esta fecha, se cumplen exactamente nueve años de su muerte. Creo que a ustedes dos, algún espíritu, algún alma los ha conducido hasta aquí hoy. Más tarde les contaré la historia'. Entonces le pasó la botella junto al sacacorchos al oficial y le dijo, tenga usted la amabilidad de abrirlo, yo nunca he tenido fuerza, ni destreza, para estas cosas. Ella recibió de vuelta la botella sin el corcho y sirvió vino de igual forma en cada una de las copas medianas, incluyendo en esa que había puesto para Cirilo.

Luego ella levantó su copa, como si fuera una sacerdotisa frente a sus feligreses, y viendo que Lucía y los dos alemanes ya la imitaban exclamó: '¡Por un futuro brillante! ¡Qué siempre, hacia el interior de nuestras almas, nos permita dejar pasar, aunque sea un tímido rayo de luz, que ilumine las mentes de los habitantes de esta aldea!' '¡Por la paz en las aguas del mar!,-para que nuestro Cirilo pueda seguir sin inconvenientes, haciendo sus viajes y trayendo noticias buenas!' '¡Por los dos niños que han nacido y por las parejas, que los han tenido!', las que, aunque pocas, por amor se han unido!'. '¡Y por estos dos hombres!', que, sin un sacrificio de nuestra parte, la providencia nos lo ha traído'. '¡Salud!' Después, que tomaron bajaron sus copas, y ella le pidió al oficial que les cuente sobre la experiencia del naufragio.

El narró todo lo que pasó, solo evadiendo los pasajes que tenían que ver con el U2-Bote y el entierro de los ahogados y mutilados. Pero se inventó que habían tomado un barco de vapor, un paquebote en el sur de Los Estados Unidos, para ir a una isla de las Antillas Menores, llamada San Cristóbal. 'Y en su rumbo, el barco, justo cuando terminaba de pasar cerca de estas costas, a unos once kilómetros de aquí, yendo hacia el orto, casi en el ocaso del meridiano, chocó con un arrecife y se le averió un motor, el bao frontal, parte de la quilla y la roda.

El barco continuo a la deriva, pero el capitán lo puso en dirección a las playas más cercanas que creo eran estas. Luego, desde la parte interior de la rueda de paletas que se había averiado, empezó a salir un humo muy negro, poco después, se levantaron llamas. Y aunque ya habíamos andado unos cuantos nudos, navegando lento, pero ya a solo a unos kilómetros de la orilla, de repente se detuvo y se oyó una explosión que se sintió en el mismo centro debajo de la cubierta superior del barco.

Segundos más tarde, por el lado interior de la rueda averiada, brotó una fuerte llamarada, seguido por otra explosión.

El bote supongo que se rompió y casi nadie pudo escapar. Parecía un puente en llamas que se había dividido en dos, separándose las partes a flor de agua, flotaban, como sí la fuerza de la creciente de un rio lo hubiera roto. Yo corrí hacia el extremo de la proa y me lancé hacia las corrientes y espumas que iban dejando la rueda que aún circulaba. Eso permitió alejarme en sentido contrario a toda prisa. Yo mientras más nadaba, aunque ya separado del barco roto, más alto veía las llamas que subían, como si fuera el agua que estuviera encendida, hasta que me alejé en dirección de las playas que más cercanas se veían.

Llegué a las orillas después de unas dos largas horas de estar nadando creo y al llegar me tiré en la arena por un rato, descansé y luego salí para ver si encontraba algo o alguien, para volver al lugar donde se había hundido el barco, pero me di cuenta de que todo, más allá de la playa, era selva y espeso monte intransitable. En ese momento, hasta el humo del fuego, que consumió la embarcación, había desaparecido. Entonces, el cansancio me tumbó, me quedé sin fuerzas y sin saber cuándo, me dormí.

Yo desperté al otro día, quemándome por los rayos del sol, el cual ya estaba alto. Sentí una sed de cal blanca desde mí garganta hasta mis labios y mi lengua, que ya casi no se mojaba, sino que era una masa de gránulos espesos del mismo material, se me había convertido en un bagazo parecido a la lleca dura y seca, que inflamada, ya casi no me cabía en la boca.

Salí a encontrar agua fresca. Yo titiritaba de sed y cuando me pegaba el viento, que venía desde el agua, abría la boca para refrescarme, pero el salitre me hacía cerrarla. En mí camino moviéndome de un punto a otro de la playa, cuando había llegado al lugar más amplio de la bahía, el que estaba un poco más allá del centro de la semi circunferencia que formaba la bráctea arboleda, penetré hacia lo hondo de la jungla y caminé con miedo.

Allá, entre la espesa vegetación, encontré unas hojas muy grandes espesas y verdes con franjas blancas y desiguales que se enredaban entre los altos árboles, como tapias. Desde la alta espesura de esa vegetación goteaba un fino rocío, escurriéndose a través del haz y goteando desde el filo de las aristas de estas grandes hojas. Abrí mí boca para atrapar la mayor cantidad de estas goteras. No sé cuántas de estas con mis labios atrapé, pero cuando me sentí un poco aliviado, decidí salir.

Y justo cuando ya llegaba de nuevo en la parte de la playa donde separaba el monte de la arena, di con este compañero, el cual, cuando lo vi, estaba boca abajo. Lo creí muerto y ahogado, pero cuando le tomé el pulso, estaba tibio, y el corazón palpitándole. Luego, queriéndole ver sus ojos, entre mis dedos se despertó.

Me quiso decir algo, pero no pudo, hizo otro esfuerzo y no le salió la voz. Se puso de pie buscó una pequeña vara de madera seca y escribió en la arena su nombre, como se salvó y de que parte del bote había saltado al

---

agua. Desde ese momento vivimos casi una odisea, especialmente los primeros días, tratando de evadir las picadas de los mosquitos, la sed y el hambre. Pero como vez, gracias a esa vegetación de hojas grandes, a los magníficos árboles de cocos, almendros y frutales que nos alimentaron y nos dieron el agua necesaria, para sobrevivir, ahora estamos con ustedes, dándonos comida y cobija. ¡Sinceramente les agradecemos!

Hasta que nosotros no llegamos aquí, no nos habíamos dado cuenta que sí, que podía haber vida después de andar tan cerca de la muerte. Gracias una vez más por esta deliciosa y muy bien decorada cena, creo no solo la cena, pero el gesto nos mantendrá sanos y salvo y con el espíritu en alto, para seguir con vida. ¡Gracias por mí amigo y por mí!'.

Terminado su historia, con cierta curiosidad el teniente preguntó, '¿usted dijo que se llamaba Carmen Sirena?' "¡Sí!', contestó ella con cierto orgullo y guardándose la curiosidad. El oficial entonces le comentó, '¡oh!' 'Ahora me doy cuenta de que estábamos equivocados. Cuando nos aseábamos en la ducha, yo pensaba sobre la posibilidad de conocerla, pero que usted era esa señora de nombre Eduvirgen. Sobre la cual, mientras estábamos en el casón, ahí donde primero nos llevaron, frente a la playa, uno de los pescadores hizo una historia muy amena sobre un carro marca Ford de Palito'.

La Sra. Carmen sonrió con una amena carcajada; entonces, les dijo que esa persona fue la primera de la que se sabía quiso quedarse viviendo en el área, cuando aún, ni la aldea existía. Que doña Eduvirgen había llegado a aquí unos siete meses después que las tropas norteamericanas desembarcaron, parte de su ejército en la isla, alrededor de enero de 1917. Como resultado de incursiones de guerra en contra de un movimiento armado nacionalista que se denominaban los «Gavilleros». Y que a partir del desembarco empezaron a operar en esta zona.

'Ella vendió un restaurante que tenía junto a su casa en una ciudad llamada San Pedro y parte de una pequeña fortuna que ya tenía, la invirtió junto al dinero de la venta y compró veinte caballos jóvenes. También, mandó a construir cuatro coches y dos altas carretas. Los cuales organizó como una fonda móvil. Pues cada coche iba empujado por dos caballos y hacia donde iban las tropas, norteamericanas ahí iba ella, no muy lejos de la retaguardia, para hacerles comida y vendérselas a los soldados. Los restantes caballos, siempre los llevaba con ella en caso de emergencia.

Era todo un aparataje, pero era bastante lista y entregada a sus negocios. Nunca perdía tiempo, ni disminuía la calidad de lo que preparaba. Siempre mantuvo un respeto inmenso hacia las tropas y según dicen, no importando el rango, todos la respetaban. Incluso, hasta se sabía, que mediaba en los conflictos que se armaban, cuando algún soldado se pasaba de tragos los viernes en la noche que, era el día cuando ella convertía los cuatros coches y las carretas en centro de entretenimiento.

Les hacía una empalizada de pencas de cocos alrededor de todo el lugar, donde en forma de cuadro, poniendo los coches en las esquinas, y las carretas parqueadas, como entradas, convertía el lugar en especie de feria o verbena. Además de expender comidas y bebidas, hacía rifas, juegos y un baile, para oficiales, que amenizaba con música nacional y con damas que traía invitadas desde los lugares aledaños al lugar, donde en ese momento se establecían y eran los territorios de las retaguardias de los campamentos de las tropas extranjeras.

Según dicen, la fortuna que hizo vendiéndole comida y todos los tipos de ron nacional a los invasores, le permitió ya a mediados del año 1917 comprar un gran pedazo de estas tierras y todo su alrededor. Eso le permitió construir esta casa. En 1921 después de muchas batallas, los norteamericanos vencieron los nacionales y controlaron toda el área. Ella, sin saberse la razón, cerró la fonda, desbandó parte de los trabajadores, vendió dos de los coches, las dos carretas y parte de los caballos. También, los utensilios de cocina y algunas armas de las que tenía en su posesión y que el ejército invasor le permitía tener, para su defensa en caso de que atacaran su negocio.

Luego se retiró totalmente, para estos lugares y aunque no despidió a ninguno de los trabajadores de la casa, a partir de esa fecha, ya solo los dedicaba a producir y encontrar la comida necesaria para ellos y para su propio consumo en la casa. También, debido a la dificultad de encontrar comida en tierra firme, alrededor de ese tiempo, hicieron tres barcas y poco a poco se comenzó, mayormente, a consumir en la casa comida del mar y el coco se empezó a valorar, como producto de primera necesidad.

La Sra. Eduvirgen, de veces en cuando, desaparecía y dejaba su niña al cuidado de los esposos mayores que trabajaban para ella. Se dice que se iba sola a verse con un hombre del que se sabía era muy poderoso. Cuando se marcharon las tropas de la isla, rondó el rumor que ella era la concubina de un tal general Ramón Valero y amiga personal del que era presidente de la república al momento de comenzar la invasión, llamado Desiderio Arias. Pero ella tenía su verdadero esposo, y le fue leal hasta las últimas fibras de su alma.

Este General, desde el principio de la invasión asedió con sus soldados a los invasores y nunca se daban cuenta de que parte del personal del restaurante móvil, eran miembros del movimiento subversivo en contra de la invasión. Que todos eran un cuerpo de espías y eran directamente dirigidos por Doña Eduvirgen. También, se supo que ella era un agente de alto rango del gobierno y que ella había sido removida de forma pública, supuestamente apresada y luego dada por muerta, para encubrir un nuevo cargo que se le había dado y con mucho mayor responsabilidad. Era la de crear un negocio de servicio a las tropas que acababan de invadir militarmente a la isla.

Creó un restaurante móvil. Pero su verdadero fin era la de servir como espía mandando sus afiliados a comprar abastecimiento, para comida y productos de cocina. Al mismo tiempo, pasarles comunicación a las tropas insurrectas nacionales sobre la posición de los soldados invasores. Ya a los tres meses, los oficiales del ejército extranjero, a ella le tenían tanta confianza que, a veces hasta le decían fechas y las direcciones en que estarían dirigidos los ataques. Y aunque se le tenía prohibido, después de las batallas, recoger algún muerto o herido, se le permitía ir junto a la retaguardia a darle de comer y de beber a los soldados que quedaban vivos, o permitir alguna amenidad a los oficiales, después que terminaban los enfrentamientos.

Pero debido a muchas malas experiencias, combates que libró; para salvaguardar su vida y las de aquellos, que por su causa defendía, yendo y viniendo de la zona dominada por las tropas norteamericanas y de vuelta a la aldea, se fue frustrando y malogrando su ímpetu. En especial, aquella vez que compró aquel carro Ford de Palito. En él nunca pudo llegar aquí, Se frustró y comenzó hablar mal de estos lugares. Hasta que un día muy temprano en la mañana, volvió cansada, con olor a pólvora, sucia, algunas manchas de sangre sobre su ropa y agotada de uno de sus viajes a la capital.

Tan pronto llegó, mandó a salir de la casa a todo el que estaba en ella, excepto a su hija y al rato, después de darse un baño, vestirse con un vestido de percalina viejo y blanco; como la cal, el que siempre vestía dentro de la casa, reorganizar ciertas valijas y conversar a solas con su hija salió a pedirles a sus trabajadores que, a los que

----

querían entrar de forma voluntaria y ayudarle a limpiar la casa podían hacerlo, sin ninguna objeción de su parte.

Ellos eran catorce personas, más algunos niños. En conjunto lo hicieron y cuando terminaron de limpiar y ella vio que la casa estaba, como un espejo que brillaba de limpia, los llamó de nuevo y los convidó a que se sentaran, como pudieran alrededor de la mesa del comedor. Ahí donde siempre se reunían, sí ella lo permitía, para comer. Eran ya pasado el mediodía y les preguntó que sí querían, entre todos, preparar una comida común con pescado del que habían traído esa mañana. Se pusieron de acuerdo y cocinaron una gran comida para todos.

Después de la comida buscó entre las valijas que había puesto y ordenado en un rincón de su habitación un pequeño maletín aplastado y no muy grande con bordes de metal, he incrustaciones de pequeñas piedras de Larimar en todo el rededor. Debajo del metal, el material era de piel de ternera pulida y teñida de azul con inscripciones góticas en blanco hueso, como si fuera el pergamino de algún famoso libro de los del tiempo de Pérgamo. Simplemente parecía un libro antiguo, grande y muy bien decorado.

Cuando volvió al comedor, se puso el pequeño maletín sobre sus piernas. Lo abrió y sacó una manilla de billetes y le dio a cada uno doce billetes de 100.00 que ascendía a lo que es hoy doce meses de salario. Y mientras les entregaba el dinero, le iba encargando cosas

----

que había comprado o tal vez fabricado en el patio de la casa.

Lo primero fueron dos de las tres embarcaciones que dedicaba a la pesca, luego cinco, de dieciséis caballos que le quedaban. Más tarde fueron dos mulas de cuatro que había adquirido, de los soldados muertos y por último, a los que eran los padres de Cirilo, les encargó la casa, sus enseres y mantenimiento. Con derecho a usarla, pero con la condición de que, sí hacían fiestas, solo podrían celebrar dentro de ella, dos por año, solo cuando llegaran sus fechas de nacimiento, sí así lo deseaban. La mayor de las embarcaciones, no se la dejó a nadie, pero hizo un testamento que, luego se supo, le dejo a su suegro. Y como Cirilo era el que siempre la piloteaba, se la entregó a él. Él era joven y acogió la responsabilidad de cuidarla y repararla cada vez que fuese necesario. El testamento era como un título que ella le había hecho, en forma de diploma antiguo y solo decía que el sería el dueño a su debido tiempo.

A todos les dio un papel con el encargo que les dejaba y las responsabilidades, que cada cosa implicada tenía. Y los puso dentro de un sobre con una tarjetita dentro. El cual, según ella, contenía un mensaje donde decía que cosa le encargaba y dentro, algo parecido a una nota, supuestamente, con los detalles. Ella y su niña en días pasados los habían preparado todo y cerrado con pega de resina de cedro.

Luego de entregar los pequeños sobres, les pidió a todos que salieran o se fueran a sus casas y volvieran al

----

otro día a tomar las pertenencias. Solo los cocheros que eran dos se quedaron. Y ya estando solos les anunciaron que las acompañen. Que ella y su hija irían a un viaje un poco más largo y prolongado que lo normal. Qué no sabían cuando regresarían.

Y esa misma tarde sacaron las valijas y otras cosas de valor personal de ella y su hija. La mayoría las metió en el más pequeño de los dos coches que le quedaban y ya, cuando los espacios de este se llenaron, en el baúl del segundo que, era más amplio y grande, entró dos maletas que restaban y mandó a ensillar las dos mulas que no le había dejado encargada a nadie y las amarraron en la parte de atrás del coche pequeño y los demás caballos amarrados al grande.

Luego, ella instruyó a los cocheros y cargando el bello y decoroso maletín azul, acompañada de su hija, más una cartera de algodón grueso de múltiples colores con la que la niña desde hacía un rato andaba, se montaron en ese coche. Y tres horas antes de caer la tarde se fueron.

Al otro día, cuando todos desde sus chozas regresaron a la vivienda y abrieron los sobres, el papel que estos tenían dentro no decía más que, la siguiente oración, 'No tengo palabras para expresarle mi agradecimiento, ni cosas de valor que pague lo que ustedes han hecho por mí, y por su patria. Hagan uso de lo que les he dejado, como les parezca. Mantengan su unión y cuiden de la barca'.

Más luego ya después del mediodía se aparecieron los cocheros y contaron que cuando llegaron a la villa de la

----

Altagracia a unos treinta kilómetros del lugar, ella los mandó a bajar de los coches, y desamarrar las mulas. Les pidió que el coche con la carga de las valijas y enseres lo amarraran con todo y caballos detrás del que ella venía. Luego les dio 500.00 a cada uno y una carta para que la leyeran junto los demás de la aldea. Ella se subió a la silla del cochero del coche que venía y la niña se quedó dentro. Entonces, les dijo a los dos cocheros que se montaran en las mulas y despidiéndolos, casi con lágrimas en sus ojos, les pidió que volvieran de vuelta a la casa, pero tan pronto los dos cocheros anduvieron, menos de cinco minutos en las mulas, se detuvieron, y hablaron entre ellos sobre lo que hacía Doña Eduvirgen.

Y la curiosidad era tanta que, no los dejó andar y se devolvieron, para ver lo que había pasado con ella y su hija de once años. Pero ya ellas habían desaparecido junto a los coches, los caballos y las pertenencias. Y aunque la buscaron, haciéndolo casi por toda la villa por la que ya pasaron antes de dejarlas, no pudieron encontrarlas. Tanto la buscaron, que el cansancio los hizo llegar a la aldea durmiendo sobre los mulos, que muy bien, ya conocían el camino.

Los cocheros, al otro día, con la angustia de haber perdido su patrona, se olvidaron de la carta la cual quedó en unos de los bolsos del aparejo de uno de los mulos. Y ella nunca más volvió, dejando todo lo que tenía abandonado'.

ENRIQUE ANICO TAVERAS

CAPITULO

XIV

'Ya al mes siguiente cansados de esperarla, parte de los hombres y mujeres que con ella trabajaban, tanto en la casa, como en el mar y las fincas, decidieron ir en comisión hacia la capital en las mulas y caballos que ella misma había dejado, con la intención de encontrarla y sino, pues dar parte a la policía más cercana sobre su desaparición. Pero al llegar al primer precinto policial, ya después de estar nueve días en el camino, en un lugar llamado San Gerónimo, en la parte este, y a quince kilómetros de la capital, a todos los apresaron.

Solo dejaron libre a la señora más mayor del grupo, que en ese momento tenía 87 años y sin preguntarles o hacer alguna forma de averiguaciones, le incautaron todos los animales y lo que llevaban como pertenencia y dinero. Además, a todos lo acusaron de ser parte de un compló que la coronela Eduvirgen Rosario estaba planeando desde el día de su desaparición en la villa de Inguí.

La Señora que habían dejado libre fue a la iglesia que quedaba más cerca del lugar, dio parte del suceso acaecido y de la suerte que habían corrido sus amigos, esposo e hijos. Cuatro semanas y un día pasaron, en la pestilencia de una prisión preventiva que había sido habilitada solo para un detenido a la vez. Ahí sufrieron hambre, dolores, penurias, picadas de todo tipo de insectos, mordidas de culebras, ratones y cientos de vejaciones.

Aún después de haber cumplir 29 días de estar ahí, todos, apilados en esa misma cerda, sin agua, con solo la ropa interior, que llevaban puesta desde el día cuando lo apresaron, vivían entre insectos, mugre y un hoyo, como retrete. Este era un taburete de madera montado sobre una cruceta a nivel de suelo, en forma de letrina, pero sin puerta, para hacer sus necesidades y que era el único lugar disponible, para separarse a unos pies del grupo, que a su alrededor tenían. El desayuno, que le daban en una cazuelita de higüero, consistía en una cucharada de harina de maíz nuevo sobre agua tibia y sin sal. De comida nada y en la noche, pero solo cuatro veces por semana, un puñado de arroz cocido, o medio plátano sancochado, era todo lo que le daban.

Ese día, a casi al mes de estar ahí, muy temprano en la mañana, un mayor del ejército acompañándose por un cura los fue a ver y al llegar a la cerda donde los tenían, percibiendo el olor a putrefacción en la que estaban exclamó, '¡Reverendo, cúbrase sus narices, los cerdos que se crían en pocilgas de lugares de hacinamiento, al borde de los basureros de la ciudad, están más limpios y

----

menos hediondos que esta gente!'. El mayor de inmediato, ordenó que los sacaran de la cerda, los bañaran y les dieran un desayuno decente. También, ordenó que le lavaran y les devolvieran la ropa y lo cambiaran a una celda limpia que había en el precinto. Luego los dos hombres sin hacer preguntas se fueron".

Más tarde se supo que tanto el cura como el mayor volverían a partir de la media noche. Así mismo fue. Ya a las 12:30 AM de la media noche, cuando todos, ya en otra cerda, limpia y más grande, se habían apilado, limpios, para dormir, el mayor acompañado por el mismo cura volvió.

Los sacaron hacia el patio del cuartel y los instruyeron, para que todos se pusieran en línea y a media luz, les ordenaron a las mujeres que, eran ocho en total, se recojan el pelo, bajaran la manga derecha de sus vestidos y se dejaran el hombro descubierto. Y luego les dijeron a los hombres que se quitaran sus camisas y, por último, tanto a las mujeres, como a los hombres les ordenaron que pusieran sus manos abiertas a nivel de sus pechos mostrando las palmas de sus manos con los dedos abiertos.

Todos pensaron que los iban a fusilar y los más jóvenes y mayores empezaron a llorar y a pedirle al cura que no permita semejante atrocidad. Rogándole les decían, '¡Qué ellos no sabían, ni el por qué los habían apresado!' '¡Qué ellos no habían cometido ningún crimen!'. El cura nada hacía y entre la penumbra, solo se notaba, como sí él estuviera rezando, contando los eslabones de un crucifijo de pequeñas piedras, que destellaban un brillo blanco y azul desde sus manos.

Detrás ellos a unos siete metros y más cerca de una alta pared blanca, salpicada de manchas oscuras y sombras tenues de la noche, que cerraba en el fondo el patio, estaba un sargento armado con su carabina, como guardándole a los presos sus espaldas.

Luego el mayor dio la orden de encender otras luces y los centinelas, los cuales estaban todos armados, bajo los focos de las nuevas luces, ya se podía ver con más claridad. Uno de ellos les ordenó que dieran diez cortos pasos, caminando hacia atrás y manteniendo la línea hacia donde estaba el sargento. El cual, la noche anterior; también, se le había ordenado estar presente, junto a otros tres cabos en su uniforme de kaki oxidado. En frente de los alineados, a una distancia de tres metros, habían quedado cuatro carabineros, a los cuales, después que los presos de nuevo se alinearon, se les ordenó dar tres largos pasos hacia atrás y quedaron más separados, mirando a los presos y detrás, dos a cada lado, a diez pies de la espalda de donde estaba el sargento y aun apuntándoles con sus fusiles a los detenidos.

Por último, acatando una otra orden que oyó de la voz de un teniente, que también estaba ahí, y que por orden del mayor había entrado al ensombrecido y penumbroso patio, hizo que los centinelas se pusieran, entre la espalda del sargento y los carabineros, mirando a los presos con sus fusiles levantados y listos para disparar. Luego dio una orden de atención y al sargento le ordenó que les mostrara a los presos, como, una vez más debían de alinearse. Que se separen todos a la distancia de su brazo derecho y siguiendo la orden, levantaron la mano y la pusieron sobre el hombro de quien le quedaba en su frente. Mientras se distanciaban, dos de los tres cabos que quedaron detrás del sargento fueron hacia los presos y uno por uno, pasando frente a ellos, les corregían la posición del brazo y luego, pateándole en el medio de sus dos pies, a la altura de los tobillos, les ordenaban que apartaran sus tobillos y se pusieran erguidos y mirando directamente de frente a los centinelas que, con sus carabinas les apuntaban.

Cuando ya todos se veían en posición, como para hacer algún ejercicio físico, el mayor le dio la orden al sargento, para que llame al cura y el cura se acercó hacia el extremo izquierdo de los alineados y poniéndose frente a una mujer de unos veintiocho años, le rezó un padre nuestro y por último le dijo, 'su condena ha sido resuelta, ahora todo depende de este examen'.

Cuando el cura terminó, el mayor le ordenó a uno de los cabos que trajera la lámpara. Y el cabo levantó una bombilla que agarró con sus dos manos por una aza forrada de caucho negro y un cable largo que se lo puso por encima de su hombro y que a su espalda se perdía en la penumbra de la oscuridad hacia la puerta por donde los reos habían salido.

Su luz era algo clara, amarillenta y se dejaba ver el filamento de trefilado grueso del tungsteno al rojo vivo y encendido, notándose a través del vacío del vidrio, como un sol, irradiando una luz continua que nacía desde el centro de la misma nada.

Entonces, el mayor le dijo al cabo, '¡apúntale a la cara!'. La mujer, al recibir el repentino golpe de luz, cerró sus ojos y el sargento que se había puesto de detrás le gritó, '¡aaabra los ojos, o te damos dos culatazos!'. Temblorosa, la mujer mostró sus asustadas pupilas y ellos le acercaron la luz a poca distancia de sus ojos; mientras, el mayor, con una lupa casi del tamaño de su propia mano, le analizaba sus ojos. Después que el mayor había, de forma meticulosa, mirado y analizado los ojos de la mujer, ordenó al cabo que, con la luz, le apuntara hacia los hombros.

Mientras, el sargento le agarraba el brazo derecho a la mujer y se lo movía ásperamente y sin el menor escrúpulo, hacia delante y hacia atrás, respondiendo a los pedidos del mayor y causándole dolor, el mayor junto a la luz, acercaba sus ojos, para mirar justo en el medio de la articulación entre el pecho y el hombro.

Luego le ordenaron que se componga el vestido y se baje la parte del lado del hombro izquierdo y se lo pusiera, así como estaba el derecho. Le hicieron el mismo examen y al final el mayor, murmurando, para su adentro, dijo: 'Esta mujer parece que nunca ha tomado un fusil en sus manos y sus ojos dejan ver casi su total virginidad, ni un rabo de humo de pólvora o alguna chispa, al parecer, le a tocado sus ojos en toda su vida'.

La pobre mujer, en ese momento, entre lágrimas, miedo y rabia por la aberración a la que estaba siendo

---

sometida, al oír parte de las palabras que murmuró el mayor, dijo en voz baja, '¡sí, aún mantengo mí virginidad, ese puerco que está con usted ahí detrás, solo usó mí cuerpo'. '¡Mí conciencia está limpia, pero también, lo está mí alma y corazón!'. Luego añadió, 'En el lugar de donde soy solo hay tres hombres, mi padre, mi hermano y un pescador casado con tres hijas todas menores de diez años, mi hermana es su mujer'.

Hubo un silencio como de iglesia enmudecida después que se comulga. Y entre el sereno de la fresca madrugada, solo se oyó el rechinar de los pliegues de su blusa correrse entre sus dedos trémulos, mientras ella, nerviosa sobre su pecho los estiraba, para volver a cubrir sus desnudos hombros, que aún, llena de rabia con sus botones los componía. De repente una pregunta rompió el silencio: '¿Y están su padre y cuñado aquí presentes?' se oyó el mayor. Y más apacible, volvió y le contestó: 'Sí, véalos ahí, son los dos que están en el centro de la fila', y como una luz que se apagara quedó a oscura.

El mayor se movió hacia la persona que estaba al lado de la mujer, le hicieron los mismos análisis, pero nada encontraron y así fue con la tercera. Luego, volviéndose hacia la primera mujer, la cual ya se había vestido sus hombros y calmado sus nervios, El mayor le ordenó que camine hacia su padre y cuñado. Y mientras ella caminaba, ya a un par de metros de ellos, el mayor le ordenó detenerse y le dijo, mientras le advirtió al cura que venga donde están ellos, que mirara a la cara de sus parientes. El cura se acercó y le rezó un padre nuestro y dos veces, una avemaría. Seguido, el cura le puso sus

ENRIQUE ANICO TAVERAS

manos sobre las frentes de los dos hombres y cuando terminó de decir, dios los bendiga y los proteja, se apartó.

El mayor se puso en el mismo frente de los dos reos ordenándole al cabo que le apunte con la luz de forma oblicua a sus caras. Y sin detenerse les preguntó, '¿qué trabajan ustedes?' El joven contestó, 'yo soy pescador y él es agricultor y tiene crianzas de gallinas, para llevar huevos todas las semanas a la Villa de Inguí y Samaná'. Luego miró más de cerca al viejo y le examinó sus ojos. Y mientras les abría sus parpados con sus dedos y le escudriñaba, ya con cierta frustración, detrás de la lupa y bajo el rayo de luz que le apuntaba, con detalle, meticulosamente, le terminó de mirar sus pupilas. Al fin, cerrándole sus párpados, casi con ternura y deslizando la yema de sus dedos sobre ellos, murmuraba para sí, como zafándose de no haber cometido un pecado capital pagable en vida, de que, tampoco ese detenido mostraba indicio de alguna culpa, o de que había usado en su vida alguna vez un arma de fuego.

Lo mismo le practicó al más joven de los dos. Luego los miró, haciendo con detenimiento un examen de sus hombros. Por último, les observó las manos y en el más joven de los dos hombres, encontró la cicatriz de una gran herida que iba desde la parte de afuera de las vísceras, entre el dedo índice y pulgar, hasta el mismo centro de su mano derecha.

La cicatriz ya estaba con una callosidad un poco exuberante y el mayor desde que la tentó, le quitó el dedo, pues la sintió, como sí el abrazante filo de pequeñas navajas de piel dura, lo fueran a herir. Con curiosidad le preguntó, '¿cómo te sucedió eso?'

'Hace mucho, medio año, quizás,' dijo Antonio, 'me fui a pescar y una corvina, tan grande como yo, acabando de haber tirado el anzuelo, de forma algo repentina, lo mordió. Y al ver que el pez rápidamente se alejaba de la barca, llevándose la cuerda. Yo miré el royo de cuerda y vi que ya casi estaba en su final. Entonces, tratando de detenerlo y para que toda la cuerda no se valla con el pez, ya casi terminando de desenrollarse, me abalancé sobre el royo y solo me dio chance de sujetarlo entre mis piernas y con las manos. Con gran esfuerzo, pude atrapar el último poco que quedaba de la cuerda ya desenrollada en el bote y como pude, me la envolví dos veces en la mano'.

'Pero la rapidez y fuerza con que el pez tiró, tensó la cuerda y la fricción del brusco movimiento, extrayendo la cuerda a través de mis manos, fue tan fuerte y rápido que no me dio tiempo a sujetarla bien y el pez me la arrancó de la mano. Tuve suerte, porque cuando se corrió, con el nudo último que intenté hacerle, se quedó por accidente atrapada en una esquina de los suportes que sobresalían de la parte media de la quilla de la barca'.

'Al ver que todavía estaba dentro la recogí de nuevo, la halé anudándola una vez más y usé el pie como palanca poniéndolo contra la caña del bao derecho del bote, para tener un punto de apoyo. Inmediatamente, quise tirar para detener el pez y ganar tiempo, para amarrarle al royo otra cuerda que me quedaba y que tenía a mí lado. El pez haló, y la cuerda se me deslizó tan rápido, que cuando la quise anudar con la otra a la mano, al frenarlo, el pez haló la cuerda con más fuerza, tensándola tan fuerte, que se deslizó a gran velocidad quemándome la mano, hasta que me abrió la piel, penetrándome dentro de la carne'.

'En ese momento el pez, al parecer, por el dolor, saltó fuera del agua y yo vi que era tan grande y valeroso que, a pesar del gran dolor y ardor de la carne abierta de la mano mía, me llené de brío y soportando, mientras me esforzaba, a más no poder, para atar la otra cuerda, continue sujetándole, hasta que las amarré. Así empezó una verdadera contienda entre yo y el pez más grande, que alguna vez, se haya pescado en nuestra aldea'.

'Mientras el pez, en sus intentos de escaparse del anzuelo, parecía me derribaba del bote, yo con la mano ensangrentada, en vez, trataba de acercarlo a el. En esa lucha, mientras el pez más halaba, la cuerda me fue penetrando y quemando más y más abriéndome la carne. Como si fuera un serrucho desdentado que corta con el calor, la cuerda se fue hundiendo hasta tocar los nervios y el hueso de la mano'.

Al llegar a ese punto de la historia, Antonio se puso rígido y volvió hacia atrás en espacio y tiempo. Y retornando con su mente hacia aquel pasado momento, haciendo un corto silencio, lo revivió, para su adentro con tanto júbilo y alegría, que momentáneamente se borró de sus pupilas la presencia del mayor que lo miraba. Pero cuando volvió a verlo ya no le salían las palabras. Su voz se le coaguló de emoción, como petrificándose entre la

----

cavidad hueca, que existe entre el cielo de su boca y la garganta.

Cuando se quiso componer, tratando de quebrantar el delgado hilo de sonido inverso que, entre un seco titiritar, lento y agudo penetraba hacia su boca, lleno de nerviosismo, solo se le escapó un súbito puñado de consonantes que sin sentido se chocaban como sonido de timbales, de arriba hacia abajo, entre el paladar, su lengua y sus dientes.

El mayor aún estaba ahí, se dio cuenta y por un instante calló. Antonio se compuso y después de hacer un gran esfuerzo la voz le volvió a salir, casi natural y dijo: 'Yo llegué de vuelta a la playa con la corvina, pero desde entonces, también, por lo que nos ha pasado, no he podido volver a pescar'.

'El sargento me acusó de que esa herida fue causada por un explosivo que me estalló en la mano. Eso no es verdad. Yo nunca he tenido, ni he estado cerca de ninguna arma de fuego. Nosotros ni sabíamos que aquí en el país se estaba peleando, ni que había guerra'.

El mayor se apartó de él y se detuvo en la parte del lado derecho donde estaba el padre de la mujer. Casi a su lado, evadiendo el rayo de luz que le chocaba en su cara, se resguardó en un corto silencio, pero cuando ya iba a darle la espalda, mirándolo de reojo, le preguntó: '¿Y usted caballero, ¿qué edad tiene?'.

El señor, todo nervioso, casi pujando su lengua para que se moviera dentro de su boca, con expresión de un cansancio viejo, deprimente y palabras rotas, le dijo, 'Yo no sé cuántos son, solo me recuerdo que cuando el presidente Pedro Santana, un grupo de militares fueron a mí casa y como yo era el mayor de la familia, me alistaron, para pelear en una guerra que sucedió entre las lomas de Azua y Baní por allá por donde le dicen «El Número»'.

'Luego de unas semanas marchando con espadas de madera y palos que simulaban carabinas y trabucos, nos anunciaron que íbamos a la batalla y antes de llegar al lugar, después de caminar por el tiempo de trece días. Cuando llegamos, muertos de hambre, chupándonos dos balas de carabina, que nos poníamos en la boca, para mitigar el hambre, antes de mandarme al terreno de combate, después de entregarme una carabina verdadera; más otras cuatro balas, me preguntaron la edad y yo, sacándome las balas de la boca, dije que tenía diez y siete años y luego creo que me morí'.

'Cuando resucité, me estaban dando una sopa con pedazos de carne dura de aves, de color oscura y muy hedionda. Nos dijeron que aquello era gallina guinea. La sopa era una salmuera, sabía a tinta de plumas y olía sangre de ave cruda. Me la terminé de comer tranquilo. Y me mejoré, no por eso, sino porque más luego, nos dieron trozos de plátano mojados en manteca de cerdo y unos pocos pedazos de chicharrón'.

'Luego se supo que la sopa era de la carne de las mauras que habían matado, para evitar que se comieran las carroñas de los muertos que habían caído en el

----

combate; los cuales, habían sido tantos que el ejército vencedor no dio abasto para enterrarlos a todos y ya se pudrían sobre la tierra'.

'Yo me recuerdo de eso, con lágrimas en los ojos', dijo el viejo. 'Porque yo dije que eran diez y siete los años que yo tenía. Y esa fue la causa por la que no me llevaron, así como estaba, desmayado al combate. Si no, no estuviera contándoselo ahora. La corta edad que yo tenía me salvó la vida, y aunque en realidad mentí, eran catorce los años que yo tenía. Por eso, otros soldados no probaron mí carne a través de la sopa de maura'. El mayor movió su cabeza como en señal de duelo y no dijo nada. Solo le hizo una señal a la mujer que quedó en silencio frente a él, indicándole que volviera a su puesto.

Entonces, caminó cabizbajo, muy lento sin mirar a nadie, por el frente de la fila. Mientras iba, sin llamar al cura, le ordenó al cabo que le alumbrara el hombro a la penúltima persona en línea, ahí donde él ya se había detenido. Era el otro extremo de la fila.

Estaba frente a otra mujer que parecía ser la más joven del grupo, con una belleza tan única y singular, que hasta los andrajos que, como ropa, sobre su cuerpo aún le dejaron poner esa madrugada, no dejaban esconderle ni un ápice de la sublimidad y pulcritud de su belleza. A ella, mientras el mayor se le acercaba, la empezó a invadir un tremolar que le batía el cuerpo desde sus extremidades hasta su pecho. Y el harapo, un medio vestido de percalina sanguina que la cubría, como ya lo había rodado hasta la parte baja de su hombro, terminó por corrérsele hasta descubrirle su erguido seno.

Ella en su nerviosismo y pendiente del mayor, no se había dado cuenta de que su prenda, como una pequeña luna blanca, en cuarto creciente, solo escondía en la penumbra la media aureola baja del pezón, que le había quedado descubierto.

'El Mayor al llegar a ella, miró de reojo alrededor de su hombro derecho, aparto su mirada y advirtiéndole que se cubra su pecho, le preguntó, como sí ya hubiese tenido un rato conversando con ella, '¿y usted qué edad tiene?'. Ella mientras corría el antebrazo izquierdo sobre la parte descubierta de su pecho y con su mano derecha subiéndose el vestido, respondió, 'tengo veinte y un años señor'. '¿Dónde vive?' Yo soy de las inmediaciones de Inguí' '¿Y qué hacía usted para ganarse la vida?'. 'Yo era encargada, junto a mí marido, de buscar agua fresca, hervirla y mantener llenos tres tinajos grandes que había en la vivienda de Doña Eduvirgen y otros que había en un pequeño zaguán cerca de la playa. Y cerca de ahí vivíamos, en una casita de dos habitaciones, muy linda que, con su auspicio, ella nos dejó construir en un extremo apartado del patio de su casa'.

El mayor se apartó de la línea un poco enfurecido, fue donde el cura, se arrodilló frente a él, le pidió perdón y el cura lo bendijo. Luego se puso de pie, dio un giro y se movió hacia al lado opuesto y en voz alta le ordenó al sargento que, a toda esa gente la saque inmediatamente del cuartel, que ninguno de ellos tenía señal de culpa o de que habían disparado algún fusil en sus vidas.

También, le ordenó que a todos los mande, sin inconvenientes, en cualquier carruaje disponible, para ponerlos de camino de vuelta a sus casas. El sargento le respondió que ellos tenían sus caballos mulos y burros en los que andaban. Qué él se los había quitado, para usarlo y cargar agua. Entonces, el mayor les respondió que él eso lo sabía, como también, sabía el modo ruin como se había inventado falsos cargos, para despojarlo de su dinero y había ultrajado a cuatro de las mujeres.

Luego reafirmó que se le asigne una carreta con tres soldados que los acompañe hasta la salida de San pedro, para que lleguen más seguros a sus casas. También, le ordenó que procure reportarse lo antes posible en el patio del cuartel. Y que lo haga no más tarde que cuando suene el toque de la diana.

Dos horas más tarde, aún a oscuras, el sargento no cumplió la orden por completo, pero había ya sacado dos carretas hacia fuera del cuartel y dejado ir, en una de ellas, solo con parte de sus animales, a los detenidos.

Pero con una inseguridad inaudita, como perdido sin hallar que hacer, ni que decir. Impelido por un augurio de muerte, se quedó al lado de la segunda carreta, frente a los tres cabos que lo miraban armados, esperando que cumpliera las órdenes del mayor. De repente ordenó al cochero de la carreta, un raso muy joven que reciente había llegado al cuartel, nombrado como capatá de línea y secretario del mayor, que ya se había sentado en la silla de conducir de la carreta, se bajara, y le comunicó, que el mismo debía acompañar a los desvalidos y hambrientos hombres y mujeres que ya hacía minutos se habían ido.

Que a esas pobres gentes el mismo las había sumido en la más absoluta miseria y sufrimiento antes de que, esta noche, el mayor los haya puesto en libertad. El raso, atendiendo a sus órdenes, se bajó de la carreta y se fue hacia los tres cabos que aguardaban. El sargento subió y se quedó un momento sentado en el sillón de conducir de la carreta, miró hacia el cielo, se sentía atormentado y confundido, como sí cada luz de estrella que brillaba, allá, arriba en la cúpula celeste, fueran los filamentos de agujas que bajaban hasta él, penetrándole a través de sus ojos y cortándole sus pupilas, para hacerlo más doliente.

Luego serró sus ojos, como sonámbulo, y sin ver nada, entre tinieblas; otra vez, mientras buscaba una razón que justificara por qué había expuesto esa gente a un salvajismo tan denigrante y ruin, se preguntó: ¿Por qué tanta crudeza?

Entonces, uno de los dos mulos que delante, esperando, tranquilos estaban, ya agarrados a la carreta, de repente pateó y golpeó el borde del piso del descanso del sillón, donde el sargento sentado estaba. Y esto, al momento que oía un corto rebuzno, le hizo abrir los ojos y agarrar los estribos con una mano; mientras, empezaba a azotarlos, para que las bestias corrieran y movieran la carreta. En eso pensó en todos los tormentos crueles de la guerra, en los combates, las abominaciones, los salvajes pillajes, los fusilamientos, los degüellos, los vicios, las

----

hambres, las blasfemias, los sometimientos y exterminios y el hedor insufrible de cadáveres, esos que se da santo entierro y terminan desenterrados, como carroñas para mauras.

Por último, desde ahí, sintió un aberrante miedo que, le hizo levantar la voz y empezó a darle órdenes a los cabos que, con cautela lo observaban. Mientras tanto, se dio cuenta que no tenía salvación y fue sacando, poco a poco, con su mano libre, su revólver y desde unos quince metros de distancia, ya moviéndose la carreta, les disparó a los tres cabos. Matando a uno al acto, e hiriendo a un segundo. El tercero salió ileso. El raso fue solo quemado y pellizcado en el cuello por la cuarta bala, la cual ya le había atravesado el hombro al cuerpo de uno de los cabos, el mismo que recibió el primer balazo y que aún, permanecía de pie por un momento, quejándose de que la bala solo le había quemado la piel y le ardía.

Y sin mirar a sus víctimas, azotando a los mulos, el sargento se marchó a toda prisa. Horas más tarde fue apresado a la entrada de un campo de caña, cuando intentaba reponer una de las ruedas de la carreta, la cual, después de haber andado unos 20 kilómetros, se le había averiado.

Cuando el sargento, nueve horas más tarde, fue llevado de vuelta al cuartel, custodiado por unos doce efectivos, por orden del mayor, el cual, aún permanecía en el lugar desde el momento del incidente, y que minutos antes había sido informado de su captura, ordenó que el apresado fugitivo, fuera encerrado en la misma prisión que el había encerrado los de la aldea y que a las cuatro de la mañana del otro día, sin derecho a darse un baño, sea encaminado directamente al patio de la prisión donde esa mañana estuvieron los detenidos.

Treinta minutos antes de sonar la diana, al otro día, durante la madrugada, antes que aparezcan las luces del crepúsculo, el mayor salió de su gabinete, y el raso que ahí, al lado de la puerta, ya lo esperaba, pues era su secretario, le dio los buenos días. El mayor solo respondió, ¡espero esté bien de su cuello!'. Y como un hecho que resonó desde dentro de su garganta, algo parecido a un suplicio personal paradigmático, mientras se ponía a pasos largos, rápido y marcados en frente del raso, murmuró, '¡bien, muy bien, dios nos salve!'.

Mientras caminaban hacia el patio de la prisión, solo se oyó decir al raso, 'gracias a dios que el sargento tomó una dirección diferente a la que acababan de tomar los de la aldea.' En el patio ya estaban un capitán, dos tenientes tres sargentos, varios cabos y rasos que custodiaban al sargento prisionero. Todos vistiendo uniforme de lugar, bien planchado, y almidonados.

Tan pronto llegó el mayor, le fue ordenado al prisionero que se quitara su uniforme y mientras se encontraba semi desnudo después de leerle una parte del código militar, se le pasó un camisón. Esta era una ropa de la que se le daban a los reos prisioneros de la guerra. Luego, el cabo que sobrevivió la balacera de la mañana anterior y que había servido como centinela, le fue ordenado para que le lea, junto a otro de los sargentos, los

----

cargos que se le amputaban; por último, se le rezara un padre nuestro. Y tan pronto terminaron, sin juicio, o apelación, por orden del mayor, el sargento fue puesto en el muro trasero de la prisión y fue fusilado.

De acuerdo con lo que el cabo, tembloroso y pausado le leyó, le amputaron el robo y mal uso de todos los animales de los ya liberados, extorción y robo del dinero que traían, violación carnal de cuatro de las mujeres detenidas, declaración de mentiras a la autoridad y culpable por haber causado al ejército el gasto de miles de dineros, producto del movimiento de dos mil soldados que se movilizaron en búsqueda de una tal, Eduvirgen Del Rosario.

También, desacato de órdenes establecidas en tiempos de guerra, cinco cargos por asesinatos y dos por intento de muerte. A solo seis días después de haber apresado a los catorce trabajadores, el sargento había matado dos soldados, para encubrir una paliza que les había propinado a varios de ellos. También, para esconder un reporte totalmente falso que ya les había construido a los prisioneros y en el que decía, que los catorce detenidos eran parte de un levantamiento armado dirigido por una tal Eduvirgen Del Rosario.

Cuando ya los catorces detenidos se vieron libres nadie los atendió y se fueron camino a Las Lagunas como pudieron. Algunos del grupo buscaron ayuda en una Iglesia de San pedro, otros se quedaron en el camino, muertos de hambre, buscando que comer. Y los que llegaron, siguieron cuidando, como podían la propiedad, pero ella, Doña Eduvirgen, ni la señora, que las fuerzas del orden no apresaron, porque era muy mayor, nunca volvió al lugar.

La última carta que Doña Eduvirgen les dio a los dos cocheros, al tiempo apareció, pero no pudieron leerla ya que solo uno de los dos cocheros y Cirilo, que en ese tiempo tenía 21 años, sabía leer. El segundo cochero, que ni contar sabía, al otro día de aparecer la carta, la tomó para protegerla, mientras Cirilo, y el otro cochero, junto un pescador, se habían embarcado, para ir navegando a la cuidad a vender provisiones. Unos de esos días angustiado por la desgracia de haber perdido a su patrona, el cochero que quedó con la carta, se fue a un lugar del que nadie supo y con él por allá se perdió, porque nunca, nunca más a la aldea volvió.

ENRIQUE ANICO TAVERAS

CAPÍTULO

XV

Doña Eduvirgen Del Rosario se había ido a la zona norte de la isla con su hija y se ocultó entre los montes de la cordillera septentrional, en un monte de La Ciudad Santa Isabel a unos veinte kilómetros de esta. Desde ahí, incursionaba a la cuidad disfrazada de otra mujer, hasta que logró comunicarse con el que era su esposo. Un comerciante muy exitoso y prolífico que, desde el 1906 dejó establecido, negocios de exportación de azúcar de caña, y otros de cacao, bananas, café y tabaco negro hacia los Estados Unidos de América.

Cuando el actual presidente llegó al poder, a mediados del año 1930, fuera de las filas militares, de Eduvirgen Del Rosario, «La Coronela», aún no se sabía nada. Pero el esposo, consciente del papel que ella jugó en la guerra, continuaba por su parte escondiéndola y él no hacía vida pública con ella. Pues él conocía, mejor que nadie, el roll que jugó mientras servía a las tropas extranjeras. Solo él y el padre de Eduvirgen, juntamente con un grupo muy reducido de militares, de los cuales ya habían matado casi a todos, sabían, en verdad, quién era ella y qué estaba viva.

El esposo debido al auge, prosperidad y logro que había obtenido en sus negocios, se vio frente al dilema de enfrentar, al que era el presidente de la nación, de nombre Rafael Leonidas Trujillo; el cual, se instaló en el gobierno, después que se ganó la gracia del ejército invasor y las elecciones del año 1930. Trujillo con hambre de dinero y deseo de solidificar su poder, a cualquier precio, empezó, como a otros comerciantes, a hostigarlo, exigiéndole cargas tributarias y aranceles a un porcentaje exorbitante que eran impagables.

Cuando el esposo se dio cuenta de que no podía pagarlos, decidió poner en venta las empresas que, eran siete en total, pero solo pudo vender tres de ellas al grupo del Banco Nueva Sconia. El dinero le quedó asegurado en el mismo banco. Las demás empresas quiso desmontarlas, para poder justificar una quiebra y tratar de quedarse con el dinero líquido, que hasta ese momento ya tenía guardado.

Pero el presidente que desde temprano se dio cuenta de lo que el estaba haciendo y hacía ya un tiempo que estaba dando indicios de ser un caudillo, sátrapa, recalcitrante, asesino y maldito, le declaró la guerra total y abierta. Entonces, le instaló cerca de su casa una guardia encubierta que la simulaba con una supuesta actividad y movimiento de hombres desde una casa en construcción.

ENRIQUE ANICO TAVERAS

En realidad, solo le temía a La Coronela, pues tiempo atrás, en una emboscada que le armaron a finales de diciembre 1925 para eliminarla, lo mismo que hicieron con otros militares de alto rango del ejército nacional, previo y después de la invasión. Ella burló toda la trama, que él junto a sus secuaces, dirigido por él mismo, después que las tropas norteamericanas se marcharon, cuatro años antes de ser presidente, le armó.

Luego, a menos de un mes después, en medio del silencio que dejan las celebraciones y los quejidos de algunos borrachos que no se consuelan con la pérdida de su conciencia, a altas horas de la noche, pasadas las horas de celebraciones del día de la Altagracia, el 21 de enero de 1926. Ella, se le apareció sola, después de burlar la guardia, como si fuera un bracamonte solitario. Y fue directo a su despacho de la oficina Militar del Palacio Presidencial, dejándole una nota escrita sobre una hoja de triple chapa de papel, que ella misma, con su talento de artista, antes de ir al lugar, confeccionó. Lo había hecho pegando el papel con almidón de yuca hervido y transparente, para hacerlo más duro. El que luego, planchándolo y decorándolo, muy artísticamente con sus manos caligráficas, con círculos infinitos, como si fueran claves de sol sobre los bordes del papel, como carátula de royo antiguo, parecido a un diploma otorgado por algún honor o gran causa, se lo dejó sobre su escritorio.

Fue un ultimátum y en él decía, 'Cuídate de mí que de ti me cuido yo.' 'Si una vez más me atacas, o por igual, le haces daño a uno de los míos, dígase, cualquier hombre noble o humilde que en vida me haya visto, la próxima

----

vez no dejaré un papel decorado, planchado y duro, con un puñal clavado sobre la mesa, sino el plomo derretido en rojo ardiente de una bala en tu cerebro.' Guerra avisada no mata soldado.' Firma: Atentamente, Eduvirgen del Rosario, «La Coronela».

Cuando temprano en la mañana recibió en su despacho a su sirviente, el estaba atontado aún del cansancio de la noche pasada y le dijeron que cuando comenzaron a limpiar, encontraron la carta sobre la mesa del tocador de la antesala de su habitación con el cuchillo clavado en el medio y en el espejo un dibujo hecho con tinta caligráfica, que parecía la silueta de una diosa endiablada y que no sabían, ni quien, ni cuando lo habían puesto ahí, pero que ayer cuando al final del día limpiaron la oficina, a esa hora ni la carta, ni el dibujo estaban ahí.

Él tomó la nota en sus manos, al ver el orificio del cuchillo en el mismo medio del planchado, decorado y endurecido papel, mientras sentía, la firme hoja del brilloso puñal, que frio abrazaba con sus dedos, detrás de la carta, se puso de pie, la olfateó, le pasó sus dedos temblorosos por sus aristas y después de observarla varias veces, leyéndola, pensó en la figura del espejo que le describieron. En ese momento le entraron temblores y vértigos que no le permitieron mantener la carta sobre sus manos, ni sostenerse sobre sus pies. Al intentar subir una de sus manos, para apuntar, que le dieran una silla, desde la parte baja de la carta, se le cayó el cuchillo, y cuando oyó el tintineo de las afiladas hojas del metal sonar, al chocar contra las pulidas lozas de mármol que formaban el piso, le dieron temblores y se vio cuando sus pantalones se le empaparon de su propia orina.

Dicen que la persona que le llevó la bella y brava nota de «La Coronela» era solo un criado, al cual, él había apoderado sin ningún nombramiento legal. Y que luego que se oyeron rumores del suceso, apareció más tarde ahogado en las afueras de la desembocadura del rio donde, reciente se había construido un importante puerto en la ciudad capital.

Cuando el llevó, por cuenta propia, la nota al comando general que habían dejado los norteamericanos y al cual debía reportar, ellos no le prestaron mucha atención a la nota, porque pensaron que era un problema trivial, de riñas personales. De esas que ellos estaban acostumbrados a que les remitieran y que sucedían entre individuos que se aferraban a la idea de encontrar el poder dentro de las limitaciones que ellos mismos les imponían.

Sin embargo, le advirtieron que el sirviente era uno de sus propios guarda espaldas, de los que el comando de USA le había asignado y que toda la noche, y el día en que le dejaron la carta, estuvo en cuartel. Ellos estaban seguros de que, en ningún momento, el guardia se acercó al palacio, de esto lo convencieron y le impusieron una indemnización de cuatro años de salario, para la familia de la víctima, como castigo.

En la medida en que, a través de los servidores del palacio, de apoco, se filtraron las informaciones de la famosa carta y la reacción del sátrapa, como una fábula empalmada de pólvora encendida que, con virutas de fuego, iba dejando descargas luminosas del nombre y la personalidad de una mujer de nombre Eduvirgen Del Rosario, La Coronela, se expandió la noticia, como un mito por todos los rincones de la nación.

Las tensiones en vista de lo que de ella se decía en la calle, repercutían en los despachos del palacio y del mismo modo, en la oficina del presidente después que llego al poder. Esto, como un alto parlante con acústica de zumbidos y vibraciones que se sentían desde las reuniones más pequeñas y nos importantes, hasta las grandes congregaciones, los domingos en la iglesia y los velorios, incrementaba el mito de aquella mujer en la población. También, el miedo y la paranoia en las altas esferas del poder, que de a poco se consolidaba.

Recursos extraordinarios se empezaron a gastar y hasta se asignó un presupuesto especial, para el gasto de la buscada de La Coronela, de aquella mujer que, en realidad, nadie sabía ni quién era y sí estaba viva.

Pero ya a los tres años de haber sido, con la gracias del ejército invasor, elegido presidente, en la medida que se afianzaba en el poder y las infraestructuras de seguridad, transporte, información y comercio hacia lugares remotos de la isla empezaron a avanzar y mejorar. El miedo y pánico que le tenía a la Coronela, a las noticias y mitos que de carácter casi divino y heroico de ella llegaban a su despacho, empezó a disminuir y controlarlo.

Desde el día que, en el solar, cerca de la casa del esposo de Dona Eduvirgen, empezaron a cortar la vegetación, y sentaron ciertos aparatos, como en señal de

ENRIQUE ANICO TAVERAS

que iban a construir algo, Doña Eduvirgen supo que sus días estaban contados. Trujillo, su enemigo número uno y presidente, ya estaba dando indicios de que tenía control y sabía que la propiedad era de su esposo. Aunque, desconocía, que ella era la ya mistificada Coronela. A pesar de todo, Doña Eduvirgen quería ganar tiempo para tratar de salvar a su hija y esposo.

Ella, aunque se encontraba fuera, escondida en algún lugar del monte, fue informada de la vigilancia que le habían puesto a la casa donde vivía su esposo y una semana después, pero en contra de la posible voluntad del conjugue, ya que sabía que ambos empezaban a correr peligro, logró volver a la casa, sin que ni él se diera cuenta.

Ella se instaló en un pequeño cuarto que, con la ayuda de cuatro de sus aliados había cavado, construido y decorado, como pequeña biblioteca y habitación, durante la época de la posguerra, poco después que se marchó el ejército invasor y el esposo había salido del país en asuntos de negocio.

El lugar estaba debajo de un sótano que tenía la casa en forma de túnel, con la entrada principal desde la habitación y dos largas salidas de emergencia. Una hacia otras casas localizadas en la cuadra contigua y la otra hacia el monte. También, tres entradas de aire entre paredes. Estaba tan bien camuflajeado que, ni el esposo, ni los mismos sirvientes desde que ella lo construyó, hacía siete años, se habían dado cuenta de que existía.

Ella ideó el escondite después que terminó la guerra, premeditando una posible persecución.

Desque que se marchó de las Lagunas, sabía que todos los hombres que los marinos norteamericanos habían instalado en el poder eran sus enemigos. Pero, aunque algunos de ellos les había servido en su fonda, debido al bajo perfil que mantuvo y la buena relación con sus servidores más confiables, todos ignoraban, quién verdaderamente era ella.

Solo sabían que existía una mujer, por título «La Coronela». Ya que antes de que el expresidente capitulara, después que sus tropas perdieron varias batallas en contra de los invasores en el norte del país, los primeros marinos invasores que ocuparon la ciudad capital y el palacio presidencial, dieron paso a los cuerpos de inteligencia, para controlar todos los archivos, obtener todo tipo de información relacionada a los movimientos que hicieron los cuerpos de seguridad nacional previo a la invasión y darle seguimiento hasta que claudiquen o sean eliminados los individuos de más alto rango pertenecientes a la tropas nacionales.

En uno de esos archivos encontraron un folio conteniendo un informe sin título, ni nombres, de una reunión que tuvo lugar el día seis de marzo de 1916. En la cual, por Decreto Presidencial, se emitía la siguiente resolución: 'En uso de nuestras facultades legislativas, el poder judicial, el poder legislativo y el ejecutivo, resolvemos, en virtud de una posible y total invasión extranjera, con todos los transmites procesales necesario,

ENRIQUE ANICO TAVERAS

para la continuación de la existencia de nuestra patria, la creación de una guardia anónima y clandestina que cele los movimientos de cualquier ejército, que violentando nuestra integridad y soberanía penetre hacia nuestro territorio'.

'Dada esta resolución tomamos la decisión de dejar solo esta constancia bajo la providencia y el encargo de nuestra comandante, cuya identidad simplemente se conocerá bajo el nombre de: «La Coronela»'.

'Santo Domingo de Guzmán, seis de marzo de 1916. Firma: «La Coronela»'.

Tiempo después que se marchó de Las Lagunas y supo que su futuro lo pasaría, sin personalidad, desaparecida en la total clandestinidad; entonces, decidió que nadie, más allá de la puerta de su habitación, podía pasar. Y para ver, sin ser vista, a quien llegaba, a esa casa que era la principal de varias que en la clandestinidad compartía con su esposo y localizada en La Ciudad de Santa Isabel. También, transformó un baño que estaba contiguo a la puerta de entrada del aposento principal en sala de reuniones.

El lugar fue decorado con libros y estantes de madera de cedro rojo; muy perfumada. El piso; con ladrillos rústicos, en el centro tenía una mesa de la misma madera, muy bien pulida, con cuatro sillas. Y en el medio de la pared, contigua a la habitación de conjugues, frente al centro del lecho conjugal y con dos grandes espejos que reflejaban, como una fotografía a color, todo lo que sucedía en esa sala de reuniones hacia donde estaba la entrada principal del escondite. Aquel que conducía hacia el sótano. Y para ver desde la parte del pie de la cama, a la altura de su cintura, construyó una ventana de un metro cuadrado, que incrustó dentro de los ladrillos y reforzó con concreto y planchas de acero a su alrededor.

Esto fue algo muy curioso y creativo. Aunque dificultoso de hacer. Ella tomó cinco hojas de vidrio grueso y con resina de pino derretida, combinada con fibras de tripas de cerdo limpias, curadas y secas, abiertas e interpuestas dentro de la resina derretida, con grosor de dos centímetros, revistió las planchas creando separación entre hoja y hoja con una dureza enorme en su interior y formando cámaras que dejaban pasar la luz en una sola dirección, haciéndola casi transparente de un lado. La dureza era tan enorme que tres disparos que le hicieron en un mismo punto, con un Revolver Webley de esos que se usaron en La Guerra de los Bóeres en África del sur y comprado por su padre a un comerciante holandés, que llego a la isla en 1904, en las pruebas que hizo, antes de totalmente componerla, no pudieron abrirle un orificio.

Tiempo después, este invento, le trajo notoriedad a su ingenio y al mito de su existencia. Cuando al fin el presidente, caudillo, lleno de odio y frustración mandó a demoler la casa, dinamitándola. Él y sus secuaces pensaban que esto no solamente ayudaría a encontrarla, sino que borraría las secuelas de huellas y bellas marcas que iba dejando en todos los sectores de la población el mito de La coronela. La que nunca claudicó, la que nunca se rindió, la que nunca quiso salvarse, sino sentía que los demás, también, con ella se salvarían.

La pared que contenía la ventana y la ventana en toda su integridad, quedaron enteras erectas, escondidas, debajo de los escombros, al igual que los rastros de ella, que muy escondidos dejó, como mujer que vivió en la en el anonimato, por el resto de sus días, después que cumplió 31 años, el 17 de marzo de mil novecientos dieciséis.

ENRIQUE ANICO TAVERAS

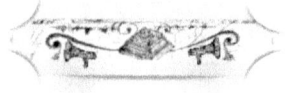

CAPÍTULO

XVI

La salida principal estaba debajo del piso de unos de los armarios que estaban incrustados en la pared de la habitación principal. Eduvirgen solo subía a la habitación del esposo, cuando una de las dos criadas, la cual era una de sus confidentes e informantes más fieles que ella tenía, le traía un reporte detallado de las informaciones que de sus negocios les recogía. Al llegar, la llamaba halando una pequeña cuerda que habían colocado desde la parte inferior del desagüe del fregadero de la cocina, sostenido por un pequeño garfio y camuflajeada con el cedazo, hasta una campanilla que habían colocado en el escondite al lado de su cama y escritorio

Le pasaba un reporte con información de lo que había visto y oído. Así como rumores de lo que se decía en la calle, en el centro comercial, el mercado y oficinas de esa ciudad. Ejemplares del periódico del día y el vespertino del día anterior, los cuales, desde que ella volvió desde Las Lagunas, llegaba con regularidad desde la ciudad de

----

Santiago. Además, le entregaban un resumido reporte, escrito a máquina de lo que veían y sabían los informantes que ella tenía, en el precario transporte, que ya se empezaba a agilizar desde una cuidad a otra.

Solo salía del escondite, muy temprano en la madrugada, por razones extraordinarias, o cuando ya no suportaba la soledad, para ir a verse con el esposo en otra de sus viviendas. A los siete meses de estar ahí, avispada como era, puso en práctica el plan que la movió para volver desde su escondite a la montaña, lejos de la casa y luego salir del país. Necesitaba ganar tiempo, para que su esposo logre terminar de deshacerse de sus empresas y se marchen con su hija al extranjero.

Pues ella sabía que nadie de los del nuevo ejército, excepto un general y el presidente, conocían su pasado, pero no tenían, ni la menor idea de donde estaba ella. De sí estaba muerta, de sí había sobrevivido, o se había; también, marchado, proscrita junto al despatriado presidente. Tampoco, de sí ella era casada o no, de sí se dedicaba al negocio de comida y hacer fiestas, o de que era muy lista en esto. Eduvirgen se dio a conocer, como una mujer de bajo perfil, sin pretensiones o arrogancias y solo con la intención de mantener su negocio de comida a flote, su causa superior.

Muchos oficiales de los altos rangos del ejército invasor norteamericano, siempre la pretendieron y hasta algunos les llegaron a ofrecer sus carpas y buenas camas, para dormir, pero ella nunca lo acepto. Siempre los despachaba con la excusa de que había soldados muertos de hambre, que llegaron del campo de batalla, talvez heridos, y ella tenía el beber, por religiosidad, de atenderlos el próximo día.

Hubo hasta un Capitán que apareció degollado dentro de una letrina, siete semanas después que, en un intento de vejarla, por una negativa de ella, de entregarse a él, le rompió el vestido, la embarró de su saliva y la llamó prostituta he hija de perra. El Capitán estuvo dos días detenido ya que la misma noche, después del hecho, ella se quejó ante la alta comandancia y amenazó con cerrar la fonda y nunca más organizar una fiesta.

Luego semanas después, cuando al parecer, se habían olvidado del delito que había cometido el capitán, en otra de fiesta, que ella organizaba solo para oficiales, el mismo capitán, vistiendo ahora todas sus medallas y uniforme de gala reglamentario y rango de mayor, fue sorprendido violando a una dama de esas que Doña Eduvirgen invitaba para las celebraciones y bailes.

La joven muy tierna, he inteligente, de unos veintidós años de edad, era una de las pocas que conocía elementos básicos del idioma inglés y el capitán, que ya lo habían ascendido a mayor, se había empecinado en que él podía, usando un lenguaje antibelicista, pero masculino, conquistar la joven dama, hacerla su novia o mujer y luego darle trabajo, como traductora, en las líneas del ejército invasor.

Ella le había dado su nombre, Lilia del Carmen, el solo le dijo que se llamaba Wheeller. Cinco bailes ya habían amenizado la fiesta y de ellos, Lilia Del Carmen y

Wheeler habían bailado dos Mangulinas y un Carabiné. Doña Eduvirgen fue inmediatamente informada de que la joven dama, había estado bailando con el mezquino y obsceno hombre. Ella para evitar una inusitada inquina, que termine ensuciando su reputación ante las familias de todas las comunidades, desde donde había traído las damas, movió dos de sus hombres, para que, sin levantar sospechas, le sigan los pasos al excapitán.

El ahora Mayor, vestido en su formal uniforme blanco, con nuevas insignias, planchado y almidonado, bajo el cual, ya su cuerpo, con los movimientos de los bailes había sudado, comenzaba a emitir un olor a vapor de papa descompuesta, que se ligaba con su perfume a esencia de madera y el atavío de su excesiva pulcritud de militar ascendido. La dama sintió el acentuado vaho y cordialmente, sin que él se diera cuenta, separó su mano de la de él y le hizo seña de que se quería sentar.

El Mayor, como hiedra venenosa, que extiende sus ramas sueltas, como flacas espigas bondadosas, movido por la briza entre la maleza y desde las esferas de un infierno espinoso, enmascarando sus pullas con una verborrea de palabras tiernas y al compás de la música, como la que se disimula, para cubrir con flores las espinas, ya había clavado, con su natural dote de cicuta serpentina, su poción de veneno en el alma y corazón de la inocente joven.

La convidó a un traguito de limonada con ron blanco que, rápidamente, entre bailes, había ordenado para los dos y que, en su mesa, en copas de claro vidrio, ya le aguardaba. Sin esperar sentarse, él tomó su copa y la otra, mirándole a los dulces ojos de la noble joven, se la entregó. Y mientras la miraba a través del vidrio, enverdecido con el reflejo claro de unas pequeñas hojas de limón y menta, que mesclado con la bebida dentro de la copa había, y en ella dejaban las claras luces de los candelabros, la invitó a que brinde con él.

Lleno de un patético y mezquino deleite exclamó: "Sí en el campo de batalla me arañan las malezas o las espinas, yo me aparto y las miro. A distancia, sus aguijones me quito y no deliro, sino que admiro la punta del cuchillo con que me abro el surco, para sacar el veneno y el amargo augurio que quedó prendado, después que conoció el rojo sangre del corazón el centro del cuchillo…" Pero se detuvo cuando se dio cuenta que la joven, de repente, le empezó a cambiar el rostro. Y expresó: "Oh! oh! oh! I am sorry! I did not mean to offend you!". -Perdone usted! -No quería ofenderla. No se dio cuenta que todo lo había dicho en inglés.

Luego tomó hasta vaciar la copa y dando un suspiro de insana satisfacción, aglutinó en su rostro algunos residuos de sonrisas. Las cuales, como mirándose en el espejo de su propia conciencia, más le parecieron muecas del odio que, en el reciente pasado, en su carrera de militar había cultivado y como rastrojos de troncos arrasados por una catástrofe, a ras de rostro, solo le quedaban.

La joven no comprendió nada de lo que Wheeller había dicho en inglés, pero tomó un pequeño trago que le mojó sus labios, lengua y garganta. Momentos después, sintió el efecto atravesarle sus cinco sentidos, como una corriente que abejorreaba en sus extremidades, corazón y alma, como el rin-rin alegre de un timbre con resorte de acero sobre el timón de un gran reloj de cuerda. Ella le sonrió a lo que él había dicho y luego se resguardó entre sus escrúpulos y como queriendo esconder su inocencia, se estrechó en la silla y debajo de su largo vestido cruzo sus piernas.

Tan pronto terminó el séptimo baile, una trompeta muy pausada y sueve empezó a acompañar un saxofón, seguido de una guitarra con progresiones de acordes que parecían notas de blues. Se serenó la noche y él la invitó a bailar despacito, pero ella al ver que él, casi se pega de su cuerpo, se separó y paró de bailar. Luego la invito a caminar a los alrededores de las carpas y coches que organizados parecían el centro de celebración de un gran campamento.

Ella se esforzaba por entenderlo y él magullaba su lengua tratando de decir algunas palabras en español. Ella por momentos lo comprendía, otras solo reían.

Lento, el ahora mayor, la fue llevando a un lugar apartado, donde había, opuesto a la entrada del lugar, una vegetación no muy espesa con algunos árboles silvestres. De cuyas sombras, bajo la luz de la luna, se creaba cierta penumbra y hacia la cual, desde afuera, nada se veía. Tanto se habían separado que las luces de los candelabros, los que iluminaban el lugar de la fiesta, ya solo se veían como simple luciérnagas en la distancia.

En sus proximidades todo estaba apagado y Lilia Del Carmen empezó a sentir miedo. Ella miró al mayor directo a sus ojos y detectó un brillo que, bajo el sortilegio del augurio femenino, la llamaba a tener precaución de ese hombre que, hasta ese punto, la había llevado tras la amena conversación de las palabras incomprensibles.

Le dijo que ya quería volverse y que no era honoroso para ella haberse ido con él hasta ese punto, tan lejos de los demás y comenzó a caminar de vuelta. Luego él le puso una mano en su hombro, ella lo miró de reojo y sin querer lastimarlo, le quitó la mano de su hombro y caminó más de prisa hacia el lugar de la fiesta. Él caminó tras ella y como de un zarpazo, pero con cierta confianza de que ella se detendría, la tomó por su hombro derecho. Ella, se sorprendió, volteó su cara y le dijo que sea más gentil y cuidadoso y quitándose otra vez la mano del hombre, siguió caminando. Se sacudió, asustada, avanzó mucho más rápido y le dijo, que, por favor, no la toque.

Wheeller se detuvo un poco, apretó sus dientes entre sus labios y entre la penumbra, que en ese momento los separaba, la miró con rabia. Decrepitantes, sus ojos le brillaban de una lujuria insidiosa. Se movió a doble paso hasta que se empelló contra la espalda de la dama. La abrazó con fuerza y Lilia Del Carmen sintió el peso de los brazos, las callosas manos rosarle su desnudo cuello y luego apretarle sus pechos. Ella entre la confusión quedó sin voz y agachándose, se le escapó y echó a correr, pero los tacos de sus zapatillas, de cuernos de buey pulido de media altura y algo angosto en sus puntas, se enterraban en la tierra e hizo su huida lenta.

A unos diez metros más adelante él la atrapó, le cruzó el brazo derecho, fuerte y musculoso por el cuello y a medio apretar, le dijo en ingles que ella no pudo comprender: 'Calma esta desgraciada bestia que tengo aquí dentro, debajo de mi pantalón, puta descarriada'. Ella pudo abrir su boca y dio un aullido, que como grito de auxilio, se oyó totalmente en el baile, y luego le enterró sus dientes en la parte frontal del antebrazo.

Mientras tanto, Wheeller trataba de romperle el vestido con su mano izquierda, pero el dolor, con ardor, provocado por la mordida y la sangre que ya le brotaba de su antebrazo, tiñéndole de rojo carmesí la corta manga de su uniforme blanco de marino; también, le había manchado los dientes a la inocente dama.

Ella se volvió a zafar, corrió unos pasos, pero él sacó su revolver e hizo un disparo que rechinó en la tierra levantando el polvo, justo frente a ella, e hizo que ella se detuviera. '¡Por favor no me mate!', le suplicó ella, con miedo. Luego el Mayor apuntándole con el revolver, se paró frente a ella, cambió de mano el arma y con su derecha, como sí fura a darle una caricia, la tomó por la barbilla.

Luego mirándole a los ojos, sin parpadear le dijo: 'you forgot that, I am the Capitán?'. ¿Usted olvidó que yo soy el Capitán? De inmediato subió su mano y con su dedo índice y pulgar colocándole el centro de la palma de la mano sobre la tierna y delicada nariz de Lilia Del Carmen, empezó apretarle los mentones, que fríos de susto, ya no tenían color y sus ojos se llenaron de rabiosas e indigentes lágrimas que le brotaron, como dos ríos en vaguada desde el centro de sus ojos.

Ella, del susto, se había petrificado, no se movía y así, el capitán quiso meterle su mano por encima del centro de su pecho y comenzó a rebuscarle entre sus senos, dentro del vistoso colorido y vestido, exprimiéndole asquerosamente y muerto de lujuria impetuosa, sus vírgenes senos. Mientras esto sucedía, varios servidores y guardias, que habían escuchado el grito de la joven, y el disparo, y que custodiaban el lugar, llegaron donde ellos.

Al ver la dama con su vestido a medio pecho, llena de lágrimas, petrificada, temblando de miedo y despeinada llamaron al capitán que se compusiera. El capitán rápidamente cubrió su antebrazo, se volvió hacia ellos y guardando su arma, a media risa, dijo: 'No es nada, la bella dama quería que yo le enseñara a disparar y se nos zafó un tiro. Pero ella está bien, solo que me esforzaba, para tranquilizarla'.

De vuelta a la fiesta, después que supo todos los detalles, por parte de la joven Dama y se asuró, sin ninguna duda, de todos los pormenores del ultraje, por cuenta de los informantes que entre los matorrales seguían a la Dama y el Capitán, Doña Eduvirgen tomó medidas de precaución, y sigilosa puso en marcha un plan para enmendar momentáneamente la injuria y como era de lugar, en tiempo de guerra, castigar con la máxima pena al ahora Mayor de las fuerzas invasoras.

Fue el último de los ajusticiamientos que las fuerzas de La Coronela había tramado con toda justicia, en total silencio y sin dejar huellas.

Encontró una prostituta veterana, para usarla como carnada, la instruyó, y el día de la acción la vistió y la atavió con una gala, tan sutil, que parecía una princesa sacada del paraíso. Ella esperó el momento preciso, sonó la música y salieron a bailar. El mayor había cambiado su estilo, la dejó por un momento y otro oficial, con mucha gracia, al momento la invitó de nuevo a bailar. El mayor, al ver los movimientos elegantes, armoniosos y sensuales que, a ritmo de la música, con el otro oficial, la mujer mantenía en el baile, le provocó que el sintiera celos. Y sin esperar la oportunidad, al terminar el baile, fue donde el oficial y le pidió que sí le permitía bailar con ella. Al oficial no le importó. Ella aceptó y bailaron hasta que la música cambió. Luego él la invitó de nuevo y ella se negó, pero se quedó en la silla, inmóvil, esperando otra acción del Mayor. Él empezó hablar con ella en su incompresible spanglish y ella trató como si estuviera siguiéndole los pasos, de comprenderlo.

Les habían servido tragos, él tomó uno y le ofreció un segundo a la mujer. Ella otra vez se negó y de forma muy decente le dijo que ella era de las tantas mujeres que no bebían. Esto incrementó el interés del Mayor, que desde ese momento quiso convencerla de que aprenda inglés. Ella accedió y él, como mostrando paciencia, empezó a darle una lección sobre las vocales y consonantes que formaban los pronombres en esta lengua.

ENRIQUE ANICO TAVERAS

Y así se pasaron la noche hasta que, en la presencia de solo unos siete oficiales y otros pocos subalternos, que estaban ya borrachos, Los dos se fueron encaminando hacia las barracas. La intensión por la que Eduvirgen había traído a la mujer, era saber dónde estaba, en el cuartel, la barraca y el lugar donde este hombre dormía. Ese día no lo logró, pero al otro día, antes del almuerzo, ella tuvo que ir, como salvo conducto, para que liberaran a la mujer de la prisión del cuartel local de las fuerzas invasoras.

La veterana y cayada mujer dentro de los quebrantamientos morales que en su alma la achacaban, quiso frenar al Mayor, cuando este, en la misma entrada de la barraca, intentó ejercer su indecente y enfermiza lascivia, mostrando su hombría frente a otros subalternos que a escondida lo celebraban. Ella se peleó y no lo dejó, pero con su paciencia de veterana, mostrándole un crucifijo y repitiéndole que ella era muy religiosa lo manejó. Él sobreponiéndose, pero deseoso de llegar donde no haya ningún testigo presencial, para mostrar con todo su ímpetu libidinoso, lo que él consideraba una verdadera hombría, terminó llevando a la mujer a su habitación de la barraca.

Al llegar, ella le pidió permiso para acomodarse sus zapatillas y mientras se agachaba, le dijo que ella debía retornar, pero él la tomó por el antebrazo derecho, de repente la haló, la levantó hacia él y la apretó con la otra mano. Ella quiso gritar, pero ya era tarde, le hizo un cuatro al brazo y se pasó a su espalda. Así, tensándole y torciéndole el brazo, para que no llorara; también,

ENRIQUE ANICO TAVERAS

mordiéndole un oído, le repetía: "Shut off, calla, shut off, calla". Al final, con una zancadilla, la tumbó en su catre. Ella dio un grito de dolor y él, con su mano izquierda, comenzó a subirle el vestido y a bajarles las bragas, pero rabioso se las rompió arrancándoselas de un tiro.

Ella del susto menguó sus fuerzas y le repitió varias veces "ya, ya, ya", y luego pronunció la palabra –'Yes', que de él había aprendido esa misma esa noche. Cuando el Mayor, fue a querer introducir su miembro, después que de un tirón le había sacado rotas las bragas de algodón, y pujó hacia el mismo medio de toda la parte que ya había desnudado de su nalga, ella esperó sentirlo y tomó confianza, fingió una pequeña risa y un gemido leve de placer. En el momento cuando él quiso ya terminar de alcanzar su propósito, y pensó que ella se dejaría, le flojo el brazo.

Ella aprovechó, dio un bramido de rabia, tomó fuerzas, sacó con su mano izquierda una navaja de afeitar que meticulosamente se había escondido en su boca y tornando repentinamente su cuerpo y cara hacia arriba, mientras hacía el movimiento, apretando la navaja entre sus dedos, se la pasó, presionándola hacia dentro, por todo el mentón derecho de la cara del Mayor en dirección oblicua y al instante, sacudiéndose, otra vez, en posición opuesto, en zis zas, presionando con fuerza, le pasó la navaja sobre su boca.

La sangre, en la oscuridad, desde toda la cara del mayor empezó copiosamente a brotar, pero él no acababa de entender lo que le sucedía, sintió el ardor, luego un gran dolor y por último advirtió el sabor y olor a ladrillo oxidado que mientras la sangre salía le iba dejando. Luego se llevó la mano hacia su cara y se parpó varias heridas, que más bien parecían arañazos profundos, que la mujer sin éxito le había dado, ya que la navaja, sin darse cuenta, en la oscuridad y bajo la presión que estaba, la había agarrado por el lado que no tenía el verdadero filo, y en vez, ella misma se le habían enterrado, más que a él, hiriéndole sus dedos.

Pero esto le permitió salir de la improvisada habitación y huir hacia la salida de la barraca militar. Mientras salía, dos militares la detuvieron. Ella lloraba, no decía por qué y cuando la llevaron y la alumbraron, bajo la luz clara de un candelabro en el despacho del cuartel, le vieron los dedos que aún sangraban y dos grandes hematomas que en la espalda le dejo un golpe que se dio, cuando cayó tirada sobre el palo que cruzaba, para sostener la parte de arriba y el colchón del catre en el que el mayor quiso violarla.

Le limpiaron las heridas y luego la interrogaron. Ella solo dijo que ella vino acompañar el Mayor, Wheeller, hasta la puerta ya que él se lo había pedido. Que tan pronto llegaron a la puerta junto a otros militares más jóvenes, la hicieron pasar hacia dentro de la barraca, pero cuando ella ya quería volverse, él la obligó hasta entrar en la habitación y ahí la violó. Ella les explicó que era una dama decente y tratando de defenderse levantó la colchoneta para cubrirse, pero con un alambre de metal, mientras él la asediaba, se restregó la mano y luego, él mayor, tratando de agarrarla; también, se cortó la cara.

Cuando Doña Eduvirgen la encontró, y de forma amigable habían resuelto el conflicto, al mayor, como resolución, no le permitieron ir a otro baile por los próximos 30 días. Pero la mujer cuando iban de camino a la fonda le entregó, doblado, un papel conteniendo un pequeño mapa de donde estaba la barraca, la habitación y la letrina del Mayor. La misma noche de la próxima celebración que organizo Dona Eduvirgen, que era un cuatro de Julio, durante los momentos de más alto júbilo, y cuando tiraban salvas, como fuegos artificiales, un espía que ya conocía todos los rincones del cuartel militar y las barracas, pasó hacia dentro y sin ser visto se ocultó en la letrina asignada al mayor.

Mientras tanto al repulsivo y asqueante mayor, no le limitaron los tragos y cervezas. Esta vez, aunque consumió no menos que lo común, dejándolo a su libre albedrío, no fue mucho lo que bebió, pero se fue a su barraca y habitación ya al final de la fiesta, cuando ya solo quedaban unos cuantos soldados, solos y borrachos, merodeando y rondando por el área. Esa noche se le vio pasar solo, sin nadie por la puerta del cuartel y la barraca, pero no fue hasta cuando encontraron su cuerpo y lo extrajeron podrido y lleno de mierda del fondo de la letrina que se supo de él.

ENRIQUE ANICO TAVERAS

CAPÍTULO

XVII

La misma Eduvirgen, siempre decía que tenía principios de monja y que toda joven debía de esperar el mejor momento, acumular algo de dinero, encontrar un buen hombre y por amor, solo en tiempos de paz, casarse. Lo cierto es que era hija de una familia muy honorable que había vivido en la isla desde tiempos inmemorables. A los 18 años en 1907 contrajo matrimonio en la Catedral Primada de América con el que fue su esposo, Sr. Ramón María Talope, Don Mayía.

Y dos años más tarde tomaron un barco que los llevó a la Habana, Cuba y de a ahí, zarparon hacia España. Fueron a estudiar por orden de sus padres a una prestigiosa universidad llamada, La Universidad de Salamanca. En 1914 sin graduarse aún, pero con un currículum académico intachable, la pareja, en plena juventud y con fueros de heroísmo, se fue a Francia y se unió a una agrupación de auxilio y socorro para los heridos y víctimas de la recién estallada guerra y

----

marcharon junto a tropas francesas y españolas en los aturdidos campos de Francia.

Así, recogiendo heridos y enderezando destrozadas almas, aprendieron francés, Inglés, y muchísimos otros oficios, incluyendo las complejas tácticas militares y regulaciones de guerra en los ejércitos modernos, al igual que, a disparar con todo tipo de armas. También, aprendieron todas las técnicas usadas en los hospitales de guerra, para sanar heridos y mutilados en combate.

A un año de haber sobrevivido bombardeos, balaceras, envenenamientos por gases y todas clases de penurias de la guerra, recibieron la noticia de que la madre del esposo había muerto y que debían de volver a la isla los antes posible, no solamente, para hacerle honor a la madre santa sino, para recibir su última bendición a través de una herencia que, de un ingenio de caña de azúcar, con su trapiche y destilería, además de dos millones de pesos les había dejado.

A los siete meses después fue, que solos, decidieron tomar un tren de vuelta a España. Llegando hasta la ciudad de Sevilla, y en Cadis tomaron un vapor trasatlántico, donde ocupando tres camarotes, los llevó a Santiago de Cuba. Pocos después, alquilaron un barco de pesca, un velero que operaba desde Santiago de Cuba hasta los arrecifes del norte de la isla Tortuga, frente Haití. El cual, debido a la corta distancia que relativamente debían de navegar, más allá de donde pescaban, se dispusieron y pusieron de acuerdo, por un precio módico de $600.00 y así los llevaron, junto a su mudanza al viejo puerto de Monte Cristi en el nordeste de la isla,

Ahí donde había llegado hacia dieciocho años El Gran Poeta y revolucionario cubano José Martí a firmar contrato con Máximo Gomes, para su causa Independentista y revolucionaria en Cuba. Desde ahí, en coches, cargando toda una biblioteca de tres mil libros, un bello y suntuoso escritorio, con tres máquinas de escribir y una tipográfica, dos máquinas de coser de fabricación alemana; dos pares de anteojos, para uso militar y muy avanzados de la época, cuadernos, litografías, notas, mapas, instrumentos militares, pistolas y revólveres con sus cartucheras y balas, pinturas, esculturas, ropa, zapatos, algunos alimentos, bajillas, he instrumentos para cocina, etc. Llegaron al Pueblo Santa Isabel donde la madre le había dejado su herencia y se instalaron en su misma casa junto al padre. El que aún permanecía muy vivo y saludable, pero dedicado a la ganadería y su religión. Él era diácono de la iglesia mayor de la ciudad y su nombre era muy conocido en toda la región, se llamaba Gregorio Estanislao Del Rosario Báez.

El sobrenombre de «La Coronela» surgió cuando un grupo de nueve malhechores quisieron asaltarlos entre el camino de Montecristi a Santa Isabel. Pero ella y el esposo, con las armas que traían, lo repelieron y en la balacera que se armó, hirieron cinco y cuatro que quedaron, después que se rindieron, fueron apresados por ellos mismos y conducidos todos a una prisión aledaña al pueblo de Santa Isabel.

A los heridos ella misma todos los días los visitaba hasta que los curó y en la medida que se sanaban los fue liberando. Sin embargo, los cuatro que quedaron a salvo y sin heridas, los entrenó y educó. Todos se quedaron con ella trabajando en la hacienda en compañía del esposo. Pero desde que la nombraron en la secretaría de la presidencia, uno de los cuatro, sin ella pedírselo y por el amor que les había tomado, allá en la ciudad de Santa Isabel, salió emocionado, sobre un caballo andando por toda la hacienda y luego cabalgando hacia la iglesia mayor de la ciudad con una bandera sobre la cual, él y los otros tres habían escrito, en letras grandes, 'Viva Eduvirgen Del Rosario, la han nombrado secretaria de Interior y Policía, ¡viva La coronela!'.

Habían pasado ya dieciocho años desde ese suceso y ya tantas cosas habían sucedido que nadie se acordaba de eso. Sin embargo, esos hombres, aún estaban vivos y velaban por su seguridad y buena suerte; además, eran de sus informantes, los de más confianza. Ellos, con más conocimiento que ella de lo que acaecía en lo cotidiano de la vida política del país, por la condición que tenían de nunca haber echo vida pública militar frente a nadie, ni haberse dado a conocer como militares, siempre se pasaban como pequeños hombres de negocio, educados por ella, al tanto de la vida pública.

Ellos además de que la cuidaban, les advirtieron que en silencio y poco a poco deponga las armas y se fuera a escondida hacia Cuba, ya que, el presidente y su policía habían tomado demasiado poder y tenían bajo control todos los puntos del país. Y que su esposo, por la

----

condición de comerciante, ya que las relaciones internacionales que tenía se lo permitían, se quedara y que en uno de sus viajes al extranjero saliera con la hija y la buscara por allá hasta encontrarse con ella.

Pero ella confiada en su anonimato y con intención de revivir el movimiento subversivo, a través de acciones militares que crearan desconfianza entre los generales más allegados al presidente, desde la clandestinidad, quería aún desarrollar un movimiento político juvenil con soporte militar, para devolver el poder político a los hombres que los tenían antes de la ocupación militar. Ella decía que sería esa la única forma de volver a vivir, como antes se vivía, en plena libertad.

Así, aprovechando varias informaciones que le habían suministrado sus agentes, indicando que la esposa de unos de los generales y más cercanos guarda espaldas de la escolta del presidente, una vez por mes salía de su casa hacer presentaciones de sus diseños de moda, Doña Eduvirgen puso en marcho el último de sus planes.

Unos meses después, cuando se aseguró de que todas sus informaciones tenían uniformidad, ella hizo uso de sus máquinas de escribir y compuso una carta imitando una de dos, que el departamento de estado del nuevo gobierno, le había mandado a su esposo cobrándole impuestos, he informándoles de supuestas violaciones.

Con su tinta la decoró, como sí igual fuera una carta hecha y sellada en el mismo palacio presidencial. No le faltó ni una sola línea y dos sellos que aparecían en las cartas los reprodujo tal y cual lo hacía el gomígrafo

---

original. Y con su fina pluma, después de practicar toda una mañana, con la misma firma que aparecía en las dos cartas, las que tomó como ejemplo, firmó la carta, quedándole lo mismo que una carta real.

Esperó la última información proveniente de su lugar teniente. El que había asignado, para chequear las salidas de la esposa del general. Este era un comprador de frutas al por mayor, el cual, iba a los pueblos a distribuirlo vendiéndolos al detalle y guardando las mejoras. También, llevando las más bellas frutas, para venderlas en las casas de las familias más acaudaladas. El mismo día en la noche cuando la Sra. del general salió, Dona Eduvirgen, recibió el informe con los detalles. Era un informe escrito a mano en papel simple donde decía la hora en que salió y la dirección que tomó.

Además, el color del coche en que salió. ¿Sí era una máquina o tenía caballos? ¿El color del pelo de la mujer, y cómo lo llevaba? ¿Sí lo tenía cubierto? ¿Qué color tenía el pañuelo, y sí no, qué peinado llevaba? ¿Color de sus uñas o sí, llevaba guantes? ¿Cómo era el vestido que ella vestía y su color, prendas qué llevaba sobre él o sí alrededor de su cuello, en su muñeca en sus orejas llevaba algún colgante? ¿Eran piedras, metal oro, o qué? color de los zapatos, cartera, de sí era piel, cuero o algún tejido, de tira larga o corta y las maletas y sus colores. Por último, la información indicaba que la señora del general se había dirigido hacia la ciudad de Santiago.

Esa misma noche, como la tramoyista profesional del mejor teatro, muy rápido organizó todo el aparataje de

----

prendas, y parafernalias que debía de tener, para la pronta acción que ya a menos de un día se aproximaba. Luego preparó unos dulces de coco, muy sabrosos y bien decorados. Al otro día muy temprano. Llamó a sus dos informantes que, como aparentes criadas, tenía trabajando en la casa, y sin darle detalles, les habló de su plan.

Luego ese mismo día, en que coincidía con la estadía de la esposa del general, fuera de su casa, vistió la más inteligente de las dos criadas, con las mejores joyas y prendas de vestir que tenía y más se parecían a las que vestía aquella dama según el informe. Eran prendas que, la misma coronela años atrás vestía, para lucir en las más prestigiosas fiestas y otras que guardaba desde antaño, bien cuidadas y brillantes desde los tiempos en que fue a estudiar a Europa. Haciendo a la muchacha parecer tal y cual la describía el informe que recibió de su lugar teniente e informantes, de cómo estaba vestida la mujer del general.

Le recogió el pelo, se lo pinzó y amarró bien fuerte, de manera que, le empujaran los parpados un poco hacia atrás. Le arregló y le pintó las uñas de rojo carmesí y la maquilló. Lo hizo tan bien, que la muchacha, ni ella misma se reconocía.

La instruyó un poco, para que diga solo lo necesario. Le dio el maletín azul con la carta, unas diez hojas de papel vacías, y el paquete con los sabrosos dulces de coco dentro. Los dulces iban en una envoltura extravagante que le había hecho en tela de lino cruda y unas cuantas decoraciones con mechones de verde brácteos. Le explicó que hacer con cada cosa y luego, para que no se viera lo que llevaba, envuelto en tela de henequén, en un bulto del mismo material, se lo entrego todo.

Le puso sobre el suntuoso y decorativo vestido, otro muy amplio, blanco y gastado que siempre tenía, para los días de mucha humedad. Cuando se lo puso le dijo, 'te pareces ahora como si fueras una monja de medio servicio'. Luego le dijo que debía de tratar de marchar lo más rápido que pueda, para evitar la vean desde la construcción y una vez pase a la calle contigua de donde estaba la casa, al mismo paso, entre por el callejón de los chachases y camine hasta que llegue al camino de la vereda paralela al mar, siguiendo hasta llegar a la próxima esquina de la intersección y haciendo una izquierda, en dirección norte, por la vereda del puerto, cuidándose de no romper los tacos que le había puesto.

Le dijo que, al llegar al lugar donde comienza el bulevar de las amapolas, camine calle arriba, tres calles y mire bien hacia los lados y sí a nadie ve a su alrededor o a distancia, se quite rápidamente el vestido blanco y le remueva el bulto y la envoltura de henequén al maletín y los tire entre el matorral. Entonces salga a la calle caminando hacia su derecha con el maletín en mano y colgando de su hombro derecho, el bolso de mujer que ella le preparó. Este contenía cosméticos, varias servilletas de lino blanco y rosado, una botellita con fragancia y jabón de mano, una pequeña pantaleta y otras parafernalias, además de un pistolete con cañón de cuatro pulgadas, calibre veintidós, que le había puesto en el fondo del bulto enmascarado con dos servilletas, de las mismas que le había puesto más arriba en el bolso.

A tres esquinas, haga una derecha hacia la avenida de los héroes, y se mantenga caminando por la acera donde están todas las casas bonitas. Continue su curso calle arriba en dirección opuesta al mar, bien cerca de las verjas, como si estuviera saliendo de una de esas casas que estaban por ahí, hasta que llegue al centro. Cuando pases frente al teatro, caminarás dos cuadras más y al encontrar al parque. Una vez ahí, valla directamente hasta las oficinas de los correos. Los verás, al llegar a la esquina, al otro lado, en la calle paralela, mirando a través de los arcos del parque.

Por último, le dijo que atraviese el parque, pero que lo haga por donde haya menos gente. Cuando llegue al correo, antes de entrar, observe desde afuera, que dentro no haya nadie. Sí ve a alguien, le dijo, que se aleje de la puerta disimuladamente. Solo entre, sí no ve a nadie y valla directamente al buzón que está antes de las ventanillas. Deposite la carta sola y sin detenerse en el buzón y tratando de que nadie la vea cuando la tire.

La carta no llevaba ningún sello y no necesitaba uno. Sin embargó, tenía un destinatario y remitente. Doña Eduvirgen conocía el nombre y apellido del mayor del cuartel general de la ciudad y aunque él pensaba que ella estaba muerta o escondida en otra parte de la isla, a él no fue a quien le dirigió la carta, sino el paquete de dulces de coco fino que había hecho.

La carta se la mandó al General encargado de la escuadrilla de guardaespaldas del presidente. En ella le comunicaba que los agentes de la construcción, que observaban la gran casa de Don Mayía, refiriéndose a su esposo, en vez, habían interceptado a una señora muy elegante, que se identificó, como la diseñadora esposa del general de escolta del presidente, Samuel Gustavo Aibar, Doña Miguelina de Santa Elena Jacobina de Aibar. La cual llegaba en un coche, con todos sus atuendos, sola y sin gualda espaldas y tan pronto se bajó en frente de la casa, después que nuestro agente le presentó las credenciales, le ofreció nuestra atención y protección.

La gran Sra. entrando a la casa nos dijo que sus dos lacayos los había dejado en el restaurant que está en frente del parque, en la acera opuesta a la de las oficinas de los correos. Después de explicarle el trabajo que hacíamos, ella aceptó ser acompañada hasta dentro de la casa. En la casa solo estaban las dos criadas y el perro.

Ellas les dijeron que, en ese momento, Don Mayía no estaba, pero que, sí lo deseaba, podía esperarlo porque, según él había dicho, llegaría después de las cuatro y esperando, le sirvieron un café. 'Mientras estaba ahí, nuestro agente aprovechó, para hacer una observación algo minuciosa, pidiendo permiso, para entrar al baño de la casa y tomó partido, para hacer una pesquisa. El entró a lo que cree, es la oficina del Señor Ramón María Talope, Don Mayía y la biblioteca de la casa'.

'Aprovechando, mientras las mujeres entretenían a la Dama, nuestro agente escudriñó tres de las habitaciones,

----

que estaban contiguas al Sanitario. Todo sin que las criadas se den cuenta y no encontró ningún indicio de que la coronela estuviera o haya estado en el lugar. Con las criadas, dejamos a la Señora De Aibar y el agente, teniente Petión volvió a la base de observación'.

Ya pasados las cinco de la tarde observamos a la Sra. de Aibar marcharse de vuelta hacia el centro de la ciudad en el mismo coche que volvió a buscarla. No vimos al Señor Ramón María Talope; Don Mayía, entrar a la casa. No tenemos ninguna otra novedad. PD. Se nos debió informar a tiempo que la esposa de un general había venido por estos predios. De usted muy atentamente, comandante Vitela y los sellos con la firma al dorso.

ENRIQUE ANICO TAVERAS

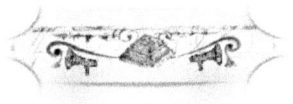

CAPÍTULO

XVIII

Doña Eduvirgen, luego instruyó a la criada sobre los dulces y le dijo que, inmediatamente después de tirar la carta, valla a la ventanilla y ponga el paquete, con cuidado de no dañarle la envoltura, y se haga nombrar, como Doña Miguelina de Santa Elena Jacobina de Aibar, solo sí le preguntaban. Así escribiera al dorso, justo en el lomo del paquete, como remitente, añadiéndole una dirección que Doña Eduvirgen conocía. Esa era la dirección de una mansión que el esposo, de cuya señora el nombre estaba usando, Doña Eduvirgen sabía que el tenía en la ciudad de Valle Real.

Le dio un paquetito de 45.00 pesos, en billetes variados, para que lo pusiera en una parte de la cartera, donde se sienta cómoda y en caso de necesidad usarlo. Le dio también, un billete de 20.00 pesos, más otros menudos, para el pago del costo del correo y también, del coche. Y la instruyó, junto a la otra criada, para que cuando ella les avisara, una saliera a buscar un coche y se lo mandara al local de la oficina de los correos, con la instrucción de que iba a recoger una señora que venía desde la ciudad de Valle Real, con la descripción de cómo estaba vestida y el maletín azul que traía.

Qué mantenga un alto respeto que, ella era una señora muy importante y que la llevara a la dirección específica del afamado comerciante Sr. Ramón María Talope, Don Mayía. También, Doña Eduvirgen instruyó a la primera, para que esperara hasta que el coche, el cual, la segunda le iba a mandar, la recogiera frente a las oficinas de los correos. Y luego a la otra, la instruyo, para que saliera lo más de prisa que pudiera, pero sin causar ningún ruido por la puerta de atrás de la casa. Y para que le diga al cochero, que le de unas pequeñas vueltas, paseándola alrededor del parque de la ciudad, para que la conociera y viera lo limpia que la mantenían, mientras, daba chance a que, la otra joven, que mandó el coche llegara y entrara a la casa por la parte de atrás, sin que la vean los de la construcción.

A la que llevaba la carta le dijo que le dijera al cochero que entrara a la calle por la parte que daba a la construcción hasta llegar a la casa. Y sí observaba que alguien se asomaba al coche, no se lo quite de la vista y que al llegar al frente de la casa sea cordial y lo invitara a entrar con ella. Y sí era un poco mayor de edad; además, disimuladamente, le hiciera cierta gracia. Entonces Dona Eduvirgen fue tomando toda la precaución necesaria. Colectó sus armas y cuantas balas tenía las usó para cargarlas y las que le sobraron, las puso en su bolso y en varios lugares de fácil acceso, para ella. Tenía 4 pistolas marca Parabellum P08 de cilindro largo con cargadores de 13 tiros cada una, todas de un mismo calibre y tres revólveres Rast and Gasser calibre 38.

Entre ellos uno de cañón corto, que se lo agarró junto a su canana de cuero fino en la parte media de su pierna derecha, del lado afuera, debajo de la enagua y por encima de los breteles y los broches que le agarraban las medias altas, bajando desde el cintillo alto de bordado de donde los agarraba de su cintura. Puso cuatro de las armas totalmente cargadas en diferentes lugares estratégicos de la casa y dos de las pistolas, además del revólver que se puso en lo alto de su pierna, las dejó con ella.

Dos de las ventanas que claramente apuntaban hacia la construcción, las condenó y detrás de ella puso vistosas cortinas con decoraciones de flores muy coloridas entre los tejidos. También, una silla con asiento de pana rojo al pie de cada ventana y sobre ellas, dejó un violín y en la otra un acordeón, esos eran los dos instrumentos que ella y su marido habían traído de Europa, hacía ya casi veinte años. Hizo un chequeo somero en los dos túneles, para asegurarse de que estén totalmente claros y sin obstrucción en caso de que sea necesario una fuga rápido.

Y en la medida que puso su plan a funcionar, desde que mandó las muchachas, para ejecutarlo, se vistió de criada. De la misma manera, que se vestía en la casa, la que fue a llevar el sobre y el paquete. Se maquilló como ellas mientras servían en la casa. Y para que no vallan a descubrir que estaba en la casa, tan pronto llegó la criada que fue a buscar el coche, le ordenó que se cambie el

---

vestido y fuera a la cocina a picar cebolla, ajo y todo tipo de condimentos que tengan un fuerte aroma a comida. La mesa la ponga para dos, con mantel y servilletas de las más finas y decorativas, una botella del mejor vino que le quedaba en la casa, con dos geranios agarrados por un alfiler sobre su colcho y con las más bellas lozas y copas.

Con la ayuda de uno de sus viejos anteojos, miró hacia la construcción por el orificio de la ventana que, sin ser vista, le permitía mirar hacia la calle, hasta que vio que el último trabajador se desapareció. Siempre a esa hora eso sucedía. Aunque totalmente no pudo saberlo, era en ese momento que los trabajadores, paraban su pretendido trabajo, para beber café y se iban a una sombra de palma y framboyán que había detrás de la casa del lado, donde era que; al parecer, se lo preparaban. Al final, con los mismos binoculares, que eran con los que siempre se hacía acompañar, miró detenidamente, y observó sí quedaba alguien en alguna posición no vista y no tomada en cuenta por ella en la construcción, o algún detalle al que no le puso atención dentro de su casa, pero todo estaba en el orden planeado.

Cuando se aseguró que nadie observaba su casa, que todos estaban absolutamente ocupados, ella tranquilamente se sentó a esperar que apareciera la otra criada que ya en esos minutos había mandado a su misión. Y se dijo, 'si me funciona este plan, pondré en jaque al presidente y podre irme'. Ya era todo cuento quería.

El plan le resultó, casi como lo había planeado. Pero en vez de que llegue un guardia vestido de civil, como

----

trabajador, desde la construcción, llegaron dos. Uno se quedó fuera de la casa y el segundo, que en vez vestía como si fuera un contable decente, cuando la encubierta informante entró, con finos modales de dama educada, haciéndose pasar por la señora Miguelina de Santa Elena Jacobina de Aibar, ya hacia la casa, detrás de ella quiso entrar él. La criada encubierta, sin mirarlo, le dio órdenes de que se quedara fuera, que ella quería descansar.

En ese instante; sin esperarlo, en su atuendo de criada, La Coronela intervino y con una amabilidad que encarecía el pudor del hombre, le ofreció café. Él, mientras se lo preparaban, con un disimulo tímido de que admiraba tan decorada y limpia casa, fue al baño y desde ahí, se movió alrededor de ella, no sin antes mirar hacia la habitación de los conjugues, que con intensión de que se viera todo con total transparencia, La Coronela había dejado nítidamente ordenada, brillante de limpia y su puerta abierta de par en par.

Al agente, luego que le endulzaron el café, se lo pusieron sobre la mesa y le sacaron una silla. Él se sintió reprimido e inseguro fuera de su ambiente ante las tres mujeres y sus modales. Entonces, tomó dos tragos de café y dijo que debía volver a su puesto y caminó hacia fuera de la casa, no sin antes decir que era parte de un chequeo rutinario a la vivienda, porque estaban protegiéndola por orden del gobernador.

Inmediatamente, Eduvirgen fue a mirar por el orificio de la ventana y observó que los dos guardias se habían ido. Entonces, inmediatamente desvistió a la criada y le

ENRIQUE ANICO TAVERAS

----

quitó el maquillaje. Ella se puso la ropa, tacos, medias, y con la ayuda de ellas mismas, se hizo el mismo peinado y maquillaje. También, se puso todas prendas con la que la había vestido.

Y las 5:10 PM después que recogió todas las armas y poner las que cupieron dentro del mismo maletín azul que le dio a la criada, ahora lleno de armas y 10,000.00 en billetes de 100 que había guardado en la casa hacia más de tres años y dos revólveres que se había colocado debajo de sus mangas, apretados con su sostén, salió, se montó en el coche, el que aún esperaba y se fue camino al centro de la cuidad. Y de ahí, se fue y desapareció con uno de sus colaboradores en busca del esposo, el cual, ella sabía donde lo podía encontrar.

Y a las 7:30PM logró prevenirlo que no llegara a la casa. Ella fue con él y se alojaron en una vivienda pequeña, en las afueras del pueblo, donde vivía uno de sus informantes. Al mismo instante, le mandó un mensaje a su suegro, para que ponga extra protección a su hija y la mudara del lugar donde estaba a uno más seguro. La Coronela se terminó de tranquilizar, solo, cuando el que llevó el mensaje, volvió en su caballo y le entregó una pequeña nota, que el abuelo le había mandado de vuelta, hablándole de la hija.

El esposo la ayudó a darse un baño y luego de tener una importante conversación a media voz, se acostaron en la misma cama. Ella al fin se calmó y se durmió oyendo cositas dulces, que le susurraba a su oído, acurrucada al lado de su esposo, su amorosa voz.

Mientras tanto, las agujas del reloj andaban y el tiempo silencioso, sin soñar, ella lo dejó pasar, hasta que su plan totalmente se consumara.

Sin embargo, a las 4:00AM del otro día ya estaba en pie y fue al lugar de la carretera donde se sabía pasaba el correo todas las mañanas de camino a la capital y donde podía interceptarlo, sin temor de que les ofrecieran alguna resistencia.

Ahí resguardada entre la arboleda enmascarada y con siete de sus hombres, esperó por más de una hora a que pasara el mensajero y diligencia de los correos. Para estar más segura de su plan, quería saber sí el mensaje de ella lo habían telegrafiado o llevarían la carta. Pero el correo ese día no pasó por el lugar. Entonces, sin mucha meditación, puso en marcha su plan alternativo. Sabía que, sí el correo no pasaba, pues lo más razonable y lógico era que habían telegrafiado la información.

Instruyó tres de los hombres y los mandó a buscar informaciones sobre los que sucedió en la casa, lo que se comentaba en las calles, lo que reportó en sus publicaciones el periódico y lo que decían los choferes del transporte. Con ella solo dejó cuatro de ellos. Luego hasta el siguiente día no supo nada, pero en la tardecita de ese día, llegó uno solo de los tres informantes a anunciarle que al esposo le ocuparon la casa y a las criadas las dejaron ir.

Al caer la tarde del 13 de mayo de 1934 a solo dos días desde que puso su plan en marcha, también supo, que ese día, temprano en la mañana, habían apresado por

mano de su propio esposo a Miguelina de Santa Elena
Jacobina de Aibar y que el general se dirigía con sus
hombres hacia La Cuidad de Santa Isabel en busca de
Don Mayía Talope.

Los rumores corrieron mucho más rápido de lo que,
al general Aibar, le tomó en el camino, para llegar. Corío
la noticia de que el general venía a apresar a Don Mayía,
no por razones políticas, sino porque se pensó que su
mujer era parte de una infidelidad con el comerciante. La
Coronela, habiendo tomado toda precaución, conocedora
de su plan, del lugar y del nuevo camino que las tropas
norteamericanas habían abierto, se fue a la parte más
estrecha y montañosa con 20 libras de explosivos y los
cuatro hombres.

Les montó una emboscada a 22 kilómetros antes de
llegar a la cuidad. Después de 5 horas de espera, cuando
detrás de las sombras que comenzaba a dejar el
crepúsculo de la tarde, entre las montañas, vio tres carros
Buick 1928 acercarse, dos eran negros y uno blanco venir,
trataban de evadir los múltiples pozos de agua y lodo que
las lluvias de la mañana habían dejado en el camino y en
el momento preciso, detonó dos de las 4 cargas de
dinamita que había dejado encondidas y unidas por un
cable en dos lugares estratégicos, a menos de 60 metros
una de otra. Derrocando parte de las barrancas del
estrecho de la carretera.

De los tres carros Buick en el que iban los militares,
dos quedaron cubiertos, bajo tierra, rocas y escombros y
el tercero, no tuvieron que envestirlo, pues se chocó con

---

el del frente y en el tumulto, al oírse el sonido de tres disparos, nadie ofreció resistencia, todos los que estaban en el tercer carro sacaron la mano y fueron apresados. Los demás, mientras eran liberados de entre las rocas, tierra y escombros, no ejercieron ninguna fuerza.

La mitad de ellos estaban sangrando de heridas causadas por los vidrios rotos de las ventanas de los autos y los golpes recibidos, pero nadie murió. En total eran catorce hombres, todos miembros de la escuadrilla del más alto comando de guardaespaldas del General, más un coronel y un mayor.

A los apresados, junto al general, el cual, solo recibió un pequeño golpe en su frente, le incautaron las armas que llevaban escondidas y atadas a su cuerpo. Luego sacaron todo lo que pudieron de los autos, identificaciones, documentos militares, un libro de códigos, catorce armas automáticas, dieciséis pistolas, seis revólveres, municiones y cargadores, carteras, correas, y una copia del mensaje que ella había puesto, recibido en código morse, les extrajeron del bolsillo del general. Después, que se aseguraron de que todo lo tenían, los obligaron a empujar los carros hacia el precipicio. Entonces los desnudaron y a todos los vendaron.

Luego trajeron los caballos y hicieron caminar a los apresados amarrados de un lazo que, de unos quince metros, la coronela llevaba atado a su propio caballo. Las armas y municiones la montaron sobre los caballos y mulos en los que habían traído las dinamitas. Y

----

condujeron los militares apresados, vendados y amarrados de pie y mano hacia la parte alta de las montañas que rodeaban el lugar.

Previo a la embocada, La Coronela había tomado medidas, para no darse a conocer y dio instrucciones al más experimentado de sus hombres, para que él diera todas las órdenes y fungiera, como el responsable de toda la acción. Por lo demás, todo se haría por señas y a un solo movimiento de desacato eliminaran al incumplido con un balazo en el pecho o la cien. No hubo inconvenientes.

Ella tuvo tanto éxito que a todos los que con el general viajaban los apresó con solo la ayuda de los 4 valientes colaboradores todos enmascarados. Y a todos los apresados, después de curarlos y sin haberle mostrado su identidad, les dio algo de comida y los dejó amarrados, desnudos y desarmados en una cueva de un lugar remoto, a once kilómetros de donde atrapó a los emboscados. Con la intensión de negocial su libertad y huida con su esposo, he hija hacia el extranjero.

La noticia del incidente llegó al Palacio Presidencial después de tres días. Pero solo se supo que la comunicación entre Santiago y Santa Isabel se había visto interrumpida por un accidente causado por un derrumbe sísmico.

Más luego se supo que el general, el cual había salido hacia una misión de vital importancia, para él y la nación, hacia Santa Isabel, no se reportó en el cuartel del comando militar de aquella ciudad cuando llegó. Pero el presidente, sin haber despejado ninguna de sus dudas, ya que no le daban información de su paradero, ni el de la escuadrilla que había salido, temeroso de que ese haya sido el inicio de un movimiento insurgente en su contra y sabiendo que no le podía dar tregua al mito de "La Coronela", el que hacía varios años le venía quitando el sueño, se recogió y pidió consejo a sus colaboradores.

Tan pronto supo lo de la interrupción de la comunicación y el transporte en aquella parte de la isla, mandó una comisión especial con órdenes de investigar todos los detalles de lo que había sucedido y saber la verdad de los hechos tan rápido como le fue posible. Además, puso todo el ejército en alerta y mandó 1,000 efectivos a patrullar la zona.

Después que emitió las órdenes y firmó los decretos relacionados al hecho; recibió la noticia oficial de que el general junto a otros trece hombres habían desaparecido. Entonces, para sí mismo pensó, que la única y posible persona que, a su juicio, podía ejecutar un plan y tener éxito en semejante acción era aquella a quien él aún le temía, "La Coronela". La cual, con su plan, por lo menos momentáneamente, había desactivado su búsqueda. Era ese general y su comando, junto a su más alta escuadrilla, la que viajaba con él, los que, hacían ya más de dos años, estaban encargado de encontrarla a ella viva o muerta.

El presidente esperó dos días y luego mandó un despacho anunciando que a todos los habían matado. Luego mandó la mitad de otro batallón del ejercito hacia el lugar donde se creía, supuestamente, desaparecieron. Y mientras el presidente ocupaba sus fuerzas, sus mejores gentes en la resolución del incidente y le hacía frente a las repercusiones políticas y sociales que se desarrollaban, Doña Eduvirgen del Rosario ya había recogido su hija, paso una noche con ella, pero esta, ya a la edad de 24 años, se opuso a irse de la isla. Entonces decidió dejársela encomendada al abuelo, padre de su esposo, el cual le había propuesto en aquella nota, que hacía uno días le mandó, encontrarle un lugar apartado en la isla que sirva de escondite.

Y disfrazada como usualmente salía a la calle, La Coronela, acompañada por una valija con todo lo que, de más valor, rápido pudieron recoger, y $100,000.00 se dirigió hacia el único puerto que había en el norte de la isla, donde la esperaba el esposo. Su viaje de emergencia se lo hicieron saber a un conocido capitán de navío Bananero que en once días y por el precio de $500.00 por cabeza, otros quinientos por las valijas, los puso en la Habana.

Los Detenidos fueron encontrados gracias a una carta que muy bien editada, con un mapa al dorso, como arte de ella, mandaron a la catedral de Santiago, y a los cuatro días de su ida, le llegó al obispo.

Su hija, después que su abuelo la escondió por tres meses, y luego de semanas de deliberación con ella, tratando de encontrar donde podría estar más segura, ya que no quería irse del territorio del país, se le organizó un viaje hacia un sitio despoblado y apartado de la isla.

En una aparte donde se supiera que, el presidente, que ya mostraba indicios de dictador, enemigo de la familia, podía tener poco acceso y conocimiento, para que sus fuerzas, e informantes, y sí de ella, por alguna razón sabían, les sea difícil llegar. Y aunque el abuelo y algunos familiares bien sabían que La Coronela, con toda su precaución, nunca dejó ver, ni saber a nadie que esa hija era el más grande de sus secretos y tesoros, en silencio y a escondida prepararon todo y la mandaron hacia Las Lagunas con un hombre de extrema confianza del abuelo.

También, una criada de él y una de las informantes de La Coronela, esa bella, e inteligente mujer, aquella que fue al correo a ponerle la famosa carta que, le permitió en parte, su huida y que era apenas dos años más joven que su hija. Al fin el abuelo le preparó su mudanza hacia el noreste, a finales de septiembre de 1934, cuando las lluvias no dejaban tregua y solo los rieles del tren que había, permitían el acceso a esas zonas remotas, y que para todos los habitantes de la isla eran lugares que aún ni se conocían.

Fue su abuelo el que hizo primero el recorrido, para saber a donde ella llegaría. Y el único, aparte de algunos militares, los cuales ya estaban muertos, que conocía la hacienda y la casa que, en Las Lagunas, no lejos de un pequeño caserío llamado la Villa de Angí había construido La Coronela. También, fue ese abuelo, quien, con la excusa de comprar mariscos, para una fiesta en la Gobernación de Santiago, le mandó a un hombre, para reconocer la barca De Cirilo, la cual, con su ayuda, dotes de diseñador, emprendedor y marinero hacía ya quince años se había construido.

El abuelo nunca se escondió y siguió haciendo su trabajo de Diacono en la iglesia mayor de su ciudad. Y un mes después, de que la nieta, también, se había ido, fue acusado de cómplice de su nuera. Lo apresaron y durante los interrogatorios, ordenados por el estado mayor del ejército, creyendo que él sabía dónde se había ido y escondido La Coronela, murió de los daños físicos y mentales que les habían causado en la cárcel, mientras lo interrogaban. 'Eso lo supimos porque Antonio fue hasta la ciudad, allá al norte, a buscar informaciones y nos trajo los periódicos de las fechas que, del abuelo, en parte, habían guardado en la iglesia donde él era diácono'.

ENRIQUE ANICO TAVERAS

CAPITULO

XIX

Friedrich Heinsberg, por momentos, no cesaba de mirarle a la cara a su amigo Henn Mann, tratando de comunicarle, por lo menos, parte de esas cosas tan impresionantes que, sin pausar, aún creaban un dramatismo casi inverosímil al salir las palabras de los labios de tan atractiva dama, mientras ella les narraba. Henn Mann, que nada entendía de cuanto oía, o a través de la mirada, que de Heinsberg percibía, todo lo confrontaba con un repentino movimiento de sacudida de su hombro izquierdo, subiéndolo un poco y sin aflicción, ansiedad, o algún tipo de preocupación.

Heinsberg estaba estupefacto, incrédulo al oír aquella larga historia. En cierto momento, lleno de intriga y curiosidad, preguntó, quiere decir, '¿qué esta casa en la que estamos es la casa que construyó su madre y usted es la hija?' Sí, yo misma, y aquí ya vivo por nueve continuos años.

Claro antes de venir, pude terminar mis estudios universitarios que comencé en la Universidad de Santo Domingo y los terminé en 1931, en los Estados Unidos de América en una ciudad llamada Boston, en el Estado de Massachusetts, antes de que se arreciaran los problemas de mí madre. Ahí me recibí en el Instituto de Tecnología de Massachusetts. Y por petición de mí abuelo, para que yo le ayude en el diseño de varios edificios que él tenía a cargo, para las empresas de mí padre, las cuales estaban en su apogeo, yo retorné a la isla tan pronto me gradué. Pero cuando llegué me encontré con los problemas que mi padre comenzaba a tener con el que hoy es aún el actual presidente.

La casa y la aldea cuando llegué ya estaban casi arruinadas y nos costó un poco más de un año de trabajo duro, reponerlo todo. Los Viejos padres de Cirilo los cuales mí madre había dejado aquí, volvieron después que, en busca de ella fueron apresados, pero a los doce días se enfermaron y su enfermedad les duro según otros aldeanos unos dos años. Luego, una tarde fresca de esas cuando todo esta florecido, se quedaron dormidos y nunca más despertaron, murieron uno al lado del otro sobre la misma cama que mi madre les dejó.

Poco a poco, todo, en esta casa y su alrededor se empezó arruinar y la naturaleza volvió a ocupar el lugar que les habíamos quitado. Los que aún residían en la aldea continuaron ocupándose solo de sus casas, o de las habitaciones que, aún ocupaban. Esa vez cuando tomamos el bote y llegué aquí de nuevo, supe, que reciente, mi abuelo se lo habían dejado ya Cirilo y tan pronto se convirtió en el dueño, se ilusionó y empezó a realizar y revivir sueños. Primero supimos que él mismo lo había reparado y luego, pues ya sabe, Lucia venía en el bote, y mírela aquí, convertida en su esposa.

Antonio ya lo conoció, es un cuentista legendario, de todo se inventa una historia y le gusta leer en su tiempo libre, pero solo hay unos cuantos libros en la aldea. De igual forma, aunque ya los ha leído todos, los sigue leyendo, como sí en cada libro, por cada lectura que le da, encontrara un encanto particular, y cada ejemplar, fuera la secuencia de una serie de catorce capítulos. Cuando lo lee todos vuelve y comienza, otra vez desde el primero.

Las otras dos personas que venían con nosotros era una joven hija de crianza de mí abuelo y un ayudante de él. Esos dos se volvieron a hacia el norte y retornaron casados. Luego, supe que se habían enamoro desde que eran niños. Ellos viven aún en la aldea y hace un año tuvieron un niño.

Cuando llegué de vuelta a estas tierras, solo dije quién era, cuando todo el que me acompañaba vio que, por mí propia cuenta, me introduje hacia matorral, crucé el monte de la playa, hasta aquí y llegué sin detenerme hasta la casa. Esta casa que me albergó por tres años largos y felices de mí niñez. Yo al verla en ruina, me llenó los ojos de lágrimas, y no tuve más alternativa, ya que mí voz, oí decir a los más mayores, era la misma que la de mí madre y al recogerme el pelo me reconocieron y me llamaron por mí nombre, es la niña Carmen Sirena Báez del Mar.

A los dos días comenzamos a trabajar ayudándonos de herramientas que había traído entre mis valijas, y otras, que habían quedado en desuso y oxidada, desde el tiempo de mí madre. Las arreglamos, las engrasamos y de ellas nos servimos. De aquellas de las que carecíamos, mandábamos a Cirilo a comprarlas a la ciudad, o las hacíamos nosotros mismos, a partir de lo que la rica naturaleza de aquí, nos proveía.

Cuando yo terminé de inspeccionar todas las valijas que, para el vieje, me traería y que con la ayuda de mí abuelo y dos monjas me habían empaquetado, el abuelo me llamó a su habitación a solas y me dio una maletita repleta de dinero y las siete botellas de vino. Cuando revisé supe que todos los billetes que había en el pequeño bulto, eran solo de uno y la suma ascendía a 1,500.00 No era mucho dinero para mí; sin embargo, las botellas, cinco de ellas habían sido vaciadas y el contenido lo sustituyeron por dinero, tenían 5,000.00 por botella con billetes de 100.00 todas.

El me dio sus últimos consejos. Me dijo que me cuidara y que nunca me olvide de todo lo que yo hasta ese momento había aprendido en la vida. 'Que el peligro comienza en el momento cuando nos olvidamos de los principios y que el peso de la prevención supera, en muchas veces, la fuerza que se necesita para enmendar el desequilibrio causado por este, a causa del olvido'. En ese momento, también supe, que mi abuelo era, por encima de su condición de religioso, un hombre racional y estoico que no admitía fanatismo, ni en su propia religión.

La última lección que me dio fue como una corta catedra, decretando la forma en que yo debía mantener la pulcritud y solemnidad en mis actos, desde entonces hasta hoy. Me advirtió, 'hija siempre ten presente que la felicidad, la virtud, la verdad espiritual y práctica, más el bien, no nos bajan desde el cielo, mandados por dios, sino porque la razón se establece a partir de los principios y cambios de la naturaleza misma, que hay en nosotros, impulsados hacia el mayor fin, que hay en nuestros sueños, que es la perfección y la sublimidad.

Sé atenta, cauta, y date cuenta, que todo esto lo vemos en el curso de las demostraciones lógicas, las cuales, nos van enseñando los acumulados conocimientos, las experiencias y sus asentamientos en nosotros y en nuestras mentes, a través del tiempo. Estos se van estableciendo, como cánones o leyes, bajo los cuales, establecemos los principios y fundamentos, para la vida. Así, con ellos, de apoco, vamos enriqueciendo nuestro desnudo espíritu, elevándolo hasta el engrandecimiento de nuestras almas y al fin, en el clímax de nuestras creencias, en esos cánones y leyes ya establecidas, cuan puros, entre ellos, nos hayamos mantenido, logremos mantenernos, nos encontraremos en los mismos grados con dios'.

Concluyendo con sus palabras, se refirió al fanatismo, y dijo muy acertadamente que solo nos pone en contradicción con el mismo dios y donde quiera que estemos nos retornará al caos y al miedo que gobernaba la vida, cuando la humanidad habitaba en las tabernas o

ENRIQUE ANICO TAVERAS

cuando estamos asediados por las guerras o en vísperas de ellas.

Él teniente abrió sus ojos, como sorprendido por aquel enunciado. Luego le comunicó, 'Yo nunca pensé, que en medio de la jungla me encontraría con personas que tuvieran principios filosóficos tan arraigados en la razón'. Pero Carmen Sirena Báez del Mar depuso su intención de seguir indagando sobre los razonamientos de su abuelo y luego añadió, 'Es mejor, ya que usted nos comprende, brindemos con un poco vino por nuestra felicidad y condición efímera con la que, por ratos, como este, a veces, sin proponérnoslos, nos premia la vida'.

Friederich, tomó la botella y con mucho esmero les sirvió a las dos damas; de igual modo, echó del rojo líquido en la copa de su amigo y en la de él, termino de echarse el último poco que quedó en la botella. 'Salud por ustedes y por nosotros', subiendo la copa, dijo. Entonces, la Sta. Carmen Sirena y los demás se unieron chocando con gentileza sus medianas copas y exclamó, '¡a la salud de todos y de nuestro Cirilo!'

Ella cuando bajaron las copas, de inmediato quitó una ensalada de lechuga fresca, pepino y tomate que justamente tenía en su frente y señalándole, se la pasó a Henn que, aunque mudo, no dejaba de sorprenderles las maneras sofisticadas de aquellas dos damas. Y entre orgullo y satisfacción, pero muy a tono con el momento, Carmen Sirena Báez del Mar exclamó, '¡Estos son parte de los vegetales que cultivamos en Las Lagunas!' 'Tenemos una hortaliza bastante grande y algunos de los

---

vecinos, para ayudar en la producción; también, tienen las de ellos en sus patios, son de menor tamaño, pero ayudan en la producción y al bienestar general'.

La curiosidad por la silla que se mantenía vacía, con su servicio de platos, cubiertos, baso y copa que tenía a su lado el teniente, después de escuchar tantas historias, no le dejó tranquilo. Pero cuando quiso preguntar, fue la susceptibilidad de la joven señora Lucía, que le calmó la curiosidad, he informó, que esa silla era para su esposo. Que le ponían su servicio en caso de que Cirilo, como otras veces, llegara de noche.

Que ella y su mentora Carmen Sirena comían juntas, pero todas las veces colocaban lozas; también, para su esposo, en caso de que llegue poco antes o después de ellas haber comenzado a cenar. En caso de que el no haya salido o quedado en la aldea, los tres siempre comemos juntos. 'De nuestras reuniones, en cada cena, salen las decisiones que tomamos para dirigir la aldea por el mejor sendero. También, aquí decidimos que frutos, pecados, o huevos mandamos, para vender y cuales dejamos aquí'.

'A veces, los demás pobladores que viven en la aldea nos informan de los estados de sus cosas, para que nosotros hablemos de ello durante las cenas. Hay momentos, que hasta nos preguntan, sí contamos alguna broma, cuento u otra novedad, para ellos hacerlas entre ellos. Pero es todo al revés, aquí nos hacemos las bromas que ellos nos cuentan y las que trae Cirilo desde Samaná'. '¡Cómo el cuento del pan de batata!' Miren, este tubérculo dulce que tenemos aquí. Y quitando una

----

pequeña tapa de madera esculpida que tenía el colorido plato donde había dos grandes batatas horneadas, apetitosas y dulce que tenían, para el postre, se las enseño.

Según a Cirilo le contaron, durante la inauguración del tren en Samaná, llegó una mujer, muy rica y acaudalada, y le brindaron de estas batatas horneadas y picadas en rodajas, como si fueran galletitas dulces. Cuando la mujer se entró el bocado en su boca, sus ojos de inmediato le comenzaron a brillar, como con estallidos fugaces se le iluminaron, de una satisfacción inaudita, que antes, jamás, ella había sentido o visto le había causado alguna cosa de esas, que le habían dado los pobladores de cualquier otro lugar donde ella había estado en el mundo'.

'Cuando le preguntaron, '¿Qué, porque tanta alegría, excitación y gusto?'. Ella contestó que era el pan más sabroso que en el mundo entero había probado. La mujer se fue y a pesar de que pidió la receta, nunca se la dijeron por temor a ofenderla y supiera que no era pan, sino batata dulce horneada bajo las brasas de un fogón sobre un hoyo en la tierra. Antes salir del hotel, para ir hacia el puerto donde tomaría el barco que la llevaría de vuelta a su pequeño país europeo de donde había venido, llamado Molaso, Méloso o Mónaso, del que ella era su única princesa, ordenó tres quintales de las más hermosas y bonitas batatas que había en el mercado.

Por tratarse de quien era, se la vendieron con parte de la tierra desde donde la cosecharon, para que se mantengan fresca y no se les dañen mientras iba en el barco. Cuando el Paquebote, en que iba, llegó al puerto del pequeño país, las batatas, aunque un poco repolladas, se mantenían con toda su frescura. Pero cuando la desmontaron con sus valijas de madera en el puerto, un curioso, pensando que era harina para pan, ya que decía, «Pan de Batata» sobre la cubierta, las mandó a la única panadería del pequeño país.

Cuando por fin abrieron las grandes cajas, se dieron cuenta, que lo que había en ellas era tierra muy negra con unas pesadas cosas que parecían piedras color lilas, un poco repolladas como grandes papas. Los panaderos no supieron que hacer con ellas, y sin preguntar, el siguiente día en la mañana, la tiraron sobre el lugar donde ponían las cenizas, brazas y tizones que quedaban encendidos, después que bajaban el fuego de los hornos, antes de poner el pan.

Ahí, donde habían quedado las batatas, cubierta por los escombros de cenizas ardiendo, que encima le echaron y el calor que le llegaba desde abajo, desde las brasas que, como desperdicio de cenizas habían tirado antes. Así, cubiertas, las batatas comenzaron a calentarse, coserse y hornearse a fuego lento, dentro de su propia tierra. Al otro día por la mañana, de forma pausada, un humo blanco, blando y azuloso empezó a brotar desde la pila de escombros donde estaban las cenizas. Era como un vapor dulzón, como sí ahí se estuviesen combinando todas las especias dulces de la tierra.

Como la ciudad era tan pequeña, el humo con su delicioso olor, se empezó a meter por entre los ventanales y vidrieras del palacio y la princesa que esa mañana, ya entrado el día aún dormía, al percibir el olor, aspirando profundo a través de su olfato, pensó que era un sueño, que el pan de batatas, desde los orígenes de alma, para que ella estuviera contenta, dios se lo estaba trayendo. Cuando el olor al fin la despertó, así como estaba, descalza, desgreñada y en batas, salió corriendo a buscar el origen del olor, pero como el humo se había esparcido por todo el palacio, no lo encontró.

Unos de los sirvientes que la había acompañado al viaje hacia la Republica Dominicana, como sabía del error que habían cometido, ya que él era uno de los responsables de las tres valijas de madera en la que venían las batatas y conocía el olor de aquel pan tan delicioso, se había apresurado y lo encontró mucho antes de que ella se desesperara. Él dio instrucciones a los panaderos, para que, con toda delicadeza, sacaran lo que estaba ardiendo y esparciendo aquel delicioso olor con humo azuloso y blanco desde aquel inmenso cenicero.

Al ver que lo que habían extraído eran, unas 108 grandes batatas, humeantes, olorosas y fragantes a exóticas especias y de alrededor de un kilo cada una, ordenó que, con el más mínimo cuidado, les quiten las cascaras, las pongas en los platos más suntuosos y todas las lleven limpias y sin nada de carbón al palacio, no antes de que la Princesa esté lista y vestida, para su desayuno. Mientras tanto, el sirviente dio órdenes al escriba, para que compusiera en el mejor papel, una corta composición en forma de receta, de lo que estaba sirviendo y de lo que sucedió.

ENRIQUE ANICO TAVERAS

Pero como se dio cuenta, que todo se resumía al mencionado «Pan de Batata» que la reina había probado en su vieje, solo escribió notas referentes a lo que vio, no a una receta. Al llegar las batatas a la gran mesa, donde la princesa, en ese momento, se desayunaba, acompañada de la nota que escribieron, llamaron a todo el personal del palacio y anunciaron con bombas y platillos, que La Gran Princesa de Mónaso Molaso, Méloso, o como era se llamaba el país, durante su más reciente viaje había probado el más sabroso pan, que alguna vez, alguien le había preparado en sus viejes por mundo. Y que, habiendo traído los ingredientes, para bien de su majestad, los habían preparado aquí, en el palacio y servido para goce de la población.

La Receta decía: Se viaja a la Republica Dominicana, se buscan y se compran las batatas, se traen como valijas en el barco hacia nuestro pequeño reinado, las dejamos perder el en muelle, alguien las recoge, y las lleva a la panadería. Una vez ahí, las sacamos con su propia tierra fuera de sus paquetes de madera. Luego que se sacan, con su tierra se colocan debajo de una capa de cenizas caliente y con muchas brazas por debajo, ahí se abandonan por más de veinte horas o no más de un día. Ya cuando estén humeantes, que se vea un vapor blanco, blando, meloso y azuloso brotando desde las cenizas, y que se sienta fuerte su purísimo olor con un aroma a todas las especias, se sacan, se dejan enfriar y con cuidado se les quita las cascaras. Luego se sirven, limpias y sin carbón, enteras o en rodajas.

Cuando la reina comenzó a leer en voz alta lo que le escribieron, para anunciar su descubrimiento, no pudo creer lo que leía y su voz se fue apagando, como el volumen de una chichara que, desde su caparazón, como un estallido chillante salía. Al fin, sin decir más, cerró la nota, miró que su silla esté directamente tras de ella, y amoldando con sus dos manos la falda de su vestido, para que se ajusten al asiento de su silla, calmada se sentó. Mirando hacia su plato, tomó su cuchillo y tenedor; entonces, desde una pequeña palangana, que para ella a su lado les habían puesto, conteniendo la más hermosa y apetitosa de todas las batatas, cortada en rodajas, extendió su tenedor y extrajo una y la puso en su plato. La cortó con delicadeza en cuatro pequeños trozos y en la punta de su tenedor tomó uno.

Lo levantó a la altura de sus ojos, y mirándolo, ante la expectante perplejidad de todos los que alrededor de la gran mesa le acompañaban, como si estuviera practicando el rito secular de algún culto; a ese pequeño cubo de batata, le exclamó: "no hay súplicas, solo inspiración, delicadeza y dulzura, que otra vez, ahora extraigo del insipiente almíbar que se esconde en el verde opaco de nube y dentro de este prisma, que con mí saliva se descompone una vez más en mí boca. ¡Coman! Entonces, cerró sus ojos.

Luego, se llevó el bocado a su boca, tomó la mitad y lo dejó agarrado por un segundo entre sus labios y dientes. Así, aspiró el olor y la humeante tibieza de los azucares que, entre los vapores, enfriándose, se levantaban hasta alcanzar su nariz. Y como la magia de un sino,

----

cristalizando el momento, para bajar de la memoria aquel deleite que hacía menos de siete semanas había sentido, cual flor que acaba de sacar sus pétalos, como capullo fuera del botón, su rostro cambió. Al entrar el pequeño trozo hacia dentro de su boca, lo puso ente su lengua y paladar y al cerrar la boca y ensalivar, apretó sus ojos, succionó sus labios y se oyó entre dientes un suspiro largo. Así quedó por un momento, sintiendo que toda su alma se derretía sobre la suave textura del pedazo de lo que ella creía era pan de batata.

Sin abrir sus ojos, el restante bocado de igual forma lo tomó, hasta que, dando algunos gemidos de suspiro, sin abrir sus ojos, dijo: 'Coman, sírvanse que este es el mismo pan de batata, ¡descúbranlo, como yo lo he descubierto!'. Ya cuando la princesa había abierto sus ojos, satisfecha y llena de inspiración, vio que solo algunos de los que estaban alrededor de la mesa, aún masticaban, saboreando las últimas hilachas de sensación que el sabor de la batata les había dejado en su paladar.

Pero cuando observó las palanganas, en las que habían servido las batatas, se dio cuenta de que estaban todas vacías. Ni una sola batata había quedado en la mesa, y hasta hubo algunos que fueron visto, infraganti, por la princesa misma, tratando de recoger con sus tenedores alguna de las boronas, que tan solo habían quedado del sabroso pan.

Desde entonces, los representantes diplomáticos del pequeño reino nos visitan y vienen especialmente a comprar batatas del mismo modo, como lo hizo la reina.

Hace ya diecisiete años, en el reinado, también se celebra la fiesta más corta y se llama así, la fiesta del pan de batatas.

Delito que escuchaba con una atención casi sagrada y ceremonial al Alemán, de repente, entre sus labios, sin abrirlos, se empezó, como a encubrir una sonrisa, por la que luego, se llevó las dos manos a su cara y bajó su cabeza. Él, aunque trataba de ocultarlo, para no ofender a su narrador, por el carácter sincero con que narraba toda la historia, terminó por no aguantar la riza, y esforzándose por retenerla, explotó cuando un pedo se le salió y dentro de la cabina del camión, empezó a oler al metano de maíz descompuesto.

Él Alemán con toda educación, tomó el manubrio de la ventanilla lo circuló y bajó el cristal de su puerta y luego le propuso a Delito que hiciera lo mismo de su lado, y exclamó: "¡Esto nos va a refrescar a los dos!". Yo sé cuál es la naturaleza de tu risa y entonces él mismo, como alguien satisfecho sonrió. "¿Te ríes de las batatas y los pedos que ellas causan?". Enunció él, y como si estuviera pronunciando una verdad jocosa, volvió a decir, "¡Bueno, pues bien!". Ese fue el motivo que originó la imposición de una ley, para que la cumplieran la gente de palacio y los lugareños cuando comían el pan de batatas. La Princesa declaró que, después del sabroso postre, la gente debía de marcharse a las orillas del mar o a un bosque hasta que resolvían el problema de la digestión y todos los pedos, que le causaban los gases de los azucares de las batatas, hasta que los expulsaran. Pero nunca han dejado de importar batatas para su pan, ni de huirle a la reina, después que hacen tan mencionada celebración.

ENRIQUE ANICO TAVERAS

CAPÍTULO

XX

Mi padre me decía que, cuando las dos damas les estaban haciendo este cuento, tanta fue la riza del teniente, que pensó que le daría un infarto cardiaco. Y mirándolo, él mismo, estupefacto, por la risa, de la que las dos mujeres juntas, ya que, a carcajadas, se habían contagiado, él quiso entender, -por qué se reían. Y terminó olvidándose de su pretendida dolencia. Entonces, con desesperación les gritó: 'Sag mir, warum lachst du?' '¿Díganme porque se ríen?'

El teniente se sonrió, miró a su compañero y este como para dar a entender que no entendía, fingió una sonrisa, pero su satisfacción era tal que, en vez, su risa terminó siendo verdadera y esto hizo que él se llevara su mano a la cara. Las damas, sin comprender, al ver la acción, detuvieron su risa, como sosteniéndola en los labios, hasta que despavoridas, se miraron detenidas a la cara. Hubo un corto silencio; entonces, mirando a los alemanes, dijeron: 'Dios sabrá el motivo de nuestra

----

felicidad'. Al parecer, los dos sorbos del viejo vino les desinhibió y se incrementó eso que las hacía sentir más feliz, pero no les quitó su cautela.

Cirilo se asomó a la puerta, oyó las risas, entró, se quitó sus botas, y desde la puerta, despacio, comunicó: '¡Ya estoy aquí angelita mía!'. Él ya había sido informado por Cesario, el pescador ayudante de Plotino, de la presencia de los extranjeros y directamente fue donde su esposa. Le dio un beso y luego abrazó con todo respeto a su mentora Carmen Sirena Báez del Mar. Ella con todo su encanto y parsimonia, de mujer muy madura, lo introdujo y él se conoció con los alemanes.

Cuando Cirilo se sentó a la mesa, contó de la razón de su tardanza en el mar, haciendo el momento aún, más ameno, entretenedor y sin proponérselo, haciendo olvidar el hecho de que Carmen Sirena se había dado cuenta que Henn Mann había hablado.

Al comenzar a narrar sobre el viaje, todos le prestaban atención. Él sorbió un poco de agua fresca y dijo que esa tarde, se le había hecho más largo el trayecto debido a que hubo que detenerse a coser las velas de su falúa porque una fuerte tormenta casi los hace naufragar. 'Alrededor de la media tarde, después que teníamos cinco horas navegando, vimos que, a lo lejos, se comenzó a ver frente al velero, que se aproximaba una tormenta. Navegamos unos quince minutos más y aunque se oyeron truenos y se vieron en la distancia los relámpagos de algunos rayos, al poco rato, parecía que todo se estaba disipando'.

Pero de repente, apagando su voz y como meditando, dijo: 'Todo cambio. A pesar de que algunas nubes grises y oscuras habían quedado a la deriva, el viento se incrementó, el mar se empezó a picar y aumentar el oleaje. Yo me animé, empecé a preparar el barco, para aprovechar el viento y tratar de llegar más rápido'.

Cirilo se detuvo, cerro sus ojos y bebió un poco más de agua, luego prosiguió, 'Aunque solo traíamos siete pasajeros y muy pocas valijas, navegábamos un poco más rápido y otra vez holgados con mucha pasividad. Ya confiados de que pronto volvería aparecer el sol y llegaríamos sin problemas a estas costas. La tormenta, en vez arreció, y como sí nos hubiésemos acercado a ella, el cielo se tornó gris, oscuro, con vetas muy negras y purpureas'.

'Parecía como sí a nuestro alrededor hubiese anochecido y sin esperarlo, se vio la gran luz de un rayo romper en nuestro frente, agrietando el oscurecido cielo con su fulminante claridad no muy lejos de la proa. Luego del ruido estridente, que se perdió entre las espumas blancas de las olas, aquellas que se levantaban por encima de la barca, sobre la tenue oscuridad del fondo marino, dentro del barco empezó a llover a goterones y el viento a empujar la barca sin control'.

'Entonces, la soberbia lluvia, las altas olas, los rayos, los truenos, y fuertes vientos, nos desorientaron en alta mar'. En ese momento Cirilo haciendo una penitencia mientras se llevaba su mano derecha al pecho, como exclamando, suspiró, '¡Oh dios! ¡Qué bueno, que tú siempre nos acompaña! ¡Qué suerte tuvimos!

Luego con alivio, en forma de comentario simple, reverberó, 'también, el mucho espacio disponible dentro del barco nos facilitó el trabajo y con la ayuda de Antonio y dos de los pasajeros, Don Tineo y su hijo Rogelio, que

----

nos acompañaban, logramos preparar el barco a tiempo. Ellos nos dieron una mano amarrando algunos lazos necesarios que, en ese momento, permanecían sueltos del casco del barco, para facilitar la navegación; mientras, yo me esforzaba en encontrar el embolsamiento correcto en la vela, y cuando ya casi lograba el máximo de escora, la fuerza del viento rompió uno de los lazos de la botavara. Este que quedó agarrado solo de uno de los dos lazos que lo sostuvo, voló y perpendicular, en un movimiento pendular, se incrustó como una flecha en la parte media de la vela mayor, abriéndole un orificio al embolsamiento'.

'Aunque este incidente no nos detuvo de golpe, hubo que soltar las velas, lanzar el ancla y usar los remos para detener el barco. Luego bajamos las velas lo más rápido que se pudo; así evitar, que la fuerza del viento termine rompiéndolas en dos mitades. Y ya cuando detuvimos el barco, hubo que dedicarse a coser la vela, para volver a ponerlo en la dirección correcta antes de que las corrientes marinas, desorientados, nos alejaran más de nuestro rumbo. Pero la tormenta cesó, la lluvia paró y nos armamos de brío, para poner de nuevo todo en orden y continuar navegando'.

Cirilo muy admirado, con regocijo narró, como los dos pasajeros se mantuvieron motivados, ayudándoles, amarrando algunos cabos que se habían suelto, desenrollando las velas que, aún permanecían cerradas para detener la velocidad y usando los largos remos como contrafuerza de la corriente, para detener el barco. También, comunicó que les ayudaron a bajar la única vela cangreja del barco, para chequearla que no haya sufrido ningún daño y volverla subir. 'Con su ayuda', por último les dijo, 'Terminamos antes de que las luces de crepúsculo empiecen a oscurecer y tomamos rumbo de nuevo tan pronto terminamos'.

El teniente interrumpió a Cirilo y muy formal le preguntó: '¿En el trayecto, ese qué ustedes navegan, para ir y venir, las tormentas se suceden con frecuencia?'. 'Gracias a dios, ¡qué no!'. Le contestó Cirilo, 'pero de tiempo en tiempo, unas veces se suceden más que otras'. '¿Y cómo saben ustedes sí habrá o no tormentas?'. Volvió a preguntar el teniente. 'Realmente es casi imposible de predecir, pero juzgamos por el cielo, posición de la luna, la estación del año y las vaguadas que, desde su inicio, a veces, indican que por semanas no dejaran de caer; entonces, suspendemos la navegación'. Y bien; prosiguió él, "pero, más que todo, lo que más nos ayuda a no hacer pronósticos aventurados, es cuando juzgamos por los ortos, ocasos y faces de la luna'.

¡Interesante!', exclamó el teniente. '¿Y cómo obtienen esa información, qué instrumentos tienen?". Cirilo poco exaltado le contestó, 'esa información la obtenemos del almanaque que, a principio de año, nos provee la Iglesia en Samaná. Lo leemos, analizamos y le ponemos marcas a todas las predicciones astronómicas que nos provee'. 'Cada vez que salimos y ya lo hacemos por más de nueve años, navegamos al ojo, en base a la experiencia de otros viajes y una peq...' Detuvo su oración y miro al teniente.

Él, en ese instante, le dejó a Cirilo la palabra en la boca, se paró de su silla, y todos lo miraron con atención. Carmen Sirena Báez del Mar pensó que iría hacia el sanitario, pero esperó que él preguntara. El pidió permiso y fue hacia el lugar donde había dejado sus bultos, botas

----

y paquetes. Tomó uno, lo desató y extrajo de él un fardo, como una pequeña almohadilla que había resguardado muy cuidadosamente entre hojas muy grandes de uvas de playa mareadas y dobladas. Este, a su vez, estaba dentro de la parte del antebrazo de una manga de una chaqueta de algodón, que le quitó a uno de los brazos mutilados que aparecieron flotando en la orilla de la playa, seis días después del naufragio del submarino.

Muy modesto, el teniente volvió y se sentó a la mesa y abriendo el paquete, dijo: 'Quiero hacerle un obsequio'. Cuando quitó las hojas de playa, el pedazo de manga, del que se notaba, era el remanente de un camisón de tela gruesa, marrón, parecido al pantalón, cómo el que él y su compañero vestían, esto le llamó la atención a su anfitriona, pero ella nada dijo. Él, sin alterarse, movió parte de los utensilios de mesa a un lado y puso el bultito en frente de todos.

Para azoramiento de Cirilo, Lucia y La Señorita Carmen Sirena del Mar, al abrir la tela, primero descubrió un reloj de bolsillo; de metal, enchapado en oro, con claro, brillante y nítido cristal pulido, esfera blanca, y sobre esta, en pequeños relieves, sus marcas en números romanos, pintados al igual que las agujas; también, en oro.

Adjunto mostró un estuche ocho veces el tamaño y grosor del reloj. Era de cuero grueso, color negro y bien lustrado. Luego desencajando el broche que unía la corta solapa de la cubierta y que sobresalía del estuche, de dentro, sacó otro instrumento. Y le anunció '¡Esto es una brújula muy bella y portátil!'. Cuando la mostró, la puso sobre la palma de su mano y extendiendo su brazo, se la acercó a los tres anfitriones que sorprendidos les acercaron su mirada. En su centro, cubierta por un cristal, muy claro y nítido, en semicírculo, la mitad de una bola de cristal gravitaba sobre un claro fluido, que la hacia una esfera giratoria con todas sus marcas de norte, sur, este y oeste y con gradientes marcados cada 15 grados, hasta 345 y el cero directamente apuntando bajo el vidrio mate, el cual, dejaba ver la posición de la esfera en relación al norte, representada por la letra N en color oro y sobre un anillo inmóvil, rojo metal y todo en conjunto se ajustaba. Era como la redondez de la tierra limitadas por las marcas estrelladas del instrumento, mirado desde el cielo, hacia los meridianos en abertura.

Entonces, apuntando con su dedo índice, mientras sostenía la brújula sobre su mano plana y suspendida en frente de los maravillados ojos dijo, 'este es la raya que marca hacia norte y moviendo su mano y brazo, tendiéndolo en el aire, apuntando en toda su estreches, dijo, hacia allá, en dirección a esa puerta, es el norte'. Hubo un silencio de conciliábulo fecundo en el rostro de los anfitriones. Luego el teniente dijo, 'yo quiero obsequiárselo, como agradecimiento por lo que ustedes han hecho por nosotros desde que llegamos hoy'.

El reloj se lo entregó a Sirena Del Mar y a Cirilo, mientras le entregaba la brújula le dijo: 'Este instrumento te facilitará la navegación, especialmente cuando esté en el mar de noche'. Cirilo con un poco de inocencia y timidez le dijo que, el padre de Sirena del Mar ya a él lo había enseñado, como utilizarla. Que conocía el instrumento porque el barco tenía una. Y aunque más sencillo, y no se veía en las noches, estaba ahí, y lo alumbraba con el candelabro de proa que siempre llevaban. El recalcó que desde que le entregaron el barco, aquella pequeña brújula ha estado ahí, pero que nunca vio una tan bella y sofisticada, como esa que el teniente le regalaba en ese momento.

El reloj y brújulas crearon una armonía mucho mayor entre ellos. En forma de broma, Cirilo, por último, comentó, 'Pero ahora me será más fácil ver en la oscuridad hacia donde me dirijo y creo que no me será difícil aprender a ver la hora en el reloj. Pero, a pesar de todo, debo darle las gracias a la pequeña brújula que tenemos en el barco, pues sin ella, yo quizás hoy no los hubiese conocido a ustedes, ni recibido estos dos hermosos, he importantes regalos'.

La conversación sobre otras cosas vagas y sencillas se extendió, pero unos treinta minutos después que Cirilo termino de cenar, dio un constreñido bostezó, se excusó y dijo, que era el cansancio del viaje y que no podía sostener los parpados de sus ojos abiertos. Pidió permiso y se fue acostar. Lucía, momentos después, se puso de pie y también, dijo que deseaba ir a dormir y acompañar a su esposo.

Entonces, les anunció a los extranjeros que por un momento vinieran con ella, para mostrarle donde iban a dormir. Ellos la siguieron, se asomaron hacia el fondo del lado lateral izquierdo de la amplia sala donde estaba el comedor y señalándole, les hizo saber que, al abrir una primera puerta pasen y caminen hasta el fondo del pasillo. Allá abran otra puerta y entren a la habitación, ahí encontraran dos camas muy ordenadas y cómodas. ¡Siéntanse, cómo en su casa!' Y dándole las buenas noches se marchó hacia su casita.

Carmen Sirena Báez del Mar; dio señas de cansancio, y también se quiso parar de la silla, pero en vez, al ellos volver, a despedirla y darles las gracias, se acomodó, he hizo unas preguntas que parecían casi sin importancia para ella, pero al teniente lo puso un poco nervioso. 'Me he dado cuenta qué llevan ustedes ropas de militares; también, sus botas, ¿son ustedes, además de turistas, miembros de algún ejercito?'. Él, muy formal, hizo un gesto subiendo sus hombros y mostrando su escondido labio inferior detrás de sus copiosa y greñuda barba, ladeando un poco su cara y levantando sus cejas; así, miró a su compañero.

Luego le pidió a la Señorita, la cual, ya muy atentamente se preparaba para oírle, que primero, quería darle sus agradecimientos por la cena. Y de corazón le expresó: 'Yo en nombre mío y de mí amigo quiero darle nuestro agradecimiento, no solamente por su amabilidad, sino por la forma tan humana y bondadosa, que nos ha acogido en su casa y comunidad'.

El teniente hizo una pausa, miró de nuevo a su compañero y continuó, 'hace más de cuatro largos meses que casi perdemos nuestras vidas, y como dos goteras grandes, rodando entre esta vegetación virgen y primaveral, sin saber hacia dónde nos dirigíamos, hoy llegamos aquí y como verdaderos huéspedes, ángeles de dios, que llegan a su morada, ustedes nos han acogido'.

Además, continúo el teniente, 'nunca pensamos que en algún sitio nos tratarían con alguna decencia. Pues cuando al medio día, andando por los montes de estas

---

playas, asustados, temerosos de que nos trataran no más que, como dos barbudos, agrestes y salvajes animales, cuando por primera vez vimos al señor Plotino, aún nos sentíamos llenos de miedo y desesperanza. Desde lo más profundo de nuestras almas, ¡gracias!, en nuestro nombre, ¡gracias! De nuevo y de que las cosas hayan sucedido así'.

En ese momento se recordó que mientras Carmen Sirena les contaba sobre el pasado de la aldea, él meditaba sobre el bravío, he indómito espíritu de los hombres de buena voluntad y lo que los movía hacer buenos y bellos actos y pensando en eso le hizo saber, 'Ustedes los que habitan este sitio tienen algo en particular, son gente de muchas emociones, yo me he dado cuenta, pero diferente a nosotros, creo que desconocen el miedo'. Yo por eso los admiro, ahora estoy orgulloso de haber llegado aquí sin que nadie nos haya mandado. Y me sorprende, como esa inocencia de ustedes pudo más que nuestro miedo. Gracias a su confianza, gracias a ustedes, hoy nos sentimos que hemos vuelto a ser seres humanos, a sentir la vida sin temor'. '¡Muchas gracias Señorita Carmen Sirena Báez del Mar!'.

Luego ella, sin preceptos, como un confidente que desea remediar el hábito de obrar bien de algún amigo, con una paz oceánica en su voz, les preguntó, '¿Ustedes son alemanes, ¿verdad?' El teniente se quedó atónito y sin palabras. Luego pensó un poco y como suspirando, tomó aire, llenó sus pulmones y miró a su compañero, que realmente no comprendía nada de lo que sucedía y ya eran dos preguntas y ella esperaba una respuesta.

Él teniente, como sintiendo un extracto de su ser, que después de haber andado fuera de él, le había vuelto a su alma, por sentir que el peso de la mentira, desde que contó la historia de la zozobra del paquebote de vapor. El que, supuestamente, lo llevaba junto a su amigo a pescar, se desvanecía, y por esto sintió un gran alivio y articulando un sonido gutural, como limpiando su tracto vocal, se compuso reacomodándose en la silla.

Entonces, muy serio, decidido, pensó que la verdad en ese momento resolvería todos los misterios que la imaginación, producto del miedo y desconocimiento de su entorno, había surcado, rebuscando entre las cosas, que, al ojo, dejaban un hueco en el proceso del pensamiento lógico, tratando de justificar algo.

Entonces, tajante y sin remordimiento le dijo, '¡Sí, somos alemanes y también, somos militares!'. 'Usted es una mujer tan honesta y valerosa que solo se merece la verdad'. Ella le dio las gracias y luego sin señalarle otra vez pregunto' '¿Y cuál es la razón por la que su amigo no quiere hablar?' 'Es muy sencillo, él no habla español'. Ella, por último, en tono de confianza, tendiendo su mano, les pidió que sí podían quedarse unos minutos más alrededor de la mesa'.

El teniente miró a su compañero, y le dijo en alemán que la señorita sabía que ellos eran alemanes militares y que él no era mudo, sino que no hablaba español. Que ella quería que la acompañasen a la mesa por unos minutos más. A Henn Mann le cambió el rostro, miró a Sirena del Mar y simplemente dijo en alemán: "Es ist ok. Ich have kein problema, besser, jetzt bin ich glücklicher!" El teniente le tradujo, 'Él dice que está bien, ¡qué no tiene problemas qué, ahora está más contento!'

Ella les anuncio que les ayudaran a mover los trastes sucios hasta la cocina, la cual, se encontraba separada de la casa, saliendo por la puerta trasera de la sala del comedor. Que dejaran el mantel y el candelabro con las velas sobre la mesa. Entonces ella tomó lo que pudo en su mano y brazo izquierdo y con la mano derecha bajó uno de los dos candelabros que desde la pared alumbraban la mesa y marchó alumbrando el paso hacia la parte trasera de la sala del comedor, con ellos detrás, hasta la cocina. Al volver se sentaron a la mesa.

Carmen Sirena dijo que, al otro día, temprano, se encontrarían en el Zaguán de la playa y que podían quedarse durmiendo cuanto quisieran, que sí se levantaban temprano podían salir por la segunda puerta de la habitación, la que daba al patio y fueran por el corredor, hacia al cuarto donde se bañaron, pasaran por el frente de la casa y a la izquierda, después de las tapias, encontrarán el sendero hasta el zaguán y la playa.

Ella indagó un poco más y les preguntó, como uno de los dos hablaba tan perfecto español y el otro nada entendía. Inmediatamente les dijo que cuando estudiaba en Boston, Estados Unidos de América, se había interesado por el idioma alemán. Le volvió a comentar que su madre vivió durante la gran guerra de Europa y había aprendido varios idiomas. Que mientras ella crecía la madre le enseñaba francés, inglés y alemán, pero que nunca más, desde que regresó de estudiar en el extranjero, hacía ya más de 9 años, volvió hablar el idioma inglés, o practicar el alemán o el francés.

Luego les dijo que, aunque los demás de la aldea habían oído que uno de los dos había perdido la voz, ella, temprano en la mañana, les iba explicar que ya se ha recuperado, pero les aclarará, que él no habla español. Que no teman, que tengan confianza, que consideraran, sí ellos así lo querían, podían quedarse en la aldea y que esa sería su casa.

Entonces, ya cuando los alemanes empezaron a mostrar cansancio, ella les dijo, que sí no era mucho pedirle, quería tomar la barca con ellos, cuando se fueran. Después que el teniente le explicó eso a Henn, los dos se miraron a la cara y solo mostraron un poco de sorpresa. Ella luego les dijo, que más allá de Samaná, desde que llegó a la aldea, nunca había vuelto y que sentía un inverosímil deseo de visitar el lugar donde había vivido su madre, padre y abuelo.

Entonces los alemanes se volvieron a mirar y ella, para que ellos no pierdan la confianza, les confío: 'Realmente le tengo miedo a que viajando sola me pregunten quien soy y puedan darse cuenta de quienes eran mis padres'. 'Pero si voy con ustedes, simplemente me haría pasar, como que soy la esposa de uno de ustedes y eso, además de darme tranquilidad, evitará que nos hagan preguntas'.

El teniente la miró con atención y ella buscando consenso no quiso infamar su mirada, bajó su cara y luego

---

aclaró, 'pero sí hay problemas, perdonen yo desisto de lo que les acabo de decir'. El teniente solo dijo: 'Es que debo de decirle que, sí se va usted con nosotros, debe de entender que andará con dos militares, extranjeros que llegaron de la guerra, sin documentos y sin familias'. '¡Ni pasaporte tenemos!'.

Carmen Sirena lo volvió a mirar y sin consentir le preguntó: '¡De que guerra habla usted?'. '¿Vienen ustedes de alguna guerra?'. '¡Sí!', Contestó el teniente. 'Permítame, por todo el respeto, que ahora sé usted se merece, debo corregir y enmendar la mentira que antes dijimos en el zaguán, pues pensamos que, sí decíamos la verdad, lo menos que nos harían era matarnos'. 'Nosotros no somos náufragos de un paquebote de vapor, sino de un moderno submarino alemán que naufragó y luego explotó en estas costas, a unas horas de aquí'. '¡Y sí, hay guerra en Europa, en todo el continente!'.

Además, se está peleando en África en Asia, China, Japón, en los mares del pacífico norte y sur. La guerra se ha estado extendiendo hacia América'. '¿No lo sabía usted?'. '¡No!', contestó ella, ecuánime y sin perder la calma. Luego añadió, 'Aquí vivimos aislados, lejos de todo, y no nos llegan las noticias. Los pocos periódicos que llegamos a comprar en Samaná, hablan de muchas cosas, pero nada sobre guerra. Pareciera como sí en esa ciudad; de igual modo, no se supiera nada de esa guerra'. '¡Y qué bueno!'. Exclamando dijo el teniente. '¡La guerra es el más astroso de los monstruos humanos!'. 'No hay desgracia más grande, no suerte tan negra y oscura que la de una guerra. ¡Es mejor vivir sin saber nada sobre esto!', por último, le hizo saber el teniente a ella.

Carmen Sirena Báez del Mar hizo silencio y por unos segundos no dijo nada. Miró hacia el techo y luego apuntó su mirada hacia el candelabro que había justo encima de la mesa. Y en voz muy triste y baja, comentó: 'Sí es verdad, ahora recuerdo, las desgracias que me contaba mí madre'. 'Aquellas que, durante el tiempo que, como médicos voluntarios, junto a mí padre, llegó a presenciar, mientras estuvieron en esa guerra. Luego se puso de pie y estando en esa posición dijo' 'Entonces tendré que buscar otra forma de salir de este lugar, o decidir quedarme, hasta tanto se valla o desaparezca el sátrapa que, como presidente, ahora tenemos aquí'.

El teniente, miró a Henn, que con angustias en sus ojos la miraba. Luego, para mantener el ímpetu de optimismo que desde el principio y durante toda la noche ella mostró, torció sus ojos hacia ella y le aconsejó, 'Señorita, no se aflija usted, hay tantas cosas que se podrían hacer, para que pueda salir de este lugar. Yo me comprometo que tan pronto lleguemos a un buen centro urbano y nos comuniquemos con alguna embajada, o podamos resolver el problema de nuestra estadía, documento y demás, volveremos por usted. Yo se lo prometo y creo que mí amigo también'.

Henn con la mirada apuntando hacia la rosada mejilla de la bella señorita, desde cuya superficie se emitía el brillo de la luz clara del candelabro, que por encima de la mesa aún ardía, se notaba embelesado. Y antes de que

----

Sirena del Mar lo mirara, él teniente lo tocó sobre la parte de su omoplato izquierdo, al tiempo que le decía en alemán, 'vamos anima a la Señorita Carmen Sirena. Ella nos pide que la ayudemos a salir de aquí'. Pero él le contestó, que no le podía mirar a sus ojos. Que, en su alma y corazón, el sentía que le hablaban. Lo mismo, lo esbelto de su cuerpo, su cara, su pelo, su lindo porte y la aureola fina que de santidad la envolvía. Sí la miraba, directo a sus ojos, su corazón se abarrotaría de emociones y no le dejarían pronunciar palabra. 'Por favor dile que sí, que la llevaremos con nosotros'.

Y mientras Henn mirábale a su cara, él teniente entonces le sugirió: '¡Aunque sea pronuncia un sí!' 'Yo le explicaré en español'. Pero Henn, tornó su cara y se mantuvo con los ojos hundidos sobre el mantel. Solo al final la levantó. En ese instante seguro de sí mismo, muy pausado le dijo al teniente, "es que estamos frente a una mujer que no es una simple muchacha, que es joven, robusta, inteligente, llena de buenas intenciones, bondades y algo en ella hay, como una llovizna refrescante de ilusiones que no cesa de humedecer mis emociones. Desde que la encontramos aquí'. 'Su alma se nota pulcra y está entusiasmada, llena de vida. El mundo vibra dentro de ella y desde ella'.

Según lo que veo y oigo, en el tono de su voz, hay un encanto, una maravilla llena de misterios, una razón para estar feliz frente a ella'. '¡Mira esta sala y la antesala! es muestra de que ella vive llena del placer que les producen las artes, el orden y las buenas composiciones. Me dan deseos de ser más que su amigo, me dan deseos de

ENRIQUE ANICO TAVERAS

----

quererla, acariciarla, mimarla, olerla, descubrir sus fragancias, tratarla como si fuera una felpa, llenarla de placer, hablarle como se le habla a lo que más se quiere en la vida'.

Luego, con seguridad levantó su cara, extendió sus ojos y con la confianza más natural que alguna vez, él en su vida haya mostrado, miró con una sonrisa de satisfacción, seguro de que, sin entenderlo, ella lo comprendería, y en alemán dijo: 'Sie sind bereits wie unsere familien, Miss Carmen Sirena, ¡müsen uns vertrauen!'. 'Ya ustedes son como nuestra familia, debes confiar en nosotros, Señorita Carmen Sirena'.

Ella, como quitándose un velo que invisible hasta ese punto había mantenido, como descubriendo su verdadero rostro, con ojos profundos, contempló a Henn. Él, sin alterarse, dejó sus ojos apuntando con su mirada hacia la figura ideal que, con miríadas de dotes, mientras alrededor de la mesa callaba y no decía nada, de ella se había imaginado. Se cruzaron las miradas y ella le sonrió con una gracia tan auténtica, que dejaba ver ante sus ojos todos los rastros de estrellas, con las cuales, ella, muchas noches, desde que se embarcó de vuelta hacia Las Lagunas, había en su amplia cama soñado.

Entonces, como mostrando que desbordaba toda su confianza en él, se puso de pie, se movió hacia el otro lado de la mesa, donde él estaba y le extendió su mano. Él se levantó y tomándole la mano con las de él, se la estrechó con la ternura de un niño enamorado. Cuando el teniente se terminó de parar y los dos alemanes se pusieron totalmente de pie, ella aún mantenía su mano dentro de las de Henn. Por último, le sonrió con intimidad y él recíprocamente, le devolvió la sonrisa. Y con el mismo ritual de respeto con la que se había conducido, desde el momento cuando los vio entrar por la antesala, se apartó un poco, los miró a los dos de frente y les dijo, ¡Confío en ustedes y en su sabiduría, mañana será otro día, que tengan un feliz sueño y buenas noches!'.

ENRIQUE ANICO TAVERAS

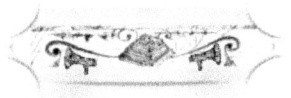

CAPÍTULO

XXI

El frio del aire acondicionado y la tranquilidad que Delito sentía dentro de la cabina del camión, mientras estaban detenidos en el embotellamiento del camino, después de más de dos horas de estar oyendo la narración de la historia del alemán, hicieron que se acomodara y se olvidara de toda necesidad fisiológica. Lo estuvo siguiendo con tanta atención en el relato, que cuando se dio cuenta que Él Alemán casi se detenía en un punto clave, de en un inesperado instinto de estirarse sobre el asiento, sintió un deseo inmenso y extraordinario de orinar.

En ese momento le pidió al alemán que le permitiera salir del camión. El alemán se sonrió, caviló por unos segundos y le dijo, 'Apúrate que detrás de ti iré yo. El deseo de orinar es contagioso; además, el tráfico podría comenzar a moverse en cualquier instante. Date cuenta que al salir, si deseas privacidad, tendrás que alejarte del camino, e internarte en el monte'. Delito no le respondió

ENRIQUE ANICO TAVERAS

y bajó del camión, como si se resbalara desde una piedra alta. De inmediato, alejándose de la carretera, se internó detrás de unos frondosos y altos pinos con tupidos arbustos que le crecían alrededor de sus troncos. Él desapareció por un momento, pero no habían pasado dos minutos, cuando ya estaba de vuelta sentándose en el asiento, devuelta, en el camión.

El tráfico aún no se movía y la tranquilidad que ofrecía la cabina del camión, con el aire acondicionado encendido; entre las cerradas ventanas, el cómodo sillón recubierto de pana gruesa gris y la claridad sin sol, que plana iluminaba en su totalidad el estrecho lugar detrás de los cristales, motivó a Delito a colocarse de vuelta, como si se tratara de su habitación. Pero al estar de nuevo en la cabina, el traqueteo sin pausa, característico del rumble persistente del motor diésel del camión, le inhibió el alivio que aún sentía después de orinar, recordándole que era un simple pasajero, que iba gratis, ofreciéndole compañía a un buen hombre que, además de piloto, era su interlocutor.

Esto le hizo recordar los dos cerdos que El Alemán llevaba detrás, en la cama del camión. Y quiso preguntarle si él podía ir a verlos para ver sí estaban bien, mientras se acomodaba, Pero El Alemán, sin oírlo, abrió la puerta de su lado, salió y de prisa fue hacia el mismo lugar donde Delito había ido. Al quedarse solo, Delito se detuvo a observar las montañas en cuyo horizonte, ya hacía un buen rato, se habían posado rayos de claras luces de sol y esto hizo que él pensara en sus sueños y la razón por la que iba montado en el camión.

Él Alemán volvió, y tan pronto como entró, tomó su termo de café, le quitó la tapa y sirviendo un poco del líquido en ella misma se la ofreció a Delito, Pero el joven le dijo que ya había tomado suficiente y que si volvía a beber más, se pondría nervioso y no dormiría bien la siguiente noche. Él Alemán tomó su taza y colocándola dentro del porta tazas, vació en ella el contenido que había echado en la tapa del termo para Delito, y luego después que la puso media, la levantó y mirando hacia el frente, allá donde se perdía la fuga del punto en la carretera, dijo, '¡Prost!'.

El Alemán mientras disfrutaba del café, le comentó a Delito que su historia la había oído con todos los detalles tanto de su padre, como de su madre y que los puntos claves de la narración nunca los olvidaba, que el café siempre se la refrescaba en la memoria aunque se abstuviera por años de contarla.

Delito aprovechó y le preguntó que como fue que su padre y su madre tomaron la decisión de casarse, pero él Alemán le dijo que no se desespere que él estaba seguro de que antes de que lleguen a Santo Domingo el conocerá toda la historia con todos los lujos y detalles. Y por último le dijo: 'Te recuerda que donde paré la narración fue en el momento en que todos se fueron a costar'.

ENRIQUE ANICO TAVERAS

CAPÍTULO

XXII

Al otro día temprano, Los Alemanes, llegaron por si solos al zaguán. Al entrar, vieron que varios de los moradores ya estaban en el lugar primeros que ellos. Unos sentados alrededor de las mesas, otros iban de aquí para allá, entre mesas, haciendo alguna labor. En el momento cuando mostraron sus caras, los miraron con asombro, y al unísono, casi todos, como un coro de niños que temprano saludan a su profesor, se pusieron de pie, se detuvieron en lo que hacían y les dieron los buenos días.

Unos estaban esperando por Cirilo, otros relajándose, o haciendo preparativos para ir a pescar, o ir a hacer sus trabajos. Pero tan pronto los alemanes les reciprocaron los buenos días, todos se comenzaron a sentar y se quedaron, como sí estuvieran un motivo profundamente humano, debajo de su corazón, para guardar respeto. Ellos simplemente se resguardaron entre sus brazos, que mientras se iban sentando, los iban poniendo sobre sus pechos cruzados.

Los alemanes, no se sentaron, caminaron entre ellos y por igual, les mostraron su respeto, a unos, les estrecharon las manos, a otros, les dieron una sonrisa o les tocaron con una palmadita en el hombro. Luego, al poco rato, llegó Lucía con su esposo y con ellos, acarreando una carretilla llena de víveres y pan de maíz fresco y tibio; dos mujeres, estas eran las que siempre les ayudaban en las preparaciones, para el desayuno de la mañana. Tan pronto llegaron las tres mujeres, saludaron, dando los buenos días y sin detenerse, se fueron a organizar lo que trajeron hacia la parte de los fogones.

Cirilo, por otro lado, fue y les dio unas órdenes a unos pecadores, al momento que, a dos jóvenes, los cuales, se habían ido a la orilla de la playa y sentado sobre la arena, él los llamó, y les entregó un cubo lleno de una sustancia espumosa y dos escobas de guano. Les dijo que el barco debía de estar listo, sin apuros, para el otro día en la madrugada y que lo más importante era sanear los vómitos y el mal olor que había quedado incrustado entre las ranuras de la madera de la banqueta mayor del casco del barco.

Luego volvió hacia el zaguán y se sentó junto a los extranjeros. Les dio los buenos días, les habló del vieje de ayer, y les preguntó, cómo ellos llegaron a la aldea. Ellos le contaron la historia sin mucho detalle, pero como sucedió. Cirilo los escuchó, y le dio muestra de ser un hombre sencillo, que no indagaba mucho sobre las cosas.

Solo sí sentía, que algo no le salía como él quería o veía que algo no estaba correcto, se detenía y preguntaba.

Y así, les dijo a los extranjeros, era él. Que él no se dificultaba la vida con las cosas, ni con la gente, que el razonaba y corregía, sino pues, lo hacía de nuevo hasta que le saliera perfecto. Pero nada, para él era un estuco, que lo imposibilitaba, o dejaba desahuciado, o sin motivo, para seguir resolviendo las cosas como debían resolverse. Sí él no encontraba la solución, buscaba otra forma, para hacerla de nuevo o sino, consultaba con su esposa, que era como una lumbrera de buenas ideas y entendimiento.

Él les dijo que no se preocuparan, que ellos, de todas maneras, iban a llegar a su destino y que descansaran ese día lo mejor que pudieran. Qué al otro día, en la madrugada, partirían. Luego les dijo que Lucía les prepararía un café muy bueno y se lo serviría con pan dulce de maíz. Luego se fue y se encaminó hablarles a las personas que esperaban la barca, para ir a Samaná. A ellos les dijo que, sí no iban a comer, no era necesario esperar, ya que el barco no saldría hasta mañana en la madrugada, debido a un incidente que, el día de ayer, sufrió en alta mar causado por el alto balanceo del oleaje, mientras pasaban una tormenta cuando navegaban a mitad de su destino, de vuelta hacia Las Lagunas.

Luego volvió hacia los extranjeros y se sentó con ellos a explicarle ciertas cosas que él pensó ellos debían saber sobre los problemas que se encontrarían cuando lleguen a Samaná. Les habló de que debido a la amistad que habían entablado con su patrona La Señorita. Carmen Sirena

Báez Del Mar, él ya tenía la responsabilidad de velar por su seguridad y desenvolvimiento de ellos y de su viaje.

Que después del desayuno, o durante un momento oportuno del día, donde no tuvieran interrupciones, debían de hablar con toda seriedad de la forma que procederán una vez llegaran al puerto donde atracaba el barco antes de entrar a la pequeña ciudad. Mientras tanto les dijo que Carmen Sirena estaba preparándole alguna ropa para que se vistieran de tal forma que, cuando llegaran a la zona del muelle, no llamaran la atención. Y no se provoque ningún escandalo entre los nativos, cuando ellos sepan que algunos extranjeros visitaban la ciudad.

Deberán intercambiar su ropa por la de los aldeanos, algo que se note más del área. Les comentó que esa mañana cuando se levantaron, La Señorita Carmen Sirena se dirigió a él con la preocupación de encontrar un par de pantalones de henequén o algodón y camisas. También, dos sombreros de guano y macutos donde puedan llevar sus pocas cosas y pertenecías. Me lo dijo con gran preocupación, para que ustedes se vistan como nosotros. Yo le hice hincapié sobre el costo de todo eso y ella me dijo que no me preocupara. Qué si ustedes tenían o no tenían dinero, de igual manera, había que ayudarlos.

El teniente le contestó que ellos sí llevaban dinero y que, no importando cuanto fuera el costo de todo, ellos estaban en disposición de pagar, como pagan los aldeanos y mucho más que eso, sí fuere necesario. Cirilo entonces les dijo que la razón no era esa, sino que ellos, según, ayer le dijeron a Lucía, no tenían moneda nacional.

Él teniente que en ese momento se sentía dueño de un sentimiento de imperativo altruista, despertado en él por toda la solidaridad que la aldea había mostrado ante ellos, quiso frenar un impulso que le nacía desde los cimientes de sus profundas virtudes sentimentales y rebuscando entre los bolsos que llevaba logró sacar una de las manillas de billetes de los que habían recuperado de los ahogados del naufragio. Era una manilla de mil doscientos dólares de casi seis mil que habían separado en diferentes paquetes dependiendo del monto de los billetes y apartes de las otras monedas que también recuperaron. La puso entre sus dos manos y se la mostró a Cirilo, y este solo se sonrió y le dijo: "Esos no son billetes de los que corren aquí, esa es la razón".

Nosotros no haríamos nada con ese dinero, les informó. Sí lo aceptamos de ustedes y luego, vamos y lo mostramos, para cambiarlo o comprar en algún sitio, la policía o guardia nacional nos podría arrestar y hasta que no digamos el origen o quien nos los dio, nos crearían grandes problemas. El teniente guardó la manilla y solo le preguntó a Cirilo, que era lo que debían de hacer. Cirilo solo les contestó que descansen, que se sienten o vallan a la playa hasta que el vuelva con la ropa, sombreros y macutos. Además, les informó que, para evitar llamar la atención iba a ser necesario que se cortaran el pelo y medio afeitaran la barbas.

Cirilo por último les advirtió, que cuando el sol esté exactamente detrás de sus cabezas, y poniéndose de espalda a él, vean que la sombra de sus cuerpos esté, en frente de ellos, extendida no más de medio metro de distancia, vuelvan al zaguán a comer, que Lucía les servirá, junto a la de él, una buena comida y que en ese momento les entregarían las ropas y terminarán de hablar sobre las particularidades del vieje.

Cirilo se apartó y se marchó hacia el caserío. Friedrich Heisnberg, Él teniente, le comunicó a Henn Mann lo que acontecía y luego se miraron, se sonrieron, se dieron un abrazo con un fraternal y profundo sentimiento de solidaridad. Por último, terminaron de empezar a beberse el café con leche que, espumoso y tibio, yacía sobre la mesa frente a ellos. Lucía, la encantadora esposa de Cirilo, se los había servido con dos buenos pedazos de torta de maíz dulce y tiernos.

Unas horas más tarde, después que se apartaron volvieron al zaguán, comieron junto a Cirilo y su esposa. Al final, recibieron todas las cosas que en la mañana les había dicho eran necesarias, les traería para el viaje. Luego los esposos les informaron que por decisión de Carmen Sirena los planes habían cambiado. Qué la hora de salida del viaje lo habían pospuesto, para después del mediodía. Así el tiempo que durarían navegando, les permitiría llegar al muelle de noche y la oscuridad ayudaría a evitar llamar la atención de la gente cuando ellos llegaran a Samaná.

Cirilo les explicó que eso era lo más racional y sensato, para que todo salga bien. También, les dio instrucciones específicas de que no era necesario llegar al otro día temprano en el zaguán. Que dormirían en la misma habitación y que Carmen Sirena Báez del Mar no los podrá recibir esta noche. Pero los verá antes de la partida durante el medio día de mañana. Por último, les entregó dos tortas de cazabe con un trozo de chicharon cocido y dos aguates en caso de que, ya al caer la tarde o en la noche sientan hambre.

ENRIQUE ANICO TAVERAS

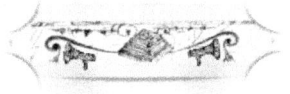

CAPÍTULO

XXIII

Satisfechos de haber mirado y curioseado alrededor de la aldea sin que ninguna novedad haya sucedido, los dos extranjeros, dichosos, como esa tarde se sentían, se habían ido a sentar sobre la arena, frente al mar azul. Ahí, muy cerca de donde se explayaban, en la fina y blanca arena, al compás de la suave brisa, las bajas olas de aguas esmeraldas, ellos conversaron. Todo versó sobre cosas que le sucedieron en su natal Alemania y otras de las que, hasta ese momento, le habían sucedido desde que ferozmente nadaron, para salvar sus vidas después del naufragio.

Friederich mirando hacia el horizonte, sentado con sus manos cruzadas sobre sus dobladas rodillas, en su propia lengua le anunció a Henn: '¡Hombre esta fue la primera vez, desde que me llamaron, para servir en la guerra, patrullando los mares de Italia, que no siento la necesidad de cuidarme de los fenómenos naturales, ni de las posiciones de los enemigos, ni de las balas o de los torpedos submarinos con los que los barcos u otros submarinos nos atacaban cuando salimos desde Hamburgo!'. '¡Hoy yo ni siento la necesidad de buscar alimentos o agua para calmar el hambre o la sed infinita!'. '¡Qué bueno es conversar aquí frente a este mar esplendido y azul mirando hacia el horizonte libremente!'. '¡Qué suerte hemos tenido!'. '¿Con qué intensión habrá hecho esto la mano divina?'.

'¡Ah hombre!'. Le contestó Henn. 'Eso mismo es lo que yo siento; pero, además, ahora hay algo en mí que, desde ayer, cuando nos sentamos a la mesa a cenar, ocupa un espacio en mí pecho, en mí alma y que me oprime, porque, no sé cómo interpretarlo'. '¿De qué hablas Henn?', con cierta sorpresa, e ironía le preguntó Friederich. Pero dudando y con temor de expresar abiertamente lo que sentía, Henn hizo silencio. Y en vez, extendió su mirada y trató de concentrarse pensando en otra cosa del pasado.

Él, mientras liberaba el hilo de recuerdos que yacía enclaustrado, como secuencias de nudos y enredos en su mente, miraba hacia les leves olas, las que, explayándose en su frente, iban y venían dejando, desde donde se recogían, en el remanso que dejaban detrás, una quietud exorbitante que le deleitaba sus sentidos. Ponía sus ojos sobre las bajas crestas de agua y más detrás, desde donde se formaban, con su nueva corriente, a la otra y de nuevo, así volvía su vista, hacia donde se levantaba, menos pacífica y definida otra honda de agua. Las sencillas, casi inocentes olas, iban y venían hasta sus pies, dejando su marca, como arte abstracto, leve y fugas de curvadas y

---

finas espumas sobre la arena, que justo frente a él, al instante, desaparecían.

Las miraba y se sonreía porque así iba y venía lo que en ese momento tenía en su mente. Ese deseo de expresar eso que, por primera vez, desde que era un mozo, cuando cursaba el noveno grado en su escuela sintió. Sucedió allá cuando vivía en la capital de Baviera, en un suburbio de los alrededores del sur de aquel Múnich, pasados los mediados de una primavera, poco antes del comienzo de los años treinta.

Recordó que fue aquella vez, quién sabe, sí por suerte o desdicha, cuando a principio de mayo, fue invitado a una excursión, para visitar la ciudad de Ratisbona, en el Alto Palatino de Bavaria. Donde quedaba aquel famoso conservatorio de música. De repente, sintió escalofrió y un alborozo lo embargó, sobre la arena se reacomodó. Y luego, para su adentro, dijo, '¡Dios mío, tengo miedo!'. Y en silencio, como yéndose de su yo, se quedó pensando. Y como liberándose de una timidez que lo arroyaba, queriendo que Friederich lo escuchara, sin alterar el silencio del sigiloso dilatar del -blbleíaa- de las enanas olas, en un tono de voz más alta, exclamó, '¡sí, es el mismo sentimiento!' '¡Qué desgracia!'.

Él, para aquel entonces, había salido poco de la ciudad, pero era, gracias al deporte y estudio, muy dispuesto y atisbado, hábil y despejado. Además, como ahora, él era gallardo y bien proporcionado. Estatura alta, apuesto, de pelo negro y muy lacio, cejas refinadas y nariz de puente plano y aguda en su punta. Sus ojos, más oscuros que su pelo, en las noches, cuando estaba en la oscuridad, les brillaban, proyectándose con contornos y líneas de dos zafiros negros manchados de transparencia. Este era un extraño y sobresaliente rasgo físico, que llamaba de él mucho la atención. Sus labios siempre se le miraban relucientes, como el reflejo del sol cuando golpea el entre plumas del tope de las alas de una piranga roja. Pero, después de más de tres meses bajo el sol, el salitre y altas temperaturas, sus labios se les habían tostados; la piel oscurecida de un pardo canela y sus músculos endurecidos.

También era un joven soñador, inteligente y creativo. Desde aquella época sentía atracción por las altas técnicas y los electrónicos. En la excursión fue acompañado de un compañero de escuela que era, a su corta edad, un prodigio de la guitarra. Entre los dos soñaban con el legendario deseo de, algún día, transformar ese instrumento musical y hacerlo electrónico.

Poco antes de llegar desde el sur de Múnich a la ciudad, de Ratisbona, ya tenían preparado su propio plan y con la excusa de que, durante todo el trayecto, venían sufriendo de malestares estomacales, dijeron que se sentían enfermos, pero su intensión había sido salirse de la excursión, he ir por su propia cuenta a visitar El Conservatorio de Música Sankt Sebastián.

Cuando lograron llegar al lugar, su amigo, cuyo nombre era Mitías Grënn le contó la leyenda de la Ventana de Orfeo, la cual, una compañera de sus clases de música y conocida vecina de nombre Maraike, que

----

había sido matriculada desde hacía ya dos años y a la edad de doce, para estudiar violín en ese famoso conservatorio, se la había contado.

Cuando Henn oyó la arcana historia, sintió intriga y un deseo inexplicable de encontrar el enigma que encerraba aquella abierta y alta ventana. Y le pidió a su amigo que siendo eso algo tan sensacional, subieran donde estaba la ventana. Cuando lo lograron, desde allá, los dos mirando hacia abajo, observaron el nítido y verde paisaje de la avanzada primavera, el que, junto a las chimeneas, que ya, a esa parte del año, poco humeaban, para ellos fue como mirar a través de la lucides de un sueño, aquel que se vive mirando desde la ventana de un avión de juguete de aquellos tiempos.

Mientras observaban el paisaje, de repente, Mitias le dijo, espera, y apuntando con su dedo índice, para que Henn mirara más atentamente, desde el séptimo piso donde estaban, los dos vieron a alguien saliendo desde las penumbras de unos abedules que había en el frente, en la misma calle donde se encontraba la torre donde estaba la ventana. Apréstandose a mirar más detenidamente, Mitias Grënn, de repente, dio un grito de júbilo, y de inmediato, señalando con su dedo índice dijo: ¡Mira Henn, acércate más, qué coincidencia! Esa que viene saliendo desde las sombras de los abedules, se parece a Maraike, mi amiga, la violinista. Henn centró sus ojos, y su amigo empezó a llamar en voz alta desde el mismo lugar de la ventana.

Era una joven dama, que caminaba con la cabeza descubierta y pelo suelto. Ella parecía como sí brillaba desde dentro de un vestido azul de seda, bajo los matices de las verdes hojas y frescas de la primavera. En una mano llevaba colgando, en su estuche un violín y en la otra, algo parecido a un paquete de cuadernos. En verdad, eran cuadernos grandes donde se guardaban partituras.

Henn la miró, y se dio cuenta de que, era cierte, ella se parecía a la joven que Mitias le había descrito y puesto, que llevaba su violín, no dudó de que era ella. Entonces sin esperar y sin pensar en el misterio de la Leyenda de la Ventana de Orfeo, le sugirió a su amigo que él quería conocerla. Qué corrieran escalera abajo antes de que ella se desaparezca. Cuando llegaron abajo, no habían pasado dos minutos y no lejos de ellos la divisaron.

Ya en la acera y mirando hacia el lado donde la joven dama, distanciada, iba caminando, desde el otro lado de la calle, los dos, corriendo a doble paso, hacia ella se apresuraron, para alcanzarla. Mitias en voz muy alta la llamó '¡Maraikeeeeeee!' Ella lo oyó, se detuvo, y con toda la elegancia e inocencia, que aún de niña le acompañaba, tornó su cara hacia ellos y sin hacer ningún gesto los miró. Los dos jóvenes se apresuraron hacia ella.

Al acercarse, Mitias le dijo, '¡hola Maraike!'. 'Este es mi amigo Henn y estamos de excursión aquí, pero nos escapamos, para venir al conservatorio y ya vez, te hemos visto desde allá arriba', apuntando hacia la torre, muy animado le dijo. '¿Desde la Ventana de Orfeo?', dudando le replicó la joven y otra vez, aseveró '¿Han subido hasta allá?' '¡Sí!', admirado por los bellos gestos de la niña profirió Henn. Ella, como entre augurio y susto, hizo un

----

gesto como de asombro, pero de inmediato contempló. Hizo un leve silencio y esbozando una sutil sonrisa, exclamó. '¡Muy bien!', y luego añadió, '¡Qué sorpresa me has dado y qué pequeño es el mundo, Mitias! 'Si pudiera, me fuera con ustedes', y mostrándoles el violín y las partituras, les terminó de decir, 'Pero ya ven, ahora voy a mis ensayos de hoy y luego debo ir a mis clases'.

Cuando comenzó a decir esta última oración, la moza levantó sus ojos y mostró, ante los ya atónitos ojos de Henn, que les reciprocaban la mirada, el esplendor total y colorido de sus pupilas, y a través de los de ellas, sin nada que los interfiriera, se miraron profundo, como dos enamorados. A Henn, como sí un rayo fugas y vertiginoso de luz, le había tocado las cuerdas más finas de su sentir, no desmayó en darse cuenta, que algo muy valioso de esa niña, se le había, en ese momento, alojado en lo más estrecho, recóndito y hondo se su alma.

La emoción de la mirada que había recibido lo dejó consternado y pasando por una emoción que nunca antes había sentido. Y de repente, con una viva expresión, como de espádice erecto y esplendido, que sale del botón rojo de un centurión, quiso dar un paso hacia ella, pero por en encima de su atrevimiento, se detuvo y sin dejar de mirarle, solo le dijo, que sí podía, antes de irse a sus clases, tocar dos notas en el violín. Ella no comprendió, pero abrió la caja, sacó el instrumento y con un gesto de complacencia se lo paso a él.

Él se puso muy nervioso, pero con delicadeza tomó el violín, lo trajo hacia sus ojos y paseándole sus dedos, casi con ternura, firme por las cuerdas y aristas de las curvas del instrumento, imaginando, como se paseaban por el diapasón del instrumento, las manos de ella, mirole de nuevo a sus lúcidas pupilas, le sonrió y mientras se lo pasaba de vuelta, con cierta pena le dijo, 'perdona, yo me refiero a ti'. '¡Podrías tocar, aunque sean dos notas?

Ella, sin apartar los ojos de los de él, sacó del estuche el arco y llevándose el instrumento a su cuello, dejó el estuche en el suelo. Al levantarse, empezó a tocar notas Del Vuelo del Abejorro de Rimsky Corsakov. Al instante se detuvo y dijo, 'es la pieza que estoy ensayando para mi examen de fin de semestre'. Y le quitó la mirada a Henn.

Entonces se volvió hacia Mitias y llena de alguna ilusión, que cuando volteó, para encontrarlos, en su rostro no tenía, le dijo, 'ahora, váyanse, para yo no llegar tarde a los ensayos, ahora debo de irme. 'Ya cuando vuelva a la casa, al terminar el semestre, en junio primero, los buscaré. Al terminar de empaquetar el violín y poner las partituras dentro en su puño, ella se acercó y empinándose, para más acercar su cara angelical a la de Henn, con una elocuente ternura de dulce niña encantadora, como lanzando el flechazo de una ninfa, que ya tañía, desde hacía un instante, en su corazón un sueño, repentina, le dio en su mejilla un bezo.

El quedó totalmente embelesado, anonadado y mientras, se llevaba la mano al punto donde ella puso, en su mejilla, sus dos labios, como sí quisiera tocarlos, para más profundizarlos, él se puso su dedo índice y mayor en el mismo sitio, queriéndolo, como dos espigas que se

----

anclan, en su piel, incrustar. Ella se marchó y entre una pequeña arboleda que se encontraba justo al cruzar la calle por donde antes iba, desapareció.

Él no volvió en sí. Por un momento de su vida consciente, él se esfumó. Quedó en un estado de éxtasis que de forma violenta lo llevó al clímax donde se reconoce, de forma inconsciente, lo cierto. Cuando se incorporó se recordó de Mitias y el vacío que ella había dejado entre él y su amigo. Al ver que él estaba ahí, a su lado; lento fue retornando, incorporándose; entonces, lleno júbilo, maravillado, exclamo, '¡hui!', '¡Hui!'', '¡Pensé que estaba soñando!'.

Mitias simplemente le respondió, 'Y yo me imaginé que no volverías'. '¡Vamos!, ¡vamos!'. '¡Qué se nos hace tarde, antes de que den las doce, tenemos que encontrar el autobús, y buscar a los demás, para saber dónde vamos a comer!'. De camino lo consoló diciéndole, que ella estará de vuelta en su casa a principio del verano y de seguro se volverán a ver.

Un día, alrededor de las tres de la tarde, antes de llegar el mes de junio, Mitias llegó corriendo a casa de Henn y llamando a su puerta le comunicó a un criado, judío, el cual, trabajaba en su casa, que necesitaba verlo de urgencia. Henn supo de la visita de su amigo al llegar desde su sección de lecturas de vuelta a su casa. Eran ya pasados las diecinueve horas y la tarde se había convertido en un bello crepúsculo primaveral, de esos excepcionales que suceden en las zonas montañosas de

Bavaria. Por boca del criado, él supo la noticia y de inmediato, sin cenar, se marchó hacia la casa de Mitias.

Al encontrarlo, Mitias le dijo que Maraike había vuelto, que se había cortado el pelo y que la encontraron en su habitación del conservatorio de música desmayada, después que, con una navaja, se cortó la vena principal de su muñeca y casi se desangra.

Ella misma a través de su hermano, me llamó y me dijo que quería hablar conmigo, pero solo por entre las rendijas que daban desde su habitación al patio de su casa, hoy antes de las de las diez de la noche, cuando sus padres se hallan dormido. Así, conversando sobre el asunto, expectantes, ellos habían esperado ya una hora. Pero pocos minutos después de las nueve, oyeron un prolongado y estrepitoso tumulto con movimientos de gentes, ambulancias y coches, no común, he inesperado en el vecindario.

Entonces salieron y se dieron cuenta que la policía, el aguacil, el juez de instrucción, y una ambulancia junto a un conocido médico estaban en la casa de la niña. Se acercaron con mucha cautela y con cuidado de no estorbar a los oficiales que, en ese momento, muy dedicados, se afanaban en encontrar explicación al enigma de como dejaron escapar de la vida a un cuerpo tan joven y saludable, como lo era el de esa joven prodigio de la música y el violín.

Los padres desconsolados lloraban y el hermano que fue quien le dio la noticia a Mitias, al verlo entrar con Henn se fue a su encuentro y se acercó a ellos. Los abrazó y les dijo que la habían traído hacia dos días, que tenía los ojos abiertos, que respiraba y con muy poco impulso vital entonaba combinaciones de las siete notas musicales con armonías que parecían el trinar de un pájaro que a perdido su vitalidad, su nido y su alma. Por último, reía y decía, 'que triste que he muerto antes de cerrar mis ojos para siempre y antes de mis quince años, ¡me han matado por no comprender el fruto de un amor desesperado!'.

Los dos muchachos se abrazaron al hermano de Maraike y juntos lloraron. Al desprenderse del abrazo, les anuncio que los acompañen, que debía mostrarle algo que encontraron sobre el pecho de la niña en el momento cuando entraron los auxiliadores a su habitación del conservatorio. Lo habían puesto detrás de tres velas encendidas, sobre la repisa que tenían en la sala, frente al centro del espejo y al pie de una mediana fotografía muy artística y pintada con colores intensos, agua azul y cielo a base de aceite de linaza hervida y en donde la joven se veía en frente del trasfondo de un jardín tocando el violín.

La nota, un ligero dibujo emulando un pergamino desenrollado, decorado con notas musicales de colores sanguinas, que embellecían sus bordes y aristas, decía: 'No aprobé mi examen porque desde que vi aquellos ojos negros, los de aquel joven, de poeta enamorado, mi alma dejó de vivir, para las notas que tanta armonía me ofrecieron, sino para el dueño de aquel corazón, que muy adentro, en su alma descubrí que las tenía'.

'Compuse una pieza con las notas que, pensando en él, de su alma extraje. Fui feliz solo pensando en él, nunca lo fui y tocando el violín, desde que lo conocí, fue que por primera vez sentí que yo viví'. Quería tocar mí propia composición para él. Era frente a él, que me quería examinar. Para él la imaginé y a pesar de que fue la primera que, en mi vida, de acordes y discordes en mí fantasía yo compuse, imaginándolo a él, me deshacía y solo, a través de sus ojos, yo veía que, dentro de su alma, era donde mejor sonaban los acordes armoniosos de mis melodías'. 'Adiós, adiós, aún sé que no debí mirarlo, ni conocerlo, al pie del campanario, esa torre donde dicen está la Ventana de Orfeo'.

Después se supo que no había aprobado su último examen, porque en vez de tocar la prodigiosa pieza de Rimsky Corsakov, que con tanto esmero había ensayado, y según los que la habían oído días antes ensayarla, la hubiese propulsado hacia la orquesta sinfónica de Viena, tocó esa que ella misma había compuesto. Sin anunciarla, y con pocos días de haberla ensayado, se atrevió a tocarla. Lo hizo sin temor, sin cometer ni más la mínima desarmonía, y aunque la pieza tenía acordes más complejos que la misma pieza de Corsakov, la cual era la que tenía asignada, la tocó con más profesionalismo y virtuosidad que la que los jueces esperaban de ella.

A pesar de todo, despertó los motivos más austeros en los sentimientos, no solamente de los cinco jueces que en el auditorio del conservatorio la examinaban, sino de un público de treintaisiete estudiantes y otros profesores. Semanas más tarde, aún se preguntaban, ¿de dónde la sacó? ¿Y quién se la dio, para que la tocara? Pero, poco después se supo, por la tinta que usó, que esa pieza, ella misma la compuso.

Sobre los pentagramas encontraron que para escribir las notas había usado la misma tinta con la que había manchado el lienzo que, para secarse el sudor, se pasaba sobre su piel, y que las manchas eran del mismo rojo ocre con olor a óxido, que ya seco, le había corrido desde su muñeca, y que anteriormente; previo a su intento de suicidio; también, se había sacado de dos pequeñas incisiones, que ella misma se había hecho, con la esquina cortante de una pequeña navaja en la parte externa de su dedo anular izquierdo.

Ella fue solo mí amiga por unos minutos, pero su amistad fue, para mí más deliciosa que todos los placeres que yo pude, hasta ese momento, haber tenido y el dolor que me ocasiono su repentina muerte me afecto durante toda aquella época y hasta mucho después que ingresé a la universidad.

Henn al contarle a Friederich esa historia, se quedó mudo y taciturno. Apesadumbrado, inconsciente, sin esperarlo, había empezado a trazar un paralelismo entre lo que la noche pasada él sintió le había sucedido mientras cenaba frente a Carmen Sirena Báez del Mar y aquel suceso, el que pensaba ya era parte de su historia. Pero Friederich, a pesar de su inteligencia, su mente no lograba llegar hasta los recovecos de las intrincadas y enmarañadas redes que el destino; a veces, en asuntos del amor les preparaba a sus víctimas.

Friederich era un militar de carrera, que por ciertas razones tuvo que cambiar de personalidad varias veces, para sobrevivir, nunca vio los asuntos del amor, como algo vital o de gran importancia, excepto por los valores religiosos y efectos en lo moral, que para el crecimiento familiar tenía. Todo lo veía como un aspecto simple y mecánico, con un pequeño espacio, rincón apartado, dentro del complejo engranaje de la vida.

Para él, producto de la ausencia de experiencias propias, los asuntos del amor en sí, tenían poca importancia. Lo necesario era proteger la vida, no el origen, ni el medio de obtener la vida. Mientras se proteja la vida decía, el amor está asegurado. Todo lo resumía a un buen día de sol, a una noche buena de amor al lado ese ser cuyo rumor sea la esencia por quién te sientas atraído, decía. Sin embargo, no le restó importancia a lo que le contó Henn y decidió que ya era tarde y le dijo que debían de ir recogiendo sus cosas, para no quedarse ese atardecer, solos en la playa.

Y mientras recogían, Henn le comentó, 'Creía que un militar de tu calibre me podría entender. Pues siento que esa experiencia del pasado y lo que, con esa bella mujer de este lugar, ayer me sucedió, aunque frente a ti me pasó, como una ser que cree en mitos, me borra el deseo de buscar otro lugar, para vivir o irme de aquí. Y sí, siento susto, porque fue muy triste y conmovedor, para mí aquella experiencia'. Entonces, sintiendo un poco de desprecio por la conversación, Friederich le dijo: 'Está bien Henn, date cuanta que por ninguno de estos lugares has visto torre alguna y mucho menos con ventanas y

----

Orfeo no llega hasta estos lugares, ni se encarama sobre una mata de palma'. Eso, repentinamente, detuvo toda la conversación, pero continuaron recogiendo.

Diferente a otras tardes, no sintieron el desconsolado tedio, ni soledad con miedo, que siempre, mientras vivieron por esos lugares, les traían los atardeceres. Pero no importando que tan bella la naturaleza les había dibujado el panorámico crepúsculo, ya oscureciendo no pudieron conversar tranquilos. Además, de la contradicción que había surgido, los mosquitos y mayes empezaron a picarle y hacer estragos sobre sus blancas y tostadas pieles. Pero seguían contemplando con espectacular asombro aquel paisaje que ya se había puesto frente a ellos hacía un rato.

Ellos la contemplaban al momento que comentaban que el sube y baja del movimiento y tremolar de las olas, grandes y pequeñas, las hacía parecer como sí su luz estuviera viva, frente a sus los ojos, y que no se hastiaban de verla. Así, como ya tres veces las habían visto desde el despertar de la segunda noche, cuando, con la aurora, al otro lado del cielo, sobre la playa, clara y diáfana, como un disco plano, de un ámbar brillante y creado por alguna efervescencia desconocida, se le apareció por primera vez después del naufragio.

Así fue, que poco después de oscurecer y luego que la luna se había mostrado espléndida, levantándose frente a ellos en su lado derecho del horizonte, en su fase llena, decidieron irse al caserío a dormir.

Atrás quedó el astro, como farol, alumbrando la barca con sus mástiles asimétricos y sus velas recogidas. Ahí, mientras descansaba en el mismo trayecto que formaba el opaco sendero de luz que, desde lo alto del oscurecido horizonte, como la llama flameante de un inmenso candelabro, paseándose por la superficie del mar, a sus bordes, la luna alumbraba.

Henn no volvió a mirar, pero como sí una vela, que en su mente no llegaba apagarse, en su horizonte, muy arriba había quedado un querubín que, en su alma, después que se encaminaron, no dejó de alumbrar. Todo el camino, de vuelta al caserío, en Carmen Sirena Báez del mar no dejaba de pensar.

Al otro día, después de una noche fresca de sueños y suspiros, pensando en lo que les había sucedido y el viaje que tenían por delante, Friederich y Henn despertaron temprano. Ambos se sentían emocionados y con la intención de ir a la playa, para ayudar a Cirilo con los preparativos del viaje, se pusieron de pie, se asearon la cara, bebieron agua y caminaron hacia la playa. El sol ya estaba alto y aunque algunas nubes ondeaban, el cielo estaba claro y el mar azul y tranquilo.

Encontraron Antonio el ayudante de Cirilo al zaguán y este les dijo que ya había desayuno preparado para ellos y que se podían sentar hasta que Cirilo volviera. Que él había ido a buscar una vela que les habían tejido unos aldeanos. También les informó que saldrían exactamente ya cuando sol esté alto, pero antes del mediodía, para aprovechar la velocidad estable del viento.

Ya habían abordado todos los pasajeros, y puesto en su lugar, dos chivos, dieciséis gallinas y gallos, cuatro cerones de tabaco, mil huevos y trescientas libras de pescado seco y salado. También dos valijas de cuero duro y cuatro aparejos, para ensillar mulos o burros.

Cirilo ayudó a embarcar a siete de los aldeanos que navegarían de pasajeros en el vieje. Y al bajar la última vez de la barca, ya en el último momento, antes de partir, convidó a los dos extranjeros a caminar un momento por la playa y con cierta privacidad, terminó de explicarle que debían de usar una sola moneda, para cambiar a moneda nacional. Les explicó, que una vez descanten, él los llevará al lugar donde está la persona más indicada y segura para cambiarlo y luego a la pensión donde dormirían.

Le dijo que no debían de cambiar, sino estrictamente lo que pagarían por la pensión, lo de su comida, para sustentarse y pagar por los boletos de tren cuando se fueran de la comarca. También, les dijo que no se quitaran sus atuendos y sobreros al menos que no estén solos, o en alguna habitación. Ellos sacaron trescientos dólares de los menos oxidados, les dieron doscientos a Cirilo y este devolviéndole la mitad, les dijo que cien estaba mucho más que bien. Luego empaquetaron todas las demás monedas y billetes. Lo guardaron en uno de sus macutos y separaron los doscientos dólares, para así, no tener dificultad al sacarlo cuando lo vallan a cambiar.

De vuelta, caminaron a embarcar y se dieron cuenta que Carmen Sirena Báez del Mar había llegado a

---

despedirlos. Estaba junto a Lucía. Cuando estuvieron de frente y cerca unos de otros, se estrecharon las manos, y ellos les expresaron todos sus agradecimientos. Friederich, en su español de académico, hablando en nombre de los dos, juró por su honor y el de Henn que volverían y que lo harían tan pronto resuelvan sus problemas concernientes al naufragio y condición de extranjeros.

Henn miró a los ojos a Carmen Sirena Báez del Mar. Ella le sonrió y él quiso dar un paso para abrazarla. Pero la presencia de la gente le causó ensimismamiento y entonces tornó sus ojos hacia la arena. Miró por unos segundos y descubrió la morfología estética de los pies desnudos, que muy bellos, en las tranquilas olas, sobre la arena blanca, entre la levedad de sus corrientes, sobre ellos se explayaban.

Ya cuando Friederich y Cirilo habían dejado a Lucía y dado unos pasos, para meterse al agua, para ir a embarcar, Henn aún estaba frente a Carmen Sirena y mirando a sus ojos, metió su mano derecha dentro del el bolsillo. Calmado, de él sacó un trozo de papel marrón, en el que, a carbón, había escrito una corta nota que le había traducido Friederich la noche anterior. Se apuró a leérsela con la mejor entonación que pudo, 'Carmen Sirena Báez del Mar', leyó, hizo una pausa y continuó. 'Su amistad, ha sido efímera, sí, pero los momentos que, sin hablar, frente a usted yo he pasado, han sido para mí más deliciosos que todos los placeres, que juntos en mi vida, yo haya podido haber tenido'. Entonces, le dio la nota y ella rápidamente la miró, y vio una oración suelta, que al fondo del papel decía: 'Me voy amándola, estoy enamorado de usted'. '¡Volveré, volveré, volveré!'. Ella guardó su sonrisa en la de él, y apartándose, él se extendió, le tomó su mano y subiéndola, con delicadeza a la altura de su pecho, en ella le dejó un beso, y como sí le hubiese sembrado un clavel ella lo disfrutó.

En la medida que la barca se alejaba, Henn fue fijando su mirada hacia el punto donde había quedado Carmen Sirena Báez del Mar y mientras la distancia se ensanchaba, más agudo fueron quedando los puntos desde los que se miraban. Al cabo de unos minutos el viento había aumentado y la barca más rápido de la costa se distanciaba. Solo un cuarto de hora había pasado y sus mutuas miradas, en la distancia, se habían convertido en dos ideas abstractas del pensamiento, que sobre la infinidad de la superficie del mar se buscaban. Un punto errante de la imaginación que separados por el vasto horizonte los distanciaba.

Henn se había quedado sobre la banqueta, dócil agarrado del mástil, detrás de la vela mayor y ahí empezó a sentir, como sí una daga le punzara el corazón. Deseó ser una de esas gaviotas que, por encima de su cabeza, más alto que la driza, acompañando la barca volaban. Sintió deseo de volver, de decirle a Cirilo que apuntara la proa, de vuelta hacia la playa.

Ella, hasta que no vio la barca totalmente desaparecer en el horizonte, esconderse tras las manchas blancas de las olas en la distancia, no se movió del lugar. Se quedó ahí mirando estática, con el corazón acido al de él, padeciendo atrozmente la partida. En silencio lloraba. De sus ojos lágrimas bajaban aumentando la calidez de sus mejillas y sin tan siquiera un gemido, repasaba los augurios de vida, que, en el pasado, hasta el presente, en ese terruño de Las Lagunas había con todo amor enterrado.

Mientras navegaban, ya muy distantes, mar adentro, Henn ponderaba el efecto que en cuerpo y alma le causó mirada de Carmen Sirena, cuando frente a ella, en la mesa del comedor, hacía dos noches, él se sentó. Por la gracia de su risa, el timbre que de su voz y la aureola de virgen santa que en su recuerdo le quedó. Cuando ya desde el barco no se observaba más que la redondez del horizonte, se dijo que, aquel lugar, aunque remoto, él tenía que volver, porque sabía, que como una criatura en un vientre se gesta, ese sentimiento iba a crecer, que iba a nacer y dar sus frutos.

ENRIQUE ANICO TAVERAS

EL MEGÁFONO

LIBRO SEGUNDO

ENRIQUE ANICO TAVERAS

MEDITACION

¡Oh tempestad! Riesgo, luz de la noche, que baja desde la luna. Cambiante pero encerada. Siempre por ser la nada. Frígida, como decorando el techo de esa cúpula celestial y dice tantas cosas, sin decir nada. ¡Oh fortuna!, insoluble en agua, estañada y brillante, y al acercarte a tu fin decreciente y menguante. En lo azul, blanca en las alturas, por rato te me revelas.

Declinante, ¡oh vida odiosa! Primero nos oprime, luego nos suelta y mientras, lo figurativo nos atrapa en la fantasía, el antojo, el capricho y la humorada inclinación de huirle al cambio, nos oprime. ¡Oh desilusión de los desamparados!, que une el poder y la pobreza, para hundirlos a los dos entre el derretido de una fundición, que más que siempre es perversa.

ENRIQUE ANICO TAVERAS

¡Oh destino, monstruoso destino! Vacuidad absurda, disparatado y fausto. Inane lágrima que llora el corazón. ¡Eterno triángulo! ¡Teatro del tiempo! ¡Prosperidad! ¡Adversidad!, epitome de la promiscuidad del justificado. ¡Oh rueda de la fortuna! Malévola, inclemente, ¡en vano se está bien! Te desvanece, te descolora, te desdibuja hasta el placer.

¡Oh fortuna!, que ensombreces bajo el disimulo de un velo. Tú, más de una vez me has mortificado. ¡Oh pestilencia de flagelos enmarañados! Maldición de mis penurias. ¿Quién sabe, si tras este intento de expresión, sin saberlo me expongo a toda tu villanía? ¡Oh destino, vitalidad, sombra de las virtudes! ¡Las siento en contra, me afligen con dolencias! Me fallas, ¿por qué no posees el defecto que te hace perfecta?

Por eso a esta hora, frente este, que ahora por fortuna a ti te lee, sin dilación, muestra el coraje de tus vibrantes cuerdas. Remueve las mudas, camisón del hombre fuerte. Detenlo en el camino abrázalo a la gente. ¡Oh mediocridad virtud de los inocentes! Lloren conmigo que, con lágrimas en los ojos, hoy declararé que me lamentaré de las laceraciones y aruñazos de ti fortuna.

Por el momento ella se irá. Me sentaré en su trono mirando el cielo, y las estrellas que ya no se derriten ente la fragilidad del agua, sino en mí piel, fulgurantes, para que yo brille, me aclararán el camino con sus infinitos colores y las flores se harán más prosperas y coloridas. Mas, cuando se marchiten, quizás, caeré desde la cima, deprivado de la gloria. Y la rueda gira. Rico, pobre,

ENRIQUE ANICO TAVERAS

----

enlutado, reducido, humillado y muerto la fortuna cambia y la rueda se desvanece detrás de los fonemas que, impulsados por un megáfono, un día nos salvó, nos sacó de la pena y sonreímos. Y que en otros nos hundió, como he visto algunos pudrirse en la pestilencia de una gangrena.

¡Oh Magna Mater, Fuente de Cibeles regenera mí lenguaje y vuélvelo agua clara! Dame el instrumento, que tantas cosas buenas, sin saberlas, con sus sonidos estridentes desde un alma sana la pureza me revela.

ENRIQUE ANICO TAVERAS

CAPÍTULO

XXIV

Ya se habían desvestido, cuando escucharon que una recia lluvia empezó a caer. Solo hicieron un pequeño comentario de lo fuerte que chocaban las goteras sobre el ligero techo de pencas de canas, pero nada los despreocupó. De igual forma la lluvia siguió cayendo y ellos se acostaron bajo el musical sonido de serenidad introvertida. El que después de ellos silenciarse, bajo el resguardo de las sábanas de algodón, se empezó a oír, como sí la armonía que se creaba, al caer las goteras de agua, había extendido sus límites hasta el mismo centro de su agrado y complacencia, conduciéndolos hacia el camino del sueño y su tranquilidad total.

Una vez habían cerrados sus ojos, cuanto más se agudizaron sus oídos, empezaron a percibir las goteras, como sí por cortos momentos, entre zumbidos arremolinados de la brisa, se fragmentaran y luego, en medio del vacío, con los truenos y relámpagos se silenciaban. Les daba la sensación de que, al caer, se conjugaban como sonidos entrelazados que huían desde todas las direcciones. Creando una armonía de notas infinitas en sus oídos, que los inducía, con un deseo intenso, a penetrar hacia la agudeza del sonido y el momentáneo silencio que dejaban las ráfagas de las goteras, después de chocar con violenta caída sobre el techo. Como sí los dos, con sensación de placer, serenidad, melancolía y esperanza febril, estuvieran entrando por la puerta de la paz eterna hacia el vacío profundo del sueño.

Más tarde se incrementó el sonido y el aguacero se convirtió en torrencial río que caía como una catarata sin impedimentos desde el cielo. Luego empezó una retahíla de rayos y truenos estridentes, seguido por una tormenta de vientos fuertes, cuyas ráfagas, al golpear en toda su amplitud, el vuelo del parámetro del techo, producían múltiples sonidos de aullidos tétricos y como de siniestras voces aullando. Pero ellos ya se habían dormido y estaban ajenos a lo que por la tormenta sucedía, hasta que el trueno de un rayo, que parece había caído muy cerca, con su exagerada violencia de luz y estallido fugas, los despertó. Se pusieron de pie, miraron por entre las brechas de la pared, hablaron de la tormenta y luego quisieron volver a la cama.

Al poco rato, ya cuando la lluvia se había calmado y vuelto a los dos hombres la sensación de sueño, oyeron que una voz, a compas de toques tímidos y tenues, los llamaba a la puerta. Eran alrededor de las veintitrés horas. Se volvieron a vestir y se acercaron, para abrir. Mientras se aprestaban a empujar la puerta; oyeron que la voz, la cual era la de una mujer joven, preguntaba sí ellos estaban bien y que sí eran ellos los dos extranjeros pescadores, que el día anterior en la tardecita habían llegado al hotel.

Esa voz, muy tímida, uno de los dos pensó que la había escuchado antes, pero sin prestar atención a los detalles, se acercó hacia la parte delantera de la habitación. La voz, otra vez llamó y ellos, sigilosos, bajo el total silencio que dejaban las goteras de agua, las que aún se resbalaban por el techo de canas, se armaron con las dos cerbatanas que aún guardaban. Asegurándolas, filo al aire, en sus manos y resguardándose uno detrás del otro, en la parte posterior de la puerta, quitaron la aldaba que por dentro la aseguraba.

La abrieron con toda cautela y encontraron que fuera, había una joven mujer, de mediana estatura, piel clara, cara de virgen y media manchada, ojos oscuros y nariz semi perfilada. Un vestido cuyo color sólido, mojado y como la noche, se notaba con la briza y su movimiento, como betas angostas y curvadas de brillantes siluetas ondeando. Como sí la figura estuviera saliendo desde un espejo a la altura de sus tobillos y hasta su cabeza.

Se alumbraba con un candelabro de dos altas velas desde dentro de un tubo de vidrio fino y claro. Llevaba un paraguas mojado que había cerrado y colgando de su mano izquierda. Friederich y Henn extendieron su cabeza y ella subió desde su derecha la luz clara de las dos velas que, dentro del tubo de vidrio transparente, le alumbraba.

Los dos hombres sorprendidos vieron por completo la delgada figura de la mujer, de pelo brillante, salpicado del

----
----

rocío que dejaba la lluvia sobre su vaga y humedecida silueta. Desde el techo, aún chorreaban algunas goteras de agua sobre su reluciente y negra cabellera. Se notaba que caían, resbalándose hacia su espalda y hombros por debajo de un pequeño y oscuro lienzo que, como pañuelo, sobre el tope de su cabeza ondeaba.

Friederich le preguntó que, ¿quién era ella y qué hacía por ahí, a esas horas de la noche? ¿Qué deseaba? Mire usted, en un español muy claro, pero con acento alemán les dijo ella, yo soy la profesora y directora de la única escuela de la comarca y soy judía, nacida en Alemania. La señora que a ustedes esta mañana les sirvió en la fonda tiene su hijo mayor en la escuela y me mandó un recado informándome de que habían llegado dos hombres que parecían extranjeros y que uno era muy parecido a mí.

Friederich le reconoció el acento, el perfil, el tamaño y hasta su aroma personal, pero no dijo nada al respecto; tampoco, miró o buscó consenso con Henn, que expectante, solo miraba. La señora continuó diciendo, yo los vine a conocer y perdonen que lo hice a estas horas de la noche. Es que tengo miedo de que me vieran con ustedes. Pues reciente se ha empezado a decir que el gobierno está mandando de vueltas los exiliados a sus países de origen.

Dicen que a los haitianos los están persiguiendo muy de cerca y los están matando a todos. De igual modo, dicen que a todos los extranjeros que viven aquí sin documentos los están deportando. Llevo tres años viviendo en este país y aunque ya poseo documentos, no quisiera causar algún recelo que me haga perder el trabajo, ni el estatus de residencia que ya tengo. Pero tengo una razón más que justificable, para venir a conocerlos.

Por momentos, cuando las ráfagas golpeaban el vuelo del techo, se arremolinaba la brisa y hacía descender las llamas de las velas. Y ante la mirada de los huéspedes, como sí ella se distanciaran, a través de las penumbras del pasadizo. Su figura se confundía con la noche oscura. El camino sombrío, entre tinieblas, con el agua fina de la lluvia, que aún caía y dejaba ver su brillo matizado sobre las piedras, entre las penumbras, detrás de ella se borraba y esto hacía que los ojos de los dos alemanes se pasearan por donde, sin previamente avisar, ella había llegado hasta su puerta.

Miraban con cautela, para ver si había algún indicio de que la mujer no andaba sola. Y otra vez, cuando el pabilo de las velas detrás del tubo se avivaba, la brillante y humedecida cara de la mujer, pálida del viento que le chocaba, se alumbraba y como si tuviera prisa, se notaba que descontrolados sus labios le titiritaban y por momentos perdía la voz.

Se quejó del viento y se acercó a ellos. Levantó el candelabro y se lo pasó hacia su mano izquierda, en cuya muñeca le colgaba el paraguas. Luego extendió su mano derecha y ofreciéndosela a Friederich, que ya estaba por delante de la puerta, le dijo: "Mí nombre es Silkie Gepper Miller". Él le tomó la mano y estrechándola con la de él, quiso llevársela a su pecho, al momento que sentía un desproporcional acelerón en los latidos de su corazón, como un súbito corrientazo, sintió la tibieza de ella esparcirse entre las aristas de su mano, pero sin ninguna vacilación, en su avanzado español, aun escondiendo su cuerpo y mitad de la cara detrás de la puerta, le habló, "yo soy Friederich Heinsberg. Ella tan pronto oyó el apellido, se asustó, reculó y en alemán le preguntó: ¿Son ustedes alemanes? Los dos hombres se miraron y entre la penumbra sorprendidos, Friederich le confirmó, '¡sí somos alemanes!' Él es judío, de Bavaria, su nombre es Henn Mann y yo soy nativo de Turingia.

¡Señores!, con gozo y alivio en alemán les dijo ella y empezó a comunicarse en su idioma y con más fluides. Verán, les dijo, y acercándose más hacia Friederich, el cual, por la sorpresa había reculado unos pasos, le pidió que le permita entrar, que debía de narrarle y preguntarle algo que era, para ella, de suma importancia. '¡Ante todo!', dijo. Luego, con un poco de desespero y sus labios aún trémulos, titiritando del frio y la emoción a su máximo punto de excitación, les preguntó: '¿Puedo yo asumir, que también, ustedes han estado huyendo de las atrocidades de la guerra?'. Y miró de forma atenta a sus caras, que aún no se miraban claras, esperando su respuesta. Nada dijeron, pero ella lo asumió así.

Ahora díganme, '¿sí la guerra sigue, sí se siguen matando los unos a los otros? ¿Sí el partido nazi continúa exterminando nuestras gentes? ¿Sí, siguen los ghettos?'. 'No sabemos nada de eso, no recibimos noticias de Alemania por más de siete meses', le contestó Friederich. No le dijo nada con respecto a su relación con el ejército

----

nazi, del cual, ellos eran dos miembros. Ella bajó su cara, miró al suelo y volvió, aunque solo a media luz, a mirarlos. Luego hizo un pequeño silencio y casi entre llantos, sin importarle sí la oirían o no, sacó de su garganta, una por una, las subsecuentes palabras que les comunicó.

'Yo soy de Berlín, y mi familia, cuando yo nací, había llegado a ese lugar desde Milán a buscar nuevas oportunidades para los negocios de mí padre en Italia. Él era un comerciante que tenía oficinas de reclutamiento, para fuerza laboral en las afueras del barrio obrero, al lado de las fábricas de chocolates y procesadoras de trigo. Mis padres y mi hermano mayor hablaban perfecto italiano, yo, al igual que mis dos hermanos pequeños, lo aprendí en la casa. Eso, ¡gracias a dios!, cuando llegue aquí, me facilito el aprendizaje del español.

A pesar de que ya a mí padre lo habían prevenido para que se fuera de vuelta a Italia, por la inseguridad que estaba viviendo la comunidad judía en Berlín, él no hizo caso, excepto que arregló sus asuntos financieros y mandó buenas cantidades de dinero hacia Milán. A finales de 1937 de buenas a primeras, les incautaron los negocios, nos allanaron la casa y a toda la familia nos apresaron, incluyendo tres de mis abuelos, que vivían muy cerca de nosotros. Dos eran judíos alemanes y el tercero, no hacía mucho tiempo que se había mudado con nosotros, cuando murió mi abuela, la madre de mí padre. Ellos vivían en Italia.

Nos llevaron a una prisión que quedaba en el sótano del ministerio de trabajo. Y desde ahí, nos sacaban y nos llevaban, con grilletes en los pies, hacer trabajos muy pesados de limpieza en algunas oficinas públicas y casas de algunos gendarmes nazis. Después de una semana de estar así, directamente, sin causa, ni juicio nos mandaron sin nada, más que con las ropas que vestíamos, a la ciudad de Krackov en Polonia, hacer lo mismo en una improvisada base militar. Al sexto día, a todos, nos trasladaron y nos asilaron a un abarrotado ghetto, en el cual, no se podía tener privacidad, salubridad, ni orden.

Mi padre, que era un hombre muy listo, tan pronto llegamos nos orientó, organizó y él mismo, sin decírnoslo, empezó a formar parte de un movimiento subversivo, que pronto se dio cuenta existía en el ghetto y que, a menos cien días de nosotros estar ahí, armó una sublevación. La mayoría de mí familia, excepto mis dos abuelos maternos, logramos escapar. También, las familias completas de mis tíos que fueron llevados al mismo ghetto. Junto a ellos, nos escondimos en los sótanos de una granja en las afueras de Krackov, donde llegamos al amanecer del otro día, después de una larga lucha. De ahí en adelante solo las noches fueron nuestros aliados. Durante los días vivíamos escondidos en iglesias, sinagogas, sótanos de edificios, lugares abandonados y hasta en una que otra alcantarilla. Y así, viajando cuando se podía y hasta de polizones logramos llegar a Rumania.

Luego, unos cuantos días después, desde la cuidad de Transilvania tomamos un tren camino a Italia, pero el tren, saliendo de la ciudad de Banat, poco antes de llegar

----

a Serbia, mientras esperábamos por unos oficiales rumanos, a los cuales mí padre les había comprado la voluntad, sin razón alguna, fuimos atacados por bandas de anarquistas nazis que penetraron hacia los vagones del tren por puertas, techos y ventanas armados con sables, cuchillos y otras armas blancas y caseras.

Mi esposo, que era el único con experiencia militar y que desde la sublevación preservó una pistola que le habían quitado a un guardia nazi, que murió en la contienda, llevaba el arma escondida dentro de unos panales de miel. Ya frente al peligro la sacó, y así como estaba, toda embarrada de miel, le disparó a uno de los intrusos que con un sable le había cortado una oreja a mí pobre tía. El hombre, para meternos miedo, tomó un largo y afilado cuchillo y clavándoselo de forma súbita, como un pincho a la oreja, que yacía ensangrentada al lado de la cabeza de mi tía en el suelo, la levantó y la mostró como un trofeo, ensartada en la punta del cuchillo. Luego, se la metió en su boca y empezó a masticarla con una cara de burla y deleite asqueroso.

Mi tía estaba en el suelo, debajo del pie derecho del nazi, el cual, la presionaba por la parte alta de su espalda y con la otra mano, le mantenía el sable, pullándole, sin clavárselo, en el mismo medio de la nuca. El tabarrón vestía unas botas sucias, horrorosas y tétricas con esvásticas rotuladas en pintura blanca y rojas sobre ellas. Parecía que estaba ebrio y fumaba la mitad de un cigarrillo sin filtro, mostrando su desorbitada soberbia, lujuria y arrogancia.

Ella estaba llorando, deliraba, temblaba de miedo, de dolor y aunque se apretaba con su mano, profusamente sangraba de la herida. El nazi escupía la sangre ensalivada que en su boca se desprendía de la oreja y luego se daba un copazo, expiraba el humo y decía, "entréguenme todo el oro que posean, sino uno a uno los mataremos, para extraerle el de sus dientes postizos y esta que tengo debajo de mí bota, quitándole el sable y levantándolo, por última vez, ¡mírenla bien! Será la primera en morir. La acción de haber levantado el sable, le dio tiempo a mí esposo, para terminar de sacar la pistola y dispararle. Lo mató al acto.

Otros dos que estaban detrás del que recibió el primer balazo, habiéndose desplomado al suelo, avanzaron hendiendo uno un cuchillo, el otro una espada hacia donde mí padre y hermano estaban. Pero mi esposo sin moverse, les disparó y también al acto los mató. Mientras él nos defendía, nosotros nos apurábamos y les poníamos trancas a los lugares por donde entraban los delincuentes hacia dentro el vagón.

Mi esposo después de haberle disparado a cinco de los atacantes, los cuales quedaron muertos dentro del vagón, cometió el error de salir, y aún dentro del tren, pero ya entre las uniones del vagón del frente y el nuestro, se oyeron dos disparos más. El mató otros dos, pero por las ventanillas se vio cuando lo sacaron del tren chorreando sangre desde el lado de su omoplato derecho y justo frente a nosotros, que mirábamos, ensombrecidos, a través de las ventanas, lo lincharon.

Aquello fue horrendo, yo me quería morir y me fui en vómitos desesperados. A mí hermano, que solo dios puede saber cómo, le quitó un sable a uno de los de las bandas, y desesperado por lo que vio, le hicieron a mi tía y a su cuñado, salió del tren y peleó, como un verdadero héroe. Esto, creo, previno que ellos no volvieran al vagón a terminar con todos nosotros, hasta que llegaron los del ejército y empezaron a disparar.

A él, le hirieron en un brazo y mientras corría de vuelta herido hacia el tren, sable en mano, quitándose, a fuerza de machetazos, nazis de su frente, poco antes de entrar, otra bala le pegó el pie. Se vio cuando, con el impacto del proyectil, le saltó desde el talón la parte del taco del zapato. Ahí quedó, sin ayuda, porque nadie podía salir del tren a prestarle auxilios. Al fin, ningunos de los atacantes se le acercó, hasta que lo apresaron. Lo vimos cuando dos policías lo levantaron y se lo llevaron sangrando del brazo y del pie.

Al poco rato llegaron más policías, entraron al vagón y removieron los muertos que dentro, en el suelo, habían quedado, dejando el piso ensangrentado. Los acompañaba un oficial, que era un hombre de baja estatura, vistiendo uniforme azul y quepis en su cabeza, diferente al gris que vestían los demás. Llevaba ciertos galardones por debajo de su hombro izquierdo y tres rayas en la parte alta de su antebrazo. Su cara era rabiosa y estrujada, huesudo, pómulos hundidos y gesticuloso. A su lado tenía otros dos hombres, uno de los cuales, estaba vestido de civil y el otro totalmente vestido de blanco.

El autoritario hombrecito miró a mí tía, que sentada, sin verlo, descansaba, sobre el pecho de su esposo. Ella tenía su cabeza ya vendada dentro una franela ensangrentada, que también, le cubría el herido cuello. Y como sí mirara el mundo sin poder olvidar; más bien, parecía una pintura impresionista, de cuyo grabado; el pintor, los colores, había herrado, pintando el redondo marco, como un rojo ocre erosionado alrededor de una cara pálida y desgarrada.

Él oficial que con prisa ya había dado la vuelta inspeccionando los dos largos coupé, comunes del vagón, muy sorpresivamente se detuvo y miró hacia mí tía. Entonces en idioma alemán, con acento de extranjero que no reconocí, en voz muy alta, la mandó a ponerse de pie. Pero ella siguió inmutada en la posición que estaba. Su esposo y mi padre miraron al sargento y le hicieron saber que ella, por el susto y el dolor había quedado sorda y muda.

Le aclararon que los delincuentes le cortaron la oreja de un solo machetazo y casi le abren otra herida mortal en la parte baja del cuello, del lado del hombro. Gracias al bretel de la cartera que le cruzaba el hombro, donde estaba la hebilla, el sable se detuvo y eso la salvó. El delincuente nazi, muerto, se lo llevaron con la oreja dentro de su boca por que no hubo tiempo de sacársela. Con gran apuro y muy nervioso, terminó mí padre de decirle.

Entonces el pequeño hombre turbado le dio una orden al señor vestido de blanco y este salió a toda prisa del

----

vagón, para luego volver con una botella que contenía un líquido marrón y un royo de gaza blanda. Se le entregaron al esposo de la tía. Luego mí padre, con la ayuda del cuñado y a la vista de curiosos, periodistas y camarógrafos, que se habían acuñado a las ventanillas del vagón, impresionados por lo que se decía de la tía, y los siete muertos que del vagón se habían visto sacar, le quitaron la franela que le cubría la herida. La limpiaron con agua y le aplicaron creolina alrededor de lo que quedó de su oreja. Luego le envolvieron la gaza que le habían traído alrededor de su cabeza y cuello. El sargento, antes de salir con sus hombres del vagón, dio la orden de que ella se podía quedar con nosotros.

Cuando quisimos reclamar los cuerpos de mí esposo y mi hermano, ya no nos dejaron salir del tren. No tuvimos más remedio que seguir el camino sin ellos dos. Después de pasar por Serbia, Montenegro, y cruzar el Mar Adriático, acinados junto a otros trescientos pasajeros, en un paquebote de mala madre, mis padres, junto a mis otros dos hermanos, dos primos, dos tíos con sus hijos y esposas arribamos a un puerto de la ciudad Italiana de Arcona.

Ahí con la ayuda de algunos reverendos de la Orden Católica de los Franciscanos y las familias de unos amigos de mí padre, que le aconsejaron no irse en tren, ni en autobús, ni en auto, tomamos otro barco que, por más de dos días, nos llevó bordeando toda Italia de camino hacia Marsella, Francia. Pero unas horas antes de llegar, frente a la isla de Corse, después de la media noche, una tormenta hizo naufragar el barco en que íbamos y los

----

motores se apagaron. Nos despertamos cuando oímos las cadenas del ancla descender desde la cubierta principal. No nos hundíamos, pero sentíamos que nos movíamos, e íbamos a la deriva con rumbo opuesto a las costas.

Alrededor de tres horas después y de solo ver el paquebote con algunas luce encendidas, como si desde su posición retrocedía, un barco, poco más grande, que era de la marina italiana, creo, poco a poco se nos acercó. El enorme bote abarloó la abarrotada embarcación y poco a poco rescató todos los pasajeros y tripulación que ahí íbamos. Todos nosotros quedamos a salvo, pero la tripulación del barco militar terminó de llevarnos, una parte hacia Corse y a los otros al puerto de las costas de Liborno. Mi familia toda, se quedó en el bote hasta que descantamos en aquel grandioso muelle.

Yo, durante las horas que navegamos en esa embarcación, me di cuenta que un oficial se había enamorado de mí, pero yo estaba desgreñada, sucia tiznada, flaca y parecía, como una trabajadora mal nutrida y mal oliente que había salido del fondo de una mina de carbón. Aunque yo tenía miedo de mirarle, sentía que, de mí, a él, algo lo atraía. Yo lo sentía que volvía y que venía, para pasar de nuevo ante nosotros, ante mí. Incluso, antes de que nos pasara por el frente yo percibía su mirada y sus ojos que me buscaban.

Y pesar de todo lo que hasta ese momento nos había sucedido, las peleas en el ghetto; con los centinelas nazis, mientras nos sublevábamos; el dolor de dejar nuestros abuelos, la muerte de mi esposo, la perdida de mí hermano, y el daño a mí tía, mi alma estaba limpia y mi espíritu despierto.

En cierto momento, el oficial pasó de nuevo, a deshoras, por el camarote común que ocupábamos. Preguntó si alguien nos había traído agua y justo al momento de preguntar, dejó caer un set de llaves justamente frente a mí. Él, mientras se abajaba para recogerlas, me miró con unos ojos de alma desnuda, con una inocencia en bandolera. Cuando ya había recogido las llaves, teniéndola dentro de su mano, aun mirándome, con sus ojos muy abiertos, terminó de decir, 'hay agua en el camarote de servicios, señorita'. Yo había leído su mirada, pero no estaba segura, de sí era que mí mugriente mal hedor le molestaba, o sí era que yo a él le gustaba.

Ya habían pasado unos 15 minutos del incidente, le pedí permiso a mí padre, para visitar el sanitario. En vez, me fui hacia la parte del bote donde estaba el camarote de los servicios. Ese estaba localizado en la cubierta más abajo y caminando hacia la proa. Cuando llegué él oficial estaba ahí, conversando con otro vestido igual. Tan pronto me vio, se excusó con el otro oficial y dejó la conversación. Se acercó a mí, y me preguntó, '¿qué busca usted?'. Y obviamente le dije que un poco de agua para limpiarme. Él, con unas maneras salidas de lo normal, del más esplendido de los caballeros, me invitó a su camarote. Y fue tanta la confianza que me mostró, que yo de inmediato acepté.

Me explicó cómo llegar y me dijo, que él se irá primero y allá me esperará. Me instruyó que valla y pida

----

un vaso de agua y después que me lo haya bebido; entonces, camine hacia el camarote. Por último, me dijo que, sí alguien me pregunta, que simplemente le diga que estaba conociendo el barco. El camarote estaba en la misma cubierta, pero había que subir una escalera, caminar hacia la proa por estribor y luego, otra vez bajar hacia la cubierta anterior, era el camarote # 004.

Con cierta prisa y miedo toqué la puerta y el abrió. Me mandó a pasar, yo entré. Me dijo siéntese y confíe, que mientras yo esté aquí, le daré toda mí protección. Le dije que no podía estar ahí por mucho tiempo ya que mí padre y madre me empezarían a buscar. Me invitó a darme un baño, y yo solo le dije que me espere, que en unos minutos volvería y me fui al camarote común, a decirle a mis padres que había conseguido un permiso para darme un baño en el barco. Ellos se sorprendieron, pero creo que, dada la circunstancia, no me objetaron, solo sonrieron y dijeron ten cuidado.

Yo, después que me aseguré de que no me saldrían a buscar, volví al camarote del oficial. Le dije cuanto apreciaba eso que él, sin interés, hacía por mí. Luego me explicó, como usar la estrecha ducha y el lavabo. Yo entré, me desvestí, me mojé de pie a cabeza, me enjaboné y cuando me enjuagué el cuerpo, me volví a sentir de nuevo mujer. ¡Dios mío!, me dije, "como, aunque nos mantengamos limpios de alma y espíritu, sentimos que cuando el cuerpo esta simplemente sucio de polvo, sudor y estrés, nos acosa el pensamiento de que perdemos nuestra pulcritud y hasta la vida, '¡Qué importante es el baño!'.

Ya cuando iba a salir de la pequeña bañera, la cual parecía compartida por otros camarotes que contiguos le quedaban, desde afuera, pidiéndome que, medio abriera la puerta, me pasó un sábana blanca, planchada y almidonada y me dijo que deje la ropa en el lugar, que él me la lavará. Yo me cubrí con la sabana y le dije que yo lo haría, que lavaría yo la ropa. Pero él me contestó que el baño y lavabo lo compartía con otros cuatro oficiales y que por eso debíamos terminar lo más pronto posible. Entonces, yo acepté y el me ayudó a lavar mis ropas, luego en el camarote las exprimimos entre los dos.

Me dijo que debía llevarla a la cubierta del motor y tenderla sobre las paredes contiguas para que pronto se secaran. Se las llevó y volvió bastante rápido. Yo estaba sentada un poco avergonzada sobre su cama y cubierta con la limpia sábana. Al entrar, él me ofreció una taza de café, y mientras calentaba un poco de agua, hasta una fragancia femenina me cedió. Luego, mientras la ropa secaba, yo le conté nuestra historia. La misma que, a ustedes, les estoy contando y él, con lágrimas en los ojos, se condolió de mí y me prometió que me ayudaría hasta el fin. Que también, haría lo que pudiera por mi familia, pero que yo no se lo podía decir a ellos.

Ese día, solo sentí su calor cercano a mí, porque las únicas veces que me tocó, fueron aquellas por accidente, que él, por la estreches del baño y el camarote, no las podía evitar. Me trató con la dignidad más alta, que una mujer honesta, pueda ser tratada. Y me dijo que yo le gustaba tanto que sin pensarlo se casaría conmigo. Antes de yo salir del camarote, pulcra, olorosa y con mis ropas limpias nos pusimos de acuerdo, para encontrarnos el siguiente sábado en la plazoleta de la iglesia mayor de la cuidad donde descantaríamos.

Era lunes. Me dijo que en cinco días estuviera en ese lugar a partir de las tres de la tarde. Y dibujó sobre un papel un croquis del lugar, indicando donde todo estaba localizado en la ciudad. Me lo dio, para que yo, no importando donde mis padres fueran conmigo y mis hermanos, volviera al lugar sin perderme. Por último, me dijo que todos los días antes del as 18:00 horas, aunque lloviera o hubiera tormenta, pasara por el lugar a recoger cualquier nota que él, a partir de ese día, en un escondite, que luego me enseño, siempre me iba a dejar.

Le pregunté su nombre, pero no me lo dijo hasta una semana más tarde. Se llamaba Emilio Albinelli. Me fui de su camarote con mi corazón enaltecido, y a pesar de todo, aunque presentía que mí propio esposo, desde la muerte, para mí, otra llama de luz, como la de un faro había encendido, tenía mí alma pululando entre la vaguedad de la inexistencia. Me sentía muy anuente, consintiendo un pésame lustrado de una ambivalencia sumisa, que desde cualquier lugar que él, en ese momento estaba, a través de su alma, me comunicaba, para justificar su heroica despedida.

Aún estaba de duelo por aquel hombre que desde niña fue mí amor, que dio su vida por mí y por mí familia. Yo en momentos de tranquilidad, aún sentía su aliento, como sí me estuviera hablando, eso lo sabía, lo tenía muy fresco en mí mente. Pero el confort y comprensión, que ese

----

desconocido hombre, en menos de dos horas me había dado, puso sobre mis llagas y heridas más que una cura, un encantamiento, un mágico conjuro de felicidad y amor.

Salimos del barco y fuimos conducidos a un lugar bastante amplio para refugiados. No estaba muy lejos del puerto y era parte de un auspicio dirigido por los mismos padres Franciscanos, los que ya nos habían ayudado cuando arribamos a la ciudad de Arcona y monjas Carmelitas. Cada vez que tenía tiempo, él me iba a ver. Siempre dejándome una nota, ahí en el último lugar donde me despidió el día que salimos del barco.

Era un pequeño parque, a una cuadra y media del muelle donde descantamos, al lado de una escultura de piedra caliza, donde hay una sirena y un marinero conversando, sobre un pedestal rústico del mismo material. Y ahí, dentro de uno de los orificios de la piedra sin pulir, sobre la que estaba la escultura, el siempre esos días, dejaba la nota con tres pétalos de rosas rojas, con la hora, el día y el lugar en que llegaría. Yo llegaba y siempre, sin tardanzas lo encontraba.

Tres meses después, mi padre ya había recuperado algunos fondos y estábamos buscando una propiedad para formalmente mudarnos y asentarnos en esa pequeña ciudad. Pero Emilio Albinelli me informó que yo y mi familia no estaríamos seguros en Italia, ya que, la persecución de los judíos por los nazis, se estaba extendiendo rápidamente por todo el país. Y que estaban sucediendo incursiones militares alemanes hacia Italia a cazar judíos. Él me recomendó que dejaría su profesión de militar y marino y que se iría conmigo, a un lugar seguro, a vivir en américa.

Me propuso matrimonio y yo con la condición de hacerlo a escondidas de mis padres por la razón de la muerte reciente de mí exesposo y porque desde que me casé con él solo habían pasado, hasta ese entonces, diecisiete cortos meses, le dije que sí. Lo hicimos solo en la presencia de un padre católico, dos de sus amigos y una de mis primas. Ella era hija de la tía que perdió su oreja en aquel tren saliendo de Rumanía y fue una de las que con nosotros sobrevivió a la travesía desde que nos fugamos del ghetto en Krackov y me juró, que guardaría el secreto hasta el fin de su vida.

Después que nos casamos el pidió la baja, pero por razones de guerra no se la dieron y entonces, pensamos en otra estrategia y él esperó. Más luego, como lo habíamos tramado, él pidió unas vacaciones. Se las concedieron, dos semanas en total y el mismo día que salió, pusimos nuestro plan en marcha. Él decidió desertar y después de las vacaciones no volvería al servicio. Compramos dos billetes para volar hacia Madrid y desde ahí, irnos en barco, para sur américa, como turistas hacia la ciudad de Montevideo, Uruguay y allá perdernos.

Cuando estábamos sentado en el inmenso biplano que nos llevaría a Madrid, desde la ciudad italiana de Naples, nos informaron que la guerra en España había arreciado, y que ningún militar a borde del avión podía viajar. A él lo hicieron bajar del avión y a mí me dejaron. Pero sola, por mí propia cuenta, yo no me quería quedar y pedí que me bajaran del avión. A él no lo volví a ver hasta mucho más luego.

Yo no quería hacer el viaje sola, me desencanté y rápidamente volví a mí casa. '¡Menos mal que nos devolvieron casi todo el total del costo de los dos pasajes!'. A los dos meses, recibí una carta que me informaba que Emilio Albinelli estaba vivo y que lo habían mandado de servicio a las costas de San Remo, junto a un contingente alemán, lo que me asusto mucho.

En la carta proveyeron una dirección y yo al otro día, preparé mis valijas, me vestí, como una gran señora italiana, me despedí de mis padres, como si fuera la última vez que lo volvería a ver y tomé el tren hacia esa ciudad. Diez horas después, otra vez nos encontramos y nuestra felicidad, día por día aumentó, pero de igual modo, el miedo que los escarnios y el constante desprecio de los nazis hacia mí, hacia mí gente, por los últimos siete meses, me habían infundido.

Cuando salía sola a comprar algunos frutos, abastecimientos, para la comida o algo muy necesario, para la vivienda, algunos muchachos jóvenes y hasta algunos viejos y mujeres descabelladas, me llamaban judía, perra maldita, chupa sangre y otros epítetos que me hacían delirar de la rabia, pero me callaba y solo derramaba algunas lágrimas. Cuando de vuelta yo entraba a mí casa, a escondidas de mí esposo, me ponía paños tibios sobre los ojos, para que se me borrara la coloración que la colera me causaba.

Los ataques a los judíos se habían extendido por toda Alemania, Austria, Checoeslovaquia, Italia, España, los Balcanes, etc. Y ya no era posible vivir en paz.

Un día de esos que no estaba de servicio en el mar, Emilio estaba leyendo el periódico y encontró que el gobierno de Republica Dominicana, por acuerdo con el gobierno Frances y Estados Unidos había abierto sus fronteras, para aceptar, como emigrantes legales a todos los asilados judíos que decidían acatar sus leyes. El lugar donde, supuestamente, estaban otorgando las visas, no era muy lejos del puerto, donde estaba el cuartel, desde donde mí esposo prestaba servicio. Era la cuidad de Aviñón en Francia.

Nos pusimos de acuerdo y convenimos que el pediría dos días libres, alegando razones médicas mías. Tuvimos suerte porque le concedieron los dos días y, además, el fin de semana. Para no levantar sospechas, nos fuimos el día antes del primer día libre que le dieron, cuando volvió a la casa en la tardecita. Era miércoles, y ya entrada la noche, nos fuimos a la estación con una simple valija y tomamos el tren hacia Marsella y de ahí hasta Aviñón.

El viaje duró unas 9 horas, pues detuvieron el tren en la frontera y hasta que no lo revisaron todo, no nos dejaron ir. Pasaron por nuestro cupé, nos pidieron pasaporte y una carta de ruta. La carta no la teníamos, pero mi esposo preservaba el articulo y anuncio periodístico en el que se informaba del acuerdo de otorgamientos de visas a judíos, para venir a este país. Yo le dije a los agentes que era judía y que debía irme para que no me mataran, luego les enseñe dos prendas que tomé conmigo y que tenían símbolos judíos y entonces creo que ellos comprendieron.

A mí esposo le sellaron el pasaporte, a mí me hicieron una nota-carta de ruta timbrada. En ella decía que solo podía permanecer en Francia mientras esté en tránsito. Ellos curiosamente comentaron, '¡una judía con pasaporte italiano, que habla alemán, tendrá que ser muy inteligente!'. Yo ya no era alemana, sino italiana, pues mí padre, a pesar de que todos nuestros documentos originales, y algo de dinero líquido, se habían quedado en Berlín, en nuestra casa del barrio obrero, no sé, como él se las ingenió, pero había logrado arreglar nuestros asuntos en tan corto tiempo que, a todos, en nuestra casa nos sorprendió. Un santo día llegó a la hora de comida y con la familia reunida alrededor de la mesa, sin anunciarlo, nos empezó a entregar nuestros pasaportes italianos, ¡Nos moríamos de contentos!

Cuando llegamos a Aviñón, nos perdimos, no encontramos la dirección. A las pocas personas que le preguntamos, no nos pudieron decir donde estaba ubicado ese lugar. Nos sentimos frustrados, nos sentamos en una cafetería y mientras comíamos un par de tortillas y bebíamos un cálido café, como aún era temprano en la mañana, calculamos el dinero con que andábamos. Yo, al ver lo que tenía mí esposo, más lo que yo portaba, me puse muy optimista y contenta. Era suficiente dinero, para vivir unos seis meses, sí se administraba bien y no se comía en restaurantes.

Él se mostró muy liberal y abierto a aceptar cualquier condición que mantuviera las prerrogativas de nuestra joven relación. Además, estaba ansioso, por que, siendo militar, sabía que no existía una salida viable de paz al problema de la guerra. Que Italia, aunque no lo había declarado, se había puesto de rodillas antes los fascistas. Decía que ya estaba hastiado de ver tantas injusticias, de recoger judíos, gitanos y otros extranjeros, huyendo de sus perseguidores nazis en pueblos, en los mares, en las playas, y otras zonas costeras de Italia. Yo, lo miraba con ojos de angustia y de él, más me enamoraba.

Me mudé de silla, fui hacia él, nos abrazamos y el mutuo calor nos entibio el espíritu. Un largo beso, que furtivo escondió mis labios entre los de él, nos dimos. Después de separar nuestros labios, nos prometimos amor y compresión hasta el fin de nuestras vidas. Él me miró con ojos enamorados y me dijo que había que olvidarse de aquel reciente pasado.

Nos besamos de nuevo y al desprender nuestros labios, me explicó por qué debíamos de continuar. Me dijo que, a última instancia, sí no logra escaparse de la guerra, aunque muera en su intento, se robará un barco que lo ayude a llegar a cualquier país americano. Hablamos y así acordamos visitar ese mismo día, sin perder tiempo, la embajada o consulado dominicano, directamente en París.

Volvimos a la estación de tren donde tomamos el primero que se nos ofreció, para París. Llegamos poquito entrado el medio día y nos dirigimos a las oficinas de la

---

cancillería francesa, donde nos informaron el lugar donde estaba localizada la embajada de la República Dominicana. Al llegar a ese lugar, de inmediato, nos atendieron con todos los lujos y detalles. A mí me dieron una carta de ruta formal, en la que me admitían con una visa de residente del país y a mí esposo le sellaron el pasaporte con una visa indefinida.

Luego nos invitaron a una corta charla sobre los logros del gobierno dominicano y las grandes posibilidades de trabajo y crecimiento, mayormente en el área de la agricultura, que ofrecía la isla. Nos quedamos y esa misma tarde cuando salimos de la embajada, alrededor de las 4:00PM, nos fuimos a una biblioteca y ahí calladitos nos sentamos a planear. Media hora más tarde, decidimos que yo vendría primero y él para buscar tiempo, dinero y ayudar a mí familia, vendría después.

Esa misma tarde ya por último fuimos a varias agencias de viaje que estaban muy cerca unas de otras, en la región de Boulogne Billancourt en Paris, para saber los costos del viaje y cuando saldría el primer barco, para la República Dominicana. Ahí en una de las oficinas de viaje de Thomas Cook, supimos que, el barco que más nos convenía era un barco francés, de nombre de Dol-Flandes o Delfín Flandes que Saldría dos días después, desde el muelle de Le Havre, al norte de París a las once de la mañana del día 7 de mayo de 1939.

El buque tenía itinerario, para pasar por Southampton Inglaterra, New York, La Habana Cuba y luego Santo Domingo, Ciudad Trujillo, como nos dijeron, en la embajada, se llamaba la capital dominicana. Eso nos asustó muchísimo, ya que nos habíamos informados de que, a muchos barcos, de esos que llegaban desde Europa, a puertos cubanos, no les permitían a los pasajeros salir del barco, y la mayoría tenían que volver a su país de origen.

Muchos barcos continuaban hacia otros puertos americanos, como son México, Colombia, Ecuador, Argentina, Etc. Y sí el país les permitía, dejaban salir algunos pasajeros, dejándolos, solo como asilados políticos. Otros solo permitían salir del barco, sí los pasajeros pagaban un impuesto muy elevado en dinero americano.

En mí caso el vieje no tuvo ningún percance excepto que yo y mi esposo tuvimos que darnos prisa con todos los preparativos. Esa tarde, al anochecer, compramos el pasaje, y ya muy cansados, y sin cenar, nos fuimos a dormir, a un pequeño hotel que, a muy buen precio, nos ofreció la misma agencia donde compramos el pasaje del barco.

ENRIQUE ANICO TAVERAS

CAPÍTULO

XXV

Al otro día, nos levantamos, fuimos a desayunar y caminar un poco alrededor de un parque que estaba solo a unas cuadras de la estación de tren. Como no habíamos venido preparados, para tanta urgencia, yo solo había empaquetado algunas cosas de las más necesarias y más que el doble del dinero líquido que mi padre siempre me decía que debía llevar. Yo no necesitaba nada más que algo, para mí comida, mí aseo. Lo más era dinero sí, para sentir un poco de confianza cuando se presentaran los momentos imprevisibles que el caos de la guerra nos traía, mientras estábamos lejos de la casa.

Ya alrededor de las diez de la mañana fuimos a la tienda y Emilio me regaló dos vestidos, uno era de seda pura y verde monte que, según sus palabras, su caída sobre mí cuerpo, me hacía parecer ante sus ojos, como una efigie hecha de esmeralda. Al ponérmelo, para ver sí se ajustaba a mí medida, de repente se ruborizó, suspiró y después de una corta sonrisa, se llevó los nudillos de sus dedos a su cara y trato de suprimir dos lagrimas que se le asomaban a sus ojos. Yo aún guardo ese recuerdo y esa prenda, para vestirme con él, ese día especial, cuando él, por fin llegue a la isla. Además, unas pocas ropas interiores, unos zapatos, unas sandalias, y un cinturón de piel, bastante ancho con, matices de colores arqueados que daba la impresión de que cordones finos de todos los colores en forma de gradas lo decoraban. Todo era muy lindo y agradable. Eso fue todo lo que traje conmigo, más una funda de cuero barato que usé como mochila.

Ese día terminamos pasándolo en Paris y poco antes de oscurecer, nos fuimos en tren a la cuidad de Le Havres. El vieje tomó poco menos de cuatro horas y alrededor de las 22:30 horas, logramos encontrar una pensión donde nos quedamos a pasar la noche. Era un lugar esplendoroso, a orillas de la desembocadura del Rio Cena. La habitación era amplia, muy limpia y vistosa; a través de cuyas ventanas, al otro día, temprano, yo vi un bello amanecer. Era el sol, esplendido, mostrando toda su redondes, como una inmensa naranja, aparecer entre pequeños y grandes veleros; también, vapores y otros buques y ferris navegando rio adentro o hacia el mar.

Alrededor de las 7:00AM nos sentamos a planear lo que íbamos hacer. Nos quedaban justo un día y cuatro horas hasta el momento que nos dijeron saldría el barco. Analizamos el pequeño mapa y leímos las informaciones e instrucciones del viaje que nos había dado la agencia de viaje sobre el comportamiento que se debía mantener dentro del barco. Luego nos alistamos y salimos hacia las oficinas del puerto a buscar información sobre el lugar de

----

partida y hora de abordaje. A mirar a los alrededores, para que a última hora, no nos vallamos a perder, confundirnos o tener contratiempos.

De camino, vimos todo tipo inmundicias, escoria, bazofia, pobreza. También, hombres, mujeres y niños acinados, miserables, pordioseros, calamitosos, que nos miraban con desprecio, y a veces, hasta con una ruindad inocente, queriendo mostrar respeto. Parecían caballos que mezquinaban su cara, para evitar el freno y al pretender no vernos, escupían en la otra dirección, con asco, hacia el suelo. Otros, nos veían con caras de avarientos, falsos, de malas mañas, desgraciados, llenos de infortunio, lamentándose y con una estampa de desesperados en su cara, como leprosos que se arrastran sobre sus podridas piernas agangrenadas.

Más allá, caminando hacia la misma calle, según el mapa que habíamos obtenido, llegamos a una calle importante. Esa era La Rue de París, que llegaba directa hacia el puerto y la oficina que buscábamos. Avanzamos dos cuadras y por un momento dejamos de ver miseria. Luego encontramos una Catedral de Increíble belleza y arquitectura.

Todo se convirtió en aceras con calles de adoquines, paredes decoradas con mosaicos, y azulejos. Otras, pintadas de blanco o hechas en ladrillos, lozas con altos relieves y puestas en un orden muy perfecto y armonioso. También, las había de mármol verde, azules y rosadas con un brillo exuberante que, entre sus betas, perdíanse los ya tibios y oblicuos rayos de sol que las golpeaba, para dejar

----

ver sus nítidos colores degradados y sus formas tras el mate que a la vista se quedaba.

Las puertas, todas muy oscuras, altas e inmensas, iban desde el piso hasta el techo de las edificaciones, como entradas de iglesias. Unas aún permanecían cerradas; otras, estaban abiertas hacia afuera, de par en par, atestadas a las nítidas paredes, con sus grandes aldabas colgándoles, como dos signos de interrogación alongados hacia el piso y sus puntas arqueadas mirándose en desproporción.

Luego vimos más centinelas, algunos vagones parqueados cerca de las intersecciones, llenos de mercadería, otros con flores, pan, huevos y chucherías puestas en estantes dentro o a su alrededor. Pocos carros se movían, y una línea de rieles del tranvía, parecía que aún dormía. El par de rieles permanecía como abrigado, sin brillo, mate, bajo el frágil rocío, aquel que había depositado sobre los fierros, la noche pasada, aquella humedad salitrera, de la oscura y ventosa corporeidad de la costa.

Desde las grandes puertas emergían humaredas y vapores que dejaban aluviones con aroma a café, fresco té, o al olor del crujiente pan que acaba de salir de un horno. Así, todo lo percibíamos mientras caminábamos. Algunos lugares, claramente se notaba que eran cafeterías y otros tipos de restaurantes, oficinas, empacadoras, imprentas o pequeños negocios de chucherías y relojerías. Nos dábamos cuenta por sus decorosos rótulos que, a la

----

medida, desde el mismo medio, a lo alto de sus grandes puertas, les colgaban.

Al final llegamos donde la calle terminaba, y se chocaba, haciendo una curva, en perpendicular con la que bordeaba los muelles y extendiéndose a todo lo largo de las márgenes del puerto. Doblamos hacia la izquierda y nos asustamos. Nos encontramos con una procesión de indigentes, que formaban una masa compacta de gente, atestados los unos a los otros, para caber en una larga y ancha fila que se extendía hasta el último muelle del puerto, por unos trecientos metros. Y no muy lejos de ellos, celando el perímetro, unos cuarenta guardias armados hasta sus bigotes.

A su lado, yacían, gastadas maletas de cuero oscuro, canastas, lonas, secciones de sabanas de percalina blancas y oxidadas; piezas de lino, rojo, azul, frazadas y edredones envueltos, sujetados con correines dobles, que se agarraban a pequeñas hebillas, las que, entre el montón, junto a otras parafernalias, encima, o al lado de las maletas se veían, como extrañas estrellas avergonzadas, chillando ante la suciedad y el desorden de lo que parecían montones de desechos.

La gente, unos parados, otros sentados, acostados, arrimados a las paredes, que estaban contiguas a la acera. Otros con sus cabezas sobre las espaldas de sus compañeros, o padres, madres, hijos, e hijas, u otra persona, ¿quién, fuera de ellos, lo podría saber?

Mirábamos, pero no se podía distinguir, si había o no algún parecido entre una persona y otra; tampoco, la diferencia cultural, linaje o su lenguaje. Todos eran los unos, todos eran los otros. Se veían sucios, estresados, desesperados, hambrientos; eran como el despliegue de una pila de desechos enmarañados de caras blancas, como ángeles desgreñados y desamparados con el alma rota y envueltos entre harapos, mal olientes y mal peinados.

Sobre los húmedos adoquines de la calle, había desechos de comida, papeles, y vidrios rotos, los había por doquier y hasta enclaustrados entre los rieles del tranvía. Yo seguí caminando, pero sentí cuando mi esposo me sujetó más fuerte de la mano y me llevó, pasándome por su frente, hacia su lado derecho. Yo me sujeté, otra vez, con mí mano izquierda a su mano derecha, y mientras avanzábamos, quedé al lado de las paredes que quedaban contigua a la despabilada acera donde no había nadie. Continue mirando desde esa parte por debajo de los letreros hacia el punto donde se perdía el fin de la larga línea.

Luego, la acera se ensanchó y cambiamos de dirección hacia el extremo, pero seguimos caminando cerquitas de las paredes. Del otro lado la multitud estaba siendo despejada, para que dejaran libres los rieles del tranvía, y mientras los celadores gritaban, '¡apártense, apártense, un tranvía de camino, súbanse a la acera, apártense!'. Esa parte de la multitud ocupaba toda la acera y parte de la calle de los subsecuentes cuatros bloques que había justo al frente donde se encontraban cuatro grandes barcos anclados y agarrados con barloas a los pilares de dos muelles que se extendían unos cien metros hacia el mar.

ENRIQUE ANICO TAVERAS

Caminamos más de una cuadra y mí esposo mirándome me apretó la mano y yo, viendo que él, frente a un oficial que vestía quepis y uniforme muy blanco y limpio, como el almidón, se detuvo y también lo hice yo. Él oficial que era un hombre alto, con cara limpia y decente en sus gesticulaciones, nos miró. Mí esposo, en su acento de italiano acelerado, le dijo en francés, '¡Buenos días oficial!'. Él oficial inclinó su cabeza un poco hacia abajo, en posición afirmativa, y cuando la subió repitió, '¡buenos días, ciudadanos!'.

Mi esposo le preguntó por las oficinas de aduana y embarco de pasajeros de la línea marítima perteneciente al barco Delfín Flandes. El oficial levantó su mano y señalando hacia adelante, contestó, 'vallan hasta el final de la fila y crucen la calle, y justo al frente, una puerta hacia la izquierda está, es azul y muy fácil de reconocer. Quiero hacerle la salvedad de que sí no tienen billetes de navegación o pasaje, ya comprado, no los dejaran entrar''.

Por último, le preguntó, "¿cuál de esos barcos era el Delfín Flandes?''. Y el oficial, como sintiéndose empujado hacia algo que ya no era su trabajo, o que lo ponía por debajo de su título, con una pasividad de miel saliendo de una botella, subió la mano a la altura de su quepis blanco; guarnecido de dorados galones y negros bordes, se lo bajó un poco, evitando los rayos del sol que brillaban vertical y aún les tocaban la parte baja de sus ojos. Entonces, apuntándole hacia el último embarcadero que se veía, señaló, '¿ve usted la otra parte del muelle, allá donde está vació?'. 'El barco que usted espera entrará a puerto esta tarde y se abarloará ahí a partir de las 15:00

----

horas. Se irá mañana, después de las once horas, cuando terminen de embarcar sus últimos pasajeros'. Yo levanté mí cara y le miré los ojos al oficial. Y en unísono, junto a mí esposo, les dimos las gracias y nos movimos.

Más adelante, después que continuamos caminando, y habíamos pasado por el frente de dos portones de hierro, donde claro se notaba era la entrada principal hacia los muelles, donde estaban los dos grandes barcos que esperaban. Supimos que los que estaban alineados, todos eran judíos, procedentes de Checoslovaquia, Hungría, Austria, Serbia, y algunos italianos. También, los había republicanos españoles, de aquellos de los que se habían refugiado en Francia, poco antes del final de la guerra que, justo, hacía un mes, acababa de terminar.

Pues un señor, de unos cuarenta años, muy alto, barbudo, y pelo cano, con narices muy parecida a la de mí esposo, reconoció su acento, mientras él, iba caminando y me hablaba. El señor desvelado y sobresaltado, en idioma italiano, muy claro dijo, '¿Ehi signore, sei italiano, vedo che parli italiano, Dove stai andando?'. Mi esposo, le respondió. '¡Bonjurno signore!'. Los dos nos detuvimos por un momento. Emilio conversó con el señor. Al final mí esposo sacó un billete de diez francos y se lo entregó.

El señor, le habló de quienes estaban en la fila y el porqué, él y sus hijos estaban ahí. Según lo que le dijo, era un italiano judío, comerciante, que antes residía en Viena con su familia. Qué ahora esa familia eran esos cuatro niños que estaban con él. Que habían quedado

ENRIQUE ANICO TAVERAS

----

huérfanos dos meses atrás, al perder la madre, a tres días de la noche del 13 de marzo de 1939, después que se consumó el Anschluss.

En pocos minutos nos narró su horrible tragedia. Dijo que para evitar ser apresados y no ser llevados a un campo de concentración, después que fueron delatados por un cabecilla de la juventud nazi, que trabajaba para ellos, se escaparon en su auto dejando todo atrás.

Contó que, ya cuando lograron burlar a las pesquisas de la policía nazi, tomaron el camino hacia la ciudad de Villach, para cruzar la frontera, de camino a Venecia, de donde él era. Y justo antes de llegar a la frontera, un grupo de hombres, vestidos de militares con insignias nazi, apuntándoles con sus fusiles, les ordenaron detenerse, pero como él estaba lleno de miedo y no llevaban documentos, ni armas, en vez, aceleró el auto y ellos les dispararon.

Al cabo de unos quince minutos, de haber estado manejando, como un loco, ya del otro lado de la frentera, en Italia, oyó que los niños lo llamaban, '¡Papá, papá párate, detén el coche! ¡Mamá se ha quedado dormida, está pálida y fría, su mano se ha puesto dura y tiene el cuello, los hombros y brazos ensangrentados!'. La madre, estando sentada en el asiento trasero del auto, tratando de cubrir a los niños de la balacera, fue alcanzada en la nuca, por una despiadada bala, atravesándole el cuello de lado a lado y él como solo le estaba prestando atención al camino, solo lo supo cuando los dos niños mayores se lo advirtieron.

El señor se echó llorar, le tomó la mano a mí esposo y por un momento se la sujetó, hasta que, con su mano izquierda, trayendo hacia su cara el borde del bajo izquierdo de su camisa, terminó inclinándose, para limpiarse las tristes lágrimas que de dolor no podía contener. Por último, le dijo, 'señor, usted se ve limpio de cuerpo y alma. Su vestimenta; también, lo está. Nosotros hemos estado en esta gran fila desde hace seis días, y esta mañana nos han dicho que solo a partir de las diez empezaremos a abordar. Hay unas quinientas personas delante de nosotros, y no sabemos, con certeza, sí a ese barco nos dejarán entrar. Vamos rumbo a México y el vieje es de unos veintitrés días según nos han dicho'.

'Ayer se me acabó el dinero comprándole el último bocado que le he podido dar a mis hijos y hasta que no embarquemos, no tendremos esperanzas de comer. Nos han informado, que solo cuatro horas más tarde, después de embarcar y solo a los más desposeídos y necesitados le servirán una comida gratis y luego, durante el viaje, una comida por día. ¡Mírele!, lo último que me queda de valor son mis hijos y mis atributos morales, que creo no tienen precio'.

'Pero mire', le dijo, sacándose del bolsillo una delicada cajita de cuero morada y lustrada, que abrió frente a los ojos míos. 'Este reluciente brillante, este anillo de oro macizo, y un puro diamante con tamaño de un kilate, el cual se lo regalé a mí esposa el día de nuestra boda, ya no me sirve, pues no tuvimos niñas. A su esposa que tiene un gran parecido a ella, sí lo luce en un dedo de su mano, le quedará muy justo y muy bello, tómelo, todo por amor a nuestra causa, que quizás es; también la suya, sobrevivir a tantas injusticias y a esta guerra.

Ya temblando de angustia y emoción, el hombre por último dijo, '¡Se lo vendo por diez francos!'. '¡Es todo lo que necesito, señor! Pues, ya nadie tiene dinero en esta heterogénea, apátrida y desagradable fila de frustrados judíos y españoles indigentes'. '¡Mire, que aquí todos, con su hambre y sus harapos, solo somos una masa de miserables mal olientes!' '¡Olemos a muerte!' '¿No lo sientes?'.

Emilio se guardó la cabeza entre la parte interior de su codo y el antebrazo, escondiendo su cara, como sí se protegiera, detrás de un blasón, para que no le cayeran las virutas apagadas de un corazón despedazado.

Luego con angustia de indecisión, desesperado y con ojos atormentados, me miró confundido y lleno de pavor. Emilio hundió su cabeza entre sus hombros, vino a mí lado, me dio un abrazo y luego volviéndose hacia el judío italiano, que aún lo miraba con la angustia del que mira con ojos impedidos, botones en cara agreste y lágrimas de lava, se sacó de su bolsillo lo que tenía y había apartado, para nuestro desayuno. Entonces, sin detenerse, lo apretó en su puño, le extendió su brazo y con un movimiento, como el que hacen las olas al llegar a las playas, se lo depositó, dejándole el anillo con el dinero envuelto entre los dedos y la palma de su mano. Por último, le deseó a él y sus cuatro hijos buena suerte.

Dio media vuelta y sin mirar a nadie, se movió directo hacia mí. Me tomó del brazo y nos marchamos,

----

caminando a paso rápido por la otra acera hacia el lugar que nos había indicado el oficial del quepis blanco. Fue así que supimos que toda esa gente eran judíos y españoles, que esperaban ser abordados, como mercancías baratas, en dos de los grandes botes de los cuatros que, abarloados, en frente de ellos, no muy lejos les aguardaban.

Llegamos hasta la oficina, nos brindaron café y nos hicieron esperar. Ahí estuvimos, entre el lujo de bellas pinturas, que decoraban las paredes y en algunos estantes, esculturas y maquetas de veleros, bergantines, galeones, etc. Sentados en unos lujosos sofás de pieles, hasta que llegaron dos mujeres muy bonitas, altas y bien arregladas vistiendo blusas rosadas bajo un jaque corto de lino crudo y natural de cuello ancho. Sobre el lado izquierdo de sus pechos con la silueta de un barco azul con rayas violetas bien marcadas y un rotulo que decía «Le Dolfín Flandes», en letras pequeñitas, le pendía del cuello ancho que le caída hacia los laterales del pecho, una insignia. En su cabeza vestían un sombrero blanco de marinero con lazo rosado y una pequeña ancla dorada, como insignia en su frente.

Tan pronto entraron, nos llamaron y una de ellas nos atendió. Nos dijeron que nuestro barco venía desde el puerto de Celais, y que el barco estaría en puerto desde ese día a partir 15:30 horas. Pero que solo el próximo día, a partir de las 6:00 horas, el bote estará listo para abordar. Y al último pasajero solo se le permitirá entrar no más tarde de las 11:00 horas. También, nos informaron, que llegaría a puerto de Santo Domingo, Ciudad Trujillo, el

----

día 29 de mayo con las respectivas entradas, de acuerdo al itinerario, a los puertos de Southampton en Inglaterra, New York, La Habana Cuba y luego su destino final.

Cuando ya todo estaba claro y sentimos que no nos quedaba nada por preguntar, que teníamos todas las informaciones que necesitábamos y seguros de todos los pormenores, para no tener contratiempos en mi partida, salimos de la oficina y pasamos de nuevo por aquella plétora de españoles y judíos que, se notaba, ya lo estaban abordando en unos de los barcos. Pero diferente a los que el señor, padre de los cuatros niños, nos había dicho, eran apenas un poco más de las 10:00 horas y para evitar la intersección por donde se desplazaba la fila hacia el barco, una cuadra antes, nosotros hicimos una izquierda y por esa calle, caminando de espalda al mar y alejándonos del muelle, de vuelta nos volvimos a la pensión.

Cuando llegamos nos sentamos a comer en un pequeño restaurant que había en el traspatio de la misma pensión. Ahí, detrás de una colorida franja de vitrales agua marina, alternados con otros colores en vidrios, semi transparentes, que dividía el restaurante de la recesión y frente a unos veleros, que había anclados cerca de la orilla del amplio rio, disfrutamos nuestro último almuerzo juntos.

Fue en la habitación, en la privacidad de nuestra intimidad, que terminamos de hablar todo lo concerniente al viaje. ¿Qué haríamos mientras estemos separados, cómo nos comunicaríamos, cómo yo le haría llegar a él la

----
----

dirección en la que viviría en esta Isla, etc. El juró que, ante todo, ayudaría a mis padres y mis hermanos a salir de Italia tan pronto sea posible y antes de que las cosas se empeoren. Calculamos el tiempo que más o menos le tomaría, para él embarcar y venir. Pensé que ya a principios del otoño de ese año estaría conmigo.

Pero no fue así. Algo a sucedió que quizás él nunca me quiso decir. Él me había escrito nueve bellas cartas, en las que siempre me informaba de mí familia, y muy poco de él. En una de ellas, por cuenta de lo que mi madre le había informado, me dio las buenas nuevas de que mi hermano mayor había aparecido, que habían sabido donde estaba y lo que él hacía.

La carta me informó que después del incidente del tren, cuando lo curaron, le prometieron que lo iban a dejar absuelto con la condición de que debía de unirse al ejecito rumano, pero a los pocos días dimitió y pudo escaparse yendo en tren hacia el este. Allá, se fue a vivir a Leningrado y se unió al ejército rojo. En otra carta supe que, rápidamente, desde que medio aprendió ruso, lo habían ascendido al rango de Capitán y que trabajaba como traductor del idioma alemán, para su división militar.

En otra carta Emilio me decía, que su propio hermano, del que solo me había hablado un par de veces, mientras yo estaba con él en Italia, lo habían matado en el norte de su país, justo al sur de las fronteras de Suiza y Austria peleando en el bando de una guerrilla que se había

----

formado en defensa de los principios independentistas de los países que ya habían sido ocupados por los nazis.

Y en las siguientes tres cartas, fue cuando me dijo de la terquedad de mí padre de no querer aceptar su ayuda. Porque según él, a mí, me habían raptado y acusaba a mí esposo de ser el culpable. Me comunicó, que después de muchos ruegos y conversaciones, él había logrado que ellos salieran hacia Singapur en un barco piloteado por un almirante amigo de él.

Cuando volvió a ver el almirante amigo, de nuevo le informó, que todos estaban a salvo y que llegaron muy saludables a su destino. Que tuvieron gran suerte porque, hasta una celebración, junto a los demás pasajeros que llegaron, las autoridades de aquel país les hicieron. También, me informó que, para que ellos, sin ningún problema, en ese nuevo país se instalaran, él los conectó con oficinas de ayuda del gobierno. Además, les facilitó sus amistades, para que le ayudaran a encontrar una casa propia y puedan montar su negocio. Que la única dificultad era la que el idioma, para ellos les presentaba.

Un día recibí cuatro cartas desde Singapur. Yo lloré de alegría, eran mis padres y hermanos anunciándome su suerte y dando las gracias por yo haber conocido un hombre tan bueno como Emilio, pero esa fue la primera y última vez que de ellos recibí alguna misiva. Luego, a los pocos días, me llegó algo que fue para mí una sorpresa. Era un telegrama, que Emilio me había mandado con el seudónimo de Lucrecio Carrusso. El telegrama era simple y con dos cortas oraciones entrecortadas que decían: 'Dsde rfugio scrbo M últma crta antes de salir, 27 días te vre'.

A primera vista pensé que no era para mí, hasta que me acordé, que la misma mañana que me llevó abordar al barco, momentos antes de entrar a la fila, a la vuelta de la esquina, donde nadie nos veía, me dio un abrazo, unió su pecho al mío, me pidió permiso, y yo me sonreí. Y abriéndome los botones de la parte alta de mí blusa, desde su chaleco, sacó una fotografía vieja y descolorida, cuya figura blasonada, no tenía lustre, pero parecía un recorte de medio cuerpo de una ilustración muy bien hecha de algún libro viejo del Quijote de la Mancha y con la delicadeza, que siempre lo caracterizaba, me la puso dentro de mí sostén.

Al momento acercó sus labios a mí oído y lento, claro y pausado, con un murmullo blando y apacible me dijo, recuérdate y no te olvides que, en caso de emergencia, este será mí nombre, 'Lucrecio Carrusso. Al instante desde el sostén volvió a sacar la fotografía, me la enseño poniéndola abierta entre su pecho y el mío. Yo apunté hacia mí pecho con mis ojos muy abiertos y la miré, creo que se parecía a él. Era una cara clara, con barba un poco puntiaguda, bigotes refinados, nariz de puente medio, pelo bien peinado y lleno de toda la inocencia que yo adoraba. El retrato tenía el nombre escrito en tinta roja sobre la parte del papel que más blanca estaba. Y él, una vez más pronuncio el nombre, 'Lucrecio Carrusso'. Al instante repitió, 'ese será mí seudónimo en caso de emergencia'. La volvió a entrar, yo lo besé, él me besó y mientras, unidos teníamos nuestros labios, me abrochó la blusa y al final, me dio un abrazo que, aún hoy lo siento en lo más profundo de mí ser.

La última carta llegó primero que él. Y en efecto, la había escrito desde un refugio, después que desertó de las líneas de la Marina Italiana. Era el lugar donde se había escondido en los montes pirineos, al oeste de Toulouse, en Francia, para tratar de confundirse con refugiados republicanos españoles antes de partir hacia acá.

Pero como si el correo se haya cerrado totalmente para mí, no he vuelto a recibir ninguna carta de él. Ni información sobre su paradero. Ya han pasado tres años y siete largos meses viviendo en la más descarnada soledad y sin ninguna esperanza de saber sobre el paradero de Emilio Albinelli o algún familiar mío. ¡Ayúdenme! ¡Ayúdenme! ¡Ayúdenme!, Os ruego, que ya sola no puedo más. Me mata la angustia o creo que un día de estos me echaré, sin pensarlo, a morir nadando en el mar en busca de él.

ENRIQUE ANICO TAVERAS

CAPÍTULO

XXVI

Las velas que, aquella joven mujer había traído, para alumbrarse, ya casi se habían consumido y las llamas, solo daban una luz muy tenue. Los dos alemanes quedaron atónitos y el sueño se les había pasmado. La lluvia que, en ese momento, ya de ella solo se sentían los remanentes de las goteras que se resbalaban por fuera del techo de cana al caer, no les volvió a causar sueño. Pero ya durante el tiempo que tenían oyendo la narración de la mujer, sintieron curiosidad por conocerla y mirarla bien. Entonces sacaron una caja de fosforo que Cirilo, antes de dejarlos, les había dado y con la lumbre encendida de un cerillo, pusieron una lámpara de gas kerosene, que tenían en el cuarto a arder. Le subieron la llama, esta se agitó, se intensificó el calor y los tres se vieron afectados por la alta luz, pero mucho más por la preocupación en sus caras. Parecía, como sí se hubieran quedados sin palabras.

Henn que tenía unos cuatro días que en presencia de otras personas no decía nada, se expresó y dijo: 'Yo

----

pienso que, ya que usted tiene tanto deseo de saber de su esposo y la suerte que ha corrido, lo más sensato que podemos hacer es que usted se quede aquí, se tranquilice y nos preste su ayuda, para nosotros resolver nuestro problema de estadía. Creo que tanto usted necesitará grandemente de nosotros, como nosotros de usted. Yo le quiero sugerir que nos diga donde vive o venga donde nosotros mañana, después de su trabajo'.

Friederich corroboró lo que dijo su amigo y pero sin mostrar mucho su cara, casi desde la penumbra que dejaba la sombra de Henn, añadió que hay muchas cosas de las que debían de hablar y que la amistad de ella les ayudará grandemente. Luego, miró hacia el piso y en esa posición, le dijo que no se preocupara, que los problemas, siempre que se miren con el ojo crítico correcto, se les encuentra la solución. Que esa noche, ya el hecho de que ella les haya visitado, contado su historia y haberse conocido, era el primer paso en la búsqueda de una solución. Que por el bien de ella y de su trabajo, debía de irse y regresar mañana en la tarde. Entonces, Silkie, los miró y les dijo, está bien, pero me vendría mejor que sea al oscurecer, cuando ustedes vengan a mí casa.

Les quiso hacer un mapa para que llegaran caminando, y les aclaró que donde vivía no era muy lejos, pero ellos no tuvieron chance de salir de la habitación ese día y solo conocían, como llegar desde el pequeño muelle, donde habían descantado en el barco de Cirilo, hasta el hotel. Les pidió un lápiz, pero lápiz no tenían. Y como, también carecían de papel, Henn le sugirió que pintara el

---

mapa con el carboncillo de los fósforos quemados, sobre las tablas de la vieja mesa, que había en la habitación.

Friederich encendió un cerillo y se lo paso con la llama hacia arriba a Henn. Él lo dejó que se quemara un poco. Luego, con dos de sus dedos ensalivados, mansamente lo apagó. Y presentándoselo a Silkie, le dijo mire, dibuje con esto. Silkie lo tomó y le recalcó, que necesitaría más de uno. Pero no había comenzado a dibujar el mapa, cuando se le ocurrió la idea de pedirle ayuda a la misma madre del alumno que le llevó el mensaje sobre la llegada de ellos a la comarca, para que ella o su hijo los llevara el día siguiente a su casa, ya cuando empiecen a desparecer las últimas luces del atardecer.

Silkie los miró y le preguntó: '¿Ustedes tienen sus documentos?'. Freiderich, disimuladamente tornó la mirada hacia el cerillo que yacía, ya apagado, sobre la mesa y sin mirarla esta vez dijo, 'Lo hemos perdido todo, lo único que poseemos es dinero'. 'Está bien', dijo ella. De todas formas, los mandaré a buscar. De lo contrario, sí vuelven a la fonda, yo le mandaré una nota con el mapa de cómo llegar, pero solo en caso de que la señora no me pueda ayudar.

Entonces, se puso de pie, les dio las gracias y con una prisa inaudita se marchó. Ahora con las velas apagadas y solo iluminándose con la luz de la luna. Esa, que ya hacía un rato, mientras estaba en la habitación, por entre las rendijas se veía, que después de la lluvia haber pasado, la noche, con su luz, se había aclarado. Esplendida desde el

---

oscuro cielo, como una enorme lampara, bajo la copula del firmamento, esa lamina dorada y redonda, como mirándole, el camino le alumbraba mientras ella a su casa caminaba.

Al otro día, la madre del muchacho que le había pasado la información a Silkie, sobre la presencia de los extranjeros, después de la escuela, mandó de nuevo a su hijo. Esta vez le dijo que fuera directo la casa, para informarle que los extranjeros habían tomado el tren alrededor de las 11:00 Horas. Que ella supo, que se dirigían hacia la Ciudad Valle Real de Compostela, . Porque el boletero, mientras comía en la fonda, le comentó, que los dos extranjeros compraron boletos para allá.

En realidad, la presencia de Silkie, la noche anterior, los había asustado tanto, que temiendo que alguien del gobierno dominicano la estuviera siguiendo a ella, decidieron irse. Querían evitar a cualquier costo toda confrontación, antes de hacer lo que tenían planeado. Realmente temían, que alguien les frustrara sus planes. Por eso decidieron irse lo más rápido que pudieron a esa otra ciudad. Sobre la cual, el día anterior se habían informado, era donde vivían el mayor número de extranjeros europeos y mayormente alemanes.

Sobre Friederich Heisnberg y Henn Mann no se volvió a saber más, en Las Lagunas, ni en la Comarca de Samaná. Pero en un viaje que, al poco tiempo, los dos hicieron hacia la ciudad de Santo Domingo, Ciudad Trujillo resolvieron su estatus migratorio.

Contaron que una organización política de carácter nacional, sin fines de lucro, con fondos del país y de otra institución extranjera que, hacia poco tiempo se había fundado, les ayudó. La Institución hacía ya casi dos años que había estado ayudando a despatriados europeos a asentarse en La República Dominicana.

Ellos, después que contaron una historia bien sólida y arreglada de su naufragio, los ayudaron a legalizarse. Se quedaron como asilados políticos. Además de eso, a través del gobierno, le concedieron a cada uno, una parcela de tierra y dinero para recomenzar sus vidas.

Vivieron en la ciudad De Valle Real de Compostela hasta que, varios meses después de ellos estar ahí, componiendo sus vidas; organizándose, como nuevos ciudadanos y procurando poner la tierra que les habían cedido a producir, se empezaron a sentir muy solos tristes y acongojados. Ya viviendo separados, no muy lejos uno del otro, como solterones, Cuando se reunían, sus conversaciones versaban solo sobre dos temas. El uno, en el que hablaban del progreso del crecimiento de los frutos que tenían sembrado en las tierras que les habían cedido y otro la soledad y de que la vida no era posible vivirla sin la compañía de una mujer valerosa.

Henn decidió volver a Las Lagunas a probar suerte y tratar de encontrarse con aquella mujer, la que una noche de tranquila cena y poco vino, le hizo palpitar el corazón. Esa que con su mirada lo hizo sentir, como sí, una segunda vez, él se hubiese encaramado bien alto y desde ahí, como sí la estuviera viendo desde La Ventana de

Orfeo, en aquel fantástico lugar donde quedaba El Conservatorio de Música Sankt Sebastián, en Ratisbona al norte de Bavaria, la felicidad y el amor le habían vuelto.

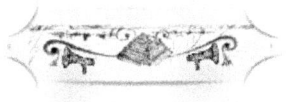

CAPÍTULO

XXVII

Días después de que los extranjeros se fueron, Silkie Gepper Miller despertaba a la media noche y pasaba horas enteras tratando de conciliar el sueño. La idea de que Emilio Albinelli haya muerto, que lo hayan matado, o desaparecido en alta mar, encarcelado por los nazis, o mandado a combatir algún frente de batalla, la llenaba de estupor y miedo. La embargaba de un sentimiento de soledad que lo conducía a pensar que había sido sujeto de algún mal. De alguna brujería, de algún hechizo o maleficio, cual razón, para ella, permanecía sin salírsele de su mente. Era un acervado nudo de confusiones, que misteriosamente en las noches la asediaba, como un empedernido bracamonte, golpeándola con una escoba de flecos afilados en su espalda.

Durante esos días, mientras ella se hallaba confundida y agobiada por la soledad, la turbación la hacía pensar en pasajes del pasado y algunas cosas que de joven había leído. Se decía que había nacido en el seno de una familia la cuál, por alguna razón del destino, estaba pagando una pena desde antaño. Aunque no era una devota religiosa, mientras vivió en Berlín en la tranquilidad de la matriz familiar, se mantenía leyendo «El Torá» y así aprendió sobre la historia de Sodoma y Gomorra.

A partir de ahí, afirmaba que toda la desgracia de su raza la acarreaban, desde aquellos tiempos, las familias judías más íntegras. Que la parte de su pena, la estaba pagando por imposición de su dios, como una porción del tributo, en función de lo que su pueblo, muchos años atrás, había sido sometido por castigo a una falta por perversión sexual o ingratitud a la hospitalidad hacia los extranjeros.

Se sentaba a meditar, a razonar, a pensar en su pasado y su presente, pero nunca encontraba nada negro, nada que constituya una mancha en su pasado o el pasado de sus ancestros. Al menos que, no sea de aquel tiempo muchos siglos atrás. Silkie era una mujer limpia y diáfana que desde que tenía nueve años, por enseñanza de sus padres, solo se había dedicado a estudiar, aprender cosas y ayudarles en su trabajo.

En sus noches de desconsuelo, no dejaba de pensar en aquella efímera felicidad, después que su primer esposo la convirtió en mujer, hasta poco tiempo después, cuando fueron apresados y llevados al ghetto. Y desde entonces, todo se convirtió en tragedia. Ella, como si fuera un rezo, decía: 'soy desgraciada y por razones que desconozco, yo nunca sabré con certeza porqué dios me ha castigado a mí, haciéndome perder y terminando en tragedia la vida

---

de mí primer amor y esposo, Lot Gepper y ahora un segundo hombre, mí Emilio Albinelli, un ser de un alma tan bendecida'.

Estando sola, ya antes de acostarse, la sobresaltaba la idea de que un hombre tan honesto, amable, condescendiente, altruista y lleno de tantas virtudes, se haya ido de su vida sin dejar rastros. Ese hombre, el cual ella, en tan poco tiempo había llegado amar tanto, y que, al igual que su primer esposo, se haya ido de su vida a causa de la desgracia que, como judía la embargaba, no le cabía en su cabeza.

Una noche alumbrada por los cuatros candelabros que tenía en su habitación, para poner fin aquel abominable sentimiento de culpa y soledad, se detuvo frente al único espejo que tenía en su casa. Era un estrecho rectángulo de un metro de alto por un cuarto de ancho, que yacía colgado a la altura de una angosta repisa de caoba pulida y embarnizada, donde tenía algunos cosméticos y cremas para su propio maquillaje. Después que detenida se miró el rostro, e hizo algunas muecas, extendió su cuerpo y se acercó a la superficie del espejo. Se miró de cerca sus pupilas y quiso descubrir detrás ellas la secuencia del reflejo de su figura en miniatura, la que pensaba se extendía hacia el infinito detrás ella.

Era un juego, pero al ver que nada encontró torció su vista hacia la pared que, perpendicular mandaba un oblicuo reflejo de lo que ya, por más de dos años y medio, yacía colgado al lado, frente a su cama. Quitó sus ojos y recordó del cuidado y toda la delicadeza con que lo había

ENRIQUE ANICO TAVERAS

puesto ahí. Entonces, cuando se volvió a mirar en el espejo, dos lágrimas le brotaron porque, en vez, encontró el reflejo de aquel diminuto retrato de medio cuerpo, parecido al Don Quijote, que Emilio le había puesto detrás de su sostén, aquella mañana cuando ya la despedía, casi frente al barco que la trajo a estas tierras lejanas.

Se volvió, caminó algunos pasos y con un gesto muy delicado lo tomó, lo apretó contra su pecho y dijo, 'mí Emilio, te juro que encontraré el rumbo que tú has tomado, para encontrarme y sí en mí búsqueda, a la tumba he de llegar, te juro que hasta allá yo llegaré, dios mediante, para encontrarte'. Luego se movió, tomó el retrato en su mano, lo sacó del pequeño marco en el que lo había puesto, y de la misma forma que Emilio Albinelli lo había hecho, reconstruyó la escena posándolo con sus propias manos y llevándolo al punto de sus senos, detrás de su sostén, donde Emilio se lo había dejado aquella vez.

Más luego, buscando la forma de calmar su obsesión y desconsuelo, se levantó la blusa a la altura de su cuello, y uniéndola con su mano se la apretó, como sí fuera una corbata poniéndosela con toda la tela hacia su pecho. Y con sus dos manos, se la agarró justo frente al cuello, cual lazo se acomoda al de un ahorcado. Así se miró al espejo; mientras, un ansia vehemente de encontrarse con la imagen de su esposo, la llevó a un punto de oscurantismo. Penetró a un laberinto de sentimientos donde se imponía el miedo, haciéndola sentir como si estuviera envuelta en grima, dentera, desdicha espiritual y desesperación.

Luego miró el cinto de cuero grueso, que descansaba colgado de un clavo al borde de la repisa. El mismo que Emilio Albinelli le había regalado el día entes de que ella partiera. Se movió, lo tomó y otra vez, como enloquecida, se volvió a mirar en el espejo. Y dando un grito convulsivo, seguido de un gemido inequívoco de desplacer, como sí estuviera en medio de un estímulo intenso de histeria, fue a la pequeña cocina y hundiendo el cinturón en una ponchera de agua limpia, que mantenía, para lavar sus trastes, lo remojó y al sacarlo, con un excitado aullido, como el claudica a la punza de una espada, que al corazón le acaba de penetrar, volvió dando gemidos y golpeándose en la espalda con el cinturón, al aposento.

Se sentó en la estrecha cama, desde ahí se volvió, se miró en el espejo el joven cuerpo. Se cubrió sus ojos con el cinto que aún lo tenía entre sus manos y le dedicó ciertas oraciones a su dios. Luego se descubrió y con toda la fuerza que tubo, una ve más, se comenzó a dar fuertes azotes en su espalda. Ya cuando sentía que sus lágrimas le iban a brotar y había contado siete golpes en total, se hundió en lágrimas y se dio cuenta que aún quería vivir.

Pocos días después se volvió a deprimir y sus sentimientos de culpa con nada podía calmar. Desesperada salió de la casa, caminó bajo la oscuridad de la noche y se fue al mar. Era la orilla de una hermosa playa, que en uno de esos lugares casi vírgenes existía. Al llegar sobre la arena blanca se desnudó y sin pensarlo se lanzó al agua, a nadar hasta que se desapareció. Gracias a la oscura noche y ciertas corrientes que ella desconocía,

----

el mar terminó llevándola, no muy lejos, sino a una isla donde frecuentaban los pecadores de la comarca y a poco menos de quinientos metros del lugar donde ella se había lanzado al agua.

Cansada, agotada, pero repuesta de su estado depresivo, ya que en vez sentía fatiga y sueño, al sentir la arena fina y suave bajo sus pies, dejó de nadar y empezó a caminar hacia fuera de la playa, hacia dentro de la pequeña isla. Cuando ya tenía el agua por debajo de su cintura, dos pescadores, que en ese momento estaban preparando unas redes, vieron la silueta de Silkie que se acercaba. Se azoraron, y embelesados, pronunciaron su mirada hacia ella. Silkie con su cansancio no los veía, ni se acordaba de que estaba totalmente desnuda.

Su pelo mojado, sin rizo, lacio, entre la oscuridad y el brillo que desprendía, creaba la ilusión de que el agua no dejaba de emanar de su cabeza. Los pescadores, se asustaron, tiraron la red al suelo, se pusieron erguidos y miraron con más atención.

Mientras Silkie, aún estaba a unos cincuenta metros, de ellos, se tropezó con una pequeña roca, y se tornó un poco a su derecha. Ellos vieron la silueta total de aquel cuerpo esbelto y joven en su entereza, pero percibieron la imagen, como algo iluso que aún mojado, sobre ella dejaban su brillo las estrellas y no tenía espacio entre sus piernas. Se miraron el uno al otro y en vez de irla a encontrar, se asustaron. Soltaron la red y con las manos vacías, mientras se adueñaba de ellos un delirio con desvarío desproporcionado de duda, comenzaron a recular y cada vez más azorados trataban de alejarse de ella.

Ella siguió saliendo del agua y empezó a darse cuenta que ese no era el lugar desde donde ella se había lanzado a nadar y detuvo su paso, para tratar de darse cuenta donde estaba. Los dos hombres no se detuvieron y entre su confusión, pensaron que, para protegerse, antes de cualquier cosa, debían de ir a informarle, de eso que estaban viendo, a los otros pescadores que estaban al otro lado de la isla. Así, despavoridos y asustados corrieron y se alejaron.

Silkie salió totalmente del agua y con su desnudo cuerpo se detuvo sobre la arena. Asustada, miró hacia su alrededor y una vez más se preguntó, '¿dónde estoy?' Caminó un poco más y encontró las redes, que estaban secas y en el suelo. Entonces, como empezó a sentir la briza que le enfriaba la piel, la tomó y se la envolvió alrededor de su cuerpo, alcanzándole, para un poco más de tres vueltas. Le quedó como si estuviera dentro de un edredón de hilo grueso mandado hacer para ella y se sentó.

Ya del otro lado de la pequeña isla con el azoramiento y desesperación que los dos pescadores llevaban, como sí fuera que una brecha se le había abierto en su pecho, y por cuyo orificio le penetraba una luz desconocida, casi sin poder pronunciar palabras, como diciéndole a los demás, que fueran a ver la razón de eso, los convencieron, para que vinieran con ellos. Y exaltados, dejando sus cañas, anzuelos, atarrayas y enseres, todos los que ahí estaban pescando esa noche, a toda prisa, caminaron hacia el otro lado de la isla.

Los que caminaron más adelante, se encontraron con el paquete que formaba el cuerpo de Silkie dentro de la red, pero cuando lo vieron, todavía, un poco distanciados de la silueta, se detuvieron y esperaron por los demás. Entonces, todos muy cautelosos empezaron a avanzar hacia ella. Silkie oyó el murmullo y se asustó. Intentó ponerse de pie y cuando los pescadores vieron los movimientos de la silueta que ahora envuelta en la red no se le veían los brazos, se les creo un horrible pavor, y corriendo se desparpajaron hacia sus botes asustados y espantados, como sí la misma muerte le estuviera persiguiendo.

Esa noche nadie pudo pescar. Todos, asustados se volvieron remando a tierra firme desesperados del susto. Los dos que habían dejado la red, mientras remaban, juraban que ellos nunca, ni tampoco esa noche, habían pescado un pez cofre. Lloraban por que los demás no le creían y los acusaban. Les afirmaban que sí, que ellos sabían, que cuando se agarra algún pez cofre había que devolverlo al mar, para que las sirenas no se enfadaran y no salieran a buscarlos. Que, sí una sirena salía, había que tenerle miedo, porque rabiosas por la pérdida de lo que ellas consideraban sus prendas, eran capaces de matar.

Al llegar todos a tierra firme, no muy lejos de la playa desde donde Silkie se había lanzado a nadar, los unos a los otros, se acusaban del delito de no haber devuelto algún pez cofre al mar. Pero los dos que encontraron a

----

Silkie juraban por dios, y por su propia madre que, esa noche, ni tan poco antes, habían atrapado algún pez cofre.

Porque era de ellos sabido, que aquellos que agarraban a un pez cofre y no lo liberaban, eran luego atrapados por sirenas, para llevarlos con ellas a morir de amor, en el fondo del mar.

Solo un viejo pescador, un sabio de la comarca, que tenía 98 años. El que ya era muy lerdo para correr, se quedó en el lugar y sin quitarle la vista al cuerpo que permanecía erguido, sin aún vérseles las extremidades, a paso lento, se fue acercando a ella. Silkie lo sintió, volteó su cara, y al querer mover su cuerpo, no se pudo sostener y se cayó de nalga y sobre dos cangrejos que habían llegado caminando hasta su lado buscando protección, ella al sentirlo, como dos frías piedras que se movían, gimió un pequeño susto.

Luego se volvió a mover y buscando el murmullo de aquello que sentía, daba pasos lentos en su dirección. De repente, sintió un firme pinchazo en su blanca nalga. Era una de las agudas uñas de la patas de uno de los cangrejos que, sin querer, ella pisó con su cuerpo y había quedo totalmente debajo de ella. El cangrejo tratando de escapar, escarbando en la arena, se puso de lado y al ella moverse lo presionó y este la pinchó. Ella dio un chillido. El viejo se asustó, pero manteniendo la calma de hombre sesudo, maduro y ajuiciado, con lenta y pausada voz, preguntó: '¿Quién está ahí?'

Silkie ya angustiada por el miedo, el pinchazo del cangrejo y la molestia, que empezaba a sentir por el frio,

ENRIQUE ANICO TAVERAS

los mosquitos y los demás e invisibles crustáceos que vivían en la arena, se dio cuenta que necesitaba ayuda y respondió: 'Soy yo, Silkie Gepper Miller la profesora de la escuela de la comarca, casi me ahogo y vine a parar a este lugar, al que no sé cómo llegué, ni donde estoy. ¡Ayúdeme!'.

El anciano que la conocía desde que llegó a la comarca, aunque pocas palabras había intercambiado con ella, se sonrió, y mientras, comenzaba a sentirse satisfecho de que su sentido común no le había fallado, se decía, '¡ya sabía yo que son cuentos, esos, los de las sirenas y los peces cofres en el mar!'.

El viejo llegó donde ella, pero su gran sorpresa la recibió cuando la vio de cerca, toda desnuda y envuelta en la red, ella parecía echa de escamas. Él, sorprendido, dejó sus ojos fijos, no podía creer lo que veía, y no se atrevió a emitir ningún otro juicio a priori. Quiso correr, pero no le bastaban las fuerzas. Se sacudió la cabeza dos veces, y sintiéndose engañado por la razón, se dijo que no podía ser cierto. Y apretando sus dientes, la volvió a mirar. Sus músculos se le tensaron y como sí un estruendo de miedo le había envuelto su viejo pellejo, estrechándole la piel con millones de granos, sintió un extraño calor que solo lo llamó a correr, se olvidó de su vejes, miro al cielo y dijo, '¡dios, todo poderoso, sálvame!'. '¡Qué yo no he pescado ningún pez cofre!'. Pero al dar unos pasos que le salieron a una velocidad inverosímil, para su edad, se cayó de bruces a unos siete metros Silkie.

Ella solo alcanzó a decirle, no se asuste, soy yo. Sí, soy yo. La señorita Silkie, la profesora de la comarca. ¡Ayúdeme, ayúdeme! El viejo se levantó de medio cuerpo, y con el pecho y la cara llena de arena, quitándose con los dedos la que le había entrado a la boca, debajo de sus labios, se tornó hacia ella. Cuando la vio de nuevo, ella ya estaba más cerca; entonces, él se dio cuenta que los tejidos de la red, más las partículas de silicio, arena blanca y pedacitos de caracolas, pegados a la piel desnuda de Silkie, simulaban en la oscuridad grandes escamas.

Luego cuando vio que desde sus pechos se le brotaba la piel desnuda y oscurecida, terminando en la parte oscura de sus pezones, quitó la vista y miró hacia la parte de las extremidades inferiores. Entonces, sonrió y con su puño cerrado se golpeó tres veces en su pecho, mientras decía, ¡Oh Dios, ya sabía yo qué esto no podía ser verdad!" Luego tornando su cara hacia el oscuro cielo exclamó: "¡Pero señor, dime tú! ¿Cuándo es que les va a enseñar a esos muchachos, des cebrados, qué no deben pescar con redes por estos lados?".

'¡Perdone señorita!, cualquiera que haya sido la razón por la que estos muchachos, en vez de agarrar un pez, la hayan atrapado a usted. Es algo del destino, quizás parte de las endemoniadas emociones que, a veces, de forma vehemente a uno, como pecador nos domina. Ellos son muy jóvenes y no saben lo que hacen'. Silkie quería decirle lo que había sucedido, pero como, no comprendía de quien, y sobre lo que el viejo le hablaba, no quiso entrar en detalles.

ENRIQUE ANICO TAVERAS

El viejo se puso de pie con su ayuda y estando frente a él, le preguntó. 'Caballero, ¿cómo puedo yo volver a la playa?' l le señaló la dirección y luego le contestó, venga conmigo, que yo la llevaré remando, quizás me pueda ayudar, ya soy bastante mayor y quizás el peso de la barca sea demasiado para mí. Ella quiso zafarse de la red y el viejo con una inocente risa, le dijo, mejor súbasela por encima de las rodillas, para que así, pueda caminar, tener movimientos y sentir menos la brisa fría del mar.

Ella sin pensar en lo que había pasado, ni en su desnudez, tratando; además, de quitarse la arena que se le había adherido al cuerpo, se turbó, volvió a caer y el viejo, viendo la inutilidad que la invadía, hizo un esfuerzo, e hincándose a su lado, le ayudó a enrollarse la red hasta que se notó, como sí esta fuera una falda de gamuza de color amarillo pálido sobre el trasfondo de sus piernas. Mientras lo hacía le dijo, 'Ya le daré una manta que tengo en el bote; la cual, mientras estoy pescando, me pongo sobre mis piernas. Con ella se podrá cubrir su pecho, y así sus dos senos que brillan, como dos lunas llenas'. '¡Espero que, a estas horas, eso no la ofenda señorita!'. Y notando, después de todo, con primor y una sonrisa que le ocupaba todo su rostro y esplendor en sus labios, Silkie le respondió, '¡usted solo me hace gracia!'.

ENRIQUE ANICO TAVERAS

CAPÍTULO

XXVIII

Cuando por la mucha actividad administrativa, Silkie tenía que quedarse en la escuela trabajando y luego anocheciendo, se veía forzada a caminar sola hacia su casa, sentía una soledad y un miedo insólito que la sumía en una amargura de atrabilis; mientras, padecía de una monomanía delirante y desmedida que la hacía recordar los momentos y días más miserables de su vida, borrándole los cabales y bellos momentos que vivió junto a su familia, cuando se casó y por último, con Emilio Albinelli, en el poco tiempo que vivieron juntos.

El camino, desde la escuela hasta su casa, era todo un martirio, a través de cuyo sendero, cada paso se convertía en un abominable momento que, al paso de los días, después que empezó a sentir que su esposo ya no llegaría, le fue robando la vida. Todos los días, cuando caminaba de vuelta a la casa, no se daba cuenta que ese retorno era como un túnel en forma de embudo, a través del cual, ella iba metiéndose hacia una gran pena, cuyo final, terminaba

----

cuando con su mente oscura se encontraba ya pasando el portillo de su casa.

Entonces, mientras más largo era el momento que pasaba haciendo oficios dentro de ella, más insoportable era el tedio y la confusión en su cabeza. Cuando se ponía su bata para dormir y acostaba sobre su cama, veía que ciertas tablas de las paredes, al cerrar sus ojos, se levantaban. Entonces, se ofuscaba y desesperada los abría. Sin querer veía caras, caras llenas de nostalgias, desmedidas en sus aspectos y aunque uniformes en su tamaño, sin almas y apenadas todas, unas a las otras se les aparecían y pero no lograba definir ninguna, ni de quienes eran los rostros.

Ella veía que tomaban vida y actuaban con la intrigante particularidad de que no les hablaban. Y así, sin sentir esa compañía, se quedaba, con su soledad introvertida, sumiéndose en una miserable vida. Era algo parecido a un síndrome atenuado de alucinaciones mentales, como sí sembrara sueños en surcos de pensamientos absurdos y paranoicos de los que no lograba salir hasta que se dormía.

Cuando en esos días de angustia, en la mañana llegaba fresca y perfumada a la escuela, ya era frecuente que dos profesoras que eran sus subalternas la evadieran. Se le oía hablar de conceptos psicológicos que eran desconocidos por ellas y esos rincones del mundo. Se le oía decir yo solo estoy deprimida por falta de mis familiares, pero eso es pasajero. Me lo dice Emilio antes de irme a dormir. Yo lo oigo, con su voz dulce, él me habla desde el otro lado de las paredes de mí habitación. Y me suena, como la melodía de una flauta a mi oído. "¿Saben ustedes qué, la depresión psicótica, no es una enfermedad?". Cuando nadie le prestaba atención entonces cerraba la puerta de su auditorio y rompía en llantos.

Con frecuencia, entre sus primeras expresiones, después de situaciones estresantes con algún alumno, se le oía murmurar, que la perdida de algún familiar o maltrato físico no eran lo suficiente para general algún desorden psicótico depresivo. Luego se le acercaba a quien estuviera con ella y le decía: 'Sabes que vivir una vida sola, es como sí uno fuera una rama con conciencia de que nunca florecerá y que, tampoco, dará frutos. Que la vida en esas condiciones cesa para siempre, y cuando en esa rama seca, no hay flores, no hay frutos, no hay semillas, es la muerte total y la caducidad de la vida en un auto nihilismo'.

Sin la primavera de haber dado flores y semillas, quien solo se apresta a pasar la vida, coarta el legado de su existencia y la de quien la originó, la de su familia. ¿Y que es una rama seca, sin retoños? Un simple espacio hacia donde no llegan las abejas, ni sus mieles. Un lugar donde desaparecen los coloridos iridiscentes y multifacéticos de las mariposas. ¡Un verde de hojas verdes, hasta que se seque, hasta que se muera! Y así, casi convirtiéndolos en hastío, para los demás, Silkie se pasaba casi todos los momentos que compartía alrededor d esos días en la escuela.

Flipaba tanto que, en momentos de descanso, cuando conjuntamente se quedaba con una de las otras profesoras, dejaba de hablarle de las cosas y los problemas de la escuela, o de tal o cual alumno, sino de sus cosas personales y muy internas de ella. Luego hacía hincapié en que quería una familia, en que deseaba un bebe, una criatura, para amamantarlo sobre su pecho y cargarlo sobre sus hombros, atenderlo, verlo crecer, educarlo y enseñarle todas las cosas que ella había aprendido de sus padres y abuelos. Eso no estaba mal, pero repetía y repetía la misma cantaleta varias veces y en la misma conversación.

Durante los fines de semana iba a la iglesia y durante esas horas se le veía vibrante de alegría. Pero cuando llegaban las noches se le ponía un nudo en su garganta y todo, para ella se convertía en pánico, hastió, tristeza y llanto. A veces, sin saber que hacer, se pasaba las noches en vela, y no era sino, hasta cuando los marginados crepúsculos se asomaban, entrando por entre las rendijas de las ventanas por las mañanas, cuando sacaba desde dentro de su sabana su cabeza. Su obsesiva neurosis era tan constante y elevada que a media noche, aunque sintiera que se orinaría en su cama, no iba al baño, para no sentir la ansiedad que le provocaba ver los cambios de penumbras, porque le fue tomando miedo hasta a su propia sombra.

Tenía días, que hasta de sus propios pensamientos quería desesperadamente huir y se sentía alto desgraciada. Cuando simplemente se le aparecía en su mente una u otra idea de cómo mejorar su vida, se

----

aborrecía a sí misma. Sabía que hacer amigos, por ejemplo, cualquier amigo, la ayudaba. Pero la desesperanza de querer saber de Emilio, la transformaba, como en una paciente que huye de su propia medicina. Había reprimido y dejado para mañana tantos planes y deseos, que parecía, sus facultades somáticas, se le comenzaban a alterar. Ya había desarrollado cierta sordera y rigidez en las partes bajas de sus extremidades y un tipo de paranoia en la que pensaba que no debía tomar ninguna medicina, porque, en vez de salvarla, la iba a matar.

Sí se le acababan los abastecimientos de comida, aunque solo tuviera café, para beber, sino era hasta el sábado a las 10:00 horas, no salía. Pues no era el efecto de comer algo nutritivo que la hacía sentir bien, sino la presencia de mucha gente y el abarrotamiento que encontraba en el mercado. La presencia de la gente le daban la sensación de comodidad y descanso.

Cuando estaba alrededor de una muchedumbre, que en algo se ocupaba, no sentía miedo y de repente se curaba, volvía a ser la Silkie, esa que llegó llena de sueños concentrados en el que un día la rescataría. Así, sus tres actividades, al fin, se sumaron en ir a la iglesia, al mercado y su trabajo. Lo demás era limpiar la casa y pensar en ¡Emilio, Emilio, Emilio! Hasta el punto en que esto le empezó desesperar y convertir en frustración cualquier cosa que, aunque simple, le alterara sus planes. Hasta el día en que, por razón de la camarera, supo de los extranjeros y los fue a visitar.

ENRIQUE ANICO TAVERAS

El haberse encontrado con ellos fue como una terapia que le permitió deshacerse de una parte del malestar, como sí de la noche a la mañana, una sola píldora le había cambiado todo su cuadro clínico. Pero al saber, que ya al pasar la noche y al cabo del día, los extranjeros se habían ido, se sintió traicionada y sus síntomas se incrementaron hasta el punto en que la ansiedad, la fobia, el desamor, la depresión, y la obsesión crearon en ella una ruptura más honda con la realidad que en los días anteriores.

Sin embargo, gracias a la escuela, a cuenta gotas, siguió percibiendo, que parte del amor que le impartía a los niños, estos se lo regresaban a ella con el mismo fervor que se los impartía. De igual forma, sucedía con algunos feligreses con los que compartía en la iglesia los domingos. Su resistencia al sufrimiento y su estoica paciencia, a pesar de la incertidumbre, siempre se le aparecían interpuestas entre la hostilidad de su sufrimiento, por la intransigente soledad y sus problemas psicológicos. Su deseo intrínseco que, de sentir amor, como su sangre, le corría por sus venas, era un soplo impulsado por el deseo de encontrar su felicidad a costa de cualquier esfuerzo sin violentar los principios de la vida. Era una resiliencia que en cada cosa que tocaba encendía una chispa que quemaba hasta la elasticidad de sus límites y la convertía en alguien parecido a una sufrida heroína.

Amaba, amaba de todo corazón y practicando ese amor hablaba a solas. Los que a veces, sin ella darse cuenta, a su alrededor se encontraban, la miraban y decían, "¡la profesora está loca, se ha puesto loca la profesora!'". Empero, nunca, ni por consejo, se lo decían en su propia cara. Temían a su ingenio y aquellos brotes de felicidad que los sábados y los domingos en el mercado o en iglesia mostraba; los cuales, por buen juicio atraían a las personas, hacia su alrededor, en busca de sus buenos razonamientos.

Nunca se supo de nadie, que la pusiera en ridículo. Por lo contrario, a pesar de todo, por donde se movía, la gente mantenía un respeto tácito que, en vez, los hacía sentir por ella cierta protección, para cuidarla de la pena del sufrimiento, que había en su alma. Eso limitaba a la gente a mantener guardado esa opinión callejera, que de ella, personalmente, iba tomando forma en la medida que mostraba sus rasgos de locura.

'Pues bien, ¿Quién, lo puede saber más que yo? Me lo preguntarán mil veces y yo, quizás, me lo pregunte otras tantas. La respuesta está ahí, los sé, detrás de las minúsculas partes, errantes entre los recónditos espacios profundo de mí ser, así como el de aquellos que tengan un sufrimiento tan parecido como al mío. Es necesario corregir el curso. Donde hay ignorancia quitar la confusión, desatar el nudo y diferencial la verdad de la mentira. No engañar nuestro yo, y hacer el bien a tono con la verdad. Al fin, no obstinarse en defender con vehemencia las cosas, diciendo que todo está bien, cuando todo anda mal. Debo de esperar, debo de esperar'. Se decía Silkie un domingo en la mañana al salir de la iglesia, frente a un pequeño pantano de agua limpia que había en un parque todo sembrado de flores mirándose a su propio reflejo. Era que en su fragilidad se abstraía demasiado buscando fortaleza, intentando restablecer la debilidad que le causaba el sufrimiento.

ENRIQUE ANICO TAVERAS

ENRIQUE ANICO TAVERAS

CAPÍTULO

XXIX

Al otro día cuando Henn Mann y Friederich Heisnberg salieron de la habitación, llevaban con ellos el poco equipaje con el que llegaron. Parecía que iban directamente a desayunarse, pero cuando salieron, se detuvieron un poco más adelante, en frente de donde estaba la entrada del pequeño hotel y en vez de pasar hacia la fonda, que era ahí donde estaba, se decidieron continuar caminando por la empapada calle, aún llena de charcos por la lluvia de la noche pasada.

Sin detenerse, cruzaron la corta carretera entre carruajes, caballos y carretas. Al llegar donde el camino se cerraba, se tornaron hacia la izquierda, y se fueron por un trillo paralelo al mar. Más luego, caminaron por un alboreado sendero que entre una perenne y florecida vegetación lo condujo hacia una playa que ya habían visto desde la barca de Cirilo, poco antes haber descantado, hacia dos días, en el muelle de la comarca.

Bajaron los bultos sobre la ya brillante arena y mientras esto hacían, extendieron su mirada hacia la parte más azul del mar, otra vez hacia su izquierda, ambos observaron los mástiles y velas de algunos de las embarcaciones que ahí permanecían moviéndose sobre el vaivén de las calmadas olas y el fresco aire costero de la mañana. Trataban de descubrir sí aún la barca de Cirilo permanecía anclada, pero no la vieron.

Entonces se sentaron y sacaron parte las raciones de pescado ahumado y pan de yuca, y maíz que Lucia la Esposa de Cirilo, antes de marcharse de Las Lagunas le había preparado. Comieron y luego discutieron los pormenores de su próximo viaje, hasta que decidieron ir y comprar boletos, para la cuidad Valle Real de Compostela, una de las cuidades hacia donde llegaba el tren. Se pusieron de pie y deteniéndose, miraron extendiendo su vista hacia la larga cinta de azul marino con tintes blancos, cuyos bordes, a lo largo del horizonte, se confundían con el verde opaco de la montañosa y desigual topografía que, entre niebla, confundiéndose con el horizonte, se extendía, más alto, al otro lado de la costa, y desde donde habían llegado.

Hacia allá, al otro lado de la costa, al cruzar la gran bahía, donde suponían quedaba La Aldea de las Lagunas, se quedó Henn mirando. Friederich empezó a caminar, pero Henn, tuvo un pensamiento y dedicándolo aquella bella mujer, Carmen Sirena Báez del Mar, en voz alta y en alemán exclamó, 'Habt geduld, ich komme bald wieder! Ich schwöre, ich komme wieder!'. ('¡Ten paciencia, que pronto volveré! ¡Te juro que volveré!')

Y con sus rostros llenos de melancolía, uno detrás del otro, se fueron en busca de la estación, donde ambos se presentaron a comprar el pasaje para el próximo tren. Ese iba a salir con destino hacia Santiago de los Treinta Caballeros, como última parada, a las once de la mañana de ese mismo día. Al llegar a la caja donde se expendían los boletos de entrada al tren, explicaron que ellos iban hasta Valle Real de Compostela y el boletero les selló con un gomígrafo, dos boletos que tenían una inscripción que decía tren del Norte, Ciudad Trujillo. Samaná, Nagual, San Francisco, Valle Real, Santiago y luego les perforó la parte que decía la Valle Real.

La locomotora silbó y de a poco sus pitones se oyeron reventando la tapa de un estanque, como una almohada de plumas, que se rompe cara al sol. Desde su tope emergió la primera bocanada de vapor. De forma grave, firme, he incesante, cual muchedumbre en penitencia, la pesada máquina, se empezó a mover. Los vagones, una cola larga de cantaros ruidos, que como muertos, yacían inertes sobre los humedecidos rieles laminados del salitre le siguieron. Y atrás empezó a quedar de un lado el mar, del otro la montaña y su espesa vegetación, que aún, anidaba betas de neblinas, enmascarando de blanco los preñados cocotales y largas hebras sarmentosas, que goteantes, mostraban el frescor de la costera mañana.

Se movían aún a media velocidad y Friederich se levantó y exclamo, '¡Henn, es una belleza exorbitante!'. '¡Mira el mar y mira la montaña! ¡Qué contraste tan extraordinario, no hay un lugar así, en toda Germania!'. Henn se puso de pie y caminó hacia el otro lado de la

----

hilera de asientos, se puso contra la ventana y sus ojos de frente hacia el mar. Se quedó mirando y en su contemplación buscó el penacho perdido que marcaba la punta de la espiga, aquella que formaba él asta. Ahí, donde colgaba un banderín que portaba el mástil central del barco de Cirilo.

En su imaginación lo buscaba porque esas fueron las últimas palabras que le ofreció a él Carmen Sirena Báez del Mar cuando partían desde Las Lagunas hacia la comarca de Samaná. Señalándole el banderín le dijo, 'Siempre búscame más allá de la punta del mástil, por encima de la espiga y donde pienses que ha quedado el imán del penacho perdido y luego, mira hacia tu corazón, y mira bien, porque ahí estaré yo'.

Era un vagón abierto, con dos hileras largas de dos asientos por cada espacio, un pasillo y amplias ventanas de vidrio en cada lado. Después de un largo rato, Henn se cruzó, de vuelta hacia el lugar de sus asientos, pero se puso en la parte de atrás, que al igual que la del lado no llevaban pasajeros. Se detuvo y observó que la foresta comenzó a cambiar. Que no muy lejos de los rieles, los suelos estaban cubiertos de altas hierbas, rocas blancas y otras muy negras. Que al parecer caían desde las altas montañas que por espacios se veían, manchadas y desnudas, brillando como perlas desde sus entrañas.

En la distancia y como saliendo desde el monte, cuando entre las colinas se inclinaba, había huecos que se desdibujaban entre el esplendor de la foresta. Eran las alturas de los montes, que se deslucían entre las sombras

----

de las entradas de grandes cuevas y donde se notaba, qué tan profunda eran, porque en ellas desaparecían los divinos multicolores del espectro.

Los girones de neblinas y nubes frescas que en las partes bajas se formaban, desde donde, cubriendo algunos rayos del sol subían. Daban la ilusión de que, desde ahí, se devolvían los ecos y ansias del redoblante palpitar, que como un suspiro de escalofrió, con solemnidad apabullante, emitían las uniones de los rieles, cuando las ruedas del tren caían sobre ellas.

Grandes betas blancas atravesaban las grandes colinas y a lo lejos, se desplegaban hasta alcanzar las altas y espesas foresta de los ribazos en los topes de los montes. Y desde ahí, como huyéndole a las grietas, que parecían, por el movimiento del tren y de las nubes acercarse, Henn volvía la mirada y atónito, por tanta belleza, como lanzando un grito, entre soplido de aire decía: '¡Todo esto es más bello que el edén y todos los paisajes, que juntos, podrían fabricar nuestras fantasías!'

El tren avanzaba y la bruma se acentuaba. Luego se alejaron del mar y de ese lado en la ventana aparecieron ciénagas y sembradíos de arroz que se extendían, como lagos muertos de hierbas verdes, por kilómetros, hasta morir en el horizonte. Era un verde limonero, que daba la sensación de que algo vivido despertaba al sol, quitando la bruma, para consagrarlo a la felicidad y pulcritud. El sol, entonces, se veía bañar con abundante luz cálida las partes abiertas de las llanuras.

No volvimos a ver puntos negros en las montañas y los sembradíos aparecieron con más frecuencia, hasta que, como una cinta de película que se corta, para darle paso a otro cuadro, el mar, como una pantalla azul, a lo lejos, se vio a través de la ventana opuesta a la que lo vimos antes. Pero del otro lado, no había más que una planicie que se extendía, con un claro esmeralda, como si fuera una estepa eterna reverdecida en el verano. Ahora la niebla de agua evaporada, que subía directo, cuando se chocaban las olas en el mar. Estas eran crecientes sombras que se enriquecían con la briza fresca, llena de vapores que venían desde lejanas partes, más allá del azul océano que veíamos nos acompañaba a través de esa ventana.

El tren empezó a detenerse y desde la locomotora, se oyó un estruendo aplastante y portentoso. Luego, fue perdiendo velocidad, como sí sus grandes hierros se fueran anidar en una caricia sobre los rieles. Entonces, hubo un pito vigoroso, seguido por el golpe vertiginoso de grandes volcanadas de vapor y unas musicales campanadas, que como una reverencia de secuencias y vapores enrarecidos detuvieron el tren frente a un lugar que parecía una mansión campestre del tiempo victoriano.

Entre el tren y frente del lugar, a nivel de los rieles, sobre una explanada de mosaicos color ladrillos, se acuñaba una pequeña multitud de gente con bultos, animales, sacos y otros enseres. Y mientras nosotros aún mirábamos por la ventana, de repente pasó por nuestro vagón un oficial vestido de azul cielo, con quepis amarillo

----

y bordados de colores. El oficial nos informó, que esa era la estación de Nagual. Ahí, nos detendremos 30 minutos. 'Aseguren sus boletos y recojan su equipaje. Fuera en la estación hay café y algunas comidas', y desapareció caminando hacia el próximo vagón.

Recogimos todo y nos desmontamos. Al lugar le pasaban cuatro rieles por su frente, sobre uno de los cuales, se desplazaba el tren que nosotros veníamos. Todo se notaba fresco, nuevo y limpio. Fuimos hacia la parte donde nos dijeron estaba la cafetería. Entramos y vimos unas cuantas personas detrás de un mostrador de madera rústica, postrado en la esquina del fondo de una amplia sala.

Había una cantidad de sillas y todas estaban ocupadas. Una de dos mujeres que circulaban vestidas de negros con delantal blanco y una bandeja de madera, les preguntó, '¿Van ustedes a beber café?' Un poco indeciso, Friederich dijo que sí, pero comentó que no había lugar para ellos sentarse. Ella; entonces, contestó, 'suban por esa escalera', apuntando hacia la parte de atrás de donde estaban 'y siéntense en el tejado, es un balcón. De ahí todo se ve muy bello', les informó la señora y ahora mismo les traigo su café. '¡Ah!', recalco ella; 'también, hay huevos cocidos y buñuelos de maíz'. Friederich, relajado, le contestó, 'señora, sí todo lo traerá junto al café pues, seis huevos y aunque, nunca lo hemos probado, cuatro buñuelos'.

Nos sentamos en dos mecedoras de balaustres, muy parecidas a esa en la que encontramos sentada a Lucia, en

---

el zaguán, allá en Las Lagunas, hacía unos días. Desde que nos sentamos en ellas sentimos la riqueza del paisaje, su aire fresco y apacible. Alrededor del lugar, se veían, como saliendo por los laterales, dos amplias calles que estaban pavimentadas con grandes trozos rectangulares de piedra caliza. En sus aceras había mercaderías, y algunos coches, carretas, burros, mulos y caballos que la transitaban. También, no muy distanciada, había una dehesa donde pastaban algunos animales de corral. Y no lejos de aquel lugar, se veía un caserío muy colorido, que parecía había sido construido no hacía mucho tiempo. Detrás de las casas, más allá, claro y diáfano, con sus manchas blancas, entre el matizado azul marino se veía el majestuoso y amplio mar.

No habían pasado tres minutos y la señora volvió con la orden. Le pagaron al instante y tan pronto nos comimos un huevo y un buñuelo cada uno y nos bebimos el café, volvimos, con lo que nos quedó de la comida y nuestros enseres al vagón. Fue en ese lugar, por primera vez, desde que nos ocurrió el naufragio y llegamos nadando a las playas que vimos dos carros mecánicos moviéndose sin la ayuda de caballos. Uno de los cuales, al salir de vuelta hacia el tren, muy de cerca nos pasó. Era un Ford cerrado parecido al Wolwagen, que tantas veces, antes de la guerra, llegamos a ver, en nuestra nativa Alemania'.

Al entrar y volver a sus asientos, detrás de ellos se habían sentado una familia completa de seis personas. Encontraron dos niños en el asiento que estaba directamente de atrás de ellos, más luego dos niñas y los padres en el asiento anterior a ellas. Todos les saludaron,

----

los alemanes le hicieron una reverencia, le sonrieron y al sentarse, las ruedas del vagón repentinamente se movieron emitiendo un sonido estruendoso, cuando se acoplaron unos a otros los niples de los vagones y dando tumbes, lentamente empezaron a moverse. Esta vez, ninguno de los dos se movió del asiento. Poco a poco, al compás de los chirridos de las ruedas que arañaban los rieles en su movimiento, se fueron silenciando y el pito del tren que se perdía desde la locomotora en la foresta, pronto dejo de ser un sonido que los aturdía.

Luego tornando sus caras vieron, que las pobladas montañas empezaron acercarse hacia las ventanas del tren. Los ecos del reverberar de los pistones, al dejar escapar el vapor que provocaba el empuje, aumentaron y de igual el sonido del golpe de las ruedas sobre las uniones de los carriles, hasta que se metieron entre un profundo y estrecho acantilado. Se sorprendieron y los dos quisieron mirar por la ventana. Por entre espacios claros que dejaban los transparentes vidrios, como enteras penumbras, reflejadas sobre un agua clara y verde, se veían dos bosques de cocoteros, que se extendían hacia la punta de dos colinas. Ellos trataban de descubrir la altura, pero, por lo bajo que iba el tren, su tope no se veía.

La bruma acentuada, el verde espeso y pequeños destellos de luz que se escapaban desde las alturas por entre las marañas y enredaderas de ramas de los árboles, que bajaban hasta las orillas de los rieles, daba un aspecto de túnel natural. Luego, otra vez, aparecía el sol radiante, puntos negros y vetas blancas que se perdían entre la foresta de las montañas. Más adelante bajas colinas que

---

se contorneaban a partir de verticales acantilados perdíanse entre paches de nubes y girones de neblinas.

La brisa fresca y perfumada les entraba a través de las ventanas, que ellos ya habían descendido hasta el límite, a la altura de sus hombros. Les olía a flores, frutas silvestres, mieles y néctar. Todo esto, cada vez que respiraban o miraban, les penetraba hasta el fondo de sus almas. Y en contraste, les hacía recordar, ya de forma positiva, el momento cuando llegaron a la isla. Se miraban, sonreían y daban gracias por haber sido premiados con tanta gracia y paz durante un tiempo donde todo era caos, muerte y desgracias. Luego, en su éxtasi, se les aligeraba el espíritu y la sangre la sentían correrles llena de vida por sus venas.

Habían viajado por unas tres horas y media y ya habían hecho tres paradas. En la última, sin desmontarse, esperaron por el oficial del tren. Cuando este pasó, le preguntaron sí aún estaban lejos de La Valle Real y este les dijo que dentro de 45 minutos el tren iba a llegar a allá. Que mientras tanto se podían entretener viendo las extensas y verdes llanuras pobladas de seibas, samanes, fogosos flamboyanes y gigantes amapolas de troncos blancos. Les dijo que también, era algo excepcional del paisaje, los bellos y limpios ríos, bajo los puentes, por donde de camino iban a pasar.

Desde ese momento los dos se miraron. Ellos abriendo y cerrando sus ojos comenzaron a conjeturar leves indicios de cosas que no sabían, acontecimientos ignorados por ellos, impresiones desconocidas, nuevas y

----

diferentes que no veían con sus ojos a su alrededor, pero que sus almas presentían. Felicidades vislumbradas, todo un horizonte de vida y alegrías inesperadas.

Ellos nunca, desde que por última vez abordaron el submarino en el puerto de la marina alemana de Hamburgo, habían sospechado eso y con cierta brusquedad natural, se les empezaron a poner, sin esperarlo, frente a sus ojos. Y Friederich Heisnberg pensó en la larga historia de sucesos que les precedió a la odisea en la que se embarcó después que se había comprometido con la idea de engañar a los alemanes, su ejército Nazi, y aunque fugitivo en llegar vivo o muerto a tierras americanas.

Al llegar a su destino, no tuvieron ningún percance y se alojaron en el hotel central del Lugar. Pocos días después, se dieron cuenta de la importancia de los consejos que habían recibido de Carmen Sirena Báez del Mar, de Cirilo, Lucía y del Señor de nombre Rubén Beltrán, el cual, por consejos de Cirilo y Carmen Sirena, además de cambiarle monedas extranjeras por la nacional; también, les ofreció.

Y siguiendo al pie de la letra, eso que le habían dicho, encontraron que los mismos alemanes que vivían en la Valle Real, habían resuelto sus problemas migratorios desde la Ciudad de Santiago. Supieron que había una oficina en la Gobernación de esa ciudad que se encargaba de hacer y transmitir a Santo Domingo, Ciudad Trujillo, de todos los documentos, sin ninguno de los problemas que presentaba viajar a esa capital. Entonces a solo días de haber llegado tomaron un automóvil que los llevo a un bello hotel en el mismo centro de la ciudad y solo a una cuadra de la gobernación llamado hotel Las Mercedes.

En ese lugar vivieron dos semanas hasta que una carta les llegó en la que les informaron que debían de viajar a Santo Domingo a las oficinas de la cancillería para recibir sus documentos legales, como resientes de la isla. Entre todas las cosas que hasta ese momento lograron hacer, fue el de no separarse, hasta que el destino, después de ese viaje a Santo Domingo marcó, para cada uno por separado, su propio camino.

Las tierras que recibieron, aunque no muy distantes unas de otras y a pesar de que no era tanta, estaban en diferentes lugares y esto hizo que tan pronto como se legalizaron se mudaran solos. El mismo Friederich Heinsberg propuso a Henn repartir de igual manera, para ambos el dinero y lo poco que preservaron, como propiedad hasta ese momento. Pero ambos siguieron ayudándose el uno al otro, mientras se habrían camino en el nuevo y hostil ambiente de lo que ellos decían era una nueva civilización, a través de la cual, debían de abrirse paso y crecer con lo que ya tenían de conocimiento y experiencia.

ENRIQUE ANICO TAVERAS

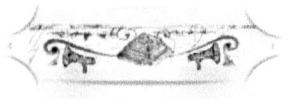

CAPÍTULO

XXX

Silkie Gepper Miller, aunque se mantenía yendo a la escuela y haciendo sus tres labores más importantes, de acuerdo al pensamiento idiosincrático de la pequeña comunidad donde vivía, a veces, se veía fallida y mostraba rasgos que salían de lo normal. Cuando ella no estaba presente, se comentaba que ya casi había enloquecido. Sin embargo, cuando a menudo se encontraba alejada de las amalgamas intransigentes de los cambios químicos en su cabeza, los que le infringían el tedio y la soledad, volvía a sus momentos normales de lucides constante.

Un jueves ya muy distante de aquel día en que había ido a visitar a los extranjeros, agobiada por las tensiones que su dejadez había provocado en la escuela, decidió tomar un corto descanso y escribió una nota, para entregarla el viernes y excusarse de no ir a trabajar el próximo lunes.

Al otro día, viernes, a las mismas tres de la tarde, después que los muchachos y profesores se marcharon a sus casas, ella, con un pequeño bolso que había preparado en la mañana, con sus cosméticos, una pantaleta y un vestido, fue a la estación de tren y compró un boleto. Se montó en el tercer y último tren de ese día, rumbo a cualquier cuidad que la llevara lejos de la comarca de Samaná.

Escogió la Ciudad de Santiago y hacia allá viajó, sin percances y muy satisfecha de haber tomado la decisión. Ahí, se quedó por los restantes dos días. Fue a la iglesia, conoció algunas gentes, visitó el centro comercial y el lunes, en el último tren, regresó a Samaná con el espíritu realzado y ennoblecido. Satisfecha de lo que había hecho y con la luz de la esperanza encendida.

Se había sentido tan bien que, a partir de esa fecha, por largo periodo, los fines de semana, ella continúo comprando boletos, para diferentes puntos hacia donde viajaba el tren. Lo único que la limitó en esos viejes, más luego, fue los escases de dinero. En poco tiempo, sus ahorros se fueron disminuyendo. Pues el costo de la comida que compraba y el pago de las estadías en los hoteles, que era bastante caro, en comparación a lo que recibía, como salario, no lo podía reponer y empezó a vivir en la escasez.

Entonces hizo una pausa y volvió a pasarse los fines de semana en la comarca de Samaná, participando de actividades sociales, culturales, yendo a la iglesia y visitando el mercado. Pero esto la hacía sentir limitada y

ENRIQUE ANICO TAVERAS

con más agudeza, le volvían las pesadillas y los pensamientos de la falta de su familia, la falta de Emilio Albinelli y el mismo deseo de salir, para aliviarse.

En busca de acumular dinero, para resumir sus viajes, ya que se había dado cuenta que eso le ayudaba a mantenerse ilusionada. Pasaba días enteros sin comer y después que llegaba de la escuela, se alimentaba solo con hortalizas que cultivaba en su patio. Más luego, y poco a poco, empezó a llevar desde su propia casa el exceso de lo que producía, para vender en el mercado. Esto en poco tiempo, aunque no de forma significativa, aumentó sus finanzas.

El abnegado trabajo en la escuela y el gran amor, que de los niños se había ganado, la llenaban, la satisfacían. Eso era una verdad. Pero aún sentía el gran vacío de su familia en su alma, eso la deprimía, llenándola de miedos. Cuando ya de noche se iba a la cama, otra vez, volvía a sentir la bruma, la confusión, y el desasosiego. Se le agravó el temor a la oscuridad y esto, en su habitación cerrada, la hacía encender varias velas a la vez. Por temor y sin saber a qué cosa, ella no dormía y se pasaba horas sin conciliar el sueño. Leía, pero se cansaba, escribía en su diario, hasta que se quedaba sin ideas, vacía como esponja que ha sido exprimida. Al final de la noche terminaba mordiéndose los labios, gastando el tintero, tratando de dibujar cosas sobre la cera derretida de las velas de parafina que, para economizar dinero, las compraba a muy bajo costo.

Poco a poco el benceno y el tolueno del humo que desprendían estas velas, por sensibilidades químicas que desde antaño había desarrollado en la contaminada ciudad de Berlín, donde creció, poco a poco la fueron enfermando y agudizando la paranoia que, meses antes, sin darse cuenta, había levemente adquirido.

Sin haberse dado cuenta de lo que la estaba enfermando, llena de desconsuelo, el fin de semana, antes del diecinueve abril de 1943, dos días antes de su cumpleaños, sintiéndose sola y abatida por la desesperanza, después que se había pasado toda una noche de desvelo y una semana pensando en Emilio, sin que un segundo se le saliera de su cabeza. El sábado, tempranito en la mañana, viéndose impedida por la falta de sueño, quiso mitigar el desaliento que le provocaba el insomnio.

Ella, desde su habitación caminó hacia la cocina, la cual, estaba separada del cuerpo principal de la vivienda por una puerta con aldaba. Al abrirla y ver todos los rayos que del temprano sol traspasaban las rendijas de las deformadas tablas, como finas astillas alongadas de cristales, entre ciertos vapores que del suelo se levantaban, sintió un inhabitual estímulo, y este se hizo más robusto cuando abrió la ventana opuesta a la que daba el sol.

Miró a través de ella, y al irrumpirle el dulce trinar de las aves en su oído, se acercó y sentó su barbilla sobre el quicio, para disfrutarlo. Se quedó mirando hacia el fondo de su patio, donde el rocío, encendido por el temprano

----

sol, se miraba, como una pavana grande y verde de mil diamantes. Así, contemplando el paisaje, dejó su mente en blanco y al volver en sí, se recordó que ese día, era sábado, que no había escuela y que a las diez habrían el mercado.

Pero ella solo se volvió hacia la meseta donde estaba el fogón de la cocina, sacó carbón de un viejo y tiznado saco de henequén y lo echó en uno de las los anafes de la estufa. Le puso virutas secas de corazón de pino y con el fuego de un cerillo lo encendió. Ella preparó una taza de café fuerte, se la sirvió y volvió hacia la ventana. Más luego mientras daba sorbos a su taza de café, sus ojos se le encendieron y volvió a su habitación.

Taza en mano, se paró frente a su espejo, descansó la taza sobre la repisa y sacó con ciertos destellos de esperanza la cajita donde guardaba sus cosméticos. Se aplicó un poco de colorete sobre sus mejillas, algo de sombra limón en la parte alta de sus parpados y se pintó el labio carmesí. Luego abrió el pequeño armario, el que a un lado de su habitación tenía y sacó aquel vestido verde que guardaba, para cuando Emilio llegara y con el se vistió.

Sin pensarlo se miró al espejo, satisfecha se sonrió y tomó su cartera y monedero. Fue de vuelta a la cocina, la cerró y con nada más que con el dinero justo, para comer un día, fue a la estación y compró un boleto en el primer tren que ese día salió. Se montó y poco después de las diez de la mañana, cuando sus ojos se habían cansado de mirar por la ventana, cerca de la Villa de San Francisco de Macoriz, donde sintió, que a pesar de que sus ojos los llevaba abiertos, al fin se había despertado. Se desmontó del tren, para esperar el que de vuelta, transitando por la otra vía, volvía hacia la comarca de Samaná. Ese tren venía de la Valle Real de Compostela.

El tren se detuvo, ella se montó y al cabo de quince minutos, sin darse cuenta cerro sus ojos. Cuando ya había visto toda su familia pasando por su imaginación, el tren comenzó su marcha. Esta vez la locomotora empujaba, tres vagones de pasajeros y dos de carga que venían contiguos a la locomotora. Ella se había montado en el penúltimo y se sentó justo en el último sillón, a la salida extrema del vagón. Ella, como el tren, en ese entonces, se dirigía hacia una ciudad en las montañas llamada Cotuí.

Hacia días que se había decidido por acabar, de una vez por todas, con su miseria y quería hacerlo bien lejos de la comarca, para que los niños, amigos de la iglesia y de la escuela por la distancia no lo sintieran. No quería causar estragos, ni culpa, ni dolor en la mente de nadie. Se había cerciorado de que era cierto que antes de llegar a la cuidad de Cotuí existían unos precipicios increíblemente profundos.

Que según lo que se decía, su fondo, desde los tiempos de la llegada de los españoles a la isla, estaba poblado de esqueletos y cadáveres desconocidos de indígenas, españoles y mulatos que se suicidaban lanzándose al vacío y de aquellos que el tirano Trujillo, desde hacia más de siete años, mandaba a matar y hacia

----

ese lugar, muertos o vivos lo llevaban y lo lanzaban, para desaparecerlos.

Cuando Silkie supo de ese lugar y le contaron lo que allí pasaba, sintió en todo su cuerpo un escalofrío tan espeluznante, que toda su piel se le encogió, se le llenó de nudos. Ella sudó hasta empaparse y un vaho de fluido hormonal, a carne y orina descompuesta, con fermentos de humores en desequilibrio, por todo un día y una noche sintió. Pero aún con temor, sin volver a pensarlo, se decidió a llevar a cabo su segundo intento de acabar de una vez por toda, llorando en silencio y con lágrimas apagadas, con su sufrimiento.

Después de tratar, haberse esforzado, amargamente esperado y pensar, por lo que más pudo, de salir victoriosa en la búsqueda de una razón lógica, para escapar de su miseria y no seguir viviendo bajo el yugo de la soledad. Silkie, conmovida, aferrada a que ya nada la llevaría al dinamismo del ayer. Y ahí, donde estriba la subjetividad inherente de lo alcanzable en el mañana, escondió su cabeza tras la vergüenza de la desesperación existencial. Aquel estado psicosomático en que se descubre la bravía de enfrentarse con la realidad cruda de saber que no se está viviendo. Y concluyó, que es más vida hacer desaparecer el sufrimiento acabando con la vida en un instante, que vivir cien instantes tras la amargura de soportar el sufrimiento de la soledad eterna, que coarta la felicidad en la vida.

Como entre humos que no se disipaban y que no venían desde la locomotora, metió su espalda lo más

----

profundo que pudo en el asiento, aflojó sus piernas, dio un suspiro y tras un largo bostezo que la llevó a llenar sus pulmones de aire lo más que pudo, al expirar, se quedó tranquila. Poco a poco se les fueron cerrando sus ojos y dejando gravado en ellos los intermitentes destellos de sombras y luz que se asomaban por las ventanillas del vagón en la medida que el tren avanzaba.

Luego, debajo de ella, sintió un vacío, como sí el asiento hubiese desaparecido. Entre aires raros y confusos hizo una lenta y desmedida flexión y tornó sus ojos junto a su cabeza, para mirar hacia la posición de sus piernas. Pero cuando observó, vio que no había asiento, el piso del vagón directamente la sostenía y se dio cuenta que estaba de pie. Miró hacia los lados y al tornar su cabeza, el vagón estaba casi vacío, solo los tres pasajeros que iban con ella permanecían en él. Ahora los veía vestidos de negro y blanco y hacían movimientos solemnes dirigidos por alguien que, vistiendo una solapa blanca con estola verde colgada en su cuello, había entrado al vagón sosteniendo un crucifijo blanco sobre sus manos, frente a su pecho.

Silkie caminó unos pasos hacia la parte más extrema del vagón y se detuvo frente a la puerta. Miró por entre las ventanas, que claras y limpias dejaban ver el movimiento entre vagones de los rieles, como sí ellos fueran los que rápido se movían. Quiso abrirla y luego volteó caminando, para ver a través de la ventana laterales del lado donde sentada estaba. Seguía viendo bosques espesos de pinos y algunos desfiladeros. Luego volvió al extremo del vagón, abrió la puerta; y mientras, dejó que la briza, junto al rechinar y golpeteo doble de las ruedas sobre los rieles, mientras esperaba por el momento propicio, para saltar, le disiparan. Sin embargo, algo le decía que no era eso lo que quería. Pero sentía que no podía salir de aquella loca y cruel conmoción que entre sueños la impelía.

En aquel momento Friederich Heisnberg viajaba solo y aunque el día anterior había llegado a la Villa de San Francisco Macoriz, desde su casa en la Valle Real de Compostela, a traer algunos productos químicos, para el procesamiento de cuero y producción de piel, para zapatos, el cual, era uno de los negocios en los que él había incursionado. Ese mismo día, después que concluyó su faena fuera de su casa, con una pequeña y descolorida maleta, que ya era solo lo que como valija le acompañaba, caminó hacia la estación del tren.

Al llegar, supo, que el tren que a esa hora esperaban y que venía desde Samaná, lo iban a mandar de vuelta por la vía contraria desde esa estación. Por aquel riel, que solo había visto en parte desde la ventanilla del vagón, cuando venía acompañado por Henn Mann hacia Valle Real de Compostela, hacía ya más de siete meses atrás. El riel se extendía por entre otras lomas dando una prolongada vuelta, y evadiendo un trayecto de escarpadas cadenas de montañas, las que formaban un macizo con prominencias que terminaban en profundos abismos.

Los rieles, a pesar de la distancia, que de las orillas de estas cimas los habían construido, unas veces se extendían por la parte rocosas y otras por las huecas de las llanas alturas que formaban su cúspide de camino hacia la villa de Cotuí. Él, desde que empezó a usar el tren, por ahí, no había pasado, pues nunca hasta que no encontró la oportunidad propicia quiso volver a la comarca de Samaná. Quería estar seguro, quería tener dinero y sentirse libre para hacer feliz a esa mujer por la soñaba.

Tenía sus planes, pensaba esperar llegar a Samaná y quedarse en la misma pensión que se había hospedado siete meses atrás. Ahí iba a esperar cuanto sea necesario el barco de Cirilo, para cruzar hacia la aldea de Las Lagunas, con la intensión de ayudar a su amigo y compañero Henn Mann. El que después de haber vivido dos meses con su ya esposa Carmen Sirena Báez del Mar, se iba a mudar con ella hacia una nueva casa que había logrado comprar y reconstruido en la gran ciudad de Santiago de los treinta Caballeros, con parte del dinero que, junto a su amigo, habían recuperado de los bolsillos de los marineros muertos del submarino y de negocios que subsecuente había hecho.

En el momento en que el tren se detuvo en la estación de la Villa de San Francisco de Macoriz, en el vagón que él tomó; poco después, se montaron una multitud de gente que se dirigían a una mina de oro. La que reciente, no muy lejos de la ciudad de Cotuí, se había abierto.

Los hombres y algunas mujeres, casi todos de media y avanzada edad, llenaron los rincones del vagón con sacos, llenos de chucherías campesinas, gallinas, huevos, aparejos, monturas de caballo, cerones de cebolla y ajo,

---

pacas de tabaco, maíz en grano y cosido en grandes arepas.

Ningún asiento del vagón, quedó vacío y aunque no estaban apretujados, eran tantas las cosas que llevaban, que no dejaron espacio, para moverse. Ellos al ver al extranjero que, a pesar de lo raro, estaba muy bien vestido, afeitado y arreglado, con su piel colorada debajo de una chacabana blanca, de lino con bordados verticales que, paralelos, en forma elipsoidal y taselados le caían junto a los botones de conchas de caracol con que se la cerraba. Inmediatamente, comenzaron a ofrecerle la venta de los productos con los que andaban. Él, con mucha calma, les explicó que en ese momento no necesitaba nada, que no llevaba dinero.

Esperó un poco y sin decir nada más, que pedir permiso, con voz apretujada, para no ofender, pidió que lo dejaran salir. Se puso de pie y con toda calma, se movió hacia el pasillo del vagón y en dirección opuesta a la que iba el tren caminó dirigiéndose con su pequeña maleta de cuero desgastado hacia el próximo vagón.

Al pasarse de un vagón al otro, encontró la puerta abierta y con cuidado, como escurriéndose, para no resbalarse hacia la parte baja del tren, dio un paso y seguro de que no resbalaría se impulsó hasta entrar. Entonces, se sostuvo del manubrio de las primeras ventanas, que permanecían cerradas con sus vidrios muy limpios y transparentes. En el compartimiento, justo en la parte contigua a la antecámara, después de la entrada, en la hilera de la izquierda, vio esa mujer sentada en el

----

asiento que quedaba en la parte detrás del primer maletero. Ella estaba durmiendo y dando altos ronquidos, que parecían desarmonizar con los chillidos que, cuando pasaban por alguna curva, sobre los rieles emitían las pesadas ruedas del tren, mientras bordeaban, entre la humareda de nubes, una empinada montaña.

La cabeza de la mujer doblada hacia el lado derecho de su pecho y recostada contra la pared metálica del vagón a poca distancia, por debajo del borde del quicio de la primera ventanilla, con su pelo cubriéndole, no le dejaba ver de su cara, más que su inocente barbilla. Ella hacía ciertos movimientos con la quijada, como sí estuviera rezando en voz baja y escondiendo los ojos, para no ver la luz. La que penetraba trayendo la claridad reverdeciente de la belleza del monte; el cual, en la medida que el tren se metía hacia las montañas, poco a poco le iba cautivando la mirada a los otros tres pasajeros que, además de él, aunque ajenos, iban en el vagón.

Friederich esta vez vestía un sombrero de fieltro, copa baja y color marrón oscuro. Llevaba el pelo corto. La barba afeitada, y el porte de sus bigotes, contrastaban con sus pastillas, recortadas a nivel de la parte baja de sus oídos. Su cuello ahora se le veía claro y colorado, como el caparazón de una langosta después de echarse al agua hirviendo. Lo único que de él se podía reconocer era el color pelirrojo, algo quemado de su cabeza, que le contrastaba con el decoroso color del bigote y pastillas. Las que eran del mismo color de la rica y larga barba que le había crecido, después de la noche aquella, cuando Silkie en la comarca los visitó.

Sus lisos mentones y el color crepuscular de sus ojos, como dos botones de miel oscura, ella no los podía olvidar. El dorso recto se su nariz piramidal, que desde su parte inferior, cual lucida piel brillante, se levantaba, hacia un claro vértice inclinado, ensombrecido, por la luz oscura de aquella noche, cuando lo conoció, sus maxilares, eran irrevocablemente inolvidables, en otro lugar, se decía, los había visto.

Pero ahora, ella metida en su pesadilla, iba con su vestido suelto de fina seda y verde monte que la cubría. Lo veía, le ondeaba sobre su cuerpo, lo sentía golpeado por la brisa fresca, que veloz arrastraba el empuje del tren entre las montañas y que, en parte, por la puerta y la ventana hacia el interior del vagón penetraba. Y como sí ella misma se estuviera mirando, en el espejo de su propia pesadilla, veía que, con el golpe de la brisa, en el mismo lado opuesto a la dirección que se dirigía el tren, al chocar con su cuerpo en la parte izquierda, como una fina silueta contra su vestido le marcaba sus curvas, cuando a su piel, por debajo del brazo, la fina tela de seda se adhería.

Ella se lo recogía y luego abriendo sus dedos lo soltaba. Entonces, se extendía como una ondeante bandera verde, blandamente, extendiéndose hacia fuera del vagón. Y luego transformándose, dentro de su sueño, en el bello follaje que de fondo realzaba los puntos de penumbras, matizando el colorido de flores y hojas a la orilla del camino y ella enflaquecía, como un asta amarrado a los manubrios de la puerta.

Friederich la miraba, para él era extraño ver esa mujer sentada, dormida, y tan bien vestida. Sin fastidiar, dando cortos ronquidos y quejidos de bajos tonos entre sueños. Quiso despertarla, pero se eximió. Entonces, buscó un asiento al otro lado del pasillo, a una hilera detrás de ella.

A lo lejos alguien la llamaba y miró, pero solo vio una oscura sombra, que se precipitó hacia el primer abismo que entre la claridad apareció. Ella dio un suspiro y profundo respiró. Se acomodó. Se puso de lado sobre el espaldar del asiento. La cara, cubierta por su pelo, le quedó mirando hacia el asiento que estaba al frente, a su izquierda en la otra hilera. Se oyó una corta carcajada de sonrisa leve. La cual, parecido a un quejido satírico, salió desde sus labios, como tratando de mitigar una pena en su interior. Más luego fue un, ¡aaah! Y algunos gritos y sollozos de muy bajos tonos. Entonces, muy segura, pronuncio muy claro un par de oraciones, ¡Ya verás, como en segundos, termino yo contigo vida, y jamás volverás a llenarme el alma de angustias y heridas! Luego todo fue un confuso balbuceo el cual ella sola en su pesadilla comprendió: ¡Adiós hombre honesto, virtuoso y aguerrido, adiós Emilio Albinelli, adiós! ¡Adiós, Adiós! ¡Dios te salve!

Freiderich al escuchar la voz de la mujer pronunciar palabras en español, más que sorprendido, se asustó. Desde su esternón brincó un soplido, seguido de latidos que sonaron tan fuertes, como el pistoneo inicial de la locomotora que alaba el tren y el golpeteo de las ruedas sobre las juntas de los rieles. Se dio cuenta, miró hacia su alrededor, pero nadie lo había oído, frio y calculador

ENRIQUE ANICO TAVERAS

como era, aún se sentía confundido. Pero cayó en cuenta y la sorpresa, aunque lo emocionó, no lo confundió.

Ella, entre sollozos, después de la ininteligible, he imprecisas frases balbuceó volvió a llamar a Emilio Albinelli, '¡Emilio!'. Seguido, continuó pronunciando palabras imprecisas. Él de repente pensó que estaba teniendo alucinaciones visuales y auditivas. Pues, también a él, la retahíla de afecciones perdidas y deseos reprimidos, por largo tiempo, lo habían afectado. Se sentía que muchas de las lesiones recibidas más una alta fiebre que lo afectó por contagio con malaria, pensaba, le creó problemas cerebrovasculares. Sin embargo, su sistema nervioso lo sentía fuerte y sus latidos los sentía lleno de vida y energía.

Después de una corta meditación de autoanálisis, lleno de curiosidad, se levantó del asiento y se aproximó a ella. La observó y se dio cuenta que esas palabras, las que, entre labios, mescladas con imperativos de ruegos, ella susurraba, las decía en italiano, español y alemán.

Freiderich extendió su mano hacia la cara de Silkie y con su dedo índice y mayor, evitando no despertarla, le apartó de su cara la parte del pelo que sobre el rostro le chorreaba. Entonces, confirmó, que ella era la misma mujer que los había visitado la noche antes de que su amigo Henn y él, asustados y confundidos, partieran en el tren hacia Valle Real de Compostela.

Su nombre lo llevaba claro en su memoria, no se le había olvidado, pero la volvió a mirar y se recordó de las dos velas que, desde el tubo de vidrio aquella noche, a ella le alumbraban su cara y le incrementaban el brillo de su mojado pelo. ¡Silkie, Silkie, es Silkie!", de repente le apareció, como una ráfaga de sonidos y ecos de goteras en su mente, ¡esa es ella, poco ha cambiado!". ¡Es Silkie!

Miró hacia los lados, se cercioró de que los pocos pasajeros que iban en el vagón no lo oyeran y en lengua alemana la llamó: "Miss Silkie! Miss Silkie! Wachen Sie auf, wachen Sie auf, bitte, bitte!". "¡Por favor!, Señorita Silkie despierte, despierte Señorita Silkie, ¡por favor! Ella no escuchó y se mantuvo lejos, como descomponiéndose entre la fina y aguda ilusión que van dejando los sonidos cuando desaparecen en un sueño.

El volvió y la llamó, pero tampoco respondió. Entonces fue hasta el sillón del lado y desde ahí extendió su cuerpo hacia el lado derecho arqueándose por encima del estrecho pasillo, luego fue su brazo y mano hasta que, con alta delicadeza le quiso frotar su hombro, pero se detuvo. Entonces le dio unas palmaditas hasta que ella medio abrió sus ojos. Aún dormida y entre sueño preguntó: '¿Emilio eres tú? Friederich decidió dejarla que despierte por su propia cuenta y como el asiento del lado estaba vacío, movió su bulto lo puso en el que estaba y se sentó a su lado.

Había transcurrido casi una hora y ella permanecía inmutable. Pero no había vuelto a roncar, ni hablar. Solo dormía como si estuviera rodeada de una tranquilidad absoluta. El tren acababa de salir de la parada que había hecho en La Villa de Cotuí y se dirigía de vuelta hacia los rieles que iban directo a Naguar y Samaná.

ENRIQUE ANICO TAVERAS

El sacó una libreta y un lápiz y empezó hacer una lista de cosas a las que les puso números a su lado. Poco a poco se concentró en lo que estaba haciendo y se desapercibió de que Silkie había totalmente despertado.

Ella notando la presencia del ese hombre a su lado, nada quiso decir, para no estorbarlo. Entonces empezó a mirar por las ventanillas hasta que la curiosidad de saber por dónde andaban le inundo el alma y in voz alta, para dejarse oír preguntó: '¿Por dónde vamos ahora, caballero?'. Freiderich tanto se había concentrado haciendo sus cálculos y anotaciones que no la escuchó y siguió prestando atención al cuaderno sobre el cual tenía puesto sus ojos, mente y lápiz.

Minutos más tarde, mientras ella miraba por la ventanilla, otra vez, sintió deseo de saber y en ese momento lo miró. Lo observó desde la línea que marcaba la silueta de su quemada frente, hasta la parte baja de su cuello. Sacudió sus ojos por un momento y batallando contra algo que no lograba comprender, luego inquirió, '¿Me quedé dormida, sabe usted por dónde vamos?'. Esta vez Friederich la escuchó perfectamente y le contestó sin mirarla en alemán, 'Wir sind auf dem Weg nach Samaná' Vamos de camino a Samaná.

Silkie de repente se sintió sofocada, y miró por la ventanilla. Pensó que aún dormía y soñaba. El tren pasaba una curva, bordeando por detrás de una extensa colina que momentáneamente, mostraba el vasto espacio azul del cielo y en el fondo, a lo lejos, la llanura, llena de Amapolas de Sombras con su espectacular inflorescencia, como llamaradas de un fuego inerte, entre Samanes, Ceibas y otros gigantes que crecían en el llano. Y otra vez el tren se metió entre la espesura del bosque que, entre laderas y terreno accidentado bordeaba los rieles.

Ella parpadeó y mirando hacia afuera, frente a sus ojos, vio que las separaciones entre rocas, troncos, piedras y arbustos, al entrar frente a su vista, como una cinta fotográfica que de su carretel se desenvolvían, pronto desaparecían empequeñeciendo en la medida que se iban quedando atrás. Y una extensa banda de neblina, que se formaba entre los espacios les traía la sensación de agua fresca y humedad. Se sentía que respiraba olores, perfumes a flores, a pino verde y a su polen. A la pureza del aire transportada por el viento que entraba por la ventanilla del vagón, como residuos de los últimos reflujos de los aromas campestres de las montañas.

Sintió que el tren ya retornaba al valle, y le volvió el dulzor que dejan las vainas de samán en el aire cuando se desprenden de sus ramas y golpean sobre el suelo, el aroma a panales empapados de miel, a cacao maduro y el cielo nublado de olores con los perfumes de las flores y frutos que crecen al pie de las montañas. Pero ella aún estaba aturdida del sueño del que acababa de despertar y no logró incorporar en su razonamiento la oración en alemán, que ese hombre le había dado, como respuesta a su pregunta.

Silkie se volvió hacia Friederich con mirada febril, y estrechando el enigma de su presencia, le contempló su perfil. Lo miró hasta encontrar el punto más oscuro donde penetrarlo. Recordó, se compuso y acomodó, poniendo su espalda erguida en el asiento. Luego levantó sus manos, se compuso el pelo y le dijo en español, 'no recuerdo su nombre. '¿No es usted uno de aquellos dos alemanes que llegaron a la Comarca de Samaná después que su barco naufragó?

Él, tornándose de espacio, la miró y en su duro español de academia le contestó, 'respetable dama, yo soy uno de ellos'. Luego, extendiéndole su mano, añadió, 'soy Friederich Heisnberg'. 'Le recuerdo, usted fue aquella mujer que nos visitó muy tarde, cuando ya dormíamos, la noche del día después en que llegamos. Era ya muy entrada la noche y poco antes, caía aquel aguacero tempestuoso, con enfurecida violencia y alborotados rayos que se oían golpear con agitada estridencia'.

'Usted tocó a nuestra puerta, un poco asustada, con cierta inseguridad y alumbrándose con dos velas, rompiendo la paz, que la armonía de la lluvia, los truenos y las goteras en ese momento nos invadía. Recuerdo que me desperté del mejor de los sueños que yo alguna vez haya tenido. Aún hoy no puedo olvidar aquella imagen, que como sí saliera de la nada. Usted emergió del brillo que deja el agua en la oscuridad, toda empapada antes nuestra puerta'. De repente, como sí una duda se haya adueñado de su pensamiento, hizo silencio, luego la miró y de nuevo y muy seguro de lo que decía exclamó, '¡Sí era usted!'.

'Perdone que no pudimos volverle a ver. Nuestra condición no nos permitió permanecer en ese lugar por

----

más tiempo. Nos tuvimos que marchar casi de emergencia, pero siempre pensé que, por alguna razón que percibí aquella noche, nos volveríamos a encontrar'.

Ella con cierta distancia le estrechó la mano y le comunicó que, para ella era una gran sorpresa haberlo encontrado en tan extraña circunstancia y en un tren en el que nunca se imaginaba ver a nadie que conociera.

Ambos se miraron y más luego se sumieron en un silencio que solamente se llenó con el sonido periódico y doble de las ruedas del tren, cuando pasaban sobre las uniones de los rieles. ¡Ca-kum, ca-kum, ca-kum, ca-kum...! Los dos lo oyeron y una misteriosa nostalgia y deseo de expresar cosas los embargó, pero se mantuvieron en silencio. Luego fue el pito y el chú-chúu, chú-chúuu..., de la locomotora que se oía lejana y sola. Seguido por el chirrido causado por las pestañas de las pesadas ruedas, cuando rosaban los laterales de los rieles al entrar por alguna curva y el zumbido aplastante y tembloroso que penetraba por las ventanillas, cuando el tren irrumpía en el exorbitante ambiente de tranquilidad del monte.

Los dos retrocedieron en el tiempo y una nostalgia con sentimientos de aquella libertad de aventura, con ímpetu creativo de los años mozos de su juventud, los embargó. Ella recordó momentos en que viajaba con sus padres hacia las regiones meridionales de Bavaria. Cuando por rieles adyacentes, a su lado, camino a Múnich, pasaban interminables trenes trabarieles y

ENRIQUE ANICO TAVERAS

lastreros cargados de cosas múltiples e inimaginables según sus padres.

Él se remontó a la paz que le ofrecía aquel paisaje de bosque virgen y silvestre de las montañas altas de Turingia que, por más de una vez, atravesándolas lo deleitó. Cuando en tren iba desde Suhl, la ciudad natal de su padre, hacia Dresden, en la vieja Sajonia, a conocer cosas con su madre. Esas que, para la educación de su hijo, ella consideraba eran partes elementales. Aquella sensata y bella actriz italiana, Giovanna Albinelli que junto a su otro hijo fue presa del desaire de un Duque, General de la Marina Alemana, el que nunca quiso reconocer sus grandes dotes de mujer talentosa y un día después de uno de esos viajes, nunca volvió a su casa. Llevándoselo a él hasta que se convirtió también en militar.

Se miraban y al descubrir el parpadeo de sus pestañas, que el sonido doble, como estimulo en sus ojos, las ruedas del tren, cuando pasaban por las uniones de los rieles, en su rostro le dejaban, se sonrieron. Luego, como redescubriéndose, apareció desde sus pupilas con la agudeza de un fino deseo de expresión un emotivo candor. Y al fin, se derramó, como jarras de agua, la tibieza que emanaba desde las entrañas de sus instintos por saber que había pasado con ellos durante todo ese tiempo que no se vieron.

Se percataron de su total presencia física y como si estuvieran llegando desde una larga he interesante travesía, al momento parecía que el destino los estuviera

----

llevando hacia el inesperado camino de la mutua comprensión de sus almas. Aquello era, como sí, una fuerza mayor, los estuviera conduciendo hacia un manantial de agua fresca, apagar el fuego causado por las llamas del sufrimiento, la distancia, la nostalgia y que condenados, los mantenía pensando, que solos en la vida, se quedarían por el resto de sus días.

Después de mutuamente mirarse, él comprendió que Silkie, desde aquella vez, en la que por primera vez le habló, estaba llena de una fe que él había perdido y que, por no tenerla, ni haberla cultivado, en esa parte, ella podía representarlo y ser su guía. En virtud de los sentimientos, él pensó, que aquella fuerza que se transmitía natural e indeliberada desde el pecho de ella, la cual, él no solamente la percibía, a través de sus ojos, mientras la miraba, era la fuerza de la inmaculada belleza, de amor inocente que vuelve a enamorar. Esto lo hizo sentir tan atraído y al mismo instante realizado, que un pensamiento le rodó, como un balde de agua tibia que, en la quietud y frescor de una cascada, escapándose, para caerle por su espalda. Y como poseído por alguna fuerza imantada, yéndose de bruces quiso declararle el candor que por dentro le quemaba y decirle que la amaba. Que deseaba convertirla en su gran amor.

Pero una conmoción en la que el esplendor baja la llama, producto de la sobriedad del razonamiento, le frenaron el ímpetu. Y conocedor de las desdichas y las desgracias por la que un ser humano, a veces, es sometido por el destino a la crudeza de las tristezas desnudas. Friederich pensó en aquel sentimiento, que carece, por despojo involuntario, de un alma en quien asirse en momentos en que se quiebra o agrieta el alma.

Respiró profundo y suspirando tras sentirse poseedor de un sentimiento con romanticismo auténtico, el que, en ese momento, ya le calaba hasta sus huesos; y sin querer despojarse del misterio que guardaba, desde antes que la última bala al submarino alcanzara; entonces, le dijo a Silkie: 'Yo no dejé de pensar en usted nunca. Desde el mismo momento en que aquella vez nos contó su historia y al otro día, cuando nos montamos en el tren, guardé su recuerdo, su voz, su rostro, su personalidad en el rincón del alma, donde se conservan las cosas más preciadas de la vida'.

'Luego, quise ser ese consuelo que usted en aquel momento buscaba, pero nuestra condición de expatriados, sin documentos, no nos permitía arrojarnos al abismo del amor, aunque muriera de amor y por dentro, los gusanos me pudrieran los sentimientos'. 'Después de todo, las circunstancias no eran apremiantes, y riesgoso era, para nosotros, y para mí, en especial perseguir el amor, como una quimera'. 'Te he amado y no me he sentado, contemplando la belleza, desde los bellos recuerdos. Yo solo he tratado de crear los medios y lo material, para una relación duradera, para que tu estes toda la vida conmigo'. 'No queríamos terminar en la cárcel, ser desterrados o mandados de vuelta a Alemania a ser carnadas de guerra; tampoco, que usted se vea desprotegida y sin trabajo, pues así nos lo expresó'.

'Yo cada día que pasaba sentía una necesidad inaudita, como si fuera el deseo de recobrar un miembro perdido después de un trauma y antes de asimilar el sentimiento del amor, ese que nos obsesiona hasta perder la razón cuando verdaderamente se siente, cuando se desea un ser querido, una pareja, cuando se ama. Yo muchas veces quise volver a buscarla, para pedirle que se convierta, al fin, en mí protegida, en mí definitiva esposa, pero; de igual forma, pensaba en las consecuencias. Sobre todo, de sí iba a poder sostenerme ante todas las intransigencias sociales y políticas que sucedían aquí en estas tierras y ante ellas, sobrevivir'.

Silkie fue poco a poco levantando su cabeza y con dos lágrimas que le comenzaban a caer, chorreándose por el tintado verde limón con que había sombreado las aristas de sus parpados, para realzar el color de sus ojos, como un brote que le tintaba su rostro de primavera, le sonrió. Y como si estuviera bajo el esplendor armonioso, que permiten los auténticos sentimientos; cual artista va dejando ver los colores y líneas de las pinceladas en una bella obra de arte o en el nacimiento de una rosa, ella fue expresando la reflexión divina de la lucidez de su entendimiento en su mirada. Él no lo pensó dos veces y como sí un grito mudo, que lo despejó de todas las amarguras de su vida por los últimos cuatro años, le expresó su amor. Le dijo que no la había abandonado, que la amaba.

Se contaron todas las cosas que quisieron decirse y sin pensar, ni un momento, en el vitalicio movimiento del avance del tren y el vago oscilar de los vagones sobre los

ENRIQUE ANICO TAVERAS

---

pivotes; mientras, sus ruedas se deslizaban por los rieles, como sí viajaran solos y el tren solo fuera para ellos, sin perturbarse se contaron sus penas, sus triunfos y alegrías. Se sintieron entre el color fecundo de la compresión mutua, desembarazándose de todos aquellos deseos reprimidos que afectados por el inesperado encuentro salieron desde sus pechos a raudales.

ENRIQUE ANICO TAVERAS

CAPÍTULO

XXXI

Delio, nunca más volvió a ver aquel simple hombre, conductor de camión que, con tanta pasión, le contó casi la historia total de él, sus antepasados, y parte de la historia del país en el que había crecido, en unas cuatro horas y en espera de que se mueva el tráfico en un embotellamiento vehicular de camino a la ciudad de Santo Domingo. Seis meses más tarde, viajando siempre de la misma forma y visitando el quiosco de Doña Nereida, bien temprano en la mañana, para encontrar quien le llevara, él había cumplido con todas sus responsabilidades académicas que requería la aplicación a la beca. Según el reporte, que quince días después, del último examen le impartieron, Delio pasó todas las asignaciones con los mejores grados. Del mismo modo, lo habían hecho otros 103 estudiantes y de todos, lo decía en el reporte, escogerían, solo 27 estudiantes, más otros cuatro alternativos, en caso que algunos de los escogidos se nieguen a la beca o tengan problemas para viajar.

ENRIQUE ANICO TAVERAS

El día de la verdad llegó. Fue un cuatro de junio de 1986 Su madre le llamó. Él estaba en su habitación. Al oír la voz, le contestó que bajaría en un momento, pero ella llena de una pasión que se excedía de su órbita, volvió a llamarle con voz más alta y esta vez le dijo: "Yo creo que es la carta que tiene que ver con lo de la Beca". Delio abandonó todo lo que hacía y corrió hacia la primera planta. Ella le entregó el blanco y engrosado sobre. Era un poco más grande que una hoja estándar de maquinilla y estampado con rótulos azules y aristas ensanchadas. Ella se quedó frente a él, con sus dos manos juntas y levantadas a la altura de su pecho, como sí ella le estuviera pidiendo al espíritu santo por un milagro.

Con cuidado y lento en su proceder Delio, abrió el sobre. Lo primero que vio fue una carta, sin timbrado, con fecha y dirección de destinatario. La extrajo y detenidamente la leyó. Era una carta de agradecimiento, sellada y firmada por el director del comité de becas, por haber participado en el procedimiento de obtención de la plaza, para estudios universitarios en el exterior.

Detrás de esta carta había otro sobre, era de papel más fino y con rótulos parecidos a los del sobre principal. Este contenía una segunda carta en la que le anunciaban que él había sido elegido beneficiario de una de estas becas, para el estudio en la facultad de Ciencias Económicas en la Universidad Amistad de los Pueblos de la Ciudad de Moscú, en Rusia, URSS. Y dos cartas más en la que le explicaban los procedimientos a seguir, con la fecha de partida, documentos necesarios, he instrucciones para el vieje. Adjunto a estas últimas cartas, en sobres más

ENRIQUE ANICO TAVERAS

pequeños, venían contenidos tres pasajes de aviación con explicaciones hacia donde debía de viajar antes de llegar a su destino final, que era la grandiosa ciudad de Moscú. En cierto momento, su madre se puso muy nerviosa ya que había incluido en el paquete un pasaje extra, el cual, era el primero que él debía usar con destino a Curasao.

Ella le preguntó: '¿Por qué sí la beca es para Rusia te están mandando, para esa pequeña isla?'. La respuesta a la pregunta, Delio no se la pudo dar en ese momento y solo le contestó cuando terminó de leer todos los pormenores. En fin, su viaje debía partir desde el Aeropuerto Internacional De Santo Domingo, hacia Curasao; desde ahí, hacia Ámsterdam, Holanda, donde debía ir a la cuidad de La Haya, para realizar algunos procedimientos y requisitos de visados. Por último, volaría hacia Moscú, Rusia.

La explicación que le dio a su madre, la extrajo de una pequeña nota, al final de la carta donde estaban las instrucciones a seguir. Le dijo que, debía de ser así, debido a que su país no tenía ningún tipo de relaciones diplomáticas con este último país, Rusia, URSS.

Después de haber vivido, visto y compartido todas las calamidades que, junto a él, buscando el mérito de una beca, todo los conferidos pasaron; por último, haber palpado, en una gran parte de sus compañeros, la agonía de la derrota. Aquella que se siente por haberlos dejado atrás, y que, en busca del mismo premio, se quedaron en medio del honroso camino, y de aquellos; que también,

---

triunfaron, pero que no fueron escogidos por mínimas diferencias y que; por tanto, no llegaron a la cima.

El día once de septiembre, del mismo año, veintinueve estudiantes de los que tomaron los exámenes, entraron a un avión de la línea Aérea de Dominicana de Aviación, con destino a Curasao. Allá, unas dos horas después, aterrizaron y más luego, el mismo día, ya cuando se veían las primeras luces del crepúsculo teñir el cielo con grandes betas doradas que se metían por las ventanillas de un Jumbo jet 747 de la línea aérea KLM, despegaron rumbo a la capital de Holanda Ámsterdam.

Dispersados en diferentes asientos del avión iban todos muy tranquilos. Unos leyendo, otros pensando o durmiendo. Quizás, conversando con quienes le acompañaban en los asientos que le quedaban a su lado. Todos se conocían y se habían visto durante los exámenes, pero pocos se habían dirigido la palabra; sin embargo, iban con un solo propósito, el de triunfar y lograr un alto título académico.

Delito quedó en el extremo derecho de la fila siete del avión, en lo que luego supo era un asiento de lujo y en medio una familia holandesa que, más luego, después que el avión despegó, fue abordado por la madre, la cual, por señas le pidió que intercambiara su asiento por el de ella. Así ella pueda quedar sentada junto a su hijo menor. Un niñito de unos 4 años que lloraba angustiado buscando el calor y ternura de su madre. Delito accedió y tomó el más extremo de los asientos al lado de la ventanilla y ella quedó seguida por el niño en el asiento de la izquierda de

----

Delito. Ahí, más solo y alejado que un santo detrás del coro de una iglesia, sin ponerle atención a lo que se hablaba, se quedó. Más tarde, repasando en su mente la historia de todo lo que hasta ese momento había logrado, se durmió y no despertó hasta el final del vuelo.

Al aterrizar el avión en el aeropuerto de Ámsterdam, en Holanda, ya a la salida de la aduana y después que el pasaporte de Delito, como el de los otros, que en el mismo vuelo llegaron, había sido sellado con visa de tránsito por periodo de sesenta días, uno de los mismos estudiantes de nombre Odranoel Augi Ipona, los comenzó a reunir y les decía que leyeran la última parte de la carta donde llegaron los pasajes de vuelo. Ahí, decía claramente que, al llegar a Holanda, justo en la salida del Aeropuerto de Ámsterdam, los reuniría, mostrándole una fotografía que de cada uno de los estudiantes él tenía en su posesión.

Algunos ya habían leído la nota y reconociéndolo caminaban hacia él, ya que fue a él, que el comité de becas escogió, como el encargado de organizar la estadía en Holanda, la cual, se debía extender por unos diecisiete días. Nos fuimos en tren y todos nos hospedamos en un pequeño hotel, en el mismo centro de Ámsterdam, no muy lejos de un bello canal, de nombre Herengracht en el que navegaban estrechas, pero largas y lujosas canoas. No muy lejos de ese lugar, un parque, en el que, desde uno de los balcones del pequeño hotel, en el otro lado de la calle, se veían muchos transeúntes y gente corriendo, haciendo ejercicios y otros montando sus bicicletas.

Fue ya en el hotel, donde por primera vez Delito tuvo la oportunidad de hablar con esos compañeros de viaje y que por unos cinco años más, era posible, les iban acompañar en el desarrollo de su vida. Aunque no hubo fiestas ni celebraciones, todos se reunían, para comer lo poco que podían comprar y ahí conversaban. Dándose la oportunidad de conocerse, he intercambiar ideas y concepto, que más luego, les ayudaría, facilitándose la comprensión que en el grupo necesitaban, para mantener el desenvolvimiento de las actividades y diligencias que debían de hacer, allá en Holanda, específicamente en La Haya.

En la gran ciudad de Ámsterdam todo transcurrió con toda normalidad; excepto que la estadía se prolongó nueve días y algunos de los estudiantes se les acabó el dinero. No se podían abastecer ni de agua, pero eso, en vez de perjudicarlos, más estrechó sus lazos, la hermandad y la ayuda mutua. Cuando supieron de la prolongación, al cabo de dos días, ya habían creado una pequeña sociedad que les permitió desembarazarse de las precariedades más perentorias, que la falta de dinero les había creado, en especial aquellos a quienes ya no le quedaba ni un céntimo de florín. Así y utilizando el poder de la creatividad pudieron desenvolverse con el poco dinero que cada uno llevaba, hasta que, al final, se marcharon hacia su destino final, Moscú.

A las tres semanas de la estadía, a Delito lo habían bautizado con el apodo de «El Diplomático» Pues cuando ya tenían unos quince días en aquella fabulosa ciudad, y habían viajado, por lo menos, tres veces, en tren hasta La

ENRIQUE ANICO TAVERAS

Haya, se dio cuenta que algunos de los compañeros les escaseaba el dinero y ya no tenían, ni para el desayuno.

Una de esas mañanas, en una cafetería que había no muy lejos del hotel y donde, casi desde el primer día, todos se iban siempre a desayunar, mientras Delito disfrutaba junto a otros dos de los compañeros Alberto Vireta y Jim Ferdisanto, su corto desayuno, se le acercaron otros dos compañeros pidiéndole dinero. Les comunicaron que, desde el día y noche pasada no habían comido nada, estaban muy hambrientos y ya no tenían, ni para comprar un pan. Delito no escatimó y sacó de su bolsillo siete florines, de sesenta y cuatro que le quedaban y se los dio. Los otros dos compañeros les completaron el costo del desayuno, que eran quince florines.

En días pasados Delito se había dado cuenta que el cantinero de aquel lugar hablaba un poco de español y francés y ya había entablado conversación con él. Poco después, cada vez que iba a desayunarse, le tomaba un poco de su tiempo y conversaban sobre sus lugares de origen, de lo que se ha vivido, de sus pasados y las cosas que soñaban, para ellos en aquel presente.

Él joven de la cafetería había emigrado desde Curasao y su madre era venezolana, vivía solo con ella y estudiaba en su primer año en la universidad Erasmus de Rotterdam (EUR). Le dijo que el poco español y francés que sabía lo había aprendido de ella y mejorado en la universidad.

Uno de esos días, un domingo en la mañana, el buen barista le dijo, que él entendía que todos nosotros éramos estudiantes de escasos recursos, que había oído algunas de nuestras conversaciones y las limitaciones de las que hablábamos. Delito se quedó sorprendido, pero el barista, como un buen samaritano, calmándolo le dijo, 'Te lo digo no para que te vayas a ofender, sino para que sí en algún momento, o por alguna razón, les aparece una gran necesidad de algo material, podían, sin vergüenza, o temor de recibir una negativa, pedirlo, como favor. Yo, con gusto y sin interés, los ayudaré'.

Al otro día en la mañana, antes de salir para la Haya, ciudad donde quedaba la Embajada Rusa y donde debían ir a tomar instrucciones a partir de las 14:00 horas, sobre los procedimientos a seguir, tan pronto aterrizaran en el Aeropuerto de Moscú, a Delito se le acercó Odranoel Augi Ipona y le pidió que sí él podía contribuir, para el pago del pasaje hacia la Haya de algunos de los muchachos, a los cuales se les había acabado el dinero.

Delito pensó en los días que le quedaban y como ya sabían, que la estadía se les iba a prolongar, entregó dos florines, pero de inmediato se paró de la silla y fue donde el barista y le pidió que sí podía regalarle dos o tres pliegues de papel. El barista solo le ofreció unas bolsas de papel marrón, limpias y planchaditas de unos cuarenticinco centímetros cuadrados y le dijo que era todo lo que tenía. Delito las miró y con todo agradecimiento las tomó.

Luego se fue a la mesa donde dos compañeros con los que hablaba, quedaron sentados. Sacó un lápiz de los que siempre llevaba y sobre una de las fundas, con rótulos bien medidos, con ayuda de un pequeño diccionario que andaba, escribió en francés lo siguiente: 'Somos estudiantes y estamos en Ámsterdam de transito, no sabíamos que la vida era tan cara en esta ciudad y lo poco que traíamos se nos ha acabado. Nos quedan los sueños y los vendemos en poemas'. Diez florines es el costo de cada uno. Por favor, ¡ayunos comprándonos uno!'. '¡Permite que estos sueños, tanto para ti, como para nosotros, se conviertan en realidad!'.

Delito volvió donde el barista y le pidió que, sí podía, traducirle al holandés la nota. El barista al leerla, se le apretó el pecho, bajó su cabeza, y al querer tragar se le hizo un nudo en su garganta. Quitó la vista del papel y volteó su cara. Al momento sus ojos se le aguaron y una lágrima enchumbada de amargas y dulces nostalgias se le resbaló por su mentón derecho, al cabo que trataba de expresarle a Delito que él lo haría y que le dé un momento a que atendiera los clientes que le esperaban.

Al poco rato Delito recibió de vuelta la nota traducida al holandés y la transcribió sobre una última funda que le quedaba del mismo modo que la escribió el barista y sin olvidar ningunas de las puntuaciones. La restante la hizo en español. Una vez tubo lo escrito en tres lenguas, una por cada funda, llamó a Odranoel y le pidió que les dijera a los muchachos que trajeran todos los libros que tenían y se pusieran la mejor ropa que llevaban en su maleta.

No les explico la razón, pero ninguno del resto de los estudiantes quiso oír lo que él les pedía. Pero Delito estaba decidido hacer lo que se proponía por su propia cuenta, solo con la ayuda de los estudiantes con lo que había entablado más cercana amistad y uno de los dos que el había ayudado esa mañana.

Entonces se fue al hotel y volvió con un cuaderno que tenía lleno de poemas y anotaciones. Les dijo a los muchachos que lo acompañaran y buscó el lugar donde se acumulaban el mayor número de gente, frente a la cafetería y antes de cruzar la calle, mientras esperaban por el cambio de luz del semáforo. Ahí, en línea, separados a dos metros de distancia, paró los tres amigos sosteniendo las fundas sobre sus manos, como sí fueran carteles.

Al cabo de unos minutos un señor de mediana edad, alto, muy bien peinado y perfumado, vistiendo un traje azul marino de una tela muy suave, que le caía por toda su espalda y largos brazos, sobre un suéter negro de cuello de tortuga, y unos pantalones de fuerte azul claro que le contrastaban en color y caída del saco, se detuvo y se acercó, para a leer lo que decían los rótulos que Delito había plasmado sobre las fundas.

El caballero llevaba en una de sus manos un paquete de fragantes flores frescas y en la otra unos globos coloridos, los cuales, se levantaban en el esplendor exorbitante de la luz del sol de media mañana que los traspasaba y flotaban, como amalgama de brillantes colores claros sobre su cabeza. Las flores eran muchas y variadas. Su esencia, por un instante, llenó el espacio de toda la acera frente de la cafetería.

Entre el tumulto de toda la gente que pasaba, al cambiar la luz del semáforo, él se detuvo, leyó la nota que estaba escrita en holandés, Luego la que estaba en español

----

y por último en francés. Entonces, levantó su cabeza, miró a uno de los muchachos y sin decir nada, más que gracias, sacó veinte florines y sin mediar, él mismo, lo echo dentro de la funda que sostenía el más joven compañero de Delito. Era el que tenía levantado el rótulo escrito en holandés, Jim Ferdisanto.

Delito vio lo que sucedió y de inmediato abrió el cuaderno y tomando las dos hojas, que estaban en su mismo medio, las arrancó y dándole las gracias se las entregó al transeúnte, que las tomó sosteniéndola entre la punta de los dedos con los que abrazaba el majestuoso y abigarrado buqué. El hombre se detuvo, dio unos tres pasos hacia adelante y parsimonioso volteó su cabeza y poniendo las flores sostenidas debajo de su brazo, con la destreza de un mago, con la mano que le quedo libre dobló las hojas que Delito le entregó y entrándosela dentro del bolsillo superior izquierdo de la chaqueta, con una dulce y melodiosa voz de locutor y en un español sacado de la real academia y sin esconder su admiración, dijo: '¡La versión en español de lo escrito en los bolsos de papel es la más hermosa y poética de todas!'.

Delito se quedó sorprendido, confuso y ensimismado sosteniendo el cuaderno, sin mirar los bolsos, dentro de los cuales, sin darse cuenta, mientras miraba el hombre cuando se marchaba, ya habían caído más de diez contribuciones. Eran de uno, de cinco, diez y dos veces de veinte florines. Pero su sorpresa, por lo que le acababa de suceder, fue tanto que no tubo chance de atenuarla y en ese momento solo asintió en preguntar a uno de los muchachos, sí se había dado cuenta de quienes, de los que por ahí pasaban, habían puesto o no dinero, como contribución en las fundas.

Se sintió culpable por que a ninguno de esos les pudo, ni siquiera a distancia, ofrecer uno de los poemas que tenía dentro del cuaderno de notas.

Sin embargo, cuando se incorporó, y volvió a prestar atención a lo que sucedía. Una señora llevando un perro labrador de gran tamaño, de piel parda, muy limpio, cabellera peinada y cara de juguetón, se detuvo y leyó lo que decía la bolsa en holandés. Luego quiso decirle algo a Delito. Delito no comprendió, pero de repente una chispa se le encendió en su mente y le hizo ceña con la mano a la señora, para que se esperara. De inmediato corrió hacia dentro de la cafetería y le dijo al barista, que en ese momento se encontraba solo, con tres clientes sentados en mesas separadas y mirando por la ventana lo que afuera sucedía, que le ayudara un momento, para traducir lo que le pedía una señora que había afuera con un perro. El barista aceptó y de inmediato lo acompañó.

Ella al verlo salir repitió, en holandés, y el barista le tradujo: 'solo quería preguntarle, sí tenía algún poema sobre un perro'. Delito comprendió de inmediato y abriendo el cuaderno fue a una secuencia de tres poemas que había escrito, para perros y tomó el que creyó más bonito y se lo dio a la señora. La Señora lo miró, se sonrío, guardó el poema en su bolsillo, le dio las gracias y se marchó. Cuando ya la señora y el perro se habían perdido alejándose de la vista de Delito, el barista, aún estaba ahí y le preguntó a Delito, 'en fin, ya somos amigos, ¿cual es

ENRIQUE ANICO TAVERAS

----

tu nombre?' Delito le tendió la mano y le dijo, 'Delio, ¡me llamo Delio Dell Rosario!'. El barista le respondió, 'yo soy Gústve Narde Jain'.

Tan pronto, como le dijo el nombre, señaló hacia aquella mujer que se había ido con el perro y le dijo: 'Se llevó tu poema y no te dio ninguna contribución, ¿los estáis regalando?'. 'No, pero no es nada', le contesto Delito. 'Nunca pensé que tan lejos de nuestro país alguien no ayudaría. No sabía que había tantos hombres de buena voluntad en estas tierras. Al parecer, todo el mundo es rico por estos lugares. Me ha sorprendido, como, sin acaso hablarles directamente en vuestro idioma, todo el mundo nos ha comprendido. Ven conmigo, que te voy a enseñar las bolsas, en ellas debe de haber unos trescientos o más florines'.

Al moverse, para a ver que había dentro de la bolsa que sostenía el compañero que estaba más cerca de Delito, de nombre Dionisio Casilda, este los vio y antes de ellos llegar a él, sacó de la funda un sobre amarillo que la señora del perro les había tendido mientras Delito buscaba a Gústve, el barista. Al abril el sobre, encontraron dentro un billete de cincuenta florines. Delito miró a Jim Ferdisanto y al otro amigo, José Alberto Vireta, que se había acercado para mirar. Por último, miró a Gústve y con ojos de sorpresa, escondiendo sus cuellos dentro de sus hombros, como sí lo hubiesen ensayado antes, los dos exclamaron: '¡Qué paranoica torpeza y tan grande la nuestra!'.

Al momento, como celebrando un triunfo, los dos se habían tendido las manos sobre sus hombros proclamando el inesperado éxito de una amistad que apenas, hacía justo un momento, cuando se dijeron sus nombres, se había legitimado, pero sin dejar de admitir que comprendían lo efímera que esta, se sabía, iba a ser, y a pesar de todo la continuaban enriqueciendo. Gústve Narde Jain vio que un cliente entró a la cafetería, dejó una sonrisa y de inmediato se marchó.

Delito se quedó pensando en lo que, más luego, le iba a decir al joven amigo. En lo mucho que le agradecía su ayuda y lo difícil que era encontrar, en una situación tan hostil, a una persona de otra cultura en quien fiarse. Inesperadamente miró hacia su frente y extendiendo su mirada hacia el otro lado de la transitada calle, vio que el caballero, el cual, le dio los primeros veinte florines venía devuelta hacia ellos.

Mientras consigo mismo conversaba, cambió la luz del semáforo y a media calle Delito y los amigos dilucidaron que el señor no venía solo, a su lado caminaba una mujer encantadora, con ciertos movimientos seductores y sensuales en cada paso que avanzaba hacia ellos. Era alguien así, como una diosa griega que se oculta tras su mito, sin dejar de mostrar su esencia y sus encantos. Llegaba, como sí entrara hacia un espacio que era ya por ella conocido. Como aquellas mujeres cuya emancipación, en su caminar, contrasta con doncellas imaginarias, diosas, deidades, que las raíces teológicas nos enseñan y que poseen carta blanca, para donde quieran, entrar. Esta, de lejos se veía, como una mujer savia, fuerte, conocedora de su belleza, sublimidad y pulcritud. Que se mostraba lejos de la vanidad, con ojos puestos hacia el horizonte y en busca de todo lo que es la reverencia a lo sagrado, alejándose de lo profano y turbio en una aureola de pureza.

Subieron hacia la acera, pasaron el semáforo y entraron al espacio frente a la cafetería. Delito se encontró con ellos a dos metros de distancia y como el caballero les había hablado en español al irse la primera vez, Delito le tendió un saludo y le dijo: '¡Qué oportuno es verle a usted por aquí de nuevo! ¡Respetable caballero, gracias, muchas gracias por su contribución!'. El hombre con una voz pausada y una delicadeza extrema le respondió, 'No es nada, quien verdaderamente se merece un halago es usted'. 'A mí novia le gustó tanto el poema, qué quiso venir a conocerlo y pedirle, que sí podía firmárselo. Además, para obtener su permiso, así, nosotros podríamos transcribirlo y ponerlo en grande sobre una camba'.

Delito se ruborizó y de la emoción casi se le traban las palabras en su garganta. Solo dijo sí y luego añadió, 'ustedes pueden hacer lo que quieran con el. Ahora es de ustedes. No sabía que un poema que escribí con una intensión casi personal, tuviera un resultado tan inesperadamente original, cayendo en manos de personas con tan extremado buen gusto. Hace un buen rato, cuando opté por vender, por necesidad estos poemas, simplemente me dije que todos caerían en lo impersonal, en la ausencia manifiesta de aquel sujeto de inspiración, que lo amparaba en su subjetiva vida existencial y quedarían gravitando en el vacío, sin aportar ningún referente al discurso en general, la inspiración o transformación de alguien. ¡Pero ya veo qué no! Es halagador llegar de tan lejos, ser un desconocido y al momento sentir que, algunas palabras salidas de alguien como usted, se conviertan en los buenos signos y maravillas que traen luz a las almas enamoradas de hombres desconocidos'.

El caballero mantenía silencio y discreción con respecto a lo que decía Delito, pero se le notaba una amplia satisfacción y una sonrisa que le brotaba desde los más recónditos recovecos de su intimidad. La mujer una pelirroja de cutis brillantes y cabello muy largo enmarañado, cejas levantadas y boca con labios encantados y nariz de Lilith, como una diosa, con ojos parecidos a dos zafiros brillantes en su cara, de repente le dio una mirada a Delito y de súbito se abalanzó sobre él, lo abrazó con una ternura emancipadora que lo hizo olvidar de aquel hombre que aún lo miraba y de que esa, que lo abrazaba, era su novia o mujer, que en su alma por un momento lo tomaba y él apretado contra su pecho, entre el vaho oculto de su cuello de lilas perfumado, balbuceante, con un poco de temblor, solo dijo, '¡gracias joven señora!'.

Ella luego le dio un beso a Delito en su frente y le dijo que ella quería ayudarle; también, que quería darle una contribución. Delito le explicó que ya tenían suficiente y que ya no hacía falta nada. Ella, una vez más lo miró y le pidió que le contara la razón del porque estaba vendiendo todos sus poemas de esa manera y que él, en vez, debiera formalmente publicarlos. Él le contó, sin detalles, la naturaleza del problema que estaban enfrentando algunos de sus compañeros, a los cuales, se les habían acabado los pocos fondos que llevaban, y ya no le quedaba otra alternativa más, que quedarse hambrientos o pedir comida, para poder terminar sus días en Holanda.

Luego, como sí no tuviera más que decirle, miró detenidamente los ojos de la bella dama y para su adentro, se dijo lo afortunado, que en es momento, esa mujer, con su abrazo lo había hecho sentir. Pero no experimentó más que un sentimiento proveniente de una inspiración maternal, una vaga angustia que se disolvió tan pronto el separó sus brazos de su cintura y ella los suyos de la parte alta de la espalda de Delito. Cuando al fin se alejaron los hombros y los labios de la mujer, después de darle un beso en su frente, como un cometa que pasa perdiéndose entre la luz de la claridad, Delito experimentó un vacío de esos que crean las fugaces ilusiones que con intensa magnitud nos tocan el corazón. Y de ese momento no se olvidó jamás.

Entonces la mujer que no le dijo su nombre, al separarse le informó: 'con tu poema, tú me has hecho creer otra vez en la felicidad. En los últimos seis meses de mí vida, he vivido pensando en un amor, que debido a un mal entendido, se había frustrado y lo creía muerto'. Y dando pasos medidos, hacia atrás y alejándose de Delito por último le comunicó: 'Pero hoy con un poema en la mano y lleno de flores y unos globos coloridos, ese caballero, se me apareció a la puerta, devolviéndome la vida y todos los signos de amor, que se habían confundido

----

entre el desorden de un mal entendido, cuya maraña, el poema aclaró. Una vez más le dio las gracias a Delito y caminó hacia la cafetería, a encontrar el compañero, el cual, hacía ya varios minutos atrás, ahí había ido.

Cuando se quedó solo, Delito se sintió turbado, ensimismado, pensando en lo que había sucedido, pero ilusionado y consciente de la austera esperanza que, a partir de ese momento, él pensaba, debía seguir, para mantenerse, así mismo motivado y poder aumentar el optimismo de aquellos miembros del grupo que le habían expresado que todo, por habérsele acabado el dinero, se había perdido.

En ese momento, además de haber experimentado una gran esperanza, dentro de sí, guardaba un poco de temor. Él estaba entre el deseo y el júbilo que provocan las emociones en momentos de éxtasi inesperado. Así, se quedó, como orbitando alrededor de un vago pensamiento que no le permitió moverse, hasta que se fue hacia donde estaba su compañero José Alberto Vireta hablar de lo sucedido.

Al volverse, vio que Gústve, salía de la cafetería casi corriendo y lleno de júbilo. Al llegar al lado de Delito le dijo que recogiera las fundas que ya no había necesidad de tratar de vender más poemas y que fueran con él hacia dentro de la cafetería. Los cuatros jóvenes caminaron hacia dentro de la cafetería junto a Gústve Narde Jaim y al llegar a la registradora, él le mostró un cheque al portador por cuatrocientos florines, dado a la cafetería, para pagar el desayuno de catorce estudiantes por cinco días. Cuando Delito vio el cheque, sintió que le falto el aire, y hizo mil preguntas al barista antes de sentirse cómodo. Pero más estupefacto se quedó, cuando al otro día, con veintidós de los compañeros que salieron con él, con cierto embarazo, llegaron a desayunarse pensando que todo era una invención de él, de José Alberto Vireta, Dionisio Casilda y Jim Ferdisanto.

Sin embargo, al llegar a la cafetería, para más sobresalto de él, supieron que el cheque que esa mañana les había pagado por su desayuno y por el de los otros veintidós agraciados compañeros, estaba firmado por un diplomático. Eso le dijo el Barista al verlos sentarse a todos en la cafetería. ¡Todo, era más que irreal, parecía una invención!

Pero para sorpresa de todos y del mismo Delito, Gústve Narde Jaim, El barista le guardó el periódico de esa mañana, donde en la sección social aparecía la fotografía de los dos enamorados, Elio Korthejals Ultes, hijo y Vilma Wan Rohigen y un artículo hablando de quienes eran y haciendo alusión de que un maravilloso poema les había salvado su relación.

'Qué un joven poeta, que estaba en tránsito por la capital holandesa, de nombre Delio, les había dado el poema, en español, titulado, «Vilma, He Aquí Mi Poema» El poeta, según decía la nota, ya hacía un tiempo tenía escrito el poema en su libro de notas, el cual, al instante, después de la novia leerlo, por coincidencia, con su mismo nombre, les había hecho posible su reencuentro y que por ese motivo, el mismo día en la tarde, pusieron fecha para su boda'.

Delito en ese momento recordó que aquel poema había sido una bella nota que le había escrito a una joven de la que él, después de cumplir sus dieciséis años, locamente se enamoró y ella, como condición para entregarle su amor, le pidió que, a cambio, solo lo haría, sí él le escribía un poema. Delito el día que volvió a enseñarle el poema a la joven muza, le anunciaron que ella, siendo extranjera, lo que nunca ella le dijo, se había ido de vuelta a su país, México.

Entonces, desde ese día y por lo que duró la estadía en Holanda, a Delito lo bautizaron con el epíteto ceremonial de «El Diplomático Sin Embajada». Pero fue ese el primero de muchos días que sintió la tranquilidad de que algo había sido posible gracias al ímpetu de su espíritu y su creatividad. Además, desde ese día, sentía gran orgullo por haberse convertido en el hegemónico eslabón, que ayudo a unir dos almas perdidas, que se buscaban, sin poder encontrar la punta del cabo que los separaba.

ENRIQUE ANICO TAVERAS

CAPÍTULO

XXXII

Cuando Delio Dell Rosario descendió del avión y se conducía atravesar los largos pasillos de aquel inmenso aeropuerto, ya eran cerca de las 18:00 horas del día once de octubre. Caminaba a paso normal, extasiado y lleno de emociones que él, expresándolo con ciertos suspiros y agrados no podía contener. Se detenía frente a las portadas de brillosos y dorados ventanales. Los que decoraban los amplios pasillos, en cuyas paredes laterales y centrados en las partes sólidas del concreto, se exhibían bellas esculturas, labrados en mosaicos, altos relieves, fuentes y grandes posters con pinturas e impresiones del patrimonio cultural y celebraciones de héroes en escenas de guerra, políticas y sociales de aquel país, en el que por primera vez pisaba tierra.

Delito iba mirando, como sí el fuera el carretel que va moviendo la cinta de una película, que pasa justo en frente de la excitante luz de una cámara. La que en sus ojos fijaba los grandes afiches con dibujos y colores que exaltaban y elevaban, a un grado de dignidad superior, los logros de aquel país y los pueblos que le formaban.

Y allá, en la claridad constelada de aquel atardecer, que a lo lejos se notaba, a través el cristal de las ventanas claras, aquellas que esporádicas habían distribuidas de forma simétricas en los pasillos, miríadas de exorbitantes colores, que penetraban desde lo lejos de la hondonada, se colaban hacia dentro del gran pasillo. Claros, se veían cientos de aviones con sus largos fuselajes, sus expandidas alas y alerones de estabilidad levantadas. Y allá detrás, contrastando con los colores de estos, se veían más lejos, en el horizonte cercano, ya vistiéndose del crepúsculo, intenso, espeso de colores y magnitudes impresionantes, un joven otoño multicolor con impresiones de amarillos, naranjas y rojos abigarrados.

Delito iba sin prisa, pausado, mirando, extasiado, impresionado por las decoraciones de los pasillos. Aunque avanzaba unas veces delante y otras detrás, junto al grupo de pasajeros que con él se movía desde la cabina del avión en que había llegado, no quitaba sus ojos de las ventanas y paredes de los pasillos y llegó como por gravedad, sin exponer sus ojos, para mirar hacia el fin del marcado pasadizo, donde estaba la aduana. La cual, él por haber tropezado con otro pasajero, notó, estaba al fondo de aquel largo pasillo, que él ya había caminado.

Era innumerable la cantidad de ventanillas, que conteniendo un oficial, cada una, esa aduana tenía. Y frente a ellas, separados por dos líneas blancas y bien marcadas, había varios jóvenes vestidos de un uniforme pardo instruyendo a los pasajeros. Les decían hacia donde debían avanzar o detenerse a esperar por un turno, antes de moverse hacia la ventanilla, donde le esperaba uno de esos oficiales.

Al llegar a las dos líneas, Delito simplemente se detuvo detrás de otro pasajero, que iba a unos dos metros delante de él. Y tranquilo, mirando a su alrededor, esperó su turno en la fila. Pasaron tres pasajeros y él fue el siguiente. Pasaporte en mano se postó junto a la ventana «102» y al otro lado, mirándolo con ojos analíticos, estaba el oficial de aduanas.

El oficial le tomó el pasaporte, lo hojeó, se detuvo a mirar la fotografía y los datos personales. Y luego preguntó en un español con pronunciación dura, brusca y des musicalizada: ¿Cuál es el número de su vuelo? Delito, un poco nervioso, lo buscó en la copia del billete de abordaje, lo encontró y le contestó, «7644». El oficial, lo miraba fijo y sin pestañear. A Delito, esto le recordaba a su padre, cuando este le miraba con ojos de perro con rabia por algo que el consideraba una acción negativa de su parte, y le provocaba nerviosismo.

Luego, le pidió que le dijera el nombre del país de su origen y él, con cierto orgullo le respondió. 'Soy de la República Dominicana!'. Seguido, el oficial le exigió que le repitiera el nombre completo de él, "Delio Dell Rosario", dijo. Más luego volvió a hojear el pasaporte, se detuvo en la página donde el consulado ruso había puesto, bajo cinta adhesiva transparente una impresión de la visa

----

de estudiante y en la página del frente, le puso dos sellos y una marca con su bolígrafo.

El oficial lo volvió a mirar directo a los ojos, luego el pasaporte y por último le dijo que se quitara el gorro de lana de su cabeza. Delito se lo quitó y el oficial lo miró muy atento y de forma intermitente, mientras miraba el pasaporte. Al final, intercambió, en tono ameno, varias palabras con él. Luego sacó un cuestionario con varias preguntas, todas en español, sobre el propósito de lo que Delito se proponía hacer en Rusia, Moscú y la URSS. Lo contestó y se lo pasó de vuelta al oficial. Luego no hubo más preguntas y el oficial, además de devolverle el pasaporte, le entregó a Delito un documento de color verde, con todas sus informaciones y con una marca de estudiante internacional.

Al separarse de la ventanilla, Delito le dio un adiós con su mano abierta al oficial. Inmediatamente después, siguió caminando hasta pasar una última fila de ventanillas. Después, el espacio volvió a estrecharse, así, como se estrechan las betas más oscuras después de pasar un gran nudo en un listón de madera pulida y otra vez, se convirtió en pasillo. Ya al final, frente a dos rótulos con inscripciones muy bellas, en colores de oro degradado hasta convertirse en verde esmeralda, se detuvo y deletreó que decía, algo que ya había aprendido en la embajada rusa en Holanda: "Dobro Pozhalovat!" (Bienvenidos) en idioma ruso, pero más decorativa, con rotulaciones mucho más pequeñas, alrededor de las mismas palabras, lo mismo estaba escrito en otros seis idiomas.

Ahí, un oficial le indicó que continuara hacia una gran puerta blanca, de metal que, ya no muy lejos de él estaba. Al acercarse, la puerta se abrió y Delito cuando estuvo del otro lado, caminó un poco más a través de una curva que había en el pasillo y luego se encontró frente a una multitud. Entre esa gente vio a un grupo de unos cuatro jóvenes que portaban, mostrándolo, un rótulo que decía, "Bienvenidos Estudiantes de la Universidad Amistad de los Pueblos". No era la salida, pero ahí lo esperaban, para ir, junto a los demás compañeros, que con el llegaron, a recoger sus maletas.

La vida de estudiante en Moscú estuvo llena de sorpresas, bellas experiencias, aprendizajes, severos cambios, animadversión, desvelos, apremiantes momentos de alegrías, confusión, desesperación, cálidas emociones, pero, sobre todo, de intensos estudios, a través de los cuales, Delito aprendió el idioma y obtuvo un acercamiento total a esa rica y heterogénea multitud de culturas que se congeniaban en un mismo sistema político, social y económico.

Haber vivido fuera del seno de su familia, en la soledad, lejos de su género consanguíneo y solo alrededor de profesores, orientadores y amigos estudiantes, los cuales nunca había visto antes, le ayudó a ensanchar su capacidad de abstracción y comprensión. Y más allá de las limitaciones, que sujetan a los individuos, cuando se encuentran dentro del confort de la familia, o rodeado de creencias culturales y mitos de una sociedad homogénea, cuyas costumbres evoluciona en los paraísos rodeados de

----

agua, fresca o salada. Delito no desarrolló más que, puro amor por las ciencias y la humanidad.

Rápidamente se vio enriquecido con toda una gama de experiencias y conocimientos, los cuales, desde su isla, le hubiese sido imposible de obtener. Supo, en su esencia, lo que era Rusia y la URSS y junto a este conocimiento aprendió cientos de verdades, que para el se ocultaban detrás de las grandes bibliotecas y universidades del mundo desarrollado. Además, participó en la vida política, científico y cultural estudiantil de la Universidad donde fue admitido y luego de otros centros académicos, educacionales y deportivos de Moscú.

Delito estudiaba arduamente; trataba de cultivar sus nuevas amistades, realizaba labores políticas y de carácter social en la universidad; además, era un deportista acérrimo y como jobi, continuaba el estudio de la poesía. Se esforzaba en exponer su pensamiento poético y explicarse en esa nueva lengua que aprendía, pero la comprensión y asimilación del alma de aquel idioma, aunque él le dedicaba gran parte de su tiempo, hasta que no empezó a leer sus grandes clásicos literarios, por más que se esforzó, le fue ajeno. La facultad de querer expresarle a esa sociedad sus auténticos sentimientos, bajo genuinas expresiones y pensamientos, a través de la poesía, siempre la vio como una limitada alegoría impuesta por la barrera cultural del idioma.

Sin embargo, avanzaba en lo académico y su compresión y explicación de los razonamientos, teorías, postulados y leyes, ayudado por los ejercicios físicos y el deporte, en esta parte, pronto se convirtió en ilimitada. Aquella barrera que ceñía su capacidad de expresión, esa impenetrabilidad del alma del idioma, que al principio no le permitieron ampliamente expresarse y por los demás, en sus días de ocio, lo obligaban a encerrarse, para estudiar más y aprender, poco a poco, lo transformó, por su dedicación, en el ariete que le ayudó a batir los obstáculos impuestos por el mismo idioma.

En el aspecto sentimental de su vida mantenía un fino silencio. Simplemente, era así, no hacía comentarios. Todo era cálido, vivo y fresco, pero poco renuente a su pasado. No conversaba sobre ese gran número de tentaciones que, de joven, en su más alto apogeo de excitación hormonal a diario le invadía. Cuando por su lado pasaba alguna joven que le gustaba, blandiendo las marcadas curvas de su cuerpo, por encima de sus vestidos, con zumbado silencioso y alumbrando el momento con sus ojos de esmeralda, de canela en almíbar y agua clara, o de esos con trasfondos oceánicos, él, simplemente, cerraba sus ojos.

Aunque se permitía dar la cara al gran número de tentaciones que otros jóvenes consideraban imposible de soportar, no hacía comentarios y poco conversaba con referencia a esto. Mas, aprovechando el talento que la vida le había permitido tener, hacía vida de bohemio, pero nunca se excedió, y sí disfrutaba, allá donde las noches de algunos viernes y raros sábados los llevaran. Era como un candil, siempre le ardía desde su intimidad una llama. Era como la de una gran antorcha y por su luz clara, lo buscaban amigos y allegados, para compartir momentos

ENRIQUE ANICO TAVERAS

----

de alegría o de pena, así con alguna que otra compañera de estudios.

Poco después que llegó a Moscú, con el frío, que a veces era tanto, que sentía se le enfriaban los huesos; supo lo fácil que se podría contraer una enfermedad, pero nunca se atemorizó de esto. Las nevadas, los rápidos enfriamientos, las largas semanas de bajas temperaturas y heladas los enfrentaba ejercitándose físicamente, abrigándose lo mejor que podía y tratando de comer lo más sano, que había disponible en el mercado. Seguía las instrucciones de aquellos que los orientaban y solo se preparaba, abriéndose con plenitud a lo que el llamaba su paracaídas de amortiguamiento, para recibir el invierno.

A pesar de los esfuerzos, el constante devenir y los empujes, los que, a través de las largas lecturas, repeticiones, escrituras, cálculos y prácticas de juegos racionales hacía solo y con sus amigos, había momentos de gran desesperación que terminaban, además, en frustraciones. Seguido, sí había algún amigo disponible, lo buscaba. Sin embargo, en esas condiciones, nunca se fue de noche a buscar nada. Sí era de día, caminaba hacia al bosque y con la brisa fresca y sus encantos, más el canto de los pájaros, el resonar del movimiento de las ramas secas y desnudas, o el batir de los colchones de hojas que se formaban, como parches de montículos en el suelo, los pateaba, para ver levantarse las coloridas hojas y así muchas veces se distraía.

Uno de esos días sucedió que no lograba comprender ciertos elementos de las terminaciones vocales en las formaciones de oraciones gramaticales del nuevo idioma ruso, que tan arduamente estudiaba. Era lo que en la gramática de aquel idioma se llaman, «Las tres declinaciones» en los seis casos gramaticales, que ya él casi comprendía. Era viernes en la noche y aún, después de leer todo un libro en el transcurso de lo que duro despierto y medio día del siguiente sábado, ya pasados las tres de la tarde, no lograba establecer en su cerebro el concepto de la flexibilidad del orden de las palabras.

Optó por salir a caminar, encontrar un amigo y hablar de aquello en lo que, sin salir a ningún lugar, había pasado las últimas veinte cuatro horas. Pero no encontró a nadie y se fue a meditar sobre lo que había leído. Mientras, caminaba en el bosque. Se fue ocultando tras los blancos troncos de los ya desnudos y altos abedules, los negros chopos y abetos que se entremediaban con el semblante verde oscuro de esporádicos pinos.

Delito, en la medida que caminaba y pensaba, recibía el aire frío y fresco, el que sentía como un obsequio de la naturaleza y le causaba un encanto tan singular que poco a poco lo fue despejando del estrés. Aquel que el tema de la gramática rusa, la noche pasada y ese día le había causado.

Entonces, empezó a oír el canto de las aves, el silbido del viento en las copas de los árboles, cuando se batía con las desnudas y apicales espigas. A observar hasta su caída, algunas de las últimas hojas, cuando se acotejaban, para abrigar el suelo. Se relajó, pero empezó a sentirse solo y en el silencio que escuchaba, entre el agudo silbido del viento, cuando chocaba por encima de su cabeza, contra las desnudas ramas, para no sentir miedo, empezó a batir, con la punta de sus zapatos, algunos arbustos y ramas bajas de los árboles que le pasaban por su lado. Ya el sol se había puesto y a partir de la parte alta de los árboles, se comenzaban a ver vetas muy azules y oscuras que se enflaquecían, como gigantes espigas, que iban desde occidente a oriente.

El camino continuaba, pero él al ver que ya oscurecía, tomó un atajo, haciendo una izquierda en un punto donde el estrecho sendero, se bifurcaba y por cuyo trecho, ya él había caminado uno días antes. Sabía que ese camino lo llevaría directo hacia edificio de la residencia estudiantil de la facultad de ingeniería. Al sentirse seguro y más confiado, ralentizó su paso y empezó a jugar, pateando los montículos de hojas que se habían formado a la orilla del camino. Esos que, por acción del viento y atajados por alguna raíz, yerbazo, o alguna piedra, a ras de suelo, habían acumulado más hojas y se veían más altos, como diminutas montañas.

Eran colchones de hojas sueltas. Y los batía dándoles puntapiés, como parches secos que se arrancaban, como montículos levantados desde el suelo, para ver volar las hojas. Lo hacía por el placer de mirar cuando las hojas se levantaban y luego descendían, cayendo unas sobre las otras. Las miraba apasionado, como sí descubriera que ese era el orden natural de ellas. Además, cuando las hojas se asentaban, descendiendo unas sobre las otras, al contemplarlas, en ese movimiento, él veía cierta ternura y romanticismo que lo llenaban de un halago

----

desconocido. Luego extendía su miraba y a lo lejos, perdiéndose entre la espesura de las ramas secas, el oscuro azul de aquella espesa lontananza, que vaga, va guardando los últimos destellos opacos de luz y desde cuya simiente, va apareciendo la noche.

Despejado, caminaba y vio un montículo de hojas más alto que los demás. Tomó impulso, para patearlo con sus ásperas botas de doble suelas y piel de asno. Entonces, extrayendo el pie, desde la parte de atrás, el cual, lo había estirado al máximo, para tomar impulso, ya muerto de satisfacción, anticipando el previsible movimiento de las hojas, con toda su fuerza lo golpeó. Lo hizo por la parte más baja, casi levantando la húmeda tierra que, con las hojas al despegarse del suelo, se atomizó, dejando frente a él un chubasco de hojas secas y coloridas, como sí fuera el golpe repentino de una ráfaga de viento que de su faz se alejaba.

Delito, estupefacto por toda la belleza, que percibió cuando se levantaron las hojas, se quedó inmóvil, mirando, atónito hasta que todas descendieron desperdigadas al suelo. Sonreía, abstraído y muerto de satisfacción. Pero esta vez, frizado, como estaba, por un par de segundos, ahí se quedó, porque un susto de heterogéneos sentimientos lo embargó. Frente sus ojos desde un hoyo que había descubierto, al quitar las hojas cuando las pateó, vio que algo emergía. Cerró y abrió sus ojos, "¡Ah!", "¿qué es esto?". Murmuró. El éxtasi no lo estaba engañando, y después que las hojas totalmente descendieron, muy claro, vio el hoyo, estaba ahí, frente a las puntas de sus botas.

ENRIQUE ANICO TAVERAS

Desde aquel agujero surgió un animalito de un pelaje negro con una raya blanca y muy espeso, una cola más larga que el tamaño de su diminuto cuerpo y unos diez centímetros de alto. Era bello, elegante y se le notaba que lo blanco era una banda que le corría desde la punta de su nariz, pasando por el medio de sus orejitas y extendiéndose sobre el lomo de su cuerpo, hasta el final de la cola. Parecía que estuviera sentado con el pelaje rodándole por el suelo y descansando sobre las pocas hojas que, en el limpio, ese que había dejado el golpe de las botas, esporádicas aún cubrían.

Delito dio un paso hacia atrás y luego se dispuso, extendiendo su cuerpo, para tratar de acercársele y fraternal, intentó extender sus manos hacia él. Era evidente, el animalito mostraba una inocente ternura que invitaba a mirarlo, acercársele, tomarlo y hasta hacerlo amigo, como mascota, para mitigar el vacío existencial que esa tarde lo invadía. Al momento, cuando Delito hizo un gesto, para agacharse, la mansa criatura dio un jiro a una velocidad que sus ojos no pudieron, al momento, percibir.

Al fin, Delito, en un repente, vio que la creatura se había puesto de espalda a él. Al instante levantaba su rabo y elevando el trasero, extendiendo sus extremidades anteriores hacia lo alto y saliendo de su intimidad, entre la sorpresa y el estupor, Delito, desde su pasividad, se recordó de lo que antes de llegar a Rusia, había leído sobre este animalito y de forma instintiva se dijo, '¡es un zorrillo!'.

De inmediato tornó su cabeza hacia la izquierda y mientras miraba en esa dirección, dio un largo saltó, cayendo con el pie derecho del otro lado del estrecho camino, pasando por encima del zorrillo, el hoyo y las desparpajadas hojas. No se detuvo, siguió corriendo, pero un hedor penetrante y fétido, repugnante, enfadoso e insufrible, de orina putrefacta en combustión, llenó el ambiente y Delito corría, pero le faltó el aire, su nariz le ardía y empezó a toser. Sentía nausea, se le nublaban los ojos y se los estregaba con los nudillos de sus manos; mientras, a toda velocidad movía sus largas piernas. Iba con una desesperación tan enorme, que los talones casi le pegaban en la parte trasera de su cabeza. Él corrió la distancia que le faltaba, para salir del bosque, de una forma desesperada, cortando el camino y creando ruidos, mientras se rompían las ramas secas que pisaba y el barro humedecido con sus grandes botas, de los charcos lo apartaba, casi sin él darse cuenta.

"Lo que está para el destino no lo borra la desgracia", le dijo aquel amigo, seis meses después cuando contó la anécdota del zorrillo ante siete compañeros, que se habían dado cita una tarde, el tercer viernes de su primera primavera en aquel lejano país. Él dijo que el susto que Delito le había dado cuando lo vio salir todo enlodado, hediondo, trastornado y corriendo, como una gacela desde el bosque, lo hizo desprenderse de un bulto de mercancías que llevaba, y corrió pidiendo auxilios, hasta pasar la recesión del edificio de la residencia de la facultad de ingeniería, porque pensaba, que era un oso, o algo con malas intenciones que lo seguía para matarlo.

Se llamaba Racso Fuente, y se convirtió en el mejor amigo de Delito. Era un soñador extraordinario, pero se les habían enturbiado los sueños porque no lograba determinar lo que deseaba hacer en su vida. Además, había creado una especie de túnel en su mente y del mismo modo actuaba en su diario vivir. Deliraba por querer llegar a ser como él decía, 'un verdadero hombre con un fin y un propósito'. Él quería adaptar las cosas, aquellas que tenía a su alrededor, a esos sueños, en vez de ser lo contrario, les decían Delito y otros amigos. '¡Racso sería mejor que trates de adaptar tus sueños a las cosas, recuérdate que la naturaleza es más grande que tú, adáptate tú y tus sueños a ella!'.

Por ejemplo, un día dijo que la vida era un túnel hecho de un vidrio que cambiaba sus colores abigarrados dependiendo el paisaje y momento por el que transitábamos y que por el, siempre nos movíamos hacia nuestro fin, el cual, era el fondo del túnel. Que mientras cuidemos el cristal de ese túnel, lo mangamos claro y nítido y nos mantuviéramos viendo, a través de sus paredes transparentes, mientras no movemos sin detenernos, llegaremos a ese fin, enriquecidos por todas las cosas, que aquellos bellos paisajes y experiencias, en ese trayecto nos brindan.

Sin embargo, él también admitía que las constantes observaciones y abstracciones, a través de los cristales del túnel, mirando las cosas bellas, que a nuestro lado pasan, mientras por el caminamos, nos quitan la atención y perdemos la concentración hacia el objetivo de nuestra mira. Perdiéndose así, lo que para él era lo más preciado en la vida, el tiempo. Así qué, un día, para demostrarnos su vedad y convencimiento, mi amigo tomó la mitad de su estipendio, fue a una ferretería y compró cuatro galones de pintura negra, uno mate, dos satinados y uno negro brillo; además, compró un rollo y dos brochas, una ancha y otra fina.

Al volver a su habitación, se pasó todo el resto del santo día y el fin de semana pintándola de negro, haciéndola parecer, con líneas finas satinadas y brillantes a un túnel. Logró interponer una barrera que se escondía entre el degradado de una perspectiva que iba desde la entrada de la habitación, hasta perderse en un oscuro fondo de negro mate, entre sus ojos y la luz que le entraba desde afuera. Esto fue, además de su explicación filosófica, algo que me llamó mucho la atención.

Desde entonces, aquella amistad entre nosotros no cesó. Y jóvenes como éramos, nos hicimos casi hermanos. Salíamos tempranito en la mañana hacer deporte. Luego, volvíamos y aunque nuestro objetivo profesional no era el mismo, tomábamos clases de ruso, matemáticas, e historia juntos. Así, mientras podíamos, en lo referente a las dificultades que se nos presentaban en las tareas académicas, nos dábamos apoyo mutuo.

Y fue al final de la primavera de aquel primer año de clases, cuando aprendiendo y esforzándonos, no solo para adaptarnos aquella vida llena de exigencias académicas diarias, sino a una sociedad en la que ninguno de nosotros jamás había vivido, que recibimos nuestra primera y gran satisfacción. Terminamos de reconocer que solo el efecto

----

del trabajo y el estudio constante, en la eventualidad del tiempo, era lo único que nos podría proporcionar la felicidad que anhelábamos y por lo que fuimos tan lejos a buscar conocimientos y experiencias.

Después que pasamos todos nuestros exámenes y nos vimos libres de toda responsabilidad académica, en la universidad, muchos octavan por la lectura y se quedaban en sus habitaciones. Otros visitaban los grandes paseos, bulevares y plazas del centro de aquella ciudad llenos de arte, artistas, exhibiciones, y cosas raras o buscaban un trabajo, que le proporcionara algún dinero extra, para su beca. Los que podían, simplemente compraban un billete de vuelta a su casa y por allá se quedaban durante el verano. Otros se iban algún centro de descanso de esos que, a bajo precio, ofrecía la universidad.

Por lo demás, mientras se gestionaban estas cosas, los grupos de amigos y compañeros de facultades nos reuníamos en las cafeterías de la universidad, en el centro deportivo, en los centros artístico, museos, etc. A charlar y discutir sobre alguna ley científica, un procedimiento académico, una norma establecida, religión, política o cosas relacionadas sobre noticias acaecidas en esos días. Por lo general la pasábamos bien, nos satisfacía, pero, a veces, hasta nos indignábamos los unos a los otros, aunque nunca nos marchábamos enemistados.

Uno de esos días, después que yo había comenzado el segundo año, un profesor nuestro, de lengua rusa, se acercó a una de estas discusiones y después de oírnos un momento nos informó que, en Moscú, dentro de una

----

semana se celebraría un congreso de mujeres por la paz. Que estaban invitando a los estudiantes de Latinoamérica y otras regiones del mundo, matriculados de primer y segundo año en la universidad, a participar, como interpretes voluntarios, para facilitar la comunicación a las delegaciones que se darían cita en ese congreso. A primera vista, yo no quise comprometerme, pues no me sentía preparado y ni lo suficientemente seguro de que lo que yo había aprendido del aquel idioma me serviría, para hacer una buena labor de interprete.

Sin embargo, dos días después que, a los que se habían ofrecido le instruyeron en un seminario, para el trabajo, mí amigo Racso llegó donde mí, a convidarme, para que yo; también, me ofreciera, como voluntario para el trabajo de intérprete. Según él, ya había encontrado que lo que se necesitaba era, más que todo, conocimiento básico del idioma ruso. Yo tomé sus palabras como ciertas y salí con él a ofrecerme.

El trabajo consistía en ayudar a los grupos de mujeres hispano parlantes en cosas elementales, como, por ejemplo, dónde y cómo tomar el tren, mostrarle dónde quedaban los centros turísticos, teatros, bibliotecas, tiendas, museos, universidades, institutos, centros de estudios y dirección política, restaurantes, intercambios sociales, hoteles, taxis, y claro, como se llegaba al centro de la ciudad y la Plaza Roja.

El próximo martes, después de clases, poco antes de las dieciséis horas, comenzamos la primera actividad. Esta consistió en ir al aeropuerto a recibir las visitantes

ENRIQUE ANICO TAVERAS

que participarían en el congreso; las cuales llegaban solas o en grupos. Esa tarde recibimos una comisión de mujeres argentinas y luego, más tarde, otra de Canadá y parte de las que llegaron de Chile, México, Colombia, España y Portugal. Un total de más de quinientas mujeres. Unas llegaron por su propia cuenta, otros venían en comitivas de hasta veintiún miembros. Todo era igual, a todas se les daban las mismas instrucciones, después que salían de la aduana, las mismas caminatas, a través de los vestíbulos y pasillos del aeropuerto hasta los taxis y autobuses.

Ahí, las dejamos montadas, para que llegaran a sus respectivos hoteles y uno o dos compañeros se iban con ellas hasta el hotel, para explicarle y darle respuestas a las tantas preguntas que le surgían mientras iban de camino.

Esa misma tarde, cuando ya habíamos pasado más de dos horas en el aeropuerto, recibiendo, he instruyendo gente, le tocó el turno a Racso que, junto a dos intérpretes más, se marcharon en un autobús de los más grandes, junto a un grupo de artistas, que habían llegado desde Perú, Barcelona, Berlín y Luxemburgo. Rasco, además del español, dominaba muy bien el inglés y por eso le ordenaron, que se fuera con ellos. Más luego, fueron grupos más pequeños que, cada treinta minutos despedíamos sin ninguna dificultad o inconveniente.

Al fin, ya pasados la media noche, quedábamos unos nueve intérpretes. Y nos informaron que ya no llegarían más invitados. Entonces, nos ofrecieron ir a dormir a un hotel muy lujoso que quedaba en las periferias del aeropuerto, hasta las siete horas, ya que, veinte minutos

----

después, llegarían otros tres vuelos que, según la información, traerían más pasajeros, los cuales tomarían parte del congreso.

Yo protesté porque pensaba que perdería las clases del miércoles, pero en eso, supimos que la universidad, por quedarnos trabajando, nos daría crédito y derecho a recibir las clases perdidas mediante tutoría directas con los profesores. Consideré la decisión, como algo estupendo y con gusto hice lo que me instruyeron.

Como estaba previsto, cuando ya vigorosos brillaban y se levantaban los primeros rayos del sol, rechinantes en las ventanas, nos despertaron, como señores y señoras importantes de alguna comisión diplomática. Nos vestimos y tomamos un desayuno lleno de lujosos platos y comidas saludables. Luego, nos fuimos de vuelta al aeropuerto. Los vuelos se habían retrasado. Yo terminé llegando al Hotel Octubre, acompañando la directiva de una organización científico mexicana dedicada a la investigación sociológica.

Eran cuatro mujeres y dos venían acompañadas por sus esposos. Recuerdo que, en las conversaciones que entablamos en el micro bus, me dijeron, que todas eran miembros de la directiva del movimiento feminista mexicano. Que venían por su propia cuenta a tratar de exponer sus puntos sobre el concepto liberal feminista, que debían de seguir las naciones desarrolladas, para fortalecer los lazos de unidad familiar y no dar una falsa imagen a los demás países que seguían sus ejemplos.

Alrededor de la una del día, retorné a la universidad y me fui a comer a la cafetería. Ahí me encontré con una parte de los intérpretes. Estaban comiendo y conversando sobre la gran experiencia que todos habíamos tenido. Más tarde Racso apareció con una sonrisa que parecía que se mordería sus orejas, expandiendo las rabizas de sus labios en toda su extensión. Yo le pregunté, ¿Qué te pasa? Y él me contestó, 'déjame comer y después te cuento'. Cuando ya todos los demás estudiantes se habían marchado, Racso y yo nos fuimos a nuestro café preferido y ahí, todavía con una sonrisa de íncubo, mientras sorbíamos, yo un café negro, él un capuchino, como un gallo que feliz en una mañana de primavera con un largo quiquiriquí se despertaba, él seguía sonriendo y sin decir porqué.

Entonces, como queriendo disfrutar al máximo el momento de la espera, la anticipación, y haciendo más largo el momento de la expectativa, mientras se deshielaba el tempano del suspenso, me mantuvo en un perfecto sigilo, pero ese enigma, el nudo que entre su sonrisa me ocultaba, paulatinamente, en el transcurrir de un corto relato, me lo fue revelando.

Cuando la noche pasada, con el grupo que le asignaron, él había llegado al hotel donde lo mandaron. A la muchacha más joven del grupo, una famosa pianista de origen alemán que vivía en España, se le extravió un paquete de partituras, las cuales, ella llevaba a mano. Pues con otros catorce músicos, que venían con ella, había pactado, para hacer un ensayo después que llegaran al hotel. Racso dijo, que según lo que ella le contó a él, ellos

----

debían de tocar tres piezas al final del evento introductorio del congreso al otro día en la mañana.

Tan pronto la muchacha le contó lo acaecido, él, sin exponerle el problema a nadie, y sin darle muchas vueltas, le dijo que esas partituras solamente podrían estar o en el autobús o, a ella se le habían quedado en el aeropuerto. Así que volvieron hacia el autobús, el cual, aún permanecía parqueado en los predios del hotel, pero las partituras no aparecieron. Más luego, ella misma le pidió ayuda, para volver al aeropuerto. Él; entonces, le dijo, que podrían tomar un taxi o irse en metro o tren subterráneo, advirtiéndole que este último llegaría más rápido. Para alivio de Racso, ya que no tenía suficiente dinero, para pagar el taxi, ella se decidió tomar el tren y los dos muy apurados desde hotel, que está a dos largas cuadras del metro, bajaron y se fueron hacia el aeropuerto. Sin embargo, las partituras no aparecieron.

Racso me contó que aquello fue una frustración tan grande para la muchacha, que por más de media hora, no dejó de llorar. Que ella se notaba tan avergonzada por lo que había sucedido, que apenas se quería dejar ver la cara. Y él, avispado como era, ya pasado las diez de la noche, decidió no ir directo al hotel, sino pasar por el Conservatorio de Música de Moscú, que estaba de camino, a cinco estaciones en metro del lugar donde se encontraba el hotel.

Ahí, entraron a una de las residencias y le habló de lo sucedido a quien se encontraba de servicio cubriendo el puesto nocturno de entrada a una de las residencias estudiantiles y esa misma persona, resultó ser un estudiante de música muy avanzado y sirviendo de interprete, Racso hizo que el estudiante de música converse con la muchacha. Al comprender la triste historia, primero, el estudiante le felicitó por haber venido al congreso y facilitó cuatro copias de las mismas partituras de ocho que se habían extraviado, las cuales, el estudiante de música halló en una pequeña biblioteca que había en la residencia.

Me contó, que cuando llegaron de vuelta al hotel, eran ya pasados la media noche y por lo avanzado de la hora, suspendieron el ensayo. Luego, cuando el ya se preparaba, para marcharse, ella, después de expresarle todo su agradecimiento, invadida por la emoción de todo lo que el había hecho por ella, lo convidó a quedarse en la habitación hasta la mañana siguiente. Pero de inmediato él, al decirme esto, me advirtió que nada extraordinario había sucedido. Me dijo, que todo fue una linda conversación, después de la cual, los dos, emocionados, terminaron abrazados declarándose amistad y confianza mutua, como un amor que en esos momentos había surgido de la nada y después del trajín que les provocó la perdida de las partituras.

Ese mismo día, a partir de las cuadro y media de la tarde a los intérpretes nos reunieron. A una parte del grupo los mandaron de nuevo hacia el aeropuerto y la otra hacia el centro de la ciudad a prestar ayuda, a unos tours que habían organizado, para las participantes del congreso, que ya habían llegado el día anterior. A mí, junto a otros cinco intérpretes, en los que estaba mi amigo

Racso, nos llevaron al hotel Octubre y ahí nos dividieron en dos minibuses que transportaban doce mujeres cada uno e iban a visitar los dos Museos de las Joyas del Kremlin.

Durante esa actividad, no hubo ninguna novedad y Racso, al concluir nuestro trabajo, me invitó al hotel donde se quedaba la artista participante del congreso que la noche pasada él había conocido. Cuando llegamos al hotel supimos que ella y otros compañeros estaban dando un concierto en el anfiteatro de la Universidad Estatal. Pensamos ir, pero nos vencía el cansancio, entonces Racso decidió dejarle una nota, comunicándole la hora que habíamos estado en el hotel y la razón por la que no esperamos. Además, le escribió y dibujó un mapa con la dirección de nuestra residencia y habitación en la universidad.

Al otro día reanudamos las clases, era jueves y desde la mañana hasta nuestra tercera clase del día estuvimos juntos. En un largo receso que siempre teníamos para comer entre las 11:45 y las 13:00 horas, Racso se quedó completando las notas de las clases que había perdido y yo me fui a la residencia. Me recosté y tratando de descansar, puse mí mente en blanco por unos veinte minutos. Al sentir mí mente despejada, me levanté, preparé un té, el cual comencé a bebérmelo acompañado por una lonja de pan tostado con un poco de queso rebanado. Luego me senté en mí escritorio a revisar las notas que había tomado en las clases esa mañana y de repente llamaron a la puerta.

ENRIQUE ANICO TAVERAS

Cuando abrí, del otro lado estaba el vigilante, que a esa hora se encontraba de servicio en el vestíbulo y una joven mujer que yo nunca había visto. Era hermosa y me miró con un efecto singular en su mirada, como sí los espacios, hacia los cuales, sus ojos fijaban, de ella se alejarán y el objetivo a mí se acercara. Yo observé el cambio y sin preguntar deduje que esa era aquella joven artista, la cual, Racso y yo fuimos a visitar la noche pasada. Sin la expectativa de saber quién era y aun pensando en mis notas, sin perder el hilo de lo que hacía, oí las palabras del vigilante, pues lo conocía y éramos compañeros de clases.

Él, en perfecta lengua rusa, me informó, que según lo que comprendió, la joven buscaba a Racso. Luego dijo, 'ya que te había visto pasar, sabías que tú estabas en la habitación'. Y prosiguió, 'Ella me pidió que deseaba escribirle una nota, pero como yo no hablo muy bien el español, le permití pasar'. Yo de inmediate volví a mí escritorio, tomé dos hojas de papel y un lápiz, volví donde ellos y mientras se lo pasaba, para que ella escriba lo que deseaba, en un español con acento extranjero, cátalo-madrileño, me preguntó: '¿Tú hablas español?' Le respondí, que sí y al instante me extendió su mano. 'Yo soy Clara de Címbalo y estoy de visita en la ciudad, como artista invitada, para «El Congreso Mundial de Mujeres por la Paz».

Al escuchar estas palabras, retiñó en mí mente su nombre. Pues hacía un momento estaba leyendo sobre las voces angélicas, que tintinean como campanillas, cuando al final de las tardes, por temor a la soledad se sienten en

----

el techo de las casas apartadas, en el atrio de las torres de las iglesias y después que, entre las tinieblas, desaparecen las últimas luces del crepúsculo. Mirándola, su pensamiento incorpóreo, lo sentí que se refugió en mí. Luego oí que dijo, 'tú compañero de habitación, Racso, nos sirvió de interprete y me ayudó a resolver un problema que se me presentó poco después que llegamos al hotel'.

Yo le extendí mí mano y admirándola, quise decirle mí nombre, '¡Yo soy...!', pero proseguí. Y confirmé, 'Sí, Racso y yo somos compañeros de clase y habitación'. Ella luego me sugirió, que sí yo le pasaba el mensaje, no era necesario escribir la nota. Pero, en vez, yo insistí que entrara y sobre el escritorio lo escribiera. Ella lo escribió, dobló el papel y luego, pasándomelo, me dijo, 'los quiero invitar, para que mañana, viernes en la noche, a partir de las veinte horas vallan a una fiesta que estamos organizando, sí lo desean, pueden invitar a los demás intérpretes, que han trabajado con nosotros'.

Luego añadió, 'Parte de la banda de jazz que a mí me acompaña, se puso de acuerdo y tocará armonizando la fiesta, los bares del salón del hotel estarán abierto con bebidas y cocteles disponibles'. '¡Los veré allá gracias!'.

Yo no me sentía con total libertad, para correr la voz de la fiesta, pues Racso era el que había hecho amistad con la artista, señorita Clara de Címbalo y me limité a encontrarlo y pasarle la nota. Ya a media tarde lo encontré, iba saliendo de la clase de Literatura Rusa, la cual, para mí fue la penúltima. Le di la nota y cuando la leyó, agarró el papel, lo besó y me tomó por el hombro en señal de celebración. Entonces me dijo, '¡Delio, creo, que puedo decir que tengo novia!'. '¡Esto es cosa del destino, hay que celebrarlo!'.

Se guardó el papel y yo deseoso de ir a esa fiesta dudando le pregunté, '¿no me digas que ya, tan pronto, te dijo que te amaba?' '¡No, no!' Me contestó, 'pero me invita a mí en especial, para estar conmigo'. '¡Mira!'. Y, abriendo la nota, señalando hacia el centro del papel, me retó: '!Lee!'. Yo leí y en las dos oraciones que le seguían a un bello saludo, el cual estaba escrito con mucha cordialidad, decía: 'Los invito a todos y a tu compañero de habitación, pero en especial a ti. Me vestiré con el mejor vestido que he traído, para estar solo contigo, bailar contigo y tocar mí mejor pieza para ti. ¡Será una noche fenomenal, te lo mereces!'. Al terminar de leer, le miré a la cara, le vi cierta picardía, pero con cierto regocijo prístino y castizo, me alegré por él. Y aunque me quedaron mis dudas, de que cosas así puedan suceder tan rápido, me eximí de opiniones y entré, sin más preámbulo a la clase.

ENRIQUE ANICO TAVERAS

CAPÍTULO

XXXIII

Al llegar la noche del viernes, nos fuimos a la fiesta. Allá, al llegar al lugar del hotel donde se celebraba el encuentro, al principio, yo me sentí un poco retraído, ya los que estaban presentes bailaban y se divertían. Racso se separó, fue hablar con su amiga. Yo me senté solo, en una de las sillas altas, en al borde extremo de uno de dos bares, que había en el lugar. El cantinero, sin pedirlo, me sirvió media copa de vino y en ruso, muy animado me dijo, '!Na esdorovia!'. –'¡a su salud!' Yo se lo agradecí y desde aquella posición de asilado, miraba, disfrutaba la música, el baile y movimientos de todos los que estaban en la fiesta.

Vi que solo algunos de los estudiantes que habían firmado, para intérpretes y traductores estaban presente en la fiesta y que entre ellos se regocijaban, aglomerados en el centro del gran del salón, unas treinta damas de todas las edades. Entre ellas, más luego vi a Clara de

---

Címbalo que, en ese instante, al terminar el baile, caminó junto a Racso hacia una mesa al fondo de la sala.

Se detuvo la música, silenciaron los altos parlantes, y anunciaron con cierta solemnidad que Clara iba a tocar una pieza en honor al compromiso marital, «La Marcha Nupcial» de Felix Mendelssshon. Hubo un aplauso y la vi que, llena de sencilles, caminó, para sentarse al piano. Los que quedaron de pie, caminaron hacia el bar o hacia sus mesas. Cuando me fijé bien en ella, en realidad vi, que aquella joven mujer, como lo había escrito en el papel que me dio Racso, el día anterior a leer, se había vestido con una elegancia casi inverosímil, para mis ojos acostumbrados ya a la vestimenta informal de mis compañeras estudiantes de la universidad. Aquello era como una experiencia milagrosa de un debut, a fación de una reflexión artística digna de ver.

Ella llevaba un vestido de un verde manso de seda, con una belleza y diseño singular. Le caía colgando desde dos finos cordones sostenidos sobre sus erguidos y desnudos hombros, dejando ver sobre su piel brillante, la fina tela, chorreándose, por todos los ángulos y curvas de su cuerpo. Le caía desde la parte alta de su busto y media espalda, hasta sus tobillos, haciéndole sobresaltar todos sus encantos, como una efigie alumbrada por una luz interna digna de admirar.

Debo admitir que tanta belleza no cabía en mis ojos. Aquello era demasiado, yo sentía todo ese encanto desbordarse ante mí, robándome toda mí atención. Era como el calor de una vela, entibiada por su llama. Se desparramaba derretida ante mis ojos. Era todo un lívido de cera, que iba despertando trémulas emociones hasta en el más oculto rincón de mí existencia. En sus movimientos era tan esmerada y exquisita su bizarría, que llena de su simpleza, sobresalía con una gala más alta que la de cualquiera de aquellas damas que bailaban.

En ese momento creo que yo sentí envidia por Racso. Emocionado, sabiendo donde yo estaba sentado, se tornó hacia mí, por un momento me vio, yo lo miré, le sonreí, y mientras lo observaba, traté de expresarle todo mí júbilo y alegría, como felicitándolo por haber encontrado tan hermosa, genuina y envidiable dama. Luego, me levantó su dedo pulgar en señar de aprobación y al instante, se acabó el baile. Clara se quedó en la sala, fue al piano y comenzó a tocar parte de la «Marcha Nupcial» de Felix Mendelssohn.

Cuando ella ya tocaba, en su interpretación, el momento más emocionante de la obra, ese en que por la emoción hacía poner con intensidad la atención del público hacia ella y se oían suspiros voluminosos e involuntarios de los espectadores, que ahí estábamos. En el vibrar de las internas cuerdas de la cola del piano, cuando eran martilladas desde sus dedos, para extraer las más bellas notas y armoniosas melodías, yo me torné hacia el lado donde estaba Racso. Lo vi, muy concentrado, como leyendo algo, sobre un pequeño papel de servilleta, que tenía entre sus dedos. Más luego, lo vi amorrado, algo triste, como nervioso, jugando con la misma pequeña servilleta entre sus dedos, mirando hacia el lado opuesto a mí.

Momentos después, estaba mirando hacia las ventanas. Lo seguí observando, se paró de la silla, confundido y todo enfadado, vino hacia mí y en tono imperativo, me dijo: '! vámonos de aquí hermano!'. Yo, lógicamente, le pregunté, ¿Porqué? '¡Vámonos!', con una actitud entre inseguridad y enfado repitió. 'Yo mañana te digo'. Fue lo único que me contestó.

Yo le respondí, 'espérame que termine de oír la pieza'. Pero él no se esperó y se fue hacia el vestíbulo del hotel. Luego volvió y en voz baja, me dijo: 'es que esa mujer me está ofendiendo'. '¿Cómo?', 'explícate!' '¿Dime lo que estas arguyendo?', le repliqué. 'Tú no sabes de música, para que te voy a explicar, de todas formas, no comprenderás'. Me respondió. Yo me quedé cayado y atónito, torné mis ojos hacia la pianista. Aún la pieza no terminaba y la sala seguía con los ojos y oídos de todos los presentes aguzados y puestos en ella, en absoluto silencio y oyendo, mientras, se disipaban en un aire de paz las notas, que, en ese auditorio, deleitantes, de la hermosa pieza musical, todos escuchábamos.

Cuando Clara pisó las cuatro últimas teclas con los dedos extendidos de su mano izquierda, y salió la armonía simultánea de las últimas notas graves, desde las vibrantes cuerdas, ya descomponiéndose en girones de sonidos, y como hilachas empacadas, entregando júbilo en el aire ondeaban. En el eco de la sala, en el silencio taciturno de los espectadores, se terminó de disipar el delirante sonido de las vibrantes notas, que aún velaban estimulando el espíritu de los que ahí estábamos, todavía

ENRIQUE ANICO TAVERAS

----

asimilando lo que nos había dejado en el alma aquella hermosa pieza.

Hubo un corto silencio y ella bajó su cabeza hacia las teclas, su pelo se le chorreó, y le cubrió su cara. Luego, tomando aire levantó su cabeza y se detuvo mirando hacia el techo, la bajó y miró hacia un papelillo que enrollado, Racso le había dejado sobre la orilla del piano, justo al lado de su mano izquierda. Luego parsimoniosa, se levantó del taburete, como el símil de una clave de sol que se va descomponiendo en una escala, quedando sola en la imaginación del que la escuchaba.

Ella, al separarse del piano, se tornó hacia el lugar donde hacía un momento, estaba sentado Racso. No lo vio, se arregló el vestido y pasándose de forma leve sus manos por la cintura, irguió su pecho y volvió a mirar. Luego dio las gracias por los aplausos y ovación, que aún resonaban, como un estruendo en la sala. Dio las gracias otra vez y volvió al piano, recogió un pequeño pisa pelo que había dejado sobre el pedestal de partituras, y mirando hacia el lado donde estaba Racso, con su mano izquierda recogió el pequeño papel y caminó hacia el bar que estaba en el lado opuesto al que yo estaba.

Al cabo de unos breves minutos, ya cuando yo había observado, que ella se había refugiado detrás de una copa de vino y bebido un largo trago; de repente, se oyeron risas y carcajadas de alegres mujeres, que se desperdigaban, como chicharras metálicas chillando en el eco de la sala. Parte de los que estaban en el salón pusieron su atención hacia ellas. Eran dos altas y

----

sensuales hembras, una con el pelo recogido mostrando la desnudes de su claro cuello, la otra con una melena suelta que le chorreaba por su desnuda espalda. Eran esbeltas, muy bien vestidas y bien labradas. Eran llamativas y sensacionales damas que despertaron una voluptuosidad tan escandalosa, que simultáneos, se oyeron suspiros de placer a su entrada hacia el salón.

Ellas se aparecieron con Racso, el cual, con un vuelo de valiente, desafiante, gallardo, revelando una altives de tenorio alto barroco-romanticista, venía de vuelta hacia la sala, acompañándolas. Y aunque sin altanería, se notaba que buscaba algún acervo dramático provocador de celos, parecía que no lo disimulaba. Entraba descollando con poca humildad, como un bravucón desvergonzado. Yo, para mí adentro, solo pensé en la pena amarga, la que, empujada por el vino, a Clara de Címbalo, de prisa, le pasaba el obstáculo del nudo en la garganta, mientras ella disimulaba el profundo dolor que su orgullo le quemaba.

En ese momento, la persona que estaba sirviendo, como animador, invitó a todos los presentes, en nombre del «Congreso de Mujeres por la Paz», a bailar y empezó a sonar un ritmo brasileño. Era «La Lambada». Racso se acercó a mí, y me dijo, "ven con nosotros a bailar". Yo no me moví y él se acercó más a mí oído y me susurró, "Estas son otras dos amigas que conocí hace un momento. Me vieron antes de ayer cuando fuimos a trabajar en las excursiones por el centro de la cuidad. Son venecianas, muy decentes, hablan español y son hijas de dos mujeres congresistas italianas, que ahora están del otro lado, en el café del balcón, bebiéndose un té".

ENRIQUE ANICO TAVERAS

Yo, pensando en la tristeza que había descubierto en la cara de la pianista, en lo que había pasado entre ella y él. En ese misterio que se escondía, ante la presencia de tanta belleza. En el duelo por la vejación, que en su cara se notaba, ella sentía y que mí mente en pugna, por la pasión del animo que aquella acción de Racso avivaba, tomé rabia y justo al momento cuando el daba su espalda, para continuar con las dos damas, a medio volumen de voz le dije, "Tú acababas de cortarle las alas a un ángel", y me quedé sentado, disfrutando la copa de vino que tenía frente a mí. El tornó su cara, me miró, y solo dijo te hablo luego. Al momento, sentí deseo de caminar hacia Clara, que permanecía de forma simple y sosegada negándose a bailar con todo aquel que la invitaba.

Me intrigaba saber lo que le pasaba, lo que pensaba. Quería, sin ofenderla, preguntarle. Pero por timidez, o porque me pasó por la mente, que todo era un ardid de Racso hacia ella, por algún despecho que sintió, yo no me movía. Más luego tuve algo así, como una ilusión auditiva, sentí ciertas vibraciones rasgándome el pabellón de mis orejas. Agucé mí oído y de forma disimulada, le puse atención. Yo claramente oí, filtrándose entre los intermitentes sonidos que salían de los altos parlantes del lugar, mientras sonaba la estridente percusión de la melosa pieza brasileña, llena de vibrantes y armoniosas notas, silenciosos, serenos y desgarrados sollozos que, con suspiros, escapándose como agua entre las grietas, desde el alma de Clara de Címbalo silenciosos se oían.

Yo decía para mí adentro, '¡esta mujer encierra un tesoro en su corazón!'. '¿Cómo es posible que Racso,

----

justo conociéndola, la tratara de ese modo?'. Me la imaginé triste y amodorrada, así como la más famosa pintura de una exposición, la cual, representando un cielo enladrillado, era sobrevolada por cuervos que la asediaban y con sus negras alas, oscurecían las metálicas y brillantes luces de la inspiración antes de tocarla. De reojo yo la observaba. Ella se tornaba y miraba al techo, como sí en el encontrara ese cielo estrellado, con un luna delgada y creciente que, en ella, por el momento oscurecida, muy dentro, manteniendo su luz, no se la reflejaba.

Yo también miraba a Racso, lo quería comprender, y por el momento sentía pena y rabia por él. Yo no encontraba, como poner en armonía mí mente y alma ante las cosas que, ante mis ojos, momentos antes, comenzaron a suceder. Lo conocía, como alguien muy racional, inteligente, no dado a confundir a los demás, ni crear conflictos. Él cada vez que tenía problemas con alguien, de una forma muy civilizada, con bastante erudición, se acercaba y conversaba hasta solucionarlo, pero esta vez se tornó diferente.

Yo lo vi como sí hubiese adquirido otra personalidad, una con actitud de persona grotesca, grosera, brutilla y churriburri. También pensé que, en ese momento, se comportaba así, porque quizás, un poco de licor que se había bebido, al perder un poco sus estribos, comenzaba a dejar salir algún rasgo de alguna personalidad perdida en su pasado que, de él, yo aún desconocía.

ENRIQUE ANICO TAVERAS

Desde aquella silla nada parecía simple. Todo, se fue convirtiendo en un estropajo de lenguas de bueyes macerados sobre farallón de acantilado, como escaramuzas de incógnitas que intranquilizaban a mí mente. Y más complejo se hacía en la medida que veía, a todos los que pasaban invitándola a bailar, la señorita Clara, con la inmovilidad y el frio de un carámbano, que solo emitía vapores congelados, nodando con la cabeza, les decía que no. Yo, desde aquella silla no podía visualizar las cosas y en vez de aclararlas, para mí, más intrincadas, como una maraña cubriendo el capullo de ceda verde que teñido estaba frente a mis ojos, se volvían.

Lo cierto es que, ante mí mirada, a ese amigo, a mí casi hermano Rasco, lo veía convertido en un erudito, cuya visión solo alcanzaba a ver por el hoyo oscuro de la carne. En un asno en calor, cuyas cargas de instrucciones y conocimientos, lleno de dramatismo, las vaciaba en las jarras bacias de dos señoritas vestidas con prendas que le dejaban sus pechos semidesnudos, espalda abierta y faldas, a través de las cuales, se notaba la emoción vibrante del bajo sensual de sus duras nalgas y caderas. Todo eso lo pensaba, para cubrir lo que no podía comprender de aquel paradigma de cosas que se sucedían justo frente sus ojos.

Pasados unos minutos, sucedió algo inverosímil. La música continuaba, los bailes se prolongaban y la euforia de los presentes y otros que entraban se incrementaba. Yo solo había bebido unos cuantos sorbos de vino y aún estaba sobrio. Preservaba mí integridad y tenía más de la mitad del vino que el cantinero, hacía ya un rato, me

----

sirvió. Dejé la copa, le puse una servilleta, para cubrirla y de prisa me fui hacia los sanitarios. Me decidí que al terminar la pieza musical que sonaba, yo volvería a tiempo, para estar ahí y al comenzar la otra pieza, probar suerte e invitar a Clara de Címbalo a bailar.

Cuando volví, una señora mayor, sosteniéndose con un bastón se disponía a entrar al salón. Yo me apresuré, me puse delante de ella y le ayudé a abrir la puerta para que pasara. Me quedé sosteniendo la puerta y al voltearme, para que detrás de mí se cerrara, la señora se volvió y en ruso, casi con espasmo en su cara, me dijo, '¡Ay que escándalo, esto no es para mí edad!'. '¡ayúdame a salir de aquí, y perdone joven!'.

Yo hice el movimiento contrario, le abrí la puerta, ella pasó y de prisa, dejé que la puerta sola se cerrara. Mientras la señora, ya de espalda a mí, se marchaba. Y mientras oía que la otra pieza iba a comenzar a sonar, me apresuré. Sin mirar hacia el lado donde Clara estaba, di tres pasos hacia mí silla. Me acerqué de vuelta al bar y precipitándome me dispuse a beberme un trago de vino. Ya cuando me lo había bebido y me disponía caminar hacia la silla del otro bar, ahí, donde estaba Clara, al girar mí cuerpo, ya volteándome, vi cuando el celaje de la mano de alguien, yéndoseme de bruces, tratando de evitar un choque, levantaba de repente una copa de vino que, sobre mí, inevitablemente, se derramaba y me chocaba.

Media copa de vino tinto que la persona traía en su mano saltó desde dentro del baso bañando mí cabeza, mí frente, mí cara y la parte del pecho sobre una camisa azul

cielo de popelín algodonado que yo vestía. Era Clara de
Címbalo que se tropezó conmigo y cayó junto a mí, la
copa y parte del vino derramado al suelo. Los vidrios que
se esparcieron, rotos por el piso de mármol y manchas
con vetas pulidas y brillantes, al quebrarse la copa sobre
el, resonaron con un glamoroso estallido de excitado
incendio que, en vez de ofenderme, avivaba mis deseos
de hablarle.

Yo caí sentado, me recliné, para sacarme una
servilleta de uno de los bolsillos posteriores de mí
pantalón. Pero ella muy asustada y nerviosa; tratando de
limpiarme la cara, mí frente con sus desnudas manos, me
extrajo la servilleta de mis dedos y mientras me secaba,
dijo que la perdonara, que no sabía lo que hacía. Que
hacia mí intentó dirigirse, para saludarme y que
accidental, súbitamente en su dirección, yo me volteé y
en la precipitación no le dio tiempo a reaccionar.

Yo solo tuve chance de decirle que tenga cuidado de
no pisar los vidrios, que no se valla a herir. Y ella al no
encontrar donde sostenerse, para ponerse de pie, abrió su
mano delicada, escultural, de dedos prolongados y con
cuidado, con suavidad y más vergüenza que temor, la
afirmó sobre mí pecho. Desde el suelo la miré y reconocí
el sentimiento de una avidez desconocida. Mariposas
trémulas que se paseaban por mí pecho yo veía, que iban
de ida y vuelta, desde las pupilas de sus ojos hacia los
míos y algo me decían.

Cuando ella, ya apoyando su mano en mí pecho,
recogiendo con su otra mano la falda de su vestido y

poniendo el sobrante entre sus piernas, se levantaba. Yo para sostenerla, erguí abierta mí mano izquierda debajo de su cintura y en ese momento descubrí que hasta ese punto le llegaba el batir de los latidos de su corazón.

Cuando ella terminó de ponerse de pie, me extendió su mano y con su ayuda me levanté. A nuestro alrededor ya había tres personas preguntándonos sí estábamos bien. Una de ellas era el cantinero del bar donde ella estuvo sentada. Yo, como resucitando, tan pronto estuve de pie, de cuerpo entero, frente a ella, entre las miríadas de luces de colores que cambiaban, me di cuenta que el vino le había manchado la parte superior del vestido, dejándole una marca parecida a un Yamur alongado y muy curioso, porque terminaba casi en el medio de su busto y esto, por la sombra que cortaba la luz, lo hacía ver como sí estuviera; además, una media luna en su tope.

Yo ya conocía el símbolo, pues en la universidad estudiaban una gran cantidad de estudiantes árabes que tenían, como religión El Islam y yo, curioso, siempre le preguntaba sobre su religión y sus símbolos.

Ella se dio cuenta que yo le miraba a su pecho y abdomen con un poco de sorpresa. Y mientras, para mí adentro, yo hacía relación con el símbolo que veía, me decía, 'al parecer, hay alguna protección sobrenatural sobre el alma de esta doncella'. Ella se miró y descubrió la mancha. Al instante, exclamó, '¡dios!' '¡Se me ha echado a perder mí vestido!'. Y tornando su mirada hacia el cantinero, le preguntó, '¿tiene usted un poco de agua oxigenada?'.

ENRIQUE ANICO TAVERAS

El buen caballero, mirándome, en ruso me preguntó: '¿Qué dice ella?' Yo le traduje y él en vez le ofreció gaseosa; no obstante, le continuó hablando, y yo le continue traduciendo. Le comentó que el vino tiñe de inmediato la ceda, pero que el truco era no dejar secar el vino. Había que sacarlo lo más rápido posible con un poco de agua tibia y jabón, frotándole una toalla limpia y blanca. Ella no lo pensó dos veces, me miró, me tomó por mí mano y haciéndome una señal de invitación, me sugirió, '¡vamos a mí habitación!'. Yo me deje llevar y sin importarnos que pasaría con los vidrios rotos nos marchamos.

Ella entró hacia el cuarto de baño, se sacó el vestido y salió vistiendo otro del mismo material, pero menos sedoso y de color rojo ocre. Desplegando una candidez extraordinaria e inadvertida, sin malicias, ni dobles. Yo sentí confianza. Me quité la camisa y me quedé solo vistiendo la camiseta de franela que vestía debajo. Sacar el vino no fue tarea fácil, pero conseguimos que su vestido verde quedara nítido, sin manchas y usando el secador de pelo, le sacamos la humedad. Quedó como nuevo y ella muy contenta se lo volvió a poner. La camisa fue una pérdida total. Las pequeñas manchas que tenían se volvieron más grandes y luego transformaron el azul en morado, pero yo, así me la puse.

Al salir de la habitación, mientras esperábamos el elevador, me llamó la atención un hombre que pasaba a través de un pasillo, por la parte izquierda, perpendicular a nosotros. Era de unos treintaicinco años de edad, de pelo gris largo, lacio y barba abundante, vistiendo un

----

esmoquin de faldas largas. Él iba sosteniendo un oboe, color ladrillo con terminaciones en oro muy brillantes.

Miró a Clara y yo vi, como ella, con sus cejas arqueadas y quijada apretada, le dio una mirada de repudio que cortaba. Al parecer, ella se dio cuenta que yo comprendí el gesto de sus ojos, y me comentó que más tarde me explicaría. Luego expresó: 'siento asco por ese hombre. Es el director de la orquesta con la que vine, pero soy independiente de ellos. Solo soy invitada, para tocar con ellos y nada más. Además, me estoy pagando el pasaje yo misma'. Luego me miró muy atenta, y como indecisa, me convidó, 'mejor ven, volvamos a la habitación, que ahí te explicaré con más libertad y detalle'. Al entrar a la habitación ella me advirtió que me quitara los zapatos y me pusiera cómodo, pero que no me sentara en su cama, sino en un pequeño sofá, muy acogedor que había a su lado. Me dijo que, para brindarme solo tenía agua. Pero yo le dije que todo estaba bien.

Entonces puso tres almohadas contiguo al espaldar de la cama y reclinada sobre ellas se sentó. Me miró y como abstrayéndose, de prisa, dejó salir una sonrisa y exclamó: '¡Ay dios!' '¡Tú, ni tu nombre me has dicho!'. Yo le repliqué sonriendo, 'es que tú no me lo habías preguntado y por tanta candidez que vi en ti, decírtelo, se me había olvidado'. Así, muy confiado, le dije y continue 'me llamo Delio, pero desde niño me llaman Delito'. '¡Oh, oh Delio!', Recalcó ella, 'delicado, delicia, delirio, de-li-be rad...', luego, después de dejar salir una leve y sonriente carcajada, simulando una voz densa exclamó: '¡Delito!'.

'¿Parece, que eras muy travieso cuando niño?'. Me preguntó en un tono de duda tragicómico.

'¡Yo era una amalgama de todo!', para darle larga a su agüero deliberado, le contesté. Luego proseguí: 'algo así, como un espanta pájaros; que sabía buscar su propia sombrilla, para cubrirse del sol y taparse de las lluvias; abrigo, para cubrirse de los fríos; que buscaba agua, a tiempo, para calmar la sed, cuando se calentaba el día; y hasta sombrero, para evitar que los pájaros me cagaran la cabeza, y claro, lo buscaba de paja; para que, en ellos, los mismos pájaros fabricaran sus nidos y haciéndose mis vecinos, se hicieran mis amigos y al fin buscar de ellos su compañía'. 'También, aprovechaba de ellos y del viento su canto, su silbido y el clamor, para no dejar mi alma vacía, en soledad y lejos del temor.' 'Qué además, no sabía cómo encontrar un abogado, para defenderme de las falsas acusaciones que, a diario me llovían'. 'Así, los niños que conmigo jugaban, sin saber lo que me decían, usando el diminutivo de Delio, a excepción de no saber su otro sentido, así me llamaban'. '¡Delito!'.

Luego ella me miró con detenimiento y se le llenó la cara de ternura. Yo le pregunté, '¿Qué te pasa?' Ella me respondió, '¡nada, nada es que...!, ¡Bueno…, eerhh!' Y con una duda afónica, que le entrecortaba la voz, terminó de expresarse. '¡Veras!' 'Yo desde que..., antes de ayer, al medio día te vi, cuando fui a dejar la información de la fiesta a vuestra habitación, y luego que escribí la nota, para que se la entregue a Racso, hubo un momento que, buscando aprobación, te miré a los ojos y tan pronto, como tú me devolviste la mirada, me sentí abatida por un

----

sentimiento de tranquilidad, totalmente apacible, que me dejó inerte, buscándole respuesta'.

'Fue algo parecido a dos luces reflejadas desde una laguna grande de agua clara, que salieron desde tus ojos y entraron por los míos'. Luego se detuvo, se sonrió y emocionada, continuo. 'Cuando los aparté de los tuyos, sentí que había ido más profundo de lo que frecuentaba ver en miradas furtivas, las cuales, sin proponérmelo, de igual modo, le he dado a otras personas'. Y así, luego me anunció: 'Tú, me llenaste de incógnitas, e intrigas que surgían desde la profundidad de tu mirada'.

'Y mientras caminaba sin prisa de vuelta al hotel, especialmente, bajando por la corta escalinata, ya fuera de la residencia, cuando me conducía por los jardines y me vi sola por el camino y el fresco, recalentado por el sol del medio día, me confortaba. Ya rodeada de arbustos desnudos, hojas caídas, frutillas maduras y charamicos, que sobresalían de algunos charcos con libélulas, que los sobrevolaban, delimitando mí visión, en ellos, volví a ver tus ojos. Los vi iluminados, que dejaban una luz angular y transversal, chocando desde el fondo hacia la superficie del agua, creo que mientras iba, estaba soñando'.

'Aquella luz, infinita, visible en su profundidad, como de penumbras claras sobre una sábana, llena de piedras blancas que brillaban; desde ellas, oí pequeños murmullos que surgían, cuales cantos y notas desde sus entrañas y me intrigaron, tal cual tu mirada, cuando la vi. Sentía que dentro de mí me cosquilleaban y no fue hasta que nos sucedió el accidente con el vino, que supe lo que

---

era. Pues, la razón de la intriga fue tanto que, para mitigar la pena de lo que tú te habrás dado cuenta, me quise pasar hacia al lado del bar, ahí, donde tú estabas, para hacerte el comentario'.

Yo al oír eso, le pedí que me explicara y ella solo expresó, que quizás el accidente, la copa, el vino derramado, los vidrios rotos y unas mariposas, que invisibles, trémulas le anduvieron por su pecho, cuando sobre el mío, ella puso su mano abierta, para del suelo levantarse, lo explicaba todo. Que mejor sería contarme lo que me quería decir del hombre, cuando estábamos frente a los ascensores. En fin, yo no le di larga al asunto y ella abiertamente se expresó.

Me contó que originalmente era alemana y que estaba viviendo en Barcelona que tenía un hermano y que él aún vivía con sus padres en Alemania. Que allá había sido contratada, para tocar, como pianista colaboradora de la filarmónica de Cataluña. Y que ya tenía más de un año tacando con ellos. Me dijo, que la mayor parte de los conciertos que había tocado, para esa entidad, lo había hecho en un Auditorio muy conocido llamado, «El Auditori». Localizado en la famosa calle barcelonesa «De Lepanto». Ahí, un domingo, celebraron una actividad, para el público, que era para promoción de una serie de conciertos en los que ella participaría y una fotografía de ella, tocando, como solista de la orquesta, aparecía en los afiches y pancartas que distribuyeron entre la comunidad.

'Al mes nos llegó la invitación, para venir al Congreso, pero por los compromisos y entradas que ya se

----

habían vendido, la orquesta decidió mandarme a mí sola ya que, me tocaba un tiempo de vacaciones, el cual, coincidía con estos días aquí. Luego se aprobó, sin incluir el costo de mí pasaje y yo misma decidí pagármelo. Pero en conjunto, mandarían la orquesta de Jazz de catorce músicos, conmigo. Yo me conocí con el director de esa orquesta, que es ese señor, cuyo nombre es Ridilunio Sangüinero y el me reconoció, me dijo, que me había visto desde que aparecí en los afiches antes de los conciertos'.

'Durante los ensayos de las piezas musicales que tocaríamos aquí, allá en Barcelona; también, me conocí con su esposa y sus tres hijos. Extraordinariamente bellos personajes con los que he jugado y con los cuales, he compartido por los últimos tres meses'.

'Cuando llegó el día del vuelo hacia acá, ya cuando nos montamos en el avión, mí asiento estaba justo al lado, del que él venia sentado. Tan pronto despegamos, algo empezó a suceder, que no me provocaba ninguna gracia. Él empezó hacerme avances amorosos con un romanticismo pueril, que parecía, los sacaba desde una pesadilla que sufría; como sí hubiese estado durmiendo sobre un catre oxidado, lleno de virutas de hierro, bajo la pintura podrida y acicates que su cuerpo despertaba'.

'Flipaba y yo más de tres veces le dije que me dejara tranquila. Pero volvía, aunque no con los mismos avances, hacia el mismo tema. '¡Oh!', me decía. 'He llamado a la azafata, para que nos traiga una botella de vino tinto'. ¡Pero que descarado!, se lo decía en su cara y

ENRIQUE ANICO TAVERAS

hasta le mencioné que sintiera respeto por su esposa y tres hijos. ¡Cerdo, escoria, me creyó vil, pero le dije lo que se merecía!'.

Clara paró de hablar, e hizo un gesto, como sí quisiera escupir. Luego continuo y expreso: '¡Hay que asco!'. 'Entiendo, es solo una reacción natural', le comenté. Y como disculpándose, continuó, 'En fin, tuve que hablar con la azafata, para que me cambiaran de asiento. Y poco antes de aterrizar, él llegó hasta el asiento donde ya me habían cambiado y me dijo, 'Yo soy el hombre de tu vida, en Moscú te lo voy a demostrar'.

'Aún pensé que él estaba confundido por el vino que había bebido. Pero la misma noche cuando llegamos. Al otro día supe, que fue él, quién me dejó las partituras en el aeropuerto, quizás, con la posible intensión de volver conmigo a solas. Sé que, por lo menos, Racso te contó lo de las partituras que se me habían extraviado. Así me dijo, cuando hoy ustedes llegaron a la fiesta. Ya estando en el hotel, previo al primer ensayo, yo no encontraba las partituras. Me sentí nerviosa, perdida, muy frustrada y de todo corazón, le pedí a Racso, que aún nos ayudaba, y sin mencionarle lo que me estaba sucediendo con el hombre, para que me llevara devuelta al aeropuerto porque yo pensaba, que las partituras se me habían olvidado allá. De camino, quise contarle lo que me pasaba, para que, además, me llevara a la policía, ya que pensaba, que el señor, le había cogido conmigo y yo sentía miedo. Además, sentía trastorno y me sentía confundida, pues quería hacerle recapacitar, para que no valla hacerle daño

----

aquella mujer y los tres niños que en España lo esperaban. Pero no le describí quien era él, ni su roll en la orquesta'.

'Entonces, aunque en el aeropuerto no encontramos las partituras y Racso, muy condescendiente y altruista logró, de otra forma, obtener, por lo menos, la mitad de ellas, y me tranquilicé. Al ver que, en él, yo podía confiar porque se portó, como un verdadero caballero conmigo, decidí decirle que se quedara en mí habitación, para sentirme segura de que ese Ridilunio no valla a llegar donde mí esa noche'.

'De inmediato, cuando yo supe de la fiesta, al terminar el concierto que dimos, para los participantes del congreso, en el Auditorio de la Universidad Estatal Lomonosov, con la dirección que Racso me había dado, averigüé, como podría llegar a la residencia de vuestra Universidad y de inmediato me fui sin decir nada a nadie, para ir hacerle la invitación. Era un halago de mí parte, para él, por lo que él hizo por mí'.

'Por otro lado, esa mañana, empecé a sentir cierto sentimiento que me atraían hacia él. Además, quería hacer algo, para que ese otro hombre se alejara de mí, por todos los días que estaríamos aquí, ya que, por boca de una de las dos violinistas del grupo, supe que él había puesto las partituras debajo de un asiento vacío que había frente él, allá, cuando esperábamos por el autobús en el aeropuerto. Luego quiso justificarse con ella y le dijo que eran despojos de copias rotas que no tenían uso'.

Clara me miró, hizo un largo silencio, y luego muy calmada, continuó hablando. 'Ahora te voy a decir esto,

ENRIQUE ANICO TAVERAS

----

que creo te diste cuenta'. Ella al decir 'esto', desde un pequeño bolso hermosísimo, el cual llevaba cuando estaba en el salón de baile y que había dejado descansando al pie de la cama, sacó un pedazo de papel doblado en cuatro. Era una nota escrita a mano y en tinta negra con un asno dibujado en un lado y en el otro un mensaje que decía:

'Las mujeres después que usan, para sus propósitos a los hombres, los disfrazan de burros, y así encubrir sus tropelías. Esto es un sueño de verano en una noche de otoño y usted es el burro disfrazado, yo a quién asustaría, pero, también, quien le toca echarlo y La Marcha Nupcial, que vos estáis oyendo la hechicería'.

'Ese señor que te dije, a pesar de que es una estrella, un virtuoso tocando el Oboe, es un sádico, oportunista, irrespetuoso que, porque yo me le he negado, quiere hacerme la vida imposible durante el tiempo que estemos aquí en el congreso'.

'De la misma forma, ahora, tampoco quiero verle la cara a tu amigo Racso. Después que me hizo ese desaire con esas dos mujeres. Yo me puse tan nerviosa, triste y frustrada que, por un momento, sentí, perder mí equilibrio psíquico, orgullo y vergüenza. El debió de ser un poco condescendiente y por lo menos, preguntarme. Y así, como te lo estoy diciendo a ti, le hubiese explicado lo que pasaba a él. Pero en el instante que, para mí todo debió de ser una celebración, él se fue en busca de otras mujeres. ¡Eso duele! Y no se lo perdono a nadie y menos a él, que

----

sin importar le abrí mí corazón y le di toda mi confianza desde la misma tarde en que nos conocimos'.

Luego hizo un silencio, se movió hacia el borde de la cama, se sentó, poniendo los pies sobre la alfombra y llevando su cara justo frente a la mía, como sí me rogara, me pidió, '¡Delio, por favor, no le hagas eso, que Racso me ha hecho a mí, a nadie!'. Y extendiéndome su mano; por último, me dijo, 'es por lo que te pido de corazón, sí él te pregunta, dile cualquier cosa, pero no le diga esto que te acabo de decir'.

Ahora vete ya es tarde y sí lo deseas, mañana, ven a visitarme, llegaré de las actividades después de la 19:30 horas. Pero déjame descansar un poco. Me siento bien y a confianza con contigo. Procura que cuando vengas y pases por el vestíbulo del hotel, ese hombre no esté ahí, y sí lo vez, has algo para que no te veas. Que no quisiera que me quiera crear otro conflicto contigo. Yo por un momento le hablé de la necesidad de encontrar paz espiritual y no permitir que las cosas irracionales se adueñen de su mente. Le di las buenas noches, ella me dio un beso en mí mejilla y me fui.

Cuando esa noche llegué a la habitación de la residencia, Racso, no había llegado y tampoco llegó los dos siguientes días. El lunes próximo nos encontramos en el intermedio de la primera clase de idioma ruso y nos fuimos a beber un café. Ahí me contó que una de las dos damas, la más joven, un año menor que la otra, de nombre Filomena, se encariñó con él. Que había conocido su mamá y el fin de semana se la pasaron en un lugar que muy poco estudiantes conocían. Era un club privado para diplomáticos en las afueras de Moscú.

Además, me dijo que la misma madre de la muchacha lo había invitado a pasar las navidades en su casa de Italia y que después que el congreso terminara, se iban a quedar una semana extra, vacacionando en Moscú y Leningrado.

Durante la misma conversación, yo, intrigado le pregunté, dónde él se conoció con esas dos mujeres y el sorprendido, tirando una risotada, me contestó, 'Tan pronto salí, tú me viste, estaba todo enfadado. Caminé hacia el café que está del otro lado del vestíbulo en el hotel. Y detrás de mí, venía un hombre portando un Oboe muy lindo. Era un músico de esos que yo había acompañado la noche cuando empezaron a llegar los visitantes del congreso. Yo lo había visto, pero no habíamos intercambiado ninguna palabra'.

'El hombre iba para el barcón del café, según me dijo, a ensayar un poco y en eso nos detuvieron las madres de las dos muchachas. Ellas le hicieron una ovación, 'bravo, bravo', y luego les expresaron, 'nos llenaste de emociones en ese solo que hiciste en el concierto'. '¡Eres virtuoso, magnifico!'. Se referían, creo, a un concierto que tocaron después de una conferencia en la sala de un famoso teatro del centro de Moscú, llamado, «Teatro Taganskoe», al mediodía del jueves.

'Luego se dirigieron a mí y me dieron las gracias, porque según ellas, en una de las excursiones en las que serví de traductor, ellas estaban y le encantó mí estilo, porque, además de traducir, yo explicaba las cosas. Yo no

----

me acordaba de haberlas visto, pero en eso, las muchachas que estaban a su lado, se veían contentas, animosas y exaltadas. Me preguntaron, qué sí yo bailaba, y aunque vacilante, les dije que sí, como me sentía que quería despejarme de lo que me había pasado con la pianista, de inmediato me fui con ellas'.

'Durante la conversación me dijo, que la noche del viernes, cuando de repente salió, lo hizo después que leyó una nota, que una de las damas, de esas que estaban en la fiesta, le pasó directo en su mano. Que la nota contenía su nombre y después de leerla, se la dejó sobre el piano a Claudia. Ella no me había dicho que tenía novio, con cierta desilusión en sus ojos y desconsolado me dijo'.

Luego me preguntó, dónde me había ido después que terminaron los bailes. Entonces, yo me di cuenta, que él no se había enterado de nada de lo que a mí y a Clara de Címbalo nos había sucedido y ni del accidente se había cerciorado. Y para que no me preguntara, ya que no me sentía bien hablándole de lo que pasó entre Clara y yo, le dije que me volví a la habitación.

Al terminar el congreso, Clara de Címbalo se quedó siete días extras en Moscú y esos fueron lo suficiente, para enamorarnos, como dos locos atrapados en su propio estado de profundo estupor, desconectados de la realidad y viviendo el sueño de un romance bajo una luna clara y brillante que parecía nunca se apagaría.

Cuando terminó el semestre, el próximo diciembre y después que nos habíamos escrito una cuarentena de cartas, en las que nos citamos para vernos en la casa de su

----

familia en Alemania, nos pasamos mis vacaciones de invierno juntos y aquello fue el principio de un amor que pensé nunca tendría fin. Un amor que existió en el paradigma utópico de los más románticos sueños, esos de los que nunca despertamos y cuya euforia nunca se extingue y que alguna vez, en vida, hayan tenido dos amantes.

Y ya vez usted, ahí radica mí dolor. Cuando, después de eso volví, para estas tierras, ahora otra vez, ella me esperó en la estación de tren, nos fuimos al café Goethe en Berlín y ahí nos sentamos. Ella estaba nerviosa y sus palabras yo las sentía fría, como cuando una brisa helada caminando me chocaba en mí cara. No se podía expresar.

No sabía que decir, tuvo que quitar sus brazos, los cuales, con sus codos los tenía afincados sobre la mesa. Pues, su temblor creaba unas vibraciones que no dejaban en paz las tazas del café, que nos bebíamos, ni tampoco, en su lugar. Las manos le sudaban y las servilletas, que eran abundantes, no le bastaron, para secarse sus mejillas humedecidas. Las que se le llenaban de lágrimas y de sudor a cada momento. Así me expreso que una vez volviéramos de viaje que teníamos planeado y visitáramos la casa de sus padres, por razones que luego me explicaría, ella iba a terminar nuestra relación. Entonces, me miró, se quedó en silencio y yo me quedé mudo, como un piano que espera ser acariciado por el talento de sus delicadas manos.

En silencio, sin decirnos nada, por una media hora, nos fuimos caminando por las aceras y parques de la ciudad. Llegamos a la estación donde nos esperaba el tren que, de acuerdo con los planes que habíamos hecho, nos llevaría a la región de Turingia, a la ciudad de Dresden y a la casa de sus padres. Pienso que se fue a Barcelona, España y quiere que yo vaya donde ella, no ella venir donde mí, para sentirse protegida. ¿Pero cómo podría yo ir a encontrarla, sí aún no tengo ni el dinero, para pagarme el pasaje?

ENRIQUE ANICO TAVERAS

ENRIQUE ANICO TAVERAS

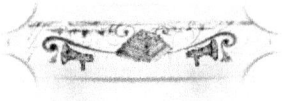

CAPITULO

XXXIV

Después de una corta meditación en la que el viejo le comunicó a Delito, algunos pormenores de sus sufrimientos románticos de su pasado. Algunas penas, las cuales, aún llevaba en lo interno de su alma y cambios que sufrió en su psiquis, producto de la segunda separación con su novia, una vez que, producto de la guerra, tuvo que escapar hacia América y mientras él buscaba la forma de escaparse, para llegar donde ella estaba.

Hablándole de su experiencia en España. De política, los orígenes de la guerra, de lo que eran sus sueños y sus premeditaciones, los dos cayeron en una conversación que nada tenía que ver con sus relaciones amorosas o purificación de sus sentimientos en el alma de una mujer. '¡Ah!', de repente dijo Delito. '¿Usted, también se enamoró?' Hubo un silencio, pero luego que le repitió, que enamorarse no era eso, sino, el preámbulo de la purificación y conjugación de los sentimientos de un hombre en el alma de una mujer, él viejo cambio de conversación.

Entonces, le habló de como, por la urgencia que tenía, tuvo que entrar a España, escondido, por entre las montañas. Como sobrevivió, ante las condiciones políticas y de guerra, hizo lo que hizo, volvió a cruzar hacia Francia, y quedar a salvo, para continuar con su plan, con su viaje y tratar de encontrar a su amada. Delito le quiso prestar atención, pero el viejo, otra vez, hizo un corte y expresándole, que no tenía deseo de hablar de eso ese día, le sugirió a Delito que le hablara de lo que él había aprendido en Moscú, en Rusia.

Y con su fogoso ímpetu de joven, con su energía y deseo de expresar lo que aprendía, cuando el viejo le dio un momento y pudo hablar, como un coche, a cuyo caballo, les sueltan las riendas, se empezó a expresar y habló sin parar, de su pensamiento político y cosas que, según él, al final de su vida, lo iban a amparar.

El viejo quiso oírlo, se quería entretener, hizo silencio y lo escuchó sin interrupción y sin interactuar. Más que todo quería ver lo que el joven tenía ya, dentro de sí.

Durante el clímax de la época llamada de reconstrucción en Rusia, bajo el nombre de «Perestroika» en el idioma Russo. Delito se vio inmerso en el estudio de uno de los libros más famosos en el mundo y especialmente en Rusia, lo que era La URSS y su capital Moscú. Este libro como todo el mundo lo conoce, es «El Capital» de Karlos Marx y Federico Engels. Como introduciéndole le dijo y continuó.

ENRIQUE ANICO TAVERAS

Mientras aún existía una ofensiva ideológica y cultural de defensa desde los países que compartían una misma línea política, económica y social, reunidos en lo que se llamaba popularmente el bloque soviético y bajo nombre legal y mundial de «El pacto de Varsovia» y los «Países no Alineados». En contra del bloque occidental lidereados por Estados Unidos de América y reunidos por la OTAN o «Organización del Tratado del Atlántico Norte» Interactuando en los finales de una guerra, que era no convencional, la cual duró desde 1946 hasta esos días, y que le llamaron la «Guerra Fría»

En ese año, después de una serie de explosiones sociales, pequeños enfrentamientos militares, y un deterioro de la economía, en especial del intercambio económico y los mercados suplidores, la vida, para muchos habitantes de Rusia, al igual que para muchos estudiantes extranjeros, se dificultó, a partir del 1988.

Eso hizo pensar a Delito en una posible alternativa en caso de que sus estudios se vean impedidos. Ya a la mitad del segundo semestre de su cuarto año en la carrera de economía, con el dilema de no saber hacia dónde lo llevarían las condiciones sociopolíticas del momento, abandonó momentáneamente los estudios, la universidad y Moscú.

Delito, tratando evitar ser moralmente impelido por un conflicto, que como él decía, 'en el que no se vislumbraba que iba a resolver los problemas básicos a la población y que; además, por causa de que no quería ser una carga, para el gobierno de ese país, la universidad o

---

ninguna institución social en Moscú, se fue a vivir por unos meses a Berlín'.

Otra razón que conllevó a Delito a tomar la decisión de marcharse, dejando sus estudios a media, fue el sueño que nunca le abandonó de querer leer «El Capital», libro escrito por Karlos Marx, en la lengua original en que fue escrito. Decía que ese libro, tan importante como era, había sufrido manipulaciones intencionadas en el proceso de traducción desde su lengua original a otras lenguas.

En especial aquellas traducciones que se habían hecho, en países con problemas políticos donde el poder de las burguesías establecidas, no se habían consolidado de forma concreta y aún no habían creado fuerzas que le dieran estabilidad autónoma. Así que Delito al estudiar las bases económicas del feudalismo y los principios del Capitalismo, y mucha historia europea, lo llevaron a pensar que, por el mismo vicio del capital y su carácter corrupto, allá donde las estructuras de poder eran débiles y abusivas y en cuya lengua no se comprendía el libro, al momento de traducirse, los traductores, editores, e imprentas, dirigidos por las elites mal informadas, de alguna manera intentaban, expresas manipulaciones en las traducciones.

Esto, desde luego, decía Delito, lo hacían por miedo a perder el poder y con el fin de apaciguar la amenaza que representaba, para ellos, el hecho, de que sus clases populares pudieran claramente comprender los conceptos que de forma científica demostraba su autor.

ENRIQUE ANICO TAVERAS

Delito, en sus encuentros de cafeterías, enfatizaba que los banqueros, industriales y dueños de grandes granjas, como siempre, haciendo uso de la comunicación a través de la imprenta, para hacer llegar la información de sus productos a las poblaciones, de ninguna manera iban a permitir la publicación de una traducción exacta de un libro que, bajo el perfecto sentido de lo que en sus páginas se escribió, les afectaba.

Delito gesticulaba, para reforzar con una emoción casi espiritual esos postulados que él ante sus amigos defendía. Sus alocuciones siempre iban cargadas de riquezas léxicas en las que, casi de forma poética, argumentaba que las innovaciones y surgimiento de nuevas ideas, no aparecían por el simple sueño del hombre, de darle explicación de forma vaga a las cosas que el mismo no podía, desde su fundamento, explicar. Sino de la exégesis de querer transformar y explicar la dolorosa verdad que, el apócrifo sentido de nuestra condición humana, en la medida que nos acomodamos, les va creando a los problemas, los cuales, por los difíciles que son de solucionar, en vez de resolverse, se agudizan.

Y así, con las vaguedades con que los vamos recubriendo, como limpiando un simple trillo, por el que solo caminamos, los vamos dejando que le crezcan maleza, como poniéndolos a un lado y terminan convirtiéndose en un surrealismo enmarañado que, al mirar hacia ellos y explicárselos, para encontrarle una solución, como sucedió con el capital, cuando lo analizamos todo, terminan siendo odiados.

ENRIQUE ANICO TAVERAS

Empero, la vastedad de una larga explicación, trayendo consigo soluciones, para esos nuevos grupos de poder de aquel entonces, las pequeñas burguesías europeas en crecimiento, compuesta por jóvenes banqueros, industriales y hacendados en busca de consolidarse, como poder social, en aquel momento, para ellos dar a conocer el libro, tal como se escribió, le resultaba conflictivo y corrosivo. Era una amenaza para su mantención en el poder, como clases dominantes.

Que sí bien, como fue escrito se interpretaba, los conduciría a realizar otra revolución, cuando aún, la que reciente habían iniciado, bajo los fundamentos económicos de John Smith y con el nombre de «Revolución Burguesa», todavía, no había alcanzado la magnitud del auge que prometía y aún, no estaba ni en el inicio del límite de su desarrollo.

Estos hombres, dueños de los medios de producción, y claro de los medios de comunicación, no podían comprender, y más que eso, llegaban hasta el punto de mal interpretar de forma deliberada lo que decía el libro. Delito; además, sostenía que, «El Capital», no se hizo más famoso que la biblia, ya que, a diferencia de este, su entendimiento merecía de un gran esfuerzo mental y un enorme sacrificio en el aprendizaje de ciertos elementos científicos, que habían expuestos en el. Los cuales, la mayor parte del tiempo, tomaba varios años para aprenderlos y solo estaban a disposición, para las clases sociales de mayor poder económico. Esas que tenían dinero suficiente, para pagar por sus estudios académicos, pero muy rara vez, contribuían, para poner informaciones

ENRIQUE ANICO TAVERAS

----

y conocimientos verdaderos que estén al alcance del hombre común.

Además de todo eso, los conceptos sociales e históricos planteados en el libro, encaminados, a través de los silogismos a demonstrar, persuadir o convencer a los lectores que, estrepitosos, se lanzaban a la lectura del libro, decía Delito, no se prestaban, para interpretaciones vagas.

Tan tenaz es el razonamiento lógico y tan atados los planteamientos a la idea central del libro que, aunque lo intentaran, no podían ser usadas, como nimbo central de simples palabrerías. Enfrentándose así, al dilema del argumento disyuntivo que, a diferencia, los separaba de aquellos conceptos llamados a soportar la propia sociedad burguesa de aquel entonces.

Sujetaba que, como el libro fue escrito bajo estrictos planteamientos filosóficos y científicos puros, con muy poco matiz poético, se hacía muy difícil apelar a las emociones a partir de los conceptos y razonamientos lógicos que, en él se explican. Pues el mismo Delito encontró, que el libro, en la medida que se estudia, tiende a borrar las emociones en la mente del que lo lee e intercambiarlas por una realidad pura, austera y ascética.

Delito estableciendo un símil, un elemento comparativo, muchas veces, a sus amigos les argumentó que, después que se publicó el libro, por primera vez, como un huracán que azota las cuidades costeras, dejando los cimientos sobre dunas de arena, de esa forma empezó a borrar «El Capital» lo que se comprendía, como base del entendimiento de la verdad, bienestar social y económico establecido hasta aquel momento en Europa.

En la medida que se analizan las leyes, postulados e hipótesis vertidos en el libro, se van rompiendo en la mente del lector aquello que se admitía, como base de razonamientos históricos, social y económico de la época. Todos esos postulados y leyes de aquellos autores, economistas y filósofos que en sus escritos sujetaban y justificaban el sistema económico y de vida imperante, previo al nacimiento y primera publicación «Del Capital».

Por tanto, cuesta y costaba aprender lo que en el se plantea; pero, más que eso, por último, decía Delito, 'ha sido alto el precio que han pagado las poblaciones por repetir los conceptos vertido en el de forma fanática'. Pues las repercusiones sociales de la práctica de sus conceptos, como cuadro de logros, desde que se escribió, estos han sido proporcional a su entendimiento, ya que, cada vez que, por puro fanatismo, se ha querido poner en práctica lo que se plantea en el libro, sin haberlo comprendido en su totalidad, el mal entendimiento de lo que se plantea, ha llegado a convertir ya, naciones enteras, en caos o anarquías irresolubles.

En otras palabras, decía Delito, El Capital no es para fanáticos y mucho menos, para practicarse como dogma. Cualquier fragmento salido de este libro, sin el correcto análisis, sería un flechazo dogmático que, a diferencia de cualquier párrafo bíblico o literario, en vez de encender una llama de inspiración, podría más bien encender las pasiones reprimidas de los que sin nada se van quedando en la medida que crece el capital. Esas que van dejando sus atropellos, mutilaciones y frustraciones, sin importar las diferencias de clases, o qué tanto, es el dominio de las clases, que se van manteniendo dominantes, sobre los desposeídos.

Y que, por último, luego se transforma en bandera de guerra, para un sector y para otro, en elemento de razón, no para corregir, sino para apuntan sus cañones y defenderse de quienes, por ignorancia o mal interpretación, les quieren destruir. Desembarazado de eso, sí de forma contraria, de forma analítica, se practica, los postulados, teorías y conceptos, expuestos en él, con este libro podríamos convertir el mundo en el verdadero paraíso que toda la vida, los hombres hemos soñado. No porque la idea de dios, paz, bienestar y abundancia, así como; las grandes virtudes vallan a desaparecer sino, porque estaremos viviendo tan dentro de todo eso y lo tendremos tan cerca, que no nos daremos cuenta que todo está con nosotros y de que la felicidad existe, no solo en su forma abstracta, para unos, sino para todos de forma igual, ya que, al conquistar la vida en la sociedad perfecta, sin darnos cuanta, estaremos eternamente dentro de ella.

ENRIQUE ANICO TAVERAS

CAPITULO

XXXV

Así le hablaba Delito, contándole sobre sus años de estudiante y puntos de vista político, durante el tiempo que vivió en Moscú, al viejo del Mercado después que él se lo pidió. Y el señor, ya muy mayor, de unos 94 años; mientras, Delito le contaba, volvió sus ojos hacia una pieza con decoraciones cubistas azules y colores abigarrados que, al lado de su caja tenía frente a sus ojos y que antes de Delito entrar en la carpa estaba manipulando, limpiando, brillando y parecía que le hablaba como si fuera un ser viviente. Era un Megáfono.

Cuando Delito terminó su alocución, el viejo lo tomó y manipulándolo le abrió el compartimiento de las pilas. Se volteó y en un receso que Delito hizo, para beber agua de una botella que en su mano llevaba, le dijo, que se lo llevara hacia fuera, para probarlo. Pero hablándole desde el medio de la calle, no hubo altisonancia. El Megáfono no funcionó. El Viejo, para no quedarse en silencio, omitiendo una razón que había percibido en la forma que Delito pronunciaba las palabras en su idioma,

ENRIQUE ANICO TAVERAS

----

manteniendo su ánimo de escucharle, le ofreció que volviera a la silla, para que se sentara.

Ahí, le ofreció un bazo de vino y brindó por su amistad. Delito, al momento, se sintió a confianza y atraído por la pieza, como sí de repente se hubiese enamorado de ella. Lo tomó de nuevo en sus manos y con cuidado lo volvió a mirar. Esta vez, como inspeccionándolo, se detenía, observando cada detalle de sus contornos y acercándole sus ojos a los llamativos dibujos cubistas, los interruptores, micrófono y manubrio. Todo lo curioseaba con la inocencia, e interés de un niño inclinado a las cosas raras. 'Se nota que, aunque está bien cuidado, es bastante viejo'. Comentó. Y sin esperar que el viejo reaccionara a su comentario, en un silencio de repente reverencia, le propuso comprárselo.

Luego el viejo, interesado en lo que Delito le había contado, le preguntó sí tenía otra razón por la cual tomó la decisión de haber venido a Alemania desde Moscú. '¿Qué otra cosa le hizo abandonar sus estudios allá?'. '¿Qué visión, que estrella, que resorte, dentro de los recovecos de sus sentimientos le invitaban a venir a las tierras germanas?' Por último, '¿qué lo motivaba a admirar y querer comprar el viejo, tatuado y extraño instrumento?' Ese que, más bien, era casi una pieza de museo y posiblemente inservible, para el propósito de comunicarse.

Delito se quedó callado, esperó un momento, miró a los ojos al viejo, lleno de contento y emoción, firme, entero, le apuntó con el dedo índice de su mano derecha hacia El Megáfono y le dijo, 'he aquí las causas, un libro, una mujer y ahora este Megáfono. Yo no estuviese en frente suyo y no nos hubiésemos conocido, sí yo no hubiese visto esta pieza desde fuera de esta carpa. Si usted no me lo hubiese mostrado, y aunque no funcione usted, a través de el, al parecer ya me había hablado'.

'Creo que usted tiene tantas cosas para contarme, como yo para decirle". Y sin detenerse continuó. 'Cuando ya había cursado un año de idioma ruso, al mes de mí tercer semestre en la universidad, en aquel «Congreso Mundial de Mujeres por la Paz». 'Esa joven con la que por accidente me conocí, la que puedo decir es hoy mí musa. Es una muchacha muy bella, con alma y espíritu de esencia divina. Es mí deidad y la que desde entonces hace que mis sueños y pensamientos, así como la práctica de estos, vengan a mí con la afluencia de una fuente y la fecundidad con que los dioses nos mandan las inspiraciones'.

'Desde entonces nos hemos estado visitando, y yo cada día que, solo pasaba en aquella ciudad, lejos de toda mí familia, y total mente enamorado de ella, sentía la necesidad de buscarla y saciar el vacío de soledad que producen los amores cuando de ellos y de la tibieza de su presencia se carece'.

'Así que, puedo decir, fueron estas cosas que me movieron hacia estas tierras, la sed de conocimientos después de enamorarme de un libro, la sed de amor

---

después de enamorarme de una mujer y la voz de un sabio amplificada por un por un megáfono'.

'Ella y yo por tres años no conocemos. Dos de los cuales, hemos estado compartiendo nuestro amor, ya sea juntos o escribiéndonos. Ella es dos años menor que yo y desde que nos conocimos, hemos estado juntos durante nuestras vacaciones, compartiendo espacios, uno al lado del otro, tomados de la mano y preparándonos, para un día juntarnos para siempre'.

El viejo le ponía toda su a atención a lo que Delito le contaba, se sentía extasiado por lo que oía de su boca y porque veía cierta similitud con un pasado, que él, a costa de mucho dolor, vivió, pero, como un padre que comprende a su hijo, o un profesor que reconoce los sueños de su pupilo, en ningún momento lo interrumpió.

Permitió que le terminara de contar todo lo que quisiere y decidió esperar a que el joven agotara toda su historia, como si fuera una película de la que se esperaba, sin ansiarlo, el final.

Pero, de repente, intrigado por una pregunta de algo que guardaba en lo más hondo de lo intrínseco de su alma, y buscando una respuesta a una pregunta que se había hecho toda la vida, le dijo, "espera" "Te quiero hacer una pregunta". Delito se detuvo y lo miró con atención. El viejo hizo un corto silencio y resoluto le preguntó, ¿Por qué elegiste seguir a una mujer, en vez de seguir solo y dedicado a la ciencia, manteniéndote concentrado y sin interrupciones?

ENRIQUE ANICO TAVERAS

Delito le aclaró, que la última vez que había llegado a Berlín, a ver a Clara de Címbalo, lo hizo con la intención de quedarse para siempre con ella o llevársela con él, allá, de vuelta a donde él vivía, sí ella lo hubiese permitido. Y casi en alta voz, como para que el viejo lo oyera, sin formalismo e importarle todo lo que, para él, significaban los estudios, como extirpando un nudo que se le asomaba en la garganta, exclamo: '¡Sí, me la hubiese llevado!'. Así, comenzó Delito a contarle la historia de como se había prolongado su estadía en Berlín a su nuevo amigo.

No sin antes decirle que en cuanto a que la vida cambia y somos propensos a esos cambios, no es posible mantenernos sobre la tierra haciendo ciencia sin reconocer el aspecto objetivo de la vida y que, sin la compañía de una mujer, o hombre, sí se es mujer, por ser ella parte de una naturaleza que nosotros la hemos subjetivado. La vida, añadió él, para cualquier persona que se dedique al estudio profundo de las cosas, será más llevadera, mientras la pase en compañía de una mujer, pues no hay medio de entender, la esencia de una cosa, sí se no se comparte con su opuesto.

Delito quería continuar su discurso, pero de repente como adivinando lo que el viejo quería saber, sin que le volviera a preguntar le dijo, "Mí sueño es terminar mis estudios en ciencias económicas y políticas en esta capital. "! ¡Aquí en Berlín!", le enfatizó. Quería; además, aprender el idioma no solamente para comunicarse, en esa lengua, sino para descifrar, y estudiar «El Capital» en el idioma original en que su Autor, Carlos Marx lo escribió. Sentía la necesidad de buscar la forma de poner a su disposición y entender los manuscritos de aquel libro, que él consideraba tan importante, para la vida moderna y el porvenir.

Delito le expresó que estaba decidido a encontrar sí su postulado era falso o verdadero. O sea, de sí las traducciones que se habían hecho del libro fueron de una forma u otra, objeto de manipulación por los intelectuales de las naciones, donde primero, o después, se tradujo el libro. O sí, por alguna otra razón, irreflexivamente pensada, o por interés puramente político, relacionada al entendimiento del concepto filosófico de Carl Marx, el cual, el autor moldeó en el libro, fue producto de discusiones, malentendidos y conflictos, que alteraban la naturaleza del libro en las traducciones primeras hechas de el.

Quería conocer la piedra angular por la que, no importando lo sofisticado que haya sido el circulo intelectual, en sus análisis, muchos, concluyeron que el libro no tenía sentido, que era un pensamiento obsoleto y era un estudio irrelevante de la economía existente durante la revolución preindustrial, o era; por el contrario, la segunda biblia que vino a salvar, de una vez por toda, a la humanidad.

El temperamento visionario, el afán de encontrar la verdad y saciar su sed de perfección; además, de las lecturas del libro, llevó a Delito a darse cuenta que una parte sustancial de la política social y económica moderna está basada en conceptos y leyes cuya práctica cultural

---

tiene su origen en elementos encontrados y descritos de forma muy explicativas en el libro y por el autor.

En exceso a lo dicho, Delito, casi de forma poética, repetía que, una vez él hubo leído el libro, como asignatura en la universidad, y otra vez lo leyó por su propia cuenta; fue entonces, cuando por completo, más comprensible, para él se hizo. Muy fogoso le comunicó al viejo que él concluyó que, «El Capital», como tan malo le ha resultado ser a la gente, del mismo modo, es el gusano que, poco a poco, desde el día que terminó de escribirse, todo lo que ha hecho de forma constante, e inclemente, es ir devorando la parte podrida de aquel viejo cuerpo social, económico y político llamado capitalismo, establecido en el mundo a partir de la segunda mitad del siglo dieciséis desde Inglaterra.

Que, no importando el menosprecio y el desdén de la gente hacia el libro y sus postulados, este aún sigue haciendo el trabajo natural, que está llamado hacer. Se encamina hacia el propósito que ha de servir, como estudio anticipado de los cambios sociopolíticos y económicos, para el bien del saneamiento de las sociedades modernas y la humanidad. Además, de fortalecer, de forma paulatina, el asentamiento de las nuevas ideas planteadas en el. Las que, del mismo modo, van destacándose en el proceso evolutivo de las sociedades modernas y se afianzan en la medida que se avanza en el desarrollo de los medios de producción y enriquecimiento de la sociedad y su economía. Y luego, asentándose, casi como elementos genéticos, en el alma de la gente y nuestras sociedades en general.

ENRIQUE ANICO TAVERAS

Después que estas ideas en su totalidad sean asimiladas, se establecerán, instituyéndose, no solamente para controlar los excesos de la sociedad en su todo, pero; también, para regular, como dioses, en el subconsciente de la gente, los procesos que dominan los cambios que se suceden en la psiquis humana en busca de saciar hasta las necesidades que van más allá de los límites del deseo de la razón y en especial los apetitos desordenados de placeres deshonestos.

Cual cresa o gusano va eliminando los tejidos muertos y moribundos hasta totalmente acabar con ellos; mientras, dejan los sanos. Hasta que el cuerpo completo se limpia y totalmente se transforme en un organismo nuevo. En cuya vida, pueda ofrecer armonía a los demás organismos de los cuales ellos se sirven y comparten, para sobrevivir y sin dejar del mismo modo de evolucionar.

Así como nosotros, en unidades sociales, como la familia, las pequeñas empresas, las sociedades de tipo cooperativas, nos vamos adaptando a los cambios, no solo para sobrevivir, sino para crearnos nuevos planes y medios, para seguir existiendo dentro del marco del status quo establecido. Y con ellos, afrentar la vida dentro de los paradigmas, que los nuevos sistemas estructurados y ethos, creados a nuestro alrededor, nos van mostrando y surgiendo en la medida que avanzamos.

Así, decididos aprender a vivir mejor, más humanamente, y del mismo modo, entendiéndonos dentro de los estructurados sistemas que nos irán sucediendo de generación en generación. Más apegados a la primera

----

virtud que es la prudencia y lejos de la última, que es el valor. Y al transformar nuestro modo de vida, con un blindaje más racional, como una barca que se maneja reconociendo la fuerza que en ella ejercen las corrientes y vientos marinos, contantemente pendiente de los cambios que seguirán sucediendo en lo social, económico y político, orientar la proa hacia al bien puro y común, la verdad, la justicia y bajo los nuevos valores éticos que surgirán, dirigirnos hacia la búsqueda y cultivo de todo lo más sublime.

Aprenderemos a controlar los placeres, para que no lleguen a convertirse en maleficios internos de nuestro subconsciente. A realzar la templanza mediante la razón, a dominar y controlar los deseos y la intemperancia sin dejarnos llevar de las euforias, emociones, etc., para que, en nuestra psiquis, no sucumbamos ante ellos, alzándonos, como lo que siempre hemos soñado ser, seres perfectos.

Todo eso sin darnos cuenta, de forma paulatina, se irá estructurando alrededor de nosotros, en nuestras mentes, como parte de nuestros patrones de conducta y formando los ethos que le darán identidad al nuevo individuo, para formar parte del engranaje que lo moverá, para dándole soporte a la nueva sociedad. Esa que nos ha ido transformando desde el capitalismo en predesarrollo o en su niñez, hasta el capitalismo super desarrollado, donde alcanza su mayor auge. Y más luego el pos-capitalismo, o decaimiento del sistema completo. Todo en base a ese libro. Así, lo creo.

Del mismo modo, irán surgiendo otros elementos experimentales a manera de saneamiento, prerrogativas y apaleamiento de las atenuantes circunstancias que, con sus problemas extremos, desde su centro gravitacional, ya no aporta soluciones cabales. Pues las estructuras creadas ya serán tantas, que el sistema de producción mismo no las podrá soportar. Así, como, cuando por más de nueve meses en un vientre, una madre no puede soportar a un feto y este expira o nace. No porque no se quiera dejar en el vientre, sino porque sí se deja; también, destruirá la misma estructura que le dio vida y origen, la madre.

También, como alternativa a un cambio rotundo, total y radical, que evite un vuelco que nos haga daño a todos. Durante este tiempo, las estructuras, fruto de una larga reflexión y la ayuda de los principios aportados por K. Marx en este libro, empezaremos a sanar lo corroído. Por último, obtendremos una reconstitución social, donde, las viejas estructuras, solo existirán como sostén de las últimas y aunque, esporádicas, aún seguirán resurgiendo, bajo un sistema de comprensión, asimilación y conciencia social más alto, nos desharemos de ellas, bajo la aplicación de simples recetas ya estipuladas.

En las cuales, cada unidad social se empezará a regir por leyes estructurales que, de modo inconsciente se terminarán de formar y bajo esas nuevas leyes, rigiéndose por la voluntad del bien, permitirá la autonomía a esas unidades sociales que, ordenándose, se purificarán a través del estudio preventivo del proceso evolutivo de la sociedad, ya presentado, como parte del mismo libro. Y eso será el verdadero socialismo.

El hombre sin ser empujado por ninguna máquina, por ningún esquema de necesidad financiera, sin esclavizarse y sucumbir al jugo de las ganancias, para sostener las inversiones, ni sed y pretensiones falsas en su cerebro, se esforzará en hacer todo lo necesario, para purificar el bien descubierto y sentar en su mente una nueva conciencia de vida. Esa donde, por su historia y cultura se regirá desde una posición más acorde con sus necesidades y los medios, que el mismo a construido, para soportar su existencia y la experiencia que el presente le brinda para estar vivo. Así, se regirá.

Los gusanos, usaba decir, no son malos y aunque parezcan asquerosos, ellos solamente acaban con la carne y tejidos putrefactos de un cuerpo. Claro, sí el cuerpo está todo dañado y descompuesto, lo más probable es que el gusano acabe con todo, excepto el armazón, que en este caso sería los huesos. Y mientras, en la medula ósea, como se sabe, existan células madres, las cuales reconstituirían cualquier cuerpo de todo tipo de sangre, pues sería ese, aquel estropajo de huesos, sobre los cueles se construirá la nueva sociedad, pues no habrá otro.

En consecuencia, El Capital, yo creo, como libro, no desaparecerá y será de buen uso y estudio hasta que el sistema político, social y económico, para explicación del cual se escribió, no desaparezca. Se mantendrá en vigencia y más luego, nos servirá como fuente práctica de estudio base, cuando necesitemos revisar los anales de la historia, para que explique los vicios y errores que se quedaron en los fundamentos de esa sociedad que en vigencia viviremos.

ENRIQUE ANICO TAVERAS

El viejo lo miraba con ojos estupefactos y con una incrédula atención, como sí lo que oía era parte un inverosímil sueño de su juventud. Los pliegues repartidos por su cara y los que casi no se le veían, cubiertos por el alto cuello de su camisa, que con su último botón le apretaba, como fondo de un lago, que de seco se ha mojado, se le vio un brillo resplandeciente brotarle por sus poros.

Parecía como sí de entre las grietas de su estrujado epitelio le estuviera brotado algún tipo de betún líquido que le chorreaba por su afeitada piel. Luego se llevó las manos a su cara, como sí se la enjaguara, y mirando hacia el suelo, tomó un paño blanco, limpio y de algodón y se secó el sudor.

Me miró de nuevo, me sonrió y ya en su cara parecía, como sí los pliegues y lo estrujado de su piel, de una vez, se le hubiesen borrados. Rejuveneciendo, yo a él de repente lo vi, como sí en un abrir y cerrar de ojos, se había quitado unos treinta años de su rostro. Entonces, con voz más alegre, pero muy firme me dijo, 'Perdóneme usted jovenzuelo, es que es un mal que me ha quedado de las guerras'. 'Cuando me emociono, siento un rubor que me acelera el corazón y las palpitaciones me hacen sudar la cara, como cuando comenzábamos a batirnos a balazos durante los combates en los que yo participé durante la gran guerra y otra en que, por obra del destino estuve, allá en una isla del mar caribe en 1965.

Delito le acercó su cara, Y le preguntó, "¿Dijo usted que ha estado en una guerra en el caribe?". El viejo le contestó, 'sí es una larga historia, pero no hablemos de eso, mejor déjame que te exprese lo que pienso de ese formal discurso que me has dado sobre aquel magnifico libro'.

Él, una vez más, tomó su paño, lo extendió sobre su mano y con una tranquilidad acérrima, se lo pasó, muy suave, de nuevo por toda su cara. Luego tomó su baso de vino, lo levantó e invitó a Delito a beber. Delito hizo lo mismo y dándole las gracias por el vino, la conversación y haberle mostrado el Megáfono, quiso decir en alemán salud. Pero se le olvidó la palabra que había aprendido de aquel camionero, el que, en unas cuatro horas, le contó la historia de su familia, mientras lo llevaba gratis a Santo Domingo, a tomar unos exámenes, hacían ya cuatro veranos.

El viejo, cuando ya tenían los vasos levantados, tranquilo y muy pausado, pronunció, "¡ZumWohl!". Delito se recordó, y antes de sorber el vino, se adelantó y le preguntó, ¿no es 'prost', que se dice en alemán?". El viejo le sonrió, y convino, que era cierto, pero solo cuando se está bebiendo cerveza. Entonces, en unisonó y llenos de satisfacción, sonriendo y viéndose a la cara, como sí hubiese sido un chiste, los dos bebieron.

'Yo nunca había oído una comparación como la tuya, sin acertijos, ni arreglos en el lenguaje', le dijo. 'La palabra gusano, yo la había escuchado o leído sobre el mismo tema, pero en otro contexto. Sin embargo, es así, en la medida que pasa el tiempo, pero cuando cambiamos de ambiente y cultura, siempre se escuchan nuevas cosas,

----

nuevos términos, expresiones y características en los análisis comparativos. Esos que te conmueven y te acercan a la gente de cuyas voces los oyes o lees y todas te llenan de madures el razonamiento'.

El viejo, por un instante, se silenció, y luego, mostrando cierta tribulación en su rostro, resopló, como forzando alguna mancha de esas que deja el sulfito del vino en la parte trasera del paladar y exclamó '¡Y creo que es mucho para ti!'. Pero admitió, 'Aunque, te vez bastante maduro; y a mí parecer, eso es un signo de que la visita a esta ciudad, capital del imperio alemán y antes del imperio prusiano, te servirá de mucho provecho en el futuro. Te transformará y tu manera de pensar, creo, se hará más sofisticada. Eso te lo aseguro, te mantendrá en constante cambio. Mira vigilante y concentrado hacia adelante, evita los obstáculos innecesarios, aprende de tus errores y toma con seriedad los consejos de los mayores'.

Delito lo miró con cierto respeto y como sí en ese momento, estuviera pasando a través de una abstracción filosófica, pensó en lo que el viejo le acababa de decir y el valor práctico, que para él ya había tenido la experiencia de haber, por lo menos, leído dos veces «El Capital», visto el «Muro de Berlín», integro, como hacía un año estaba y ahora verlo con la gente a su alrededor, como hormigas despedazándolo, después de él haber convivido con algunos en los mercados, calles y casas, observando sus vidas.

Pero más aún, haber tenido la experiencia reciente de participar, martillo, cincel en mano, en el desmonte de algunas partes de aquellos muros, que de forma progresiva y por casi tres décadas dividieron la voluntad del pueblo alemán, su nación. '¡Ya esto es bastante!", al final dijo, para su adentro!'.

Al terminar de decir esto, Delito, a consecuencia de su emoción, estaba perplejo, cauto de sí mismo. Sus ojos se encendieron y poco antes de que el viejo diera muestra de que iba a proferir, se le adelantó y expresivo, pausado, comentó, 'haber visto lo que ha pasado con lo del muro y el movimiento de toda esa gente, como desbocándose hacia distintos puntos de occidente, en cierta medida, eso ha creado una confusión en mí. Creo, que me perturbará la mente por unos años'. El viejo lo miró y con cautela de no sorprenderlo, calmado le contestó, 'todo pasa y somos simples pasajeros del tiempo'. Somos una proyección creada de nuestro pensamiento, basada en lo que vemos y aprendemos a través de la percepción de nuestros sentidos'.

Luego hubo un silencio entre los dos y levantando el vaso de vino, el viejo le dijo a Delito, '¡toma!', hay que beber por eso y luego añadió, 'En diez años, quizás con cierta melancolía lo estará contando, como una hazaña heroica tuya. La mayor parte de la gente no se recordará, ni hablará de ello y más luego, cuando ya los historiadores lo empiecen a tomar como punto de referencias en sus crónicas, se hablará de eso, como hazaña épica, casi epopéyica que, en ti, el único efecto que dejará es la satisfacción de haberlo visto, ahí, en primer plano, con tus ojos, mirando, como en la primera línea de sillas frente a un teatro donde sucedían los hechos'.

ENRIQUE ANICO TAVERAS

'Y sí te hacías acompañar por algunos amigos con los que estuviste, mientras rompías algunos pedazos del muro, para tenerlo como recuerdo, así podrás decir que, a ellos, más los conociste, y al fin compartiste ideas que, como parte de las experiencias, del mismo modo, algún día, muchos años después, con ellos, sí se vuelven a reunir, juntos hablarán de ese pasado, para regocijo del alma de todos, o sí aprendes el arte de escribir, lo escribirá, sí algún día lo escribes, para conocimiento de cómo se vivió el pasado de las futuras generaciones'.

Delito le escuchaba con atención y al mismo instante pensaba en los cambios, que rápidos, se sucedían desde la última vez que había llegado, hacía solo algunas semanas, a esa ciudad.

Le comentó que tenía intenciones de unirse al movimiento político del área, pero que no sabía cómo hacerlo, ya que, lo limitaba el no conocimiento de la lengua y estaba buscando trabajo, pues pensaba ir donde quiera que esté su novia, pedirle que vuelva con él, y sí ella lo acepta, ofrecerle matrimonio, casarse con ella y llevársela a Moscú, sí ella lo consentía y con él volvía.

El viejo calibrando su voz, casi se silenció, y con intriga extendió su cuerpo hacia Delito y encogiendo sus hombros le articuló, 'mantente al margen de todos los problemas políticos que, al corriente, están sucediendo aquí. Es mejor para ti y una vez resuelva los problemas de estudio, trabajo y haya puesto tus papales migratorios en orden; sí es que deseas quedarte; entonces, actúa pues.

ENRIQUE ANICO TAVERAS

Se necesitan nuevos y jóvenes talentos, para mejorar las cosas por estas tierras'. '¡Tú tienes un gran futuro!'.

Delito hacía ya un buen rato que, a pesar de su emoción, lo llevaba intrigado aquello, que el viejo había dicho, de que había peleado en dos guerras, una de ellas en el Caribe. Sabía que, en aquel lugar de la tierra, en años no muy recientes, habían sucedido solo dos guerras, una fue la llamada Revolución Cubana y la otra en su país natal, que se le llamó La Revolución de abril, en 1965. Pero no interrumpió el hilo de la conversación. Y lo dejó todo como estaba.

Delito luego le contó que cuando no estaba con su novia, la cual vivía en un lugar entre las montañas del sur, cerca de Bavaria, él se quedaba en casa de unos amigos que conoció en Moscú, los cuales vivían en la parte este de la ciudad, ahí en Berlín. Le dijo que desde la primera vez que llegó a esa ciudad, hacia un año, siempre dedicaba tiempo para conocer nuevos amigos, gente de cualquier origen que vivían en ese lugar y estaban interesados en la política, las leyes, la filosofía, la literatura y la poesía.

Delito se sentía contraído cuando hablaba de esto. Él ya sabía que, como no era residente o ciudadano de aquel país, todo eso era efímero. Ya que, sí no lograba cambiar su condición, legalmente no podría quedarse viviendo, como estudiante, ni de algún otro modo. En conclusión, tendría que marcharse. Y él decía que sí, que era lo mejor. Que en su país le esperaban un millón de problemas, los que el podría, con su experiencia y conocimientos

----

obtenidos, ayudar a solucionarlos. Empero, su novia y esa pareja de amigos en cuya casa vivía, seguiría, por encima de todos los límites, cultivándolo, aunque tenga que mover montañas, le dijo al viejo. 'Ellos conmigo se han comportado, como verdaderos hermanos'.

'La última vez que estuve aquí y me fui de vuelta a Moscú. Allá, cuando me encontré caminando por la estación del tren, ya de paso hacia la universidad, empecé a sentir que me había ido insatisfecho y que había retornado lleno de emociones inacabadas'. 'Sentía que me quedé falto de esos sentimientos que se cultivan dentro de los círculos de nuevas amistades. Como sí hubiese intentado elevarme, para encontrar una nueva dimensión del sentimiento en mí corazón, en el alma, en mí espíritu y nada se había concretizado'.

'Durante ese viaje sentí que, en el marco de mis esperanzas, nada fue enmendado o realizado". "Y entonces, me propuse tratar de encontrar todos los recursos necesarios, lo más rápido que pude, y volver hacia acá, verme con mi novia y llenarme de todos eso, que yo consideraba, como el amor puro. Ese que cuando juntos estábamos, siempre incipientes, ella me brindaba y me hacía sentir, como sí me llevaba algún punto más allá del último círculo del purgatorio, donde con mis ojos cerrados veía los dioses, ahí muy cerca de lo celestial'.

'Cuando reciente volví, ella me recogió, nos fuimos a Turingia, visitamos Dresden, y tres ciudades pequeñas entre las montañas". Después de esa luna de miel, fuimos a su casa. Duramos un día y una noche allá y al otro día, vino de vuelta conmigo a Berlín. Donde me dijo que, a pesar de que me amaba, y con lágrimas en los ojos, lo nuestro no era posible. Y sin darme explicaciones, se levantó de la silla, se puso de pie y me dio un largo y ardiente beso y se marchó. Ahora no sé dónde está o sí algún día volverá'.

'Debo de encontrar la forma de hacer dinero de forma rápida. Pienso que la coyuntura y auge político que ha tenido la caída del muro, me brinda esa oportunidad y por eso fue que entré aquí. Lo hice en busca de cualquier cosa que me ayude a atraer personas, turistas, gente en necesidad de un pedazo de recuerdo, de una pieza de ese muro, de ese símbolo que, aunque lo modifiquen, no dejará de ser una marca del pasado, intentando detener el progreso de la humanidad en busca de un porvenir, lleno de justicia y felicidad. Un vínculo que, no importando, donde el destino los lleve, siempre al mirarlo, los ate a su pasado, a su origen'.

'Necesito instrumentos que les pueda ofrecer a esa gente que, con el propósito de que obtengan un pedazo del muro, cortado por ellos mismos, se lo lleven a sus casas, como souvenir, como comida espiritual, como pieza histórica que alimente sus sueños'.

'Me faltan mandarrias, martillos, cinceles, escaleras, luces, brochas, pintura, etc. Cualquier cosa que nos ayude a levantarnos un poco más alto que el pie del muro a mí y mis amigos. Sí el megáfono funcionara, se lo comprara. Me lo llevaría ahora mismo. Pues es ideal para que la gente nos oiga y sepan de nuestra actividad'.

El viejo le quitó la vista a Delito y luego mirándolo de reojo le dijo, 'sí aceptas, te daré El Megáfono con la condición de que le compres nuevas pilas y luego, sí funciona, el próximo jueves, cuando el mercado abra de nuevo, me trae lo que vale, menos el costo de las pilas. Esos son doce marcos. Pero sí no funciona, tú te quedas con las pilas y de igual manera me lo traes. Pues, para mí, seguirá siendo una pieza con cierto valor y diría que incalculable'.

Delito lo miró y sin dudar le dijo, 'trato hecho'. De paso, añadió, 'sí logro hacer algún dinero, seré yo el que traiga el vino y quién abra la próxima botella, para brindar'. El viejo se sonrió y luego con aire de triunfo, exclamó, 'entonces seré yo el que tendré la satisfacción de contarte, parte de la historia de mi vida'.

Eran pasados las diecisiete horas y media y una leve llovizna había empezado a caer fuera de la carpa. El viejo le hizo seña, para que Delito llegara hasta su lado. Lo tomó del hombro con la palma entera de su mano derecha y como un profesor experimentado que aconseja a su pupilo le dijo, 'serás un hombre de gran provecho muchacho, andas por buen camino'. Delito, por último, lo miró a los ojos y no quiso irse sin dejar de admirar la entonación perfecta de los sonidos cacofónicos y vocales, que, en su español, el viejo pronunciaba.

Le preguntó: Entre otras cosas, ¿dónde aprendió usted hablar un español tan perfecto? Debo de reconocer que durante las dos horas que he estado aquí, no le he detectado ni una sola palabra acentuada por error y sus

----

puntuaciones se enfocan en la entonación y sentido de sus oraciones, como lo hace un académico en sus locuciones'.

Él viejo solo le dijo, 'Es una larga historia y parte de la conversación que tendremos en compañía del buen vino que, el próximo jueves tú traigas'. Luego Delito se le acercó, le tendió su mano derecha por la espalda, a través de los hombres del viejo y estrechándolo, como a un viejo amigo, le replicó: ¿Y me dirá usted como fue que llegó al caribe y peleó allá en otra guerra?'.

Él viejo entonces se movió, para tomar del suelo la caja del megáfono y junto a un plegado, empaquetado pedazo de papel de algodón, muy fino y color pardo, la puso encima de la mesa. Luego le pidió a Delito que le extienda El Megáfono. Al recibirlo, con cuidado y delicadeza, como sí se tratara de un bebé, que estaba siendo puesto entre pañales, lo envolvió y luego lo puso dentro de su caja azul de fondo marrón.

Dejó la caja con el instrumento dentro y tomó, con su mano derecha, su baso, el cual, se notaba contenía cerca de un cuarto del vino y elevándolo, exclamó, '¡por un futuro brillante, para ti!'. Delito se apresuró y tomando el vaso que ya había puesto a su lado, rápido, se lo llevó a la altura de su frente y lo miró. Y después que el viejo pronunció sus últimas palabras, Delito le dio las gracias y se bebió la brizna de vino que, confundiéndose con el culo del baso, en el fondo le quedaba. Se miraron a los ojos, el viejo le pasó la caja conteniendo el megáfono y se despidieron.

ENRIQUE ANICO TAVERAS

CAPÍTULO

XXXVI

Esa misma tarde antes de encontrarse con el viejo, mientras caminaba por el vecindario donde estaba localizado el mercado de purgas, Delito había estado en la casa del amigo que le ayudaba con la idea de alquilar utensilios de construcción a los turistas y al público en general, para así, ganar algún dinero. Era un gran joven, de nombre Matías Lüngren, primo de su novia, por parte de su padre.

Clara de Címbalo se lo había presentado a Delito el día de cumpleaños de su tía. En cuya fecha, ella celebraba su sesenta cumpleaños y quería conocer el novio de su única sobrina. Entonces, Delito, junto a su novia y los padres de ella, fueron a la celebración. Ese mismo día, Matías y Delito, por su pasión con el deporte, sellaron su amistad y terminaron siendo muy buenos amigos.

Más luego, en las semanas que Delito se había quedado solo en Berlín, después que volvió y Clara le declaró que debían separarse, ese joven, su novia y Delito

ENRIQUE ANICO TAVERAS

habían salido, un par de veces. Una de esas, hacer deporte juntos, bastante lejos de la ciudad y otro día, a una fenomenal discoteca que se celebraba en una estación subterránea del metro Berlines. Era una de aquellas llamadas: «Estaciones fantasmas del U-Bahnhof». Esta era una de esas estaciones, que se dejaron de usar durante el tiempo de la construcción y existencia del muro que dividió a Berlín por casi treinta años.

Delito, tan pronto se despidió del viejo, decidió volver donde el amigo, para contarle lo que le había sucedido en ese encuentro. Además, mostrarle el bello instrumento. Cuando Matías vio la caja azul, fijó su mirada en el gráfico del megáfono. El cual, en dos de los laterales de la caja, como sí fuera la huella de mil pedazos de coquimbre, sobre el cartón, pintado de cielo azul en su fondo y su alrededor, tridimensionales, plasmados, como dibujos serigráficos en dos ilustraciones con estilos cubistas, emitiendo unos colores inapagables, se podían notar, repetidos, el gráfico de un megáfono; y adjunto, de un pez parecido a un submarino, un reloj revolcándose en el tiempo, una rueda dentada y su correa girando. Junto a esto, agua, coches, trenes, instrumentos, geometría, cuerpos, vida, vidas y tiempo tenía plasmado el dibujo, como sí todo girara alrededor del Megáfono.

Lo miraba y no decía nada, nada decía el joven Matías. Quitó los ojos y lo volvió a mirar, como sí algo detrás de todo eso se escondía. Él, atento, lo observaba y sorprendido, mostró cierta irresolución. Luego tornó sus ojos hacia Delito y con carácter indeterminado y mirando, con un tímido suspenso, vacilante, los fijó en él. Le quitó

----

la vista, sonrió, y procedió a abrir la caja. Quitó el papel y al levantarlo, aún lleno de intriga, dijo: 'Creo que, el señor con el que te encontraste, es mí abuelo. Él tiene un puesto en el mercado'.

Pasado un momento y cuando el impecable, colorido y admirable megáfono él lo tenía en sus manos, sosteniéndolo por el manubrio y con su mano izquierda apuntándole hacia el centro, con el dedo índice de su mano derecha, mirándole en los ojos a Delito, le terminó de decir, "este es un histórico megáfono, que él había comprado en 1939 en la frontera, del lado de Francia, no muy lejos de Barcelona, por cincuenta pesetas.

Según lo que me ha contado, obtuvo de un periodista de Bilbao, que ya lo poseía desde hacía dos años y estaba en necesidad de obtener algún dinero, para escaparse de un campo de refugiados en el que, por aquel entonces, por casualidad se conocieron. Originalmente pertenecía a otro periodista y cineasta, conocido de Madrid, el cual, se lo había vendido, para comprar cintas de películas, que el necesitaba, para filmar las desgracias de la guerra y el éxodo español hacia Francia, que ya en 1937 se intensificaba. Se lo vendió con la condición de que cuando termine de usarlo, sí lo regalaba o lo vendía, nunca dárselo a nadie mayor de treinta años; tampoco, sí era alemán y mucho menos sí compartía los conceptos antirrepublicanos o antisocialistas españoles. Él joven periodista y cineasta madrileño murió, poco después de vendérselo, la tarde cuando sucedió lo del bombardeo de Guernica. También, él dice que ese megáfono le había salvado la vida a él y a mí abuela.

ENRIQUE ANICO TAVERAS

Delito, lleno de curiosidad, le describió el físico del viejo y el lugar donde lo encontró en el mercado. Matías asintiendo con su cabeza, solo le contestó, '¡sí, sí, sí es él!'. Luego, como quitando una maraña que le cubría los ojos y con la impresión de aquel que algo descubre, Delito se sonrió y exclamó, "¡ajah! ¡De tal palo tal astilla! ¡Ya sé de dónde tú español es tan perfecto!" Matías adelantándose, y con una picardía que le mordía sus labios, se puso de frente a Delito y le informó que sí, que su abuelo es y había sido su profesor de español.

Entonces, Matías, con cierto orgullo le informó, que el viejo había vivido en Argentina, España, Estados Unidos de América, México, Chile, Suecia República Dominicana. 'De este último lugar, él siempre dice que, ahí, volvió a nacer y tiene los más bellos recuerdos de su vida. ¡Y…, mira! ¿No es ese el país de donde tú eres? ¿No es esa tú patria!, ¡Qué coincidencia! Cuando tenga la oportunidad de verlo le preguntaré sobre su estado mental, siempre que le hago esa pregunta, algo le saco. Él es como una caja de pandora. ¿Algo se esconde el viejo qué, aún no me ha dicho?'.

Luego con cierto sentimiento de nostalgia y celos preguntó: '¿Por qué a mí, no me lo habrá vendido? Yo se lo había pedido muchas veces, le ofrecí dinero, y siempre buscó una excusa, para negármelo. He llegado a sentir hasta rabia por él, pues a usado conmigo, con su propio nieto, el efugio de que ningún alemán se merece esa pieza.' Hizo silencio y luego con cierta melancolía continuó. 'Cada vez que un alemán lo visita en su carpa, él le ofrece todo lo que hay menos ese megáfono o las dos

ENRIQUE ANICO TAVERAS

----

espadas. No sé sí las viste, están en el centro de la mesa cruzadas en X cerrada, delante de una cruz de madera cubierta de un barniz rojizo y brillante, descansando en su pedestal y amarradas a ella con una cinta azul'.

Delito no tuvo que hacer ningún esfuerzo, para recordar lo que había en el centro de la mesa y de una vez le dijo, que él no se había dado cuenta de nada, más que de un montón de parafernalias y libros que no le interesaban. Que había llegado al lugar por curiosidad de ver lo que había y que allí mismo, solo pensó en comprar martillos o cinceles, escaleras, etc., sí encontraba algunos ya usados, en buenas condiciones y baratos y fue, para él una casualidad, haber visto El Megáfono.

Delito, luego admitió, que sí. Qué había visto algo parecido debajo de una manta, igual a la bandera de la segunda república española, pues esta tenía un blasón español, tres franjas y una era morada. Esta manta se levantaba desde una pequeña mesa adyacente a la del centro. "Quizás es de eso que tú estás hablando". Le replicó.

Matías estaba en silencio, se había ensimismado, abstraído, buscando un porqué, él abuelo le había vendido el megáfono a Delito. De repente, como saliendo de un claustro, reintegrándose a la conversación, miró a Delito directo a sus ojos. Así, emocionado, como sí hubiese descubierto la punta de un largo hilo que formaba el revoltijo, enmarañado de informaciones que en el transcurso de los años le había dicho el viejo, exclamó: '¡Él fue militar Aleman o italiano!, ¡créeme!

ENRIQUE ANICO TAVERAS

Matías hizo otro silencio. Luego, con un gagueo de indecisiones aleatorias, como sin querer decir lo que quería, expresó: 'Eso me lo dijo la abuela cuando apenas yo era un niño. Él fue comisionado, para prestar servicio en patrullajes conjuntos con la guardia costera italiana. Ahora me doy cuenta por qué, de igual modo, con toda fluides y ajuste a las reglas, hablaba los dos idiomas. Otro día me dijo que ahí, mientras servía, se enamoró de mí abuela y luego, para salvarla a ella y evitar vivir los estragos de una guerra que creía inminente en toda Europa, quiso desertar tres veces y escaparse hacia América'.

'Ella unos días antes morirse, en un intento de escribir sus memorias, a mí padre le contó, que todo eso él lo compró en una aldea donde se refugió, después que, pidiendo ayuda a la guerrilla republicana de La Jonquera, en España, logró entregarles un reo nazi, que según lo que él cuenta, lo apresó y secuestró él solo con sus propias manos. Ese era un oficial que le causó la muerte a un vicealmirante italiano amigo de él, que era un militar de carrera, muy bueno y según dice, el más honesto de los hombres que conocía. Que por causa de informaciones falsas que ese oficial comunicó a sus superiores, su amigo fue destituido y luego se quitó la vida. Eso se supo por una corta carta que dejó. En ella narraba, que ese oficial lo había traicionado hablando mentiras sobre él.

'El abuelo cuando yo cumplí dieciocho años, me corroboró la historia. Me narró que el despreciable oficial llegó a una base del puerto de Civitavecchia, cerca de donde él prestaba servicio y por varios crímenes que sucedieron, después de su llegada, y dos acusaciones que directamente les hicieron, se dieron cuenta que era un asesino de la Gestapo. Siempre salía absuelto. Luego, a punta de cañón, fue secuestrado por mí abuelo, no solamente, para deshacerse de él, sino para robarle los documentos y la identidad'.

'Él cuenta que con los documentos de ese oficial y con esos instrumentos, que había comprado logró evadir ser apresado después que desertó la última vez. Primero, haciéndose pasar por refugiado español, periodista y cineasta, en Francia; y luego, por el oficial, que era un esbirro y sickario de la policía secreta estatal alemana, Gestapo'.

Lo secuestró y lo mantuvo retenido en secreto en un escondite que había hecho en el sótano de su casa. Ahí lo retuvo hasta que hizo todos los transmites de los documentos de ese hombre, como sí fueran los de él, para hacerse pasar por el oficial en caso que lo necesitara. Y luego, al saber que la guerrilla y guardia republicana española tenía interés de lograr información sobre los bombardeos desde aviones nazis en Guernica, y otras ciudades españolas, a cambio de protección se lo entregó a ellos.

Más luego, después de varios momentos trágicos en los campos, en el mar y en cuidades, pudo llegar al centro artillero de Hamburgo, en el norte de Alemania. Corriendo riesgo de muerte. Ahí, donde según lo que dice, después de cuarenta y cinco días, durante los cuales vivió en ese lugar, bajo el nombre de ese oficial nazi, que él entregó a la guardia republicana española, y que nunca más apareció, logró infiltrarse en la marina, pero, porque las pesquisas no fueron muy positivas o a su favor, solo lo nombraron, como jefe de comunicación en un submarino U2'.

'Él, cuando habla de eso, a nadie le da detalles de lo que le sucedió luego. Y la historia, siempre que la cuanta, la deja en el mismo punto que yo te la he dejado. Creo que el megáfono las dos espadas, incluso la cruz tiene que ver con la misma historia y lo que le pasó después de todo eso'. A partir de ahí, solo sé que siempre echa de menos un gran amigo y compatriota alemán que, según él lo perdió durante la guerra que sucedió en tu país en 1965. Se llamaba Henn Mann.

Siempre le he preguntado sobre esa parte de su vida. Que me cuente lo que pasó en esa guerra y como llegó hasta aquel lugar, pero nunca se ha decidido hablarme en detalle sobre eso. Solo se limita a decir que esa parte de su vida, al igual que el megáfono tiene un origen castizo, y hablar de ello sería un improperio y giro impuro de su alma.

Es todo un enigma, desde que se fue hacia américa, poco antes del alto recrudecimiento de la gran guerra, hasta cuando dice, que la capitulación de las fuerzas constitucionales, para las cuales, y por obra del destino peleó en República Dominicana, bajo la presión militar estadounidense y un gobierno sátrapa que dejaron en Santo Domingo, en 1966 gracias a un salvoconducto, lo llevaron a Chile y así salvó su vida. Pero más luego, el

----

golpe militar de 1973 en contra de Salvador Allende, allá mismo, lo hizo llegar a Suecia bajo la misma condición de exilado político. Desde entonces dice, que su vida la dedicó a su familia, su esposa y mantener la llama del fuego que los mantenía vivos, pasiva, pero siempre ardiendo.

En esa misma tarde terminamos poniéndole pilas nuevas al megáfono, pero no funcionó. Y nos pusimos de acuerdo, para al otro día en la mañana, ir a un lugar donde arreglaban ese tipo de cosas. Y tanta suerte tuvimos, que allá, sin siquiera los técnicos abrir la caja electrónica del instrumento, admirados por su colorido, ellos apenas revisaron el compartimiento de las pilas y nos dijeron que solo había que limpiarle los cabezales, ya que, las pilas viejas que le habíamos quitado, en parte, los habían oxidado. Ellos mismo lo hicieron y nos cobraron cuatro Marcos con cincuenta.

Le pagamos y otra vez, le instalamos las pilas nuevas y yo, encantado, como un niño que quiere estrenar su nuevo juguete, salí del del lugar y me puse justo de frente al edificio, de espalda a la calle, presioné el interruptor y mientras lo sostenía frente a mis labios, hablé. Una voz grave y amplificada, con un eco que rebotó sobre los vidrios de las puertas y ventanas del establecimiento, como sí fuera una concha acústica, volvió hacia mí. Me detuve, lo miré y observando con devoción, sus coloridos e interpuestas líneas cubistas, lleno de satisfacción me sonreí.

ENRIQUE ANICO TAVERAS

Luego Matías salió y cuando me vio, que yo tenía el instrumento levantado a la altura de mí boca, él estaba a uno cinco metros de distancia de mí, entonces se detuvo y yo repetí la misma acción, pero en este momento, en vez, recité una estrofa del poema, «El Pregón Del Limonero». "Sí hojas que caen / no fueran marchitas / andando en la calle, / que ilusión tan poquita. / Aunque tú no las veas, / vendiendo limones jamás las evitas". Y todo se oía con el retumbar del eco de un anfiteatro. Y él, con sus ojos tímidos y lleno de inocencia, que era su más bella característica, exaltado, me aplaudió y sonriendo, dijo: "¡Bravo!, ¡bravo!".

ENRIQUE ANICO TAVERAS

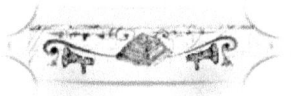

CAPÍTULO

XXXVII

Ese mismo fin de semana, el sábado en la mañana, yo me había ido donde unos amigos cubanos y mejicanos, chilenos y argentinos que estudiaban en el instituto tecnológico de Berlín, en la parte oriental de la ciudad, con la intensión de ver aquellos que ya conocía y estaban metidos en el negocio de las actividades de obtención de pedazos del muro, para vender como souvenir a los turistas que, de todos lo rincones del mundo, y desde la primera avalancha de gente que cruzó hacia ambos lados del muro, seguían llegando y se apilaban en la cuidad.

Encontré a Félix Carbajal, su compañero Elías Zapata (El Mexicano) y su novia Cándida Cisneros. También, un chileno, De nombre Patricio Lance, músico guitarrista de alma noble que yo había conocido durante mis primeros días en Moscú. Más luego, se unió a nosotros una chica argentina, de origen judío que era parte del mismo grupo de Elías Zapata, cuyo nombre era Lorena Gushman.

En su tiempo libre, estos dos últimos, se dedicaban al estudio de fenómenos y asuntos políticos que sucedían en la sociedad berlinesa, y luego, tomaban los datos e informaciones, para la creación de un manual de dirección política de un partido de orientación socialista, el cual, según ellos, uniría a todos los pueblos y países sudamericanos.

Nos fuimos un rato a una cafería y ahí, les expliqué mí plan con Él Megáfono. Quería usarlo, para llamar la atención de turistas y curiosos que quisieran, ellos mismos, subirse sobre escaleras con martillo y cincel en mano, los cuales, nosotros les alquilaríamos, para ellos romper pedazos del muro.

Les gustó la idea y acordamos que lo haríamos, pero con la condición de que no nos envolveríamos en comentarios y nada que tenga que ver con campañas o actividades políticas. Entonces, Cándida Cisneros, sin previa discusión, ya cuando terminábamos, para irnos, de forma curiosa, dijo, 'obtener dinero sin ofender, tiene que ser nuestro lema'. Yo le pregunté, '¿para qué teníamos que tener lema?'. Y ella con bastante paciencia repuso, 'es que sí vamos hacer negocio, no solamente debemos de llamar la atención de toda la audiencia que nos rodeará, sino que nosotros, al momento de repartir lo que ganaremos debemos de poner límites a nuestros deseos'. Yo de una vez la comprendí y ella miró a Carbajal.

Carbajal la secundó y yo me sentí alegre, ya que Elías Zapata, que era un cabeza caliente y parte del mismo movimiento al que Lorena pertenecía, nada quería hacer, sí en ello, no envolvía sus principios políticos. Los cuales, siempre lo manifestaba tratando de obtener ventajas o ganancias, para su grupo. Pero este lema, usado, como principio, para todos, y lo que yo les había dicho, de que las ganancias las partiríamos todas por igual, nos regiría de la mejor manera. Y mirándonos todos a las caras, así, lo acordamos. Ese fue nuestro lema.

Tan pronto terminamos, fuimos a recoger los martillos que ellos tenían y otros que Matías nos iba prestar. Luego convenimos que, a partir de las 15:30 de ese día, iríamos a la intersección de las calles, cerca de donde había mayor movimiento turístico. Esas eran unas calles famosas, La Friedrich (Frederichstrasse) con la avenida Karl-Marx. De ahí, iríamos a la parte este de la Plaza Alexander, frente a la torre panorámica de Berlín y Cerca de un punto de aduana que reciente habían removido y se había convertido en un paso constante de turistas y emigrantes.

Ahí, abrimos el negocio. Primero pusimos los instrumentos en el suelo, con rótulos que yo mismo escribí a su lado, en tiza blanca, sobre el suelo y en el que decía, 'Se alquilan'. Lo escribí en alemán, español, ruso, francés e inglés, y el lema, '¡Somos estudiantes, tratamos de obtener dinero sin ofender!'. También, con los precios de cada instrumento. Frente a las personas que se agolpaban, mirando las paredes del muro, nos turnábamos, para hablar, a través del megáfono, anunciando el alquiler de los instrumentos.

ENRIQUE ANICO TAVERAS

Aquello se convirtió en un espectáculo interesante. Yo leía lo que Matías me había traducido del español al alemán, invitando a los transeúntes a tomar un martillo y un cincel en la mano, para derribar un pedazo del muro. Luego le pasaba el megáfono a Félix Carbajal, que lo decía mejor que yo en alemán. Yo lo secundaba y el me pasaba de vuelta el megáfono, para decirlo en español y por último en ruso. Lorena que hablaba un claro y entendible inglés, repetía el corto discurso en ese idioma y Cándida, por último, lo hacía en francés.

Le decíamos, que teníamos cinceles, martillos y tres escaleras disponibles. A precio de diez Marcos por martillo, cinco por cincel y quince por la escalera o la tres cosas a la vez por veinte marcos, por tiempo de 20 minutos.

Por los lados en que estábamos, ya los muros se veían, desnivelados y calimochos. Eran como cortas murallas, de cuyo tope, mucha gente había ya extraído y roto grandes trozos. Los que, al corriente, a fuerza de martillo o mandarria, cincel en mano, trataban de romper un pedazo del duro muro de concreto, atraían a los mirones, que los observaban. Esos, con la ayuda del megáfono, oían lo que les anunciábamos, y al momento venían a preguntarnos, sí teníamos mandarrias o martillos u otros instrumentos disponibles, para ellos alquilarlos.

Entonces, los muchachos iban donde alguno de los que se le había acabado el tiempo, les quitaban los instrumentos y sí no habían logrado romper un pedazo sólido, le damos unos de esos que algunas gentes dejaban

----

o que nosotros mismos desprendíamos. Traían el instrumento y se los entregábamos al nuevo cliente, al que no lo dejábamos ir, sino nos pagaba por adelantado.

El primer día, esa tarde, colectamos un poco más de seis cientos marcos y después de pagarnos una buena cena, nos fuimos a la casa con cien cada uno. Yo decidí llevarle parte del dinero a Matías y el día siguiente comenzamos a trabajar desde las nueve y media de la mañana.

Al final habíamos reunido más mil quinientos marcos. Luego volvimos el próximo martes en la tarde y cuando nos disponíamos hacer nuestros anuncios, a mí, se me ocurrió subirme sobre un pilar, que había quedado erecto al borde de la parte lateral de un edificio, cuyo frente daba hacia oeste y el patio hacia el este. El centro del edificio, se notaba, había sido parte del muro. Este quedó repartido por la mitad en tiempos en que se construyó la alta pared. Además, se veía abandonado, las ventanas estaban cerradas con madera, las que ya se notaban podridas y muy descompuestas.

Alrededor de nosotros ya se había acumulado una cantidad de curiosos. Unos, buscando obtener un trozo de piedra de esas que ya nosotros mismos habíamos cortado, otros preguntaban por el precio de los instrumentos, para alquilarlos o simplemente, curioseaban por alguna razón que no nos comunicaban.

Félix Carbajal y Elías Zapata me subieron el megáfono con ayuda de una vara de bambú, la cual, no sé dónde la encontraron, y en ese momento, cuando lo

----

levantaba, vi que venían hacia nosotros una cantidad de rusos, dirigiéndose, como sí alguien les estuviera dando un tour.

Al yo oírlos hablar en su idioma, ya que estaban casi debajo de mí, al pie de la pared, en vez de anunciar que alquilábamos los instrumentos; de repente, se me ocurrió llamarle hacia mí toda su atención y recodándome de un poema de Alexander Pushkin por título «Una Invocación», El cual, me había aprendido de memoria, para mis clases de ruso, decidí desde aquel alto pedestal recitarlo.

Me subí el megáfono a la altura de mí boca y desde esa posición, di una mirada por entre las líneas cubistas que delimitaban sus contornos, los cuales, con su miríada de colores y sus líneas, que se perdían en la pulida superficie, con la luz del sol, parecían transparentes vitrales, que bullían desde un claro azul, justo frente a mis ojos.

Luego, incliné mí cabeza, para mirar a la gente, rusos y otros curiosos que ya se agolpaban al pie de la parte del muro, tras el cual, se levantaba el pilar en el yo ya estaba subido. Desde ahí, preparándome, para musicalizar cada verso que a mí mente del poema se asomaba, quitando el volumen del megáfono carraspeé, corregí mí voz y me alisté, para decir la primera estrofa.

Al salir de mis labios los primeros fonemas, la mayoría de las personas se detuvieron y tornaron su mirada hacia mí. Al inicio de la segunda estrofa del poema, inspirado, comencé a mirar hacia el cielo y de

ENRIQUE ANICO TAVERAS

repente sentí que, en el mismo frente del megáfono algún objeto lo golpeo. Yo no me detuve y continue, pero momentos después, cuando ya terminaba los últimos dos versos de la tercera estrofa, oí una voz recia y grave, que en ruso algo enfadada decía, '¡quítenle el megáfono a ese que está profanando a nuestro poeta y nuestro idioma!'.

Luego, la misma voz, como dirigiéndose directamente a mí, la oí que en su vituperio dijo, 'oiga usted joven, esa no es una forma de tratar algo tan sagrado. Usted está quitando la lucidez de un poema y borrando su belleza con sus sombras mortuorias de espantosas miserias en busca de dos céntimos, para calmar su hambre. Usted, sin escrúpulos, está deshonrando, prostituyendo nuestro poeta y su poesía'. '¡Pushkin es más que eso, no hagas que el mismo lo castigue!', por último, me gritó.

Yo, entre el eco repartido de mi voz que, con la acústica del megáfono, salía libre y expandida, sin detenerme lo oía, y en última instancia, humorado, lo vi que se acercó justo hasta el frente, al pie de la biga que se expandía desde la base del muro. Y como sacando un estruendo de su garganta volvió a decir, '¡usted bien sabe, que todos los que estamos pasando por aquí ahora, somos todos rusos! ¿Verdad?'. Y levantando su puño irascible, encolerizado y furioso, tomó impulso, se adhirió, a una de las aristas sueltas de la pared y quiso subir hasta donde yo estaba, pero no pudo.

Luego entró su mano en el bolsillo, y al sacarla en voz alta me dijo, 'toma ¡bribón!, ¡talvez te quita el hambre!'.

Yo, claramente vi el ultraje, cuando me arrojó un puñado de monedas que me golpearon con violencia en todo el cuerpo. Y al final, hubo un gran murmullo de palabrerías en ruso, seguido de una impetuosa lluvia de piedras que me golpeaban el cuerpo sin cesar. Yo no tuve más alternativa, que saltar hacia atrás, y para no chochar con la pared del edificio donde se sostenía la viga y el muro donde estaba subido. Asustado, para cubrirme, di un giro y terminé cayendo sobre una ventana de madera vieja que estaba ya podrida.

Esta, bajo el peso de mí cuerpo y el empuje de la gravedad, terminó rompiéndose y yo en el vacío, junto a la madera rota y vieja, descendí unos tres metros hacia el fondo. Al caer, aturdido por el impacto, el susto que, en ese momento, imperioso me abrazaba y el aspecto tétrico del sombrío espacio, a pesar de todo, no me desesperó. Me calmé, volví en sí; entonces, retraído, una sonrisa muda, algo sarcástica y satírica, me hizo pensar en las pedradas que me lanzaron y miré a mí alrededor.

En el fondo solo había yerba verde y alta que crecía saliendo por los bordes de unos sacos de henequén que parecían abandonados desde hacía mucho tiempo. Ellos contenían algunas cosas, como ropas viejas, sabanas y toallas de color blanco y oxidadas, todas dobladas, como sí alguien, antes de dejarlos en ese lugar, los había llevado a la tintorería. Otros dos sacos contenían libros, ya podridos por la humedad, utensilios de cocina; y a su lado, algunas pinturas en sus cambas; apiladas, unas al lado de otras y tres mochilas, cuyas lonas, ya estaban

ENRIQUE ANICO TAVERAS

desguanzadas por el trabajo desigual y persistente de las mandíbulas de roedores.

Al levantarme, saliendo de mí estupor, curioso, me afinqué sobre mis pies, miré desde mí altura, observé el espacio y me pareció haber caído en el centro de un octágono que, al perecer, había sido el patio central de esa vivienda en tiempos antes la guerra. Luego observé que, a un lado de las mochilas, había una cantidad de coloridos trocitos de algo parecido a un papel tintado. Hice la relación y me dije que quizás era algún nido de ratones, que estos habían hecho en una de las mochilas. Mí curiosidad fue más grande, y cuando miré de cerca, me di cuenta que eran los trocitos partidos de algún papel moneda.

Yo exhalé un suspiro y con cuidado intenté abrir, evitando cualquier armadijo, las partes de las mochilas que no tenían orificios. Tomé una y sin mucha violencia, le di un tirón y la parte de la tela que tenía agarrada, quedó, completamente desprendida dentro de mí mano. Luego vi, que dentro, había contenido algunas latas viejas con sus etiquetas y algunas cajitas, como de comida. Seguí escarbando y los papelillos rotos, en añicos, solo se repetían.

Tomé una segunda mochila y al tirar de la tela esta no se rompió. Entonces decidí sacarle, con cuidado, las correas a las oxidadas hebillas que la ataban. Al abrirla, para mí fortuna, dentro encontré cuatro manillas de billetes bastante gruesas envueltas en papel encerado. Eran billetes de cien, de color mamey y otros de cincuenta

----

de color azul y morado, timbrados con unos símbolos que yo desconocía. Yo asumí, porque en ellos leí, eran billetes viejos de la Alemania previo a la guerra.

Inmensa fue mí sorpresa y miré hacia arriba, luego hacia el rededor de las paredes enladrilladas del octágono. En ese momento olvidándome un poco de lo que había encontrado, a conciencia reconocí que, en aquel lugar, alguien, de repente, había abandonado aquellos sacos, para luego volver a buscarlo.

Al lado del lugar donde había caído el megáfono, después que por el impacto lo solté, había un pedazo de cartulina, de unos cuarenta por treinta centímetros de tamaño. Sobre ella, muy visible, había un rótulo llamativo y muy bien dibujado con tinta negra y lacada, ya lamosa por la humedad.

Me moví, lo tomé y leí, tratando de comprender lo que en alemán decía, pero no comprendí más que lo básico. Más luego, cuando ya había salido del lugar con la ayuda de los muchachos, que subieron una escalera a la parte alta de la viga y la bajaron por el orificio de la ventana rota, hasta el lugar de donde yo estaba, me sacaron sin problemas. Yo, conmigo subí el megáfono, la mochila y el rótulo.

Ya pasado el momento y habérseme calmado los dolores, después de contarle a los muchachos, lo que vi dentro del octógono, con la ayuda de Cándida Cisneros, Lorena y Félix Carbajal estudiamos el rótulo de la cartulina y encontramos que decía: 'Sí, llego a tiempo, volveré por los paquetes y el dinero, pero sí no, recógelos

----

tú, y mándamelos, como un flete por los correos'. 'El dinero, sálvalo, usa lo que puedas y decláralo, lo demás, llévalo al banco, las placas son del viento. ¡No te ensucies!, y buena suerte.' Luego, en letras pequeñas, decía, '¡Ten cuidado, camarada, no te vayas a interponer, entre el intercambio de prisioneros! Él Sombrerero, se quedará detenido y no habrá chance de negociar su libertad hasta que el muro no termine de ser construido. Pero no te preocupes, lo cuidarán, pues saben que tenemos dos coroneles, pilotos, en nuestras manos'.

En la parte baja de la cartulina había una firma y un nombre irreconocible, pero la fecha que tenía era del veinte y uno de abril, de mil novecientos sesenta y dos. Unos a otros, nos miramos la cara y yo para mí adentro dije, 'veinte y siete años, ¡madre mía cuanta historia en tan poco tiempo!'.

Luego les hablé de lo que vi dentro del octágono, de las hilachas y las hebras de los sacos y los podridos lienzos de henequén, de las hierbas altas, que no me permitieron ver el suelo. Yo caí sobre uno de ellos les dije y a mí lado, descendió el más grande de los pedazos de madera que había quedado entero. Se clavó de punta sobre uno de los sacos.

Al final, después que les conté lo de las manillas de billetes y se los enseñé, a pesar de que, aún me sentía un poco aturdido por la caída y las pedradas que recibí, esto solo resultó ser un poco extraño para mí, les dije. Sentía cierto dolor espiritual por el desaire y la humillación al que me sometieron los que me oían. Además, combinado

----

con un ardor físico sobre mí pierna derecha y una de mis costillas, a la izquierda de mí pecho, por dos de las pedradas que me pegaron, mientras con el megáfono trataba de esquivar las demás, me hacía sentir un poco deprimido.

En ese momento un estupor se originó en mí tocándome las cuerdas más sensibles de mí ser. Me recordé, que me había equivocado de poema, en vez estaba recitando uno de amor muy diferente al que me propuse, y era verdad, ese no era un poema, que por su solemnidad yo podía recitarlo en ese momento, o en ese lugar. Y mientras les contaba, sentí culpa y deseos de llorar. Me produjo cierta conmoción en mí estado de ánimo, el haberme cerciorado de que quizás, en verdad, de forma inconsciente, estaba ofendiendo aquel grupo de ciudadanos rusos. Solo sentí deseos de tomar el megáfono y salir a buscarlos, para ponerle mis excusas, pero ya se habían ido.

Luego supe que los billetes, para ellos, fue todo trivialidad. Conocían que hacía ya mucho tiempo, habían perdido todo su valor. Por boca de Elías Zapata, el cual, había leído y estudiado bastante sobre la historia de la economía alemana, supe que los billetes ya no tenían ningún valor y ni, para propósitos de colección, servían. Que, donde quiera, se hallaban paquetes de ellos y por varios años se había estado comentando el suceso en los ámbitos periodísticos de Berlín.

Pues eran parte de las tiradas que no salieron al mercado, cuando la gran depresión y el auge inflacionario

----

causados por la guerra y los ataques de las demás naciones, durante los últimos días del Tercer Reich, batían las instituciones encargadas de ponerlos en circulación. Luego de la guerra, me dijeron, lo usaban para encender fogatas. De todas maneras, los tomé con intenciones de hacer con ellos algo artístico y los dejé en la misma mochila que los encontré.

El próximo día debido a mis frustraciones por las pedradas recibidas, no salí más que a pasear un poco. Sin embargo, yo estaba ansioso por visitar al viejo, pero en vista de que aún era miércoles, sabía que él no estaba disponible. Entonces, pensé en mis seres queridos, que se encontraban tan lejos; en mi madre, en mi padre y en los dulces momentos que pasé con mis hermanos, mientras vivía en el seno de aquella integra familia en mí tierra natal.

En Clara de Címbalo, en lo que en ese momento hacía y en él porqué me había abandonado de forma tan repentina. En el caos depresivo de aquella sociedad en convulsión y el éxodo masivo de ciudadanos desde los dos bandos, afrontando, sin tener un futuro cierto, una crisis tan fuerte de identidad existencial. En mí y en las limitaciones del idioma, junto a los conflictos provocados por la incertidumbre de no tener un estatus migratorio estable. En El Megáfono, el brillo y toda la belleza de su entorno. Y sonreí, sonreí porque lo imaginé atrayéndome con la fuerza que atrae la amistad de un buen amigo.

Entonces, me dio deseo de retornar, jugar con él, brillarlo, limpiarlo y recitar algunos versos a través del bello conducto magnético de su centro. Decirles a mis amigos, a través de él, la magnitud de la bisectriz del mundo que sueño construir, y las penas y los pesares que me hieren; también igual, los de aquellos que, como el viejo, con su presencia y apegados a la verdad, esconden los secretos acontecimientos de sus ternuras particulares, que, por no decirse, nos han enseñado a vivir.

Cuando volví a la casa, con intensión de pasarle un paño y brillar el instrumento, lo tomé en mis manos, lo admiré, lo manipulé y luego, traté de brillarlo con un lienzo de algodón.

Luego quise ponerme a leer; en vez, me recodé de la mochila vieja que contenía los billetes y extraje de ella, las cuatro manillas. Me puse a curiosear y ojearlos billete por billete. Mientras esto hacía, me di cuenta que dentro de cada manilla, en el centro de esta, había un grueso billete, muy extraño. Eran como dos billetes adheridos, como tapas, cubriendo algo que tenía el grosor de otros siete billetes, con una consistencia dura.

Se sentía que, aquello, no era cartón o papel regular. Más bien parecía algo como cera endurecida. Entonces me dediqué abrir uno. Primero le corté las aristas, y luego vi, que dentro, contenía algo parecido a un turrón de nueces, fino, algo duro, pero maleable.

Para ver con más claridad lo que era, quise quitarle, despeluzando con mis uñas, los dos billetes que tenía como capa y luego con una navaja de afeitar le hice un pequeño corte. Pero no pude. Luego lo llevé al lavabo y ahí lo dejé en agua tibia por un momento. Al cabo de unos minutos, el papel se levantó y en efecto, dejó al descubierto una tablilla de cera con algo opaco y metálico de menos de medio centímetro de grosor y rectangular, pero de tamaño más pequeño que el borde marcado por los bordes de la cubierta de cera y en su centro, se notaban pequeñas marcas.

Con temor y cuidado de no romperlo, calenté más agua y poco a poco, fui derritiendo la cera y descubriendo que aquello era un pedazo de metal dorado de un cuarto de centímetro de grosor con incrustaciones parecidas a las de los demás billetes, pero con el número 5,000.00 encima de un bajo relieve circular, mostrando el paisaje parecido a un amanecer con un sol radiante y de forma diminuta repetido en las esquinas y en ambas caras de la placa.

Aquello me dejó estupefacto, no lo podía creer, pero en ese momento empecé a pensar que, al parecer, tenía 20,000 Marcos en oro, al alcance de mis manos. Y la idea de volver a buscar a mí novia y ofrecerle que se mude conmigo, en una casa alquilada en Berlín o comprar una pequeña propiedad, llevármela a Moscú, o de igual manera, ofrecerle matrimonio, para estar juntos, me enjugaron mis secas ilusiones.

Tanto fue mí abstracción que, el alma mía la sentí, escapándose de mí cuerpo y fue hacia Clara de Címbalo, como un pájaro que se lanza desde la copa de un árbol planeando, para buscarla. Luego sentí posarme a su lado y con la música de algún dulce canto, melodía de dedos sobre las teclas de un piano, con mis palabras, me pareció

----

tocarla. Un efímero fantasma de deseos imperativos, me sugerían, que ella estaba ahí, no en cuerpo, pero sí en alma. Quise ir donde ella, incitarla, hablarle de espacito, de aquella imagen y representación que en ese momento me había dejado el vago placer y contento, de que yo, quizás, podía contar con dinero, para ella, para hacer nuestras vidas juntos.

Ya me había olvidado que la placa estaba en mis manos. De repente, se me resbaló y cayó en el duro suelo, sonando, como una campana que va dejando su sonido tras las huellas marcadas del movimiento pendular marcado por el badajo. Aquel, que va muriendo tras las ondas, en el tiempo, después que se golpea. Entonces, sacudí mí cabeza y quise borrar de mí ese dictamen que, repentino, se había aferrado irreflexivamente en ella.

Pero al descansar la pieza sobre las losas del piso, de repente todo, todo quedo en silencio y dentro de mí, como sí hubiese despertado a una abstracción larga e ininterrumpida, todo quedó pasmado, como en la memoria de un sueño, petrificado.

Luego recogí la pieza del suelo, la miré con ojos desengañados y la puse sobre la mesa. Con las demás, hice el mismo trabajo, extrayéndolas desde dentro de la cera del mismo modo que la primera. Y cuando ya todas estaban limpias, me las puse en el bolsillo.

A nadie le comenté y meditando, pensando en el valor que esas placas podían tener, y lo que yo podía hacer con ellas, me dormí. Al otro día, temprano en la mañana, me fui a una biblioteca a tratar de encontrar información

ENRIQUE ANICO TAVERAS

----

sobro lo hallado. Pero fue en vano, nada encontré y más luego volví a la casa. Después de las catorce horas, con las placas en el bolsillo, sin prisa, volví a salir, esta vez con Él Megáfono en su caja, dentro de una funda y fui a comprar el vino que le prometí al viejo.

Cuando me vio se le endulzó el rostro y sin esperar que le hablara, repentino vino hacia mí, levantó sus brazos y me dio un abrazo. Lo sentí caluroso, comprensivo y beato. Al final me dio varias palmadas sobre lo alto de mí espalda, parecidas a esas que mi padre me daba cuando apenas yo era un niño. '¡Ven, asillate!' me dijo, y luego comunicándomelo con una sonrisa que le borraba todos los pliegues de su cara, volvió y exclamó, '¡qué alegría me da verte de nuevo por aquí!'. '¡Yo no esperaba tanta atención de un joven tan energético!'. Así, siguiendo el hilo de sus palabras, con una pequeña sonrisa de satisfacción me senté y le di las gracias.

Luego, con curiosidad, le pregunté: '¿de dónde tomó usted esa palabra tan hermosa y bien adaptada?'. Él, con sus ojos atascados, muy sorprendido me contestó preguntándome, '¿cuál?'. Yo le traje a la memoria la palabra, '¡asillate!', me dijo usted, hace un momento, cuando aquí llegué". Entonces me lanzó una carcajada de esas que atizan los gratos sentimientos entre amigos, cuando hay remembranza de viejos recuerdos imprimidos en un viejo plano de la memoria.

Yo me sonreí y mientras me deleitaba con su risa, me dijo, que lo había oído de una señora que conoció, muchos atrás, en la República Dominicana. '¿Cómo?',

----

muy expresivo le contesté. '¿Dice usted qué la oyó de alguien en República Dominicana?'. '¡Explíquese!, le inquirí. Luego añadí, 'ese es el lugar donde yo nací', le dije. Él, sin mucha exaltación me respondió, 'ya lo sabias que eres de aquel lugar. Cuando viniste el pasado jueves, no se sí te lo comenté, pero me di cuenta por tu acento y manera de actuar, que eras dominicano'.

Yo estaba totalmente intrigado. Le dije, que ya por el solo hecho de que ese vocablo lo oyó de una dama dominicana, me hacía sentir cierta tentación de saber quién era ella y como conoció aquella mujer. Él, con su parsimonia de sabio y hombre experimentado, caminó de vuelta a su silla y mientras se iba, otra vez, me repitió: '¡Vamos, asillate!'.

Yo muy bien lo comprendí y poniendo la funda con el megáfono sobre suelo, extraje un billete de cien Marcos de mi bolsillo y separándome de la silla un poco, extendiendo mí torso hacia delante, con mí mano izquierda, levanté un frasco vacío, transparente, enano y regordete, con su tapa, que había muy cerca de la otra orilla de la mesa y abriéndolo le dejé los cien Marcos dentro de el.

Entonces, le dije, 'esto es suyo, y aunque no es el costo del instrumento que me ha vendido, por lo menos puedo expresarle mis sentimientos de agradecimiento hacia usted'. '¡Gracias!, ¡Muchas gracias! 'He encontrado que, el costo de este megáfono, no hay precio que lo pueda pagar'. Él me miró exaltado, pero nada dijo al respecto.

ENRIQUE ANICO TAVERAS

Luego refunfuñó por dos moscas que se le habían pasado volando cerca de su cara. 'el vecino de la carpa que vende pescado se le ha roto la vitrina y el olor ha atraído a las moscas. Pero, no es nada extraño, mientras haya seres vivos habrá moscas'.

hizo un corto silencio, como buscando el hilo de una conversación que se le había, reciente, perdido en su mente. '¡Aah!' Para sí dijo, y como volviendo en sí, animado, en forma de pregunta comentó: '¿No sabía qué tú conocías a mí nieto Matías?'. De inmediato le contesté. 'Sí, me lo presentó mí novia Clara, hace ya algún tiempo en una fiesta de cumpleaños y como él vive aquí, en Berlín, a veces salimos juntos hablar a algún café o hacer deporte. Él me ayudó con el arreglo del megáfono y encontrar instrumentos, para lo del negocio con lo del muro'.

El viejo, en ese momento fijó sus ojos en mí, y me reprendió, 'pero yo te dije que me guardara el secreto, que no le dijeras a nadie que te lo vendí'. '¿O sí?' Le contesté, '¡pero es que este mundo es tan pequeño!' Yo nunca me imaginé que Matías era su nieto. Solo lo supe después que estuvimos hablando de la experiencia con usted y le había mostrado El Megáfono'. '¡Bueno, bueno! Solo siento que las cosas hayan resultado de ese modo, pero que les vamos hacer, sí ya cambiarlas no podemos'.

Delito poco después, se agachó, tomó la funda en la que traía el megáfono y lo sacó. Luego lo extrajo de su caja, se levantó de la silla y sosteniendo el instrumento con su mano derecha lo llevó a la altura de su boca,

----

presionó el botón de encendido y a través de él, sin entonar dijo, 'Yo soy el estudiante Delio Dell Rosario reportándose ante su profesor'.

El Viejo sonrió lleno de halagos y profundas emociones que se le escapaban en cada impulso de sus estímulos. Luego, le salió una carcajada muda que estiró la piel de su cara, sus labios y explotó con sonidos bucales, en risa estrepitosa, prolongada, melancólica y con una tonalidad grave que parecía un piano refunfuñando.

Yo tuve que bajar rápidamente el megáfono y ponerlo sobre la baja mesa, que tenía en frente mío, porque sorprendido, me asusté de que él estuviera padeciendo un ataque emocional y no pueda controlar. Al momento, poco a poco se fue calmando y pudo decirme, que la emoción de sentir esa pieza hablarle, parecía como sí todo se iba acabar. Que nunca, jamás en su vida, había deseado tanto eso, que siempre deseó saber, como ese instrumento había, por su sonido, salvado tantas vidas y ahora recobrar la de él propia.

Cuénteme eso, le replicó Delito, implorándole, como un niño que acaba de encontrar la incógnita de un enmarañado acertijo. Y el viejo en solo una cortas frase le dijo, 'eso no te lo puedo decir'. Pero por lo menos te diré que es obra del destino que, tanto la caja, que no es del instrumento y el instrumento, se conserven casi nuevos.

Luego me pidió que se lo prestara un momento y al tomarlo en sus manos lo manipuló. Le miró sus contornos

----

y los dibujos cubistas que sobre su superficie de forma bella tenía plasmados. Lo miraba y satisfecho, luego me miraba a mí. Le pasó rosando los dedos por la pulida arista de los contornos de la apertura de alta voz, y se fue pensando, como sí caminara hasta perderse entre la aureola de los contornos del instrumento.

ENRIQUE ANICO TAVERAS

CAPITULO

XXXVIII

Mientras, yo lo oí, en español muy lindo con muy tenue voz, para su adentro decía, 'a pesar de mis cayos siento su suavidad tocarme, como usaba yo tocar la piel delicada y tibia de aquella, que no sé, sí aún me espera en la tumba. Siempre, como otras veces, creo que me volverá amar cuando llegue donde ella esté. Era muy suave su piel delicada y mansa, como las manzanas después de las lloviznas, siempre tierna y húmeda'.

Luego vi, como acariciando, con su mano entera, ebria y sin totalmente afincarla sobre el instrumento, con los dedos abiertos sobre su caparazón, un movimiento semi pausado y acompañándose, con voz muy franca, entonando, tarareó una canción. y mientras, entre dientes, el dulce sonido de notas y armoniosos ecos se colaban, trémula su mano, se paseaba con soltura sobre la superficie del instrumento. Y fue llevándoselo, hacia a su cara, cual felpa un niño a su pecho, hasta tocarlo muy

ENRIQUE ANICO TAVERAS

----

suave con el lento tra-la-lá-laaa..., de sus labios. Y empezó a deshacer ante mí, de forma meticulosa, eso que yo ya ansiaba tanto oír.

Con una inverosímil lentitud, parecida a la de un perezoso de tres dedos, como sí se fuera a dormir cantándose a sí mismo una canción de cuna, de espacio y en la medida que iniciaba la oración, al contemplarle, lo escuché que terminó de decir, 'El verdadero dueño no lo conocí, murió dos años antes de yo obtener el instrumento'. Me volvió a mirar, no se detuvo, suspiró con aire de pena, le dio otro beso al megáfono y sonrió.

'...Pero de acuerdo a la persona que me lo vendió, que era reportero y columnista de un periódico en Bilbao, me contó que, hacia dos años atrás, buscando información sobre la muerte de varios jóvenes, uno de ellos, un médico científico muy conocido en Cataluña, se había hospedado en un pequeño hotel en las afueras de Guernica. Desde ese lugar, al otro día, después de amanecer, caminó hacia el mercado. Ahí, justo a media mañana, cuando ya había indagado con algunos mercaderes sobre su asunto, mientras se fumaba un cigarrillo detrás de una floristería, se le acercó un joven muy apuesto cargando una caja muy bella de fondo marrón, con dos dibujos cubistas y miríadas de tonos azules.

Le pidió un cigarrillo y hablaron. Le contó, con entusiasmo y lleno de vida, que era cineasta y periodista madrileño que había estado envuelto en actividades artísticas y culturales junto al famoso grupo de jóvenes intelectuales que vivían en la famosa 'Residencia de

Madrid'. Aquel lugar que fue foco de estudio, avance y creación, en todos los reglones del arte, la ciencia y la literatura durante los años que precedieron a la guerra civil. El mismo grupo, que a partir del trescientos efeméride de la muerte del poeta Luis de Góngora, se comenzaron a llamar la 'Generación de Veintisiete'.

'Poco después de conocerse conmigo, le habló de sus creaciones y luego se quejó, que producto de la guerra no le había ido muy bien, ya que las revistas y periódicos, para los que trabajaba, no les habían pagado y tuvo que abandonar Madrid con extrema emergencia. Que poseía el Megáfono, y quería vendérselo, ya que necesitaba el dinero más que el instrumento. Que lo tenía guardado en esa caja linda que a sus pies había puesto.

Entablaron amistad, comieron juntos, y luego se fueron a tomar un café. Ya a media tarde, después de dar una última caminata por el mercado, hacer algunas preguntas a los mercaderes y visitantes, le echó una mirada a lo que estaba contenido en la bella caja y para ayudarlo, ya manipulándolo entre sus manos y decir un par de palabras a través de la bella pieza, el periodista de Bilbao decidió comprárselo.

Cuando este, se conoció con conmigo, me dijo, que él tenía el megáfono en su posesión ya por dos años y lo preservaba, casi como nuevo, por el significado, que para él había tomado desde que lo obtuvo. En ese momento lo traía envuelto dentro de una felpa de cabra sin decoraciones, la caja no estaba. Pero, en sus palabras, creo, llevaba toda la verdad que, para convencerme de que se lo comprara, hablándome de la historia del instrumento, con un fuerte sentimiento en sus ojos y en su voz, lo conocí. Fue mientras estuve escondido en un pequeño pueblo de los Montes Pirineos.

Según lo que me dijo, él dueño original murió minutos después que con él había intercambiado el dinero del costo, de la forma más astros e infausta, que sus ojos, hasta aquel momento hayan visto.

Recuerdo que muy serio y abismado en los recovecos precisos de su memoria, alejándome de las demás personas, en voz baja y marcada me dijo: 'Aún no puedo olvidar la audacia y valentía de aquel pequeño Filípides que, corriendo, como un loco agitado, por todo el mercado de Guernica, después de repentinamente tomar de vuelta el megáfono de mis manos y a su máximo volumen, hablando con tono sagas, en alta y precisa voz, convenció en tiempo de un minuto, casi, a la total población de ese lugar tan recurrido de la ciudad. Los motivó, para que buscaran refugio lo antes posible y protegerse de los bombarderos alemanes, que iban en ese momento a destruir la cuidad, ya entrada la tarde del 26 de abril de 1937'.

'Él buen hombre, del cual no recuerdo el nombre que me dijo, era un joven cineasta, periodista madrileño y reportero gráfico que, después del noveno día de los bombardeos de Madrid, alrededor de mediados de marzo de ese año, decidió firmar las atrocidades de los insurgentes de Francisco Franco, causadas a esa ciudad. Y después de unos días firmando y reportando, ya que

----

supo que su oficina, junto a las de otros periódicos, que estaban muy cerca de las de él, iban a ser bombardeadas con intensión de silenciarlas, se marchó.

Él, tratando de prevenir su muerte, se fue hacia el norte, a Bilbao y por coincidencia, ese día había llegado a la cuidad de Guernica y ahí, posterior al primer cigarrillo que se fumaron justo al encuentro, le explicó que había salido huyendo de Madrid y no pudo reunir suficiente dinero. Por eso, le ofreció el megáfono en venta. Pocas horas más tarde, el joven periodista y cineasta se vio de nuevo, como sí hubiese sido un director de cine, amplificando su voz, y previniendo a la gente con la ayuda del megáfono, para que busquen refugio y así, pulverizado murió, bajo las primeras bombas lanzadas esa tarde y las que, en unas horas, destruyeron a Guernica.

ÉL Periodista de Bilbao con emociones que le doblegaban su sentir, porque hasta les temblaban sus labios, y de momentos subyugaba una lágrima con suspiros de atónitos sentir, luego me contó con más detalle lo que le sucedió de esta manera: 'El Joven periodista y cineasta que, por lo que me dijo; además, era un colaborador de Luis Buñuel y otros artistas españoles, mientras vivían en la Residencia de Madrid. Sin advertirle, le tomó el megáfono de sus manos y a una velocidad inverosímil, previniendo a las abuelas, a los abuelos, a los jóvenes, a los niños, y otros adultos, que en el mercado estaban, olvidando su condición de joven, lleno de vida, en vez de buscar un lugar dende cobijarse, antes que los demás, esperó hasta que la última persona terminara de irse a los refugios'.

Más luego vio, que una señora con dos niños a su lado, agarrados de las manos, se le acercaron. Se detuvo, les habló, los quiso ayudar, les señaló hacia el cielo, y hacia el norte del mercado. Después, el periodista de Bilbao lo vio que se impulsó a toda velocidad, megáfono en mano, dirigiéndose hacia él. Me dijo que lo quiso ir a encontrar, pero al instante sus ojos se sorprendieron, sus oídos le retumbaban y los aviones ya estaban sobre sus cabezas.

Quedaron a poco menos de cincuenta metros de distancia. El oyó, que salió del megáfono un último llamado, '¡cúbranse, al suelo!'. Y sorprendido me describió, que un manchón de fuego con su llama expandiéndose hacia él, lo dejó inerte y ciego. Él periodista y cineasta, terminó aplastado por esa bomba que cayó, explotando al lado de donde él estaba, sobre una pared de ladrillos a unos metros sobre su cabeza.

Me dijo que la detonación de esa primera bomba, y las que, en segundos les siguieron después, con el impacto, a el, le lanzaron hacia el bajo borde de una alta pared adyacente a una casa muy blanca, contigua al edificio que, en frente del mercado, atónito y muriéndose del susto, al joven periodista y cineasta le esperaba.

Que fue justo en ese momento, cuando empezaron a bombardear la enigmática y ceremonial ciudad de Guernica. Y poco antes de aquel instante, en él que ya le había dado el dinero, y curioseaba con el megáfono, como un niño con su nuevo juguete, un abejorreo que venía desde el cielo y aún muy lejos desde oriente, pronto

ENRIQUE ANICO TAVERAS

----

empezó a oírse, como un coro de ronquidos bajo una nota grave y extendida de órgano celestial. Eran los motores de los temibles aviones bombarderos alemanes. En ese instante el joven de Madrid, sin pensarlo, le quitó el megáfono de sus manos y le dijo que volvía en un momento, no antes de advertirle que se valla a los refugios.

Me describió, como de una vez, él joven, Megáfono en mano y a la altura de su boca, alertando a todo pulmón, empezó correr a lo largo de la calle donde ellos estaban, hacia el centro del mercado. Dijo que, aquella calle era la principal y donde ese día, como cada lunes, se celebraba esa que era la más importante actividad de aquella ciudad. Él vio como el periodista se alejó hacia la parte donde había más personas reunidas. Y a toda voz, le anunció a la gente, que corrieran hacia donde estaban los refugios, y que se cubrieran, para resguardarse de las bombas que en unos segundos empezarían a caer.

Con el primer estallido, que fue cuando se apagó el megáfono, el Periodista de Bilbao quedó anclado del susto, en el mismo lugar donde él joven cineasta lo dejó. Las llamas, las piedras y los residuos de metal caliente y encendidos, pasaban por su lado y por encima de su cabeza. Muchos con colas de fuego, como pequeños meteoritos, y aun chorreando incandescentes llamas, se detenían cerca de sus pies, su espalda o su cabeza.

Todo lo describía con cierta incomodidad y lleno de temblores, como si estuviera viviendo de nuevo aquel momento maldito. Me dijo que, pasado un momento, se

----

pudo mover unos tres metros y encontró refugio debajo una alta pared, doble de ladrillos que se había desplomado y quedó semi entera, sostenida por una alta columna, al lado de la blanca pared en la que, al pie, primero, él había quedado, después que una de las primeras bombas en lo alto le estalló.

Ahí, a pesar del calor, el hollín, polvo y humo que aún emitían los residuos, sin mover un pelo se quedó. Y mientras estaba refugiado en ese lugar, tirado, en el vértice del ángulo entre la pared y el suelo. Al terminar los bombardeos, todo a su alrededor quedó a oscura. Y pesar de que, aún oía zumbidos del rechinar de algunas balas disparadas en la distancia y ardientes llamas que no cesaban, solo sentía el calor y el olor a pólvora, ceniza, y sangre que se desplazaban silencioso por la brisa caliente y mustia que penetraba por entre los escombros de su improvisado refugio.

Le pregunté, ¿cómo fue, que el calor de las altas temperaturas, provocado por las bombas al estallar, no le carbonizaron? Y me respondió, que el gabán de lana que en ese momento vestía, el cual le llegaba un poco más bajo de las rodillas, además de las medias y las botas de cuero, más la pared, que totalmente lo cubrió, no permitieron que su cuerpo en el calor emitido por las explosiones, por dentro lo cosieran. Pero sudaba, dijo y escondía su cara dentro del sombrero, atestado contra el suelo.

'¡No sé cómo sobreviví, pero muriéndome del susto, tras mí sobrero, medio recostado sobre los menudos

----

ladrillos sueltos y la parte del concreto que se había desboronado, ahí me quedé!'. 'Así pasé la noche, con ceguera, sordera, sangre seca que me había brotado desde mis oídos y nariz, y algunas quemadas sobre las manos, el cuello y mi cara'.

"Al otro día, salí de mí improvisado y fortuito refugio. Todo a mí alrededor, había quedado negro, en cenizas, desértico y las bombas que continuaron cayendo sobre la fuerte pared que me cubrió y su alrededor dejaron, como en otras partes de la ciudad, una huella de carbón inmensurable. También, un zumbido agudo, como sí se oyeran quejidos de dolor a corazones rotos, emitidos por el silencio de humos recostados sobre neblinas negras y barro tintado de rojo ocre con algunos pedazos de cuerpos calcinados, flores salpicadas con tintes de barro, y empaquetadas bajo las cenizas humeantes; eran aquellas, que la humedad no apagó durante la noche.

Luego encontré que, con hollín y sin sus cuatro pétalos, borrados, quedaron la mayoría de panots y otras lozas de cemento, que revestían la acera mustia y rodeada de un silencio sepulcral en la destruida ciudad'.

'Más tarde, quise separarme de aquel lugar y salí a ver el pueblo en ruinas. Caminé en dirección donde quedó mí amigo. En mí camino encontré lo que consideré parte del cuerpo de ese joven periodista y cineasta junto a otros dos cuerpos de mujeres y niños mutilados. El Megáfono, que el joven me había quitado de la mano, después que se lo compré, lo vi no muy lejos de donde quedó la cabeza y parte del tórax de él".

ENRIQUE ANICO TAVERAS

'Cuando lo encontré, el instrumento había quedado intacto, como sí tuviera alma, agarrado solo por el puño y los dedos apretados al manubrio y sostenido por la muñeca y la mitad del antebrazo totalmente mutilado. El cúbito y el radio, de cuyos huesos se veían, parcialmente extirpados de la carne y piel del antebrazo, daban al suelo y parecían, como sí estuvieran emergiendo de la tierra sosteniendo el bello instrumento azul'.

'Pensé en la fuerza divina, que ese arrojado; pero valiente joven, desde los puntos más rebuscados de sus entrañas, sacó en el momento de la explosión, expresando el último soplo de vida, para que sus dedos y sus manos se adhirieran, como sí se hubiesen atornillados al manubrio del Megáfono. Poco a poco, dedo a dedo, como sí fuera la mano de un bebe, que no se quiere alejar del pecho de su madre, por temor al peligro, fui desprendiéndolos, hasta que al Megáfono solo le quedaron las betas de sangre que, hasta debajo de la mano, se habían escurrido y algunos salpicones de lo que creí fueron trocitos de los sesos de su cerebro. Aquellos que fueron expulsados, supuse, por el impacto sobre su cráneo de fragmentos de la primera bomba en el momento del estallido'.

'Luego encontré una pierna, el torso y un brazo entrecortado con girones de piel, como una estrella sobre un omoplato carbonizado. Me pareció que era el de un niño. Fue en eso, cuando sentí mí alma rota y lloré hasta quedar vacío, como un cuerpo en viaje hacia su eternidad. Luego me dispuse a recoger las partes de los cuerpos y los reuní. Busqué todo tipo de piedras y ladrillos, los rastrojos de flores mareadas, hojas que quedaron esparcidas, semillas de frutas que quedaron enteras y los terminé de cubrir. Saqué un pañuelo blanco que tenía en mí bolsillo y se lo até a dos palos, que tomé de unas ramas calcinadas, de esas que las bombas habían derribado. Los puse en cruz, con el palo más largo clavado sobre el suelo. Le hice una corta oración y mirando hacia el cielo, tomé mí mano y como buen católico, la llevé hacia la improvisada tumba, hasta tocarla; 'descansen en paz', dije en voz baja; luego, me persigné y me marché".

Recogí el instrumento con todo el ceremonial, amor y atención que se merecía aquel que, con tanta utilidad, para el bien de todos, ese joven periodista y cineasta lo usó. Le limpié, con lo que pude, las manchas de sangre, el hollín, y todo lo que le quedó adherido y me fui de camino al hotel en busca de mis pertenencias. De camino le presioné el botón de encendido y al ver que aún funcionaba, para calmar la soledad y el dolor que llevaba en mí alma, a través de él, me puse a cantar".

Los remanentes
de vuestra sonrisa
y cariño, soñé ayer,
volverán a mí.
Y llenarán los espacios
que habrá dejado vacío
el atardecer.
Ese que triste ha concluido.
Y las luces de su amistad
revitalizarán el nuevo espacio,

----

que de invierno
y blanco nieve nos vestirán.
Cuando en el frio
y momentos de oscuridad,
solos y lejos de los amigos
nos toque la soledad.

Por último, dijo, "me recuerdo de la bella caja en la que venía contenido, cuando el periodista y reportero gráfico y cineasta me lo quiso mostrar, para ofrecérmelo de venta". Me contó que quiso devolverse, pero luego pensó que quizás con el calor y fuego de las bombas había quedado carbonizada. En vez continuó su camino y al llegar al hotel, dijo que tuvo suerte. El lugar estaba intacto, pero totalmente desértico.

No encontró un alma dentro. Así que, fue a la habitación la abrió, sacó sus pertenencias y al pasar de vuelta por la recepción, dejó el pago sobre el mostrador debajo de una cuartilla de papel, con su nombre y número de habitación. Se alejó de la ciudad y caminó hacia el este, hasta unirse a una larga procesión de expatriados que marchaban hacia el otro lado de la frontera con Francia.

Dos años después en un fortuito campo de refugiados que se había formado Cerca de Saint-Étienne-de-Baïgorry lo encontré y me conocí con él. Me contó, además, de lo que te he narrado, muchas cosas y noticias que yo desconocía. Me puso al tanto de pormenores desconocidos por muchos medios noticiosos de lo que estaba sucediendo en España durante esos días últimos de guerra. Pero, sobre todo. me puso en contacto con altos

ENRIQUE ANICO TAVERAS

---

rangos de la guerrilla popular republicana que operaba por los contornos de Bilbao y que era el motivo por el que me fui a esos lugares buscando la solución al problema de escaparme hacia América, donde ya se había ido a vivir mí esposa.

El Megáfono lo recibí de él por cincuenta pesetas que le di, no porque quería venderlo sino, porque según lo que me dijo, ya lo había usado varias veces en protestas y llamados de auxilios y peligros. La inteligencia Falangista, que era parte de la policía Franco-Carlista sabía que lo tenía en sus manos y lo perseguían, pero él lo tenía bien escondido. Me decía que lo habían apresado dos veces, pero al no encontrar la prueba, lo liberaron. Y yo, para ayudarlo a marcharse, sin peligro de ser apresado otra vez, uno de esos días que había planeado su fuga, antes de salir del campo de refugiados, le di el dinero.

Al momento de irse, me miró a los ojos, me acercó su cara y en forma de súplica inquisitiva muy serio me habló: '¿Dime que no eres alemán?'. Yo le contesté, desde mi corazón: 'Soy italiano por mí madre, mi padre era Aleman, pero yo no me siento ser de ninguna parte. Solo un ciudadano de este planeta, de sus aguas, de sus tierras'. Por último, me dijo, 'procura que ese instrumento nunca caiga en las manos de un fascista español, de un alemán, o cualquier hombre o mujer que sea capaz; en momentos de peligro, de encenderle o destruirlo, para salvarse. Libéralo de tiranos y apáticos mentirosos, de asesinos, delincuentes y políticos sin escrúpulos, de avaros, demagogos e imprudentes. Sí te es posible,

----

mantenlo escondido o úsalo, para ti. Sí de él te puedes servir, guárdalo limpio en su bulto de felpa, después de su uso. No dejes que se desgaste, protégelo y mantenlo vivo hasta que encuentres una buena mano, un creador de espíritu joven, un alma que, con su ayuda, desencadene, en lo que a través de él se transmita, el torrente de virtudes necesarias, para obrar a partir del bien, la justicia y verdad sin necesidad de pensar en la concepción teologal que en nuestros cimientos vive. Ese que es el bien y está más allá de él y así sea de ayuda para proteger la vida, para salvarla y alejarnos del miedo.'

El viejo, al final suspiró, miró hacia mí y mis ojos se cruzaron con el centro desgastado y descolorido de sus pupilas. Esta vez lo vi, como si estuviera asustado y como perdido, rebuscando un espacio que ya no era el de él. Entonces, salió de su rincón, me buscó, yo lo encontré y me puso el instrumento sobre mis manos. Retornó hacia el lado de su silla y dijo, arto seguro, 'es tu oportunidad, abre tu botella y hazlo con algarabía, ¡hay que celebrar!'.

'Creo que esta será la última vez que brindo al abrir una botella. Se que ya las demás lo haré por el alma sagrada y bella de aquella mujer a quien yo un día le entregué mí felicidad, aquella que me esperó y a mí se entregó con la más alta devoción, que ser humano haya visto un día'.

Me cedió el sacacorchos, yo abrí la botella. Le serví vertiendo, a chorro corto, parte del vino, desde ella al baso. Era uno que él tenía limpio, justo al lado de su mano derecha y mientras yo hacía un giro en la botella,

---

para no desparramar el líquido, mientras terminaba de servirle; él, mirando hacia el chorro de vino que caía, sosteniéndolo con un paño verde de algodón, muy limpio, para no empañarlo, me pasó el vaso que tenía en su otra mano. Era el mismo en el que yo había bebido la semana pasada. Lo coloqué en el lado de la mesa donde, después que le serví, volví a sentarme. Lo puse medio de vino y al hacerlo lo levanté, y dije, brindo por usted, por El Megáfono, y por la gracia de habérmelo concedido a mí.

También, brindo por todos esos años de experiencia que, tras su vida, ha ganado y acumulado, como riqueza imperecedera, como historia, pero más que todo, brindo por haber permitido usted que yo la haya conocido, contándomela, como parte tan importante de su vida. Gracias por permitir que seamos amigos y yo haya podido conversar sobre eso con usted. Gracias por haber aparecido en mí camino, como un dios que me ha orientado, para ir delante por el jardín amplio de la belleza, sin altisonancia, y por el camino que van los bien aventurados. "¡ZumWohl!'".

Nuestros vasos al repicar se oyeron entre el murmullo del resonar de los autos y el tranvía que, con su rin-rin y el chillar de sus ruedas entre los rieles, cuando torcía hacia otra dirección, de camino esa tarde, se oía y eso; además, del largo trago que nos dimos, nos silenció.

Yo me sentí con tanta confianza que le conté la historia total de todo lo que me había sucedido con el megáfono y saqué las cuatro placas que llevaba en el bolsillo. Aún brillaban, como sí fueran de un metal muy

----

precioso. Yo creía que era oro. Al enseñársela, ante sus ojos, ninguna emoción les causó y más se sorprendió él por lo de mí expresión, que por lo que yo, quizás, esperaba de él al verlas.

Sin emociones, me preguntó: '¿Dónde las encontraste?'. Simplemente, le dije, dentro del dinero sin valor. 'Justo en el centro de las manillas viejas de billetes que me encontré. Estaban envueltas en cera y cubiertas por dos billetes como tapas". Cada manilla traía una en su centro. '¡Ah!' Sonrió. '¿Y creíste qué era oro?'. Yo le contesté que pensaba me había encontrado con 20,000 Marcos oro. Y muy sereno, con una sonrisa me contestó, '¡no, no es así!'.

Ese metal no es oro, sino una aleación inoxidable y brillante de cobre, platino, zinc y quizás, otro metal que desconozco, pero es muy común. Primero se hizo, para agarrar la madera de los toneles de vino y luego, para otros usos, como esas marcas de manillas de billetes conteniendo el número de dinero que había imprimido en ellas. Los había de 3,000, 5,000, y 10,000. Para uso en los bancos.

Pero más luego, añadiéndole otro metal, poco antes y durante el fin de la guerra, aprendieron a magnetizarlas, y en ellas se pasaban y llevaban una cantidad enorme de mensajes grabados e informaciones clandestinas, a través de las fronteras, dentro de todo utensilio que haya sido posible ponerlos. Correas, zapatos, pantalones, maletas, botellas oscuras, tinteros, etc.

ENRIQUE ANICO TAVERAS

Mi esposa, después que nos volvimos a Alemania y comenzó a trabajar, cuando las encontraba o se la ofrecían, las guardaba, las veía bonitas y porque les gustaba coleccionarlas. Yo cuando era marinero, ya te dije que lo era en un bote U2, en ellas grabábamos los mensajes, para archivarlos. Ya no hay muchas de estas, pero aquí mismo en el mercado, puedes ir a venderlas o sí quieres espera, que yo iré contigo, ahí donde te la comprarán. El mayor costo que puedes lograr es de 250 a 300 marcos por cada una. No es mucho, pero bastante, para alguien que no espera nada. Luego, atento a mí reacción, se quedó mirándome.

Yo me silencié y pensé en lo que dijo que hacía su esposa con las placas. Entonces le propuse mejor, regalárselas a ella. 'El mirándome con ojos de agrado, me dijo, mi esposa murió hace once años'. Por alguna razón, que siempre he desconocido, la vida la había castigado con la espera. Siempre, hacia donde íbamos, ella se iba primero y me esperaba. Yo, luego llegaba y aunque corriera peligro de muerte, siempre la encontraba.

Éramos felices un buen tiempo y luego volvía el momento en que el destino nos separaba. Yo le preparaba su viaje y ella se iba primero. Después yo la seguía hasta que la encontraba. Y así, hasta quedar en su lecho de muerte. Sucedió al final de una tarde que paseábamos por la alameda, no lejos de la casa, un día, al final de la primavera de 1979

Ella me anunció, 'amor siento un dolor agudo en mí costado'. '¡Ayúdame a caminar!'. Yo le ayudé y la besé, para que se animara. Unos pocos minutos, después que se le había calmado su dolor, ella sintió otro en su talón y al pisar, le dio cojera. Se sujetó a mí cuello y me sugirió que, mientras se iba, yo sea su muleta. Que quizás, ahora no será larga la espera. '¿Qué espera?' le pregunté, pero ella no me contestó.

Mientras la sostenía, dimos algunos pasos y sentí que sudaba. Repentinamente su cuerpo se debilitó y con las palmas de mis manos palpé desde su piel, un escalofrío con algunos espasmos que le llenaron el cuerpo de granujos, con fríos y recalentones, que le caminaban por la parte central de la espalda, por donde yo ya la sostenía. La llamaba, '¡Silkie! ¡Silkie!, ¡mí amor! ¿Qué te pasa?'. La llamaba y no me respondía. Más luego, con un dolor de llanto estruendoso, salió de mí pecho un suspiro de desprotección y desconsuelo. Grité desesperado y en voz alta su nombre, '¡Silkie Gepper Miller! ¡No te vayas! ¡Ya no tendré fuerzas para alcanzarte!'.

Ella por un par segundos despertó, abrió sus ojos, me los mostró. Los vi como dos bellos luceros, con sus hondas pupilas que, a lo lejos, con sus últimos destellos se apagaban, y me dijo: 'no te apresures, mí buen Emilio Albinelli, que esta vez tendré paciencia, no te puedo obligar, no te puedo conmigo llevar, tómate tu tiempo, él lo arreglará todo'. Y queriendo levantar su cabeza, ella, como para darme un último beso, profundamente suspiró.

Al momento, su último deseo se convirtió en una larga expiración hasta que una blanca espuma le salió por su boca, muriendo sobre mis brazos y mirándome, hasta

----

que vi su alma escaparse por sus pupilas, que aún, llena de vida, pudieron esbozarme una sonrisa y un adiós.

Ese día, cuando desde aquí llegué a la casa, pues era mí segundo año en el mercado, al entrar, al lado de la puerta, encontré la caja en la que estuve, hasta la semana pasada y desde entonces, llevando y trayendo el megáfono. Es esa que está ahí, ahora a tus pies.

Silkie vivía enamorada del instrumento y lo tenía colgado en una caja de vidrio totalmente transparente. Lo tenía a unos dos pies por encima de la repisa donde conservaba las cosas y los recuerdos más importantes nuestros, incluyendo una fotografía, muy pequeña, que yo le había dado cuando nos despedimos la mañana que tomó el barco para Santo Domingo. Era un pequeño autorretrato que me hice, en el que me parecía, creo yo, a Don Quijote de la Mancha.

Cuando esa tarde caminé hacia la sala, miré que en el fondo solo estaba la repisa, y algunas y fotografías las cuales ella me ordenó mantener ahí hasta el día que se muera y con una nota que decía: 'Todo esto se va conmigo a mí tumba. Pero, por favor, cuando me muera, ponlo junto a mí, dentro del féretro'.

'No me puedo llevar el megáfono, porque aún transmite, lleva alma de vidas que resucitaron después de él y voces que sembraron vida al pasar por dentro de él. ¡Sabrás a quién, de confianza y lleno de vida se lo pasaras! Ahí está la caja úsala, la e hecho, pintado y decorado, como me imaginé, me contaste que era la original. La transparencia con la que lo conservaba debía de morir contigo y conmigo, pensé; por eso lo saqué de la clara caja de vidrio y esa la he quebrado, para celebrar el triunfo de mí unión contigo y de tu transparencia conmigo'.

'Quien se quede con el megáfono ya sabrá como manejarse con las voces que le hablen a través de él y que cosas sugerir cuando por el transmita las imágenes que de las voces el resuelva hacer'.

'Adiós Emilio Albinelli, ya no tengo miedo, te espero…, sé que tarde o temprano llegarás. ¡Siempre has llegado!'.

Tuya siempre, tuya:

Silkie Gepper Miller.

FIN

ENRIQUE ANICO TAVERAS

www.ingramcontent.com/pod-product-compliance
Lightning Source LLC
Chambersburg PA
CBHW070343030726
47504CB00001B/50